永乐风云传 之

金陵变

卢冠华 ◎ 著

中国致公出版社
China Zhigong Press

谨以此书
献给伯父卢金增

六千里路贯南北，鬼使见着敬三分。
烈风吹雨青木倒，天高新月护亮星。
金龙如意赵公明，义绝威显类关公。
大将风光无歇时，秋水长刀入轮回。

序　言

起初我想将此书命名为《金陵变之群侠传》，但仔细想来，此书又非单写群侠之事，便定名为《永乐风云传之金陵变》，因故事发生在六百多年前的明朝永乐年间，又有历史演义小说的性质，故为"风云传"。

书的前十回未特别命名，题目自第十一回起，以三首词为题目。分别为：

望江南·悬单剑

悬单剑，迈步上城楼。江湖儿女皆是客，望尽天涯相思人。名落闲谈中。

满江红·壮志未灭

壮志未灭，但心上、故人渐少。叹尘世，前缘定数，谁道能料。花间负了佳人情，青锋有刃侠子意。杀气腾，刀上听阴雨，命难却！

相见晚，莫心与；留无术，空余恨！遇金兰，共讨英雄戎功。忠魂老臣舍命去，英豪长驱尽是胆。纵归来、问君可奈何，乱千篇。

望江南·佩弯刀

佩弯刀，直至皇城下。手足兄弟泪落尽，遥见漫天星陨空。人道金陵变。

本书的中间部分与前后两部分文笔有所差异，因为中间部分内容为去年所写，本欲重写，但左思右想，还是希望保留其之前的原汁原味，只是做了增补和少许删减，并重新整理。以至于本书人物与情节安排可能有些许不当之处，如读者察觉出，还望不吝指正。

自古以来，中国的文学大多提倡"文以载道""文以明道"，尽管"道"的标准在不停地演变，但这样的作品，读者阅读起来，就会和作者产生一种"意识"的交流，而我真心希望本书能传达的主旨是：

个人利益要在不损害他人利益的前提下争取，集体的利益高于个人利益。

人生价值的体现不仅仅在于个人或集体的成功与失败，更重要的是个人品德的修养和对正义作出的贡献。

有强烈的爱国情怀，各民族团结友好，尊重别人的国家和民族，但当自己的国家和民族受到外部势力威胁的时候，要毫不犹豫地站在自己国家的一边，奋不顾身地维护自己国家。

　　对善恶因果的宿命论敬而远之，但歌颂和尊敬善行的人们，贬斥和鄙夷恶行的坏人。

　　提倡通过勤学苦练获得能力的方法，也赞扬因心地善良和善行而获得良好机会的人们，家境背景好的人，和普通人一样需要通过对才能的学习和品德的修养成为一个有价值的人。

　　歌颂勇气，但勇敢的行为并不等于鲁莽，若是自找麻烦或以卵击石的行为，抑或是因易怒或过分轻率作出的错误行为，均是不理智且愚蠢的。

　　歌颂纯真的爱情，物质不是爱情的先决条件，爱情应当起于两个人之间纯真的钦慕和欣赏，尤其是对于品行与为人的爱慕。

　　告诫人们要珍惜眼前的美好，即使在苦难之中。

　　梦想和理想是要有的，提倡为了未来而努力奋斗，提倡不断修炼自我，成为自己期望成为的人，过自己喜欢的生活。

　　崇尚自由的前提是有强烈的责任感。

　　歌颂情义与忠义，尤其是重视人与人之间的信义。

2017 年 10 月

卢冠华

目录 CONTENTS

第一回　一笑试鱼尾

黑云卷墨，烈风吹雨。

"嗒嗒，嗒嗒……"马蹄声急，泥路水溅，一人身袭黑衫军衣，左手执令旗，右手勒马缰，一路疾奔，头上铁帽檐雨水激流而下。

这黑衫军人朝路头望去，只见一城门藏于暴雨之中，遂嘴角微扬，寻城门口奔去。

不一会儿，就到了城下，这黑衫军人勒住马头，那马一路奔来，一时间停下，难以适应，马腿来回踱步，马身左右摆转，黑衫军人按住马缰，抬头迎雨向那城门之上望去，只见城门牌匾上书两个大字"镇江"，于是微微皱眉，开口朝门楼上守卫大喊："快开城门，吾乃燕王帐下亲卫千户，受命侦察敌情，现今返回。"

城门之上，一队士兵值卫，为首一领官早已远远望见那黑衫军人疾奔而来，又听他喊了这几句，当即喊叫回道："我见你是燕王亲卫的打扮，但你也知道如今军情紧急，你若没什么凭证，我怎能私开城门？"

"我有燕王令旗在此，速开城门，若是延误了军机，小心你人头不保！"那黑衫军人厉声喊道，云雨之中狂风大作，雷电轰鸣。

那城门之上的领官听得这番言语，又加之雷声阵阵，心中害怕，虽然阴天暴雨之中看不清那令旗模样，可也不敢耽误，忙命手下去开城门。

黑衫军人见城门已开，急催马奔入城中。

镇江城中府衙，层层重兵守卫，府衙内正厅里，尽是戎装军甲打扮的人，其中一人平眉软须，眼光凌厉，衣甲精秀，正坐厅中，众人皆环站其前。

但见站立的一人上前说道："父王，我军自瓜洲渡长江而来，镇江敌军望威而降，我军气势正旺，今日又遇暴雨，当一鼓作气奇袭金川门，直捣京城。"

但说这站立言语之人所喊父王是谁？正是燕王朱棣，这言语之人正是朱棣次子朱高煦。

燕王听了朱高煦的话，回道："金川门守将乃是李景隆与我那兄弟朱橞，李景隆与我军多次交战，屡败屡战，估计早就怯战了，谷王朱橞也是个明事理之人，定知兵败如山倒的道理，依我看来，我军兵临城下，此二人必降，何必奇袭，流血作战？不战而屈人之兵，才是上策。"

朱高煦听此，忙回道："父王教训得是。"

正聊着时，厅外进来一个守卫，开口说道："启禀燕王，衙外有一人，自称亲卫千户，说有要事禀告。"

燕王听此，凝眉说道："前些日子，我听闻朝廷放逐了齐泰，左思右想，这放逐肯定是个幌子，掩人耳目，齐泰定是去募师调兵，我便命我帐下亲卫搜查缉拿，定是有了消息，速速让他进来。"

那守卫应了一声，出门而去。

片刻之后，只见从厅门走进一人，长靴带泥，浑身带雨，铁帽檐遮着眼睛，步上前来跪下。

这走进之人，正是那黑衫军人，燕王见此人跪在厅堂中间，略感诧异，但不知原因。

"你说有要事禀告，怎么进来跪下，却不说话。"燕王身旁，一侍卫朗声问道。

话音未落，只见那黑衫人抽出佩剑，直向燕王刺去，燕王顿时瞪开了眼，厅中众将惊愕，两旁守卫急忙上前，可这守卫动作再快，哪里有这已经出鞘的剑快，但看剑尖已近燕王胸膛，危急万分，燕王慌忙起身，想往两侧闪身躲避，却已经来不及了。

千钧一发之际，但见厅中一将闪身上去，他这动作比任何一个守卫都快，甚至比那剑还快，硬是用手抓住剑身，使力一拧，黑衫人没料到竟然有人能阻拦，没有防备，被这一拧乱了力道，剑身往边侧偏走，那闪上来的将领挡到燕王身前，不过手掌被剑划破，又是急步上来的，脚下不稳，黑衫人见状，偏转剑身，旋身又是一个直刺，直接贯穿那将领前胸，但这佩剑甚短，没能伤到后面的燕王，只是刺到了胸甲。

那将领被一剑穿胸，竟是面无痛色，伸双手紧握住剑身，怒目盯着那黑衫人。

燕王被这突如其来的变故吓得面色苍白，忙扶住那将领，口中说道："纪纲将军。"

那黑衫人见纪纲紧握剑身，难以抽出，当即松手，向左一个闪身，抄拿了一杆厅中摆放的廷杖子，此时众将都已拔剑拥上，燕王被身前一排单刀侍卫护住。

众剑相逼，那黑衫人仅凭手中一杆廷杖，哪里能敌，燕王适才受了大惊，这会儿看见众将围上了这刺客，方才知道是虚惊一场，瞬间缓过神来。且说这燕王自起兵以来，虽尝过不少败仗，历过几回生死，但都是在沙场之上、逃亡之际，现今燕王军刚渡江而来，镇江府军望风而降，本来应是他大喜之时，正与众将商议破京城之计，哪料出此变故，险些大业未成、性命不保。

燕王扶着纪纲，怒喊道："速速拿下此人！"

黑衫人半蹲着身子，左手执廷杖，见眼前众将甲胄未卸，一杆木廷杖，哪里能伤人，又瞥看左右，那门口已有两个军士拦住，只听"呼"声响起，那黑衫人旋起廷杖，朝门口砸去，那堵住门口的军士见此，不自觉向左右闪避，黑衫人见此，往前步起，足下用力，一个正翻身，双手空中抵住一将头顶，身子空中弯弹，朝门口跳去，落地之时右手又拧了那慌忙军士的手腕，夺了一把腰刀，左手接住那廷杖，横着向门内众将推去，众将见此，一拥而上，但哪里想到这廷杖推来之力犹如千斤，为首的三个将领，被这一推，竟跟跄几步险些跌倒。黑衫人手持腰刀，冲出门去。

燕王见此，大怒道："枉为我麾下将，速将此人拿住。"

且说这燕王麾下虎将，当真拿不住这区区一人，倒也不是，这镇江府衙本就不大，燕王会众将于此，商量破京之策，来者虽有几员大将，但多是参谋机要之人，破军陷阵之将，大多未至，而这府衙空间狭小，众将虽俱持剑，顾此顾彼，动作都受了限制。

但见此时，府衙中一将推开一路，夺门而出，只听身后燕王喊道："沐昕，定要生擒此人！"

这黑衫人出门之后，用手扯下军服，箭步飞奔跃墙而出。

那沐昕夺门而出之后，也是两三下卸下军甲，但见府衙外大雨滂沱，地面甚是湿滑，又见那刺客竟是直接跃墙而出，这府衙墙少说也有两人之高，沐昕心中甚是惊异，想道："此人定然武功不凡，就凭这身法，就在我之上，但此刻已然追出，燕王又命我擒拿此人，如何是好？"沐昕缓了几步，思索一番，将手中之将官剑掷出墙外，跃身手扶墙顶翻出。

及至众将追出，见沐昕翻墙而出，又听得燕王喊道："速传医师来救纪纲，传令马和，领所属侍卫搜城，缉拿此人。"

风雨交加，雷声大作，府衙之中，纪纲半躺于地上，手抚着插在胸前的剑身，面容紧皱，自是疼痛气虚，喃喃道："此剑未及内脏，我有些功夫，性命无忧。"燕王道："纪纲如此忠义，当为众将典范。"燕王此刻苍白的脸渐缓血色，虽然没怎么动身，却是惊得气喘吁吁。

燕王凝目看向门外大雨，待了一会儿，突然说道："刘保何在？"

只见庭中一将应道："末将在此。"

燕王道："你领一千轻骑，速去京城外朝阳门，刺探城防军情。"刘保即刻领命而去。

燕王此刻思绪万千，他的父皇朱元璋驾崩后，皇位传到皇太孙朱允炆身上，朱允炆听信大臣齐泰等的建议，筹备削藩，燕王不甘，以"清君侧"为由，起兵挥师南下，至今已有四年。

这四年来，燕王有胜有败，但终归是打过了长江，兵临京城，本以为大业将成，哪里料到在自己军中、众将之间险些性命不保，心中不禁想到："行百里者半九十，此刻虽然是稳操胜券，也不能掉以轻心，当一鼓作气，拿下京城。"

风雨城中，两个黑影相追，穿巷走街。

沐昕手提一把将官剑，紧追那刺客，步履虽急，心中谨慎万分，眼见那刺客又窜入一巷中，沐昕忙快步赶上。

说时迟那时快，沐昕刚赶到刺客窜入的巷口，余光便瞥见白光一闪，忙抬剑去挡，只见一刀尖带雨刺出，沐昕横剑上抬，剑击刀身"铛"的一声响，但见那刺客顺着这剑击之力持刀旋身又是一击，沐昕借这刺客旋身之际站稳步子，双手握剑格挡，只听得第一挡的震声未绝，这第二挡的震声又起。

沐昕见这刺客刀法极快，刺剑定然难中，便一手捏着剑诀，一手持剑正面斜劈，这刺客本欲出刀再击，见沐昕剑自上斜劈而下，来势凶猛，撤身一步闪过这一剑，又旋身上前，双手持刀直直正劈向沐昕。

沐昕见这一刀劈来，右手握剑柄翻转剑身，左手推剑身挡去，霎时间沐昕心中暗想道："使刀之法，在于劈砍，这刺客拿着腰刀又刺又旋，莫非不会使刀？"

刺客一刀劈下，被沐昕举剑身挡住，当即朝沐昕下腹正蹬一脚，沐昕猝不及防，被蹬的退了几步。

沐昕晃了几步站稳，手扶下腹，皱眉怒视那刺客。

这刺客说道："你非我敌手，莫要再追了。"说完这话，后退几步，转身急走。

沐昕道："你可敢留下姓名？"那刺客没理会，沐昕站在原地，自知功夫不如人，没敢再追，但听身后街巷中似有脚步声自雨声风啸中传来，沐昕回头看去，但见一队人从巷中穿出，为首一人头顶黑色官帽，身袭白袍，领上系着黑布披风，提着一把单剑，身后人影晃动，少说有四五个人，沐昕在风雨黑夜之中，难辨面目，朗声问道："来者何人？"

那为首一人道："沐将军且回府衙，护卫燕王，这刺客交由我来擒拿。"

沐昕听见此话，便道："马监军小心，这刺客招式诡异。"

这马监军急步追赶，从沐昕身边掠过，所带侍从也是个个矫捷，此时雷鸣电闪，风雨加急。

沐昕见马监军追去，口中说道："素闻马和神功盖世，纵这刺客再有本事，今日也是难逃。"沐昕说完这话，突感下腹阵痛，原是刚才受了一击，痛感这会儿方起，沐昕按住下腹，看向手中那把将官剑，才发觉自己右手握剑微颤，一时间恼怒，将剑摔在地上，望向马和追去的背影，独自立在暴雨巷口中。

且说雷雨虽暴，却是来得猛去得快，马和追那刺客之际，雨势渐缓，时值六月，此刻已近卯时，天色微亮，马和疾步追赶，已然出城。

马和虽然也是身法了得，不过循踪追人，自然转弯上下皆是被动，城外土地又是泥泞，不过也好，这泥泞的地面隐不去脚印，马和在城外循脚印追踪。

马和追至一林山边缘，料想那刺客必然已穿进山林，口中说道："分头搜山，谁见得那刺客，大喊即可。"马和言毕，但感身后无人回应，回头看去，原来自己的几名侍从早被甩丢，马和便自己窜入林中，循脚印追去。

马和追踪之时，见那刺客脚印止于一树下，便突然足下生风一般蹿上，横剑砍向树干，只听树上枝叶沙沙，那刺客持刀刺下，直取马和头顶，千钧一发之际，但见马和调转剑锋，持剑上刺，原来刚才横砍树干，是一虚招。

刺客大惊，忙欲闪避，可哪里还来得及，但这马和之剑未向他刺去，而是直指他手中腰刀刀身，此刻他刚从树上跃下，身悬半空无处借力，慌忙之中，一掌猛击树干，反向脱去，但觉持剑的手中一紧，又听得一声脆响。

这刺客翻到地上站起，退后几步，只见手中腰刀已然折断，向前望去，只见马和目光凌厉，黑披风已然湿透，粘于身上，挺剑立于树下，那剑尖不似寻常，而是顶端开叉，奇兵一般。

马和道："燕王命我抓活的，方才一剑才留了你性命，还不束手就擒？"

话音未落，这刺客将半截腰刀掷出，砸向马和，马和边侧一闪，这刺客又翻身欲往林中窜去。

马和与刺客距离不过几步，挺剑直刺，刺客转身之际，手臂中剑，马和飞身追上，拿住刺客肩膀，刺客也是使尽力气挣脱，肩膀上衣布被带血扯下。

这刺客逃过几层林木，忽见已至一小山崖边，崖下水流不急，似是湖泊，便纵身跃下。

马和追至崖边，见刺客跃下，便扯下披风，欲下水追捕。忽听得身后有人言语：

"何必赶尽杀绝。"

马和大惊，忙回头，但见一人立在身后，穿着锦绣青衣，不像行伍之人，手里也是提着一把单剑。

马和心中暗想："我一路追这刺客，竟不觉身后有人，倘若与我为敌，适才从我身后一剑刺我，我如何能避？"不觉心中一阵寒凉。

马和道："我乃燕王亲卫，你是何人？"

那青衣人道："阁下侍奉燕王，如今燕王大军压京城，应天府不假时日便是燕王的了。"

马和道："你既知如此，岂敢阻拦我追捕这亡命刺客。你到底是谁？"

青衣人道："今日我拦你，告诉你真名，日后燕王必命人搜我，随便编个名字，那说与不说，又有什么区别。"

马和听这人言语轻薄，定是自恃武功，心想若是不先了结了这人，也难捉捕那刺客，当下不由分说，挺剑直刺。青衣人不敢怠慢，持剑直指。

两剑对刺，若是谁也不躲，必然双双中剑，但这两人对冲，丝毫未有闪避之意。

马和挺剑直刺青衣人脸颊，青衣人直指马和胸前心位，剑尖将抵之际，二人均向右跃开，转编横扫，两剑相擦，火光闪动，响音刺耳。二人翻身站稳后，又是持剑相刺，那青衣人又是直刺马和胸膛，而马和之剑却是指向青衣人剑身，青衣人见马和剑尖来势，面露惊惧，又见马和剑尖开叉，不假思索，忙抽剑撤身，躬身一腿旋踢，踢向马和手腕。

马和见此，也是调转剑头，但不及出另一招，二人已然近身，剑法难以施展，被那青衣人一脚踢中臂膀，马和出手一掌，将那青衣人推开。

二人翻身后撤，刚才一回合，二人均中了一招，不过都是受得变招，谁也

没伤着谁。

马和见这青衣人功夫不凡，朗声说道："我不想与你纠缠，燕王命我擒那刺客，有军令在身，你休要再阻挠。"

青衣人应道："我见你与那人都身手不凡，自然都是习武之人，自然讲究侠义，阁下为何想胜之不武，成了一个不义之辈。"

马和听完诧异，道："你有话直说，休要拐弯抹角。"

青衣人说道："我观那人招式，分明是使棍之人，他持刀与你相斗，你便是赢了，又有什么荣光。"

马和听此，回忆一番，刚才那刺客手法，确实是像使棍的架势。

马和道："那又如何，燕王命我生擒此人，我只管奉命行事。"

青衣人道："不久燕王江山初定，天下已历四载战乱，如今中原帮派林立，武林祸乱，燕王如不能威服武林，怎能坐得稳这皇位。"

马和道："那刺客敢孤身去行刺燕王，罪孽至极，按你说的，如让此人逃窜，燕王颜面何存，又如何威服武林。"

青衣人道："那人既敢孤身行刺，视死如归，当以英雄论，如此英雄，不管他效命于谁，都会受江湖敬重，燕王不敬英雄，怎能让江湖人士服气。"

马和越听越急，越听越怒，右脚暗暗踩紧地面，右手握紧剑柄，几欲出招了结了这青衣人。

马和道："休得巧舌相辩，自诩大义，你若再不离去，休怪我长剑无情！"马和话音未落，便听青衣人身后传来一清脆喊声。

"一笑。"

第二回　双子剑弓合

镇江城外，北固山上，此时雷雨初晴，又值卯时，天色渐亮。

马和乃是燕王贴身亲卫，但昨晚却没在燕王身边，而是行监军职，监理镇江降卒编制，忽听得镇江府衙喧嚣，恐燕王有难，忙带侍卫向府衙跑去，及至府衙大门，便遇见燕王传令官，方知有刺客，从沐昕翻墙之处寻去，马和一路追逐，看见地上墙上每隔一段都有剑的刮痕，原来是那沐昕一路所留印记，及至城外北固山下，马和方知自己的侍卫都没跟上，便自己一人循那刺客脚踩的泥印追上山去，马和身法矫捷，不时便赶上了那刺客，几个回合便几欲将其拿下，不料那刺客从小山崖下跃入水中，突兀又出来一个身手不凡的青衣男子，阻拦马和，马和又斗不过那青衣之人。

马和与青衣人对峙之际，青衣人身后林木之中冒出几人，一女子当先，几个男子随后。

那女子喊道："一笑。"

一笑听见这喊声，眉脚颦蹙。

马和道："你是花一笑？"

花一笑回道："我不是。"

马和道："素闻苏州花一笑声名，我与你无冤无仇，今日为何阻我行事？"

那女子走上前来，并在花一笑身边，说道："花帮主，你半夜不睡，又喊了我们一声，害得我们追你来这儿，到底何事，眼前这头顶官帽之人又是谁。"

花一笑道："我真悔了叫上你们。"

马和道："花一笑，你再多管闲事，放走了这刺客，等燕王破了京师，遣人拿你，看你如何应付。"

花一笑道："今日我既救那英雄，便帮到底，岂能顾虑。"花一笑虽口中如此说道，心中却是微微惊怕，适才他在山中甘露寺酣睡之际，忽听得山林风雨之中脚步疾行声，便欲一探究竟，寻到之后，见二人兵刃相斗，上前观望，但见一人持刀，一人持剑，持刀之人竟使棍法舞刀，持剑之人又是招式凶猛，眼见持刀之人跃下山崖，救人之心突起，便上前阻拦。

马和听此，说道："既然如此，休怪我剑下无情了。"马和言毕，剑尖一抖，直刺那花一笑身边女子，那女子见此，忙欲抬剑格挡，可马和出剑极快，哪里是她能及，花一笑见此，急出剑挥向那女子身前，眼见马和剑尖将至，花一笑剑速不及，心中甚是惊愕。

马和剑尖直刺，眼见要刺中那女子，剑尖却又凌空一转，削向花一笑脖颈，一笑大惊，忙仰头弯腰，马和剑身从花一笑鼻尖擦过，这剑尖开叉，直接削去花一笑甩起的一段发丝。花一笑一手忙抽回单剑，空手一侧肘击马和手臂，只见马和足下用力，一个翻身翻到花一笑身后，持剑横勒，用剑身从花一笑身后将其脖颈勒住。

马和道："丢了你手里的剑。"马和话音未落，只见那女子所带的几人皆出剑刺向马和，马和便一掌击向花一笑后脖颈，一笑应掌吐血，马和又持剑后挥，一招下来，那几人手中剑尽断。

花一笑应掌前扑倒地，那女子见此也是挺剑直刺马和，马和脚下不动，递出长剑，剑尖开叉处击向那女子剑身，马和手腕一抖，那女子剑身便断，马和又是翻转剑身，朝那女子左肩膀一拍，只见那女子被这一拍，立时向右跌去。

此刻已有缕缕晨光穿射林间，微风吹拂。

马和说道："刺客已遁逃多时，难以追赶，我便先拿你回见燕王，再去搜捕。"马和言语间突觉身后"嗖"声起，忙回头望去，只见一箭疾射而来，来不及躲闪，忙横剑挡去，不料那箭在剑身上一擦，正中马和右上臂，马和还没来得及看向箭之来处，眼前又是一箭射来，马和急忙将剑递于左手，挥剑削去，这一挡马和已然凝神，将那射来的箭击开了。

马和定睛瞧去，只见一人手持弓箭，站于百步开外。

此刻花一笑已然仗剑起身，刚才受了一掌，气息紊乱，嘴角带血，对马和说道："这是我胞兄花一幕，功夫远胜我十倍。"

马和听此，心下迟疑，暗暗想道："我右臂已伤，这几个人虽奈何不了我，但我在这山林之中，几遇变故，此地不宜久留，应当尽快脱身。"马和也不言语，折断臂上箭，快步穿入林中，下山离去。

花一笑见马和离去，俯身去扶那女子。花一幕快步跑来，说道："那人是谁？"花一幕又见一笑嘴角泛血面色苍白，几个友人都持着断剑，心中惊异。

"我去追他。"花一幕说道。

"别。"那女子说道，说着伸左手欲拉住花一幕，却不自觉"哎哟"一声。

"晴？"花一幕看向那女子，只见她牙咬嘴唇，右手扶左肩。花一笑上前撩起她袖子，伸手按住她左肩，那女子又是"啊"一声，花一笑道："一晴左肩骨微裂，我们速回寺中，刚才那人武功了得，你不是他的对手，不要追赶了。"说着伸手往一晴左肩巨骨穴旁硬点了两指，暂止了痛感。

花一幕听此，眉毛紧皱。

此时一晴所带持断剑人中，一人说道："花帮主，那人自称燕王亲卫，燕王军就在这镇江，若差人来搜，如何是好，甘露寺我们不能待了。"

花一笑听此，顿了一会儿，道："速速随我离去。"

花一笑等人暂且不提，且说马和回到城中面见燕王，将自己拿人受阻之事一五一十说了。

燕王道："你的身手我晓得，你随我征战多年，我未见何人是你对手。"

马和道："武林之中高手如云，可不比战场上与人交锋。我料这刺客八成是朝廷高官家中亡命门客。"

燕王听此，沉思良久，然后说道："我向来听说，江湖之人，崇尚忠义，我自北方起兵南下，打着'清君侧'的名号，是要肃清皇上身边奸臣，如今已苦战几载，兵临京城之下，待破京之后，该当如何？倘若我侄儿开城迎我，我又是进是退？"

马和常年陪伴燕王左右，知道燕王的心思，对燕王说道："先皇驱除鞑虏，夺得中原天下，广置藩王，就是要加强边防，尤其以北方藩王兵重，要的便是防卫那鞑子侵扰，朱允炆听信谗言，挨个除灭藩王，众藩王本忠义为国，却是或废为庶人，或惨遭杀害，如此下去，家国必然大乱，先皇在天之灵也不得安宁，再者说，先皇在位之时，曾立下规定，若朝中奸臣当道，必要之时可领兵'靖难'，燕王殿下师出有名，乃是正义之师，行忠义之事。"

燕王听此，说道："言之有理，事已至此，不得犹豫。"

马和道："昨晚凶险异常，勿要再出变故，我即命人加强守卫，今日起我日夜不离护卫殿下。"

燕王点了点头，又看向马和手臂，问道："我听说有的江湖人士以毒药抹于箭头，你伤势如何？"

马和道："燕王放心，若是箭尖有毒，自能觉出。"

燕王又说道："这花一笑是何人，待我肃清战事，第一个诛他九族。"

马和回道："燕王殿下须知，这江湖之上，可不止一个花一笑。"

燕王费解。

马和解释道："那花一笑固然言语轻佻，但话中有理，天下历四载战乱，帮派四起，武林混乱无序，燕王灭掉一个花一笑，还有十个百个千个花一笑，殿下如不能尽除武林中人，当令武林臣服，天下方可安定。"

燕王问道："花一笑竟敢带人拦我亲卫，如此大胆犯上，如若不除，怎能立我威严。"

马和忙回道："花一笑在苏州一带向来声名不小，又自有帮派，公开缉拿，定然中伤许多势力，如果能拉拢他，为殿下效力，既显燕王宽宏大量，又易于控制江浙武林，岂不是事半功倍。"

燕王说道："此事还需要从长计议，你且细细琢磨，想出办法，禀告于我。"

燕王正与马和聊着，沐昕走入屋中，上前说道："禀燕王，刘保派人回报，京城城外无屯营，墙沿没防备，只城墙之上有军士巡卫。"

燕王闻之大喜，说道："速整兵前进，一鼓作气，休要疑虑。"

燕王亲自领军，径往京城，金川门守将李景隆不战而降，燕王领军入城，文武百官沿路拜服，燕王又见着被废为庶人禁锢在此的周王朱橚、齐王朱榑，

三人见面，相扶痛哭，燕王说道："允炆受奸臣谗惑，害得众兄弟蒙难，奸臣当道，朝纲祸乱，我不得已举兵靖难，四年以来，夙兴夜寐，殚精竭虑，未尝一刻不为家国担忧，为众兄弟担忧。"燕王情真意切，群臣与军士之中，皆有随哭者。

燕王正说间，见宫中方向天色映红，问道："皇宫之中出了何事，皇上现在何处？"

燕王身边一军士说道："禀燕王，宫中大火弥漫。"

燕王听此，大急，忙说道："我侄允炆何在？"

那军士道："不知去向。"

燕王忙说道："速进宫搜救。"燕王说罢，顿了一会儿，又说道："封住京城东西南北四大门，莫让奸臣贼子逃窜。"燕王麾下进城的将官除了亲卫守护和沐昕领人分堵城门，其余的尽数进宫搜朱允炆而去。马和带侍卫护在燕王身边，纪纲带一队军士陪伴燕王。

燕王乘马步入皇宫外，只见烟火熏天，虽站在宫外，却是热浪拂面，烟气呛人，又听得宫中喊声嘈杂，燕王心中微微有些凌乱，燕王刚才和周、齐二王叙话之时，已经哭过，此时眼中泛红，又是映着宫中燃烧的烈火，燕王的这双眼睛，好似烧了起来，甚是骇人。

燕王低声说道："纪纲。"

纪纲忙回道："末将在。"纪纲乘马在燕王身后，这纪纲着实内力不虚，伤势恢复极快，他为燕王挡了一剑，现在极受燕王信任，命他时刻领兵跟随。

燕王道："你瞧这宫中大火，火就是祸，宫中定有祸患，你可知是什么祸患？"

纪纲道："末将不解。"

燕王道："这皇宫之中，都是日夜在皇上身边的人，皇上的那些个侍从、宫人、女官、内官，在皇上受奸臣迷惑、一错再错之时，不加阻拦，在我看来，个个都是罪人，都是祸患。"

纪纲听此，凝目回道："末将明白，末将即刻进宫清捕皇宫之人，凡是未曾劝谏皇上的人，全部诛杀，一个不留。"纪纲言毕，领人欲进宫中去。

燕王见纪纲欲动身，又说道："朝中文臣，凡是曾建议或附议削藩的奸佞，你清点报我。力主削藩之人，直接缉拿诛杀，不用禀告。"

纪纲回道："末将即刻差人去办。"纪纲言毕，乘马带人进了皇宫，尽数屠戮朱允炆的那些宫女太监、侍从内官。

看这京城皇宫：

六月伏暑热燥时，皇城大火烟燎天。

焦木噼啪人声嘶，恶臭混腥刺鼻咽。

燕王兵至宫易主，建文势去终逊国。

八方四门军锁死，纪纲奉命戮旧臣。

起难四载中原乱，白骨露野百姓殃。

漠北藏狼趁机养，獠牙尖爪血目贪。
山河壮志挥雄师，江湖风雨弄恩仇。
永乐八载数群侠，金陵三变记英雄。

第三回　风至扬州

　　且说那刺客亡命奔逃，自山崖跃下湖中后，惧怕马和追来，头也不回地向前游去，只游了一会儿，便到了湖对岸，奋力爬上之后，感觉筋疲力尽，竟是倒在岸边，昏睡过去。

　　这刺客睡到晌午未醒，此时烈日炎炎、夏蝉争唱，虽然是在湖岸水边，却是燥热得几乎令人窒息。这刺客趴在湖岸边上昏睡着，正做着一个梦，梦中他身处熊熊大火之中，火燎起的烟熏得人喘不上气，他梦见自己趴在地上，看见眼前的房屋都烧了起来，看见军士们四处砍杀百姓，就在离自己不远处，他看见一个士官踹开一座民居的房门，带了一队军士进去，民居之中，只见一个女子抱着小孩蜷缩在墙角，那女子颤抖着，那小孩嘶哭着，带队的士官一句话都未讲，只是一个动作，一刀两命，那刺客趴在地上，眼睁睁地看着，他想嘶吼，却喊不出声音，他想挣扎着起身，却感觉有千斤之重的东西压得他不能动弹。

　　突然，这刺客睁开了双眼，霎时间眼前一片白茫茫，缓了一会儿，他瞧见些许苍郁颜色，慢慢地，一座青山映入眼中，他双手撑地起身，感觉浑身肌肉酸痛，骨骼有些微断裂的感觉，他回忆了一阵昨晚的经历，甩了甩头，凝了凝神，此时正是艳阳高照，晒得他难受无比，他瞧了瞧眼前的山林，挣着步子走了进去。

　　这刺客寻了一棵荫大的树，靠着坐下，突觉右臂剧痛，定睛瞧看，小臂被剑划开一个口子，又斜看右肩上，四条血痕鲜红，这刺客怕手臂感染，从衣服上扯下一块布条系紧，又是暗暗庆幸没有划到血脉，不然昏迷这一上午，早就流血至死了。

　　这山林里面，比那湖岸边的蝉鸣声更响，这刺客口干舌燥，突然后悔怎么没在湖边喝几口湖水，但此刻坐在树荫之下，又是浑身无力，实在不想再动身了，这刺客目光呆滞，眼皮不听使唤，又睡了过去。他这一睡，又做起了梦，梦中他盘坐在地上，敲着木鱼，念着经文，眼前对着香坛，他感觉到无比的舒适和自在，感觉自己忘记了一切，也想不起任何一件要做的事情，但他又感觉自己似乎有什么牵挂，却是脑袋一片空白，什么也记不起来。

　　他开始放松自己的心灵，静静地享受这从未有过的安宁，然而，没有多久，他便感觉脑袋阵痛，他觉得惊怕、恐惧，又觉得沉郁、愤怒，但却依然不停地念着经文，他不想再念下去了，自己的嘴巴却不受控制，他又想呐喊，却是依然喊不出声音，他想站起身来，腿脚却并不配合。

　　突然，他双眼睁开，看见苍翠的林木，听见夏蝉阵阵，方才知道自己刚才身处梦中,此刻的他感觉又渴又饿,心中又担忧会有人来此搜捕他,便挣着起身,往山林里走去。

他抬头往山上看去,一座约莫十丈来高的佛塔凸现在眼前,心中便寻思道:"佛塔之下必有寺庙,我可先上去向那些和尚们讨些斋饭吃。"他加快脚步,向那佛塔走去,又看到一株树上长着些红红的山果,便伸手抓了一簇,解了解渴。

这刺客忍着酷暑,穿林直上,不一会儿便看见寺庙房壁,显然是到了这寺庙侧面,他想翻身进去,又想到这寺庙是佛家地方,翻墙而进未免太不礼貌,便沿着房壁寻正门而去,行了不久,便找到了寺门,他抬头望了望门上牌匾,口中念道:"金山。"又看见大门敞开,便走了进去。

他走进寺中,张望一番,见四下无人,便直向大雄宝殿走去。

走进殿中,他便看见一人跪在佛像之前,低声念叨,除去这跪在佛像之前的人,便只剩一个和尚拿着掸子在清洁殿中摆设。他抬头看了看眼前的佛像,也上前跪下,双手合十。

这时,那庙中和尚上前来问道:"施主来此拜佛,可要上些香火。"

那刺客听此,回问道:"久闻诚心拜佛,有求必应,可有此事?"

那和尚道:"精诚所至,自然金石为开。"

"如何才算是精诚?"

"心无旁骛,自然精诚。"

"如何心无旁骛?"

"一心向佛,自然心无旁骛。"

那刺客听此,顿了一会儿,又问道:"久闻佛家以普度众生为己任,现今天下兵乱,百姓遭殃,镇江城又被叛军占了,你们寺中和尚、供奉的佛祖,怎么不去救人救命。"

那和尚听此,回道:"兵乱起于人,自然止于人,并非我佛力所能及。"

那刺客说道:"要我说,你们和尚就是假借出家名义,避开尘世责任不顾,偷安于此。"

和尚道:"贫僧年岁已高,恐怕就算有凡心,也在尘世做不得什么了。"

那刺客听此,瞧了瞧那和尚,见其眉毛已白,皮肤松皱,估摸着年纪已不小,又想起刚才自己的言语,实在是不敬老者,连忙回道:"我一时执拗,无意冒犯,还请不怪。"

此时,那刺客身边同跪之人侧过头来说道:"这位仁兄,这高僧乃是寺中住持,若心中苦恼,自可向他倾诉。"

那刺客听此,又对那和尚说道:"失礼。"

住持未言语,只是取了一壶水,递给那刺客。

刺客接过,点头致谢,一股脑儿都喝完了。

住持说道:"施主肩上的伤势,可要贫僧帮忙?"

那刺客听此回道:"并无大碍。"一旁同跪之人听见此话,起身查看,瞧

见那刺客肩上四条血痕之时，甚是惊奇，问道："因何至此？"

那刺客回道："与人相斗，受了点伤。"

"何人指力如此之大？"

"燕王府中亲卫。"

"你是朝廷官军？"

"我不是。"

"那怎么和燕王亲卫作仇。"

那刺客听此，低头闭眼，说道："燕王军残虐无道，屠戮百姓，杀我妻儿，我为报血仇，与其相斗。"

那刺客身边之人惊异万分，想张口说话，却不知道说什么，愣了一会儿，说道："我叫顾莩，敢问阁下大名。"

那刺客听此，睁开双眼，转过头去，瞧看顾莩，只见其浓眉深眶，方正面容，络腮胡子，布衣打扮，瞧了一会儿，低下眼皮，似有所思，又转过头对向佛像，说道："风烈。"

顾莩听此，问道："阁下姓风？"

"我姓西。"

"西风烈？"

"对。"

顾莩听此，微笑说道："西风烈，好名字。"说着，顾莩起身拿了三炷香，递给西风烈。

西风烈接过，呆呆地瞧着这三炷香。

顾莩说道："上上香吧，我是个跑商的人，整日奔波，每到一处，遇见什么寺庙啊道观啊，都进来拜一拜，就算不会有什么神明保佑，至少给自己积点福德。"

西风烈瞧着手中的香，一动不动。

顾莩看西风烈不去点香，又朝着那住持说道："这位师父您且说说，我这上香拜佛的行为，算不算在积福德。"

那住持回道："施主心中有佛，自是好事。"

顾莩回道："快，兄弟，你看住持都这么说了，上上香，为自己祈福祈福，许个心愿，佛祖会保佑你的。"

西风烈听此，看了顾莩一眼，勉强微笑，手拿着香，递到香炉旁红烛焰上，只见香尖烧红，青烟徐起。

西风烈将三炷香拜上，对佛像说道："今我西风烈亲人俱去，又自愧无能，杀不得那残暴叛王，恩公也不知生死，我该何去何从，望佛祖指条明路。"西风烈言毕，俯下身去，叩头三响。

顾莩一旁瞧看，瞪着眼睛，待西风烈拜完起身，顾莩说道："兄弟，我有句话，不知该不该讲。"

西风烈看向顾蓴，道："有话便说，无须忌讳。"

顾蓴问道："燕王为何杀你家眷。"

西风烈听此，眉头紧皱，眼睛瞪圆。

顾蓴见西风烈这般反应，忙补道："在下并无恶意。"

西风烈道："燕王军破城后屠戮百姓，我家亲人遇难。"

顾蓴问道："你家原住哪里？"

西风烈听此，没有言语。

顾蓴见西风烈不说话了，也便不再追问。

住持在一旁站立，听二人讲话，此时说道："施主既与燕王结仇，燕王自会派人搜你，倘若追至此处，恐怕祸及佛门净地。"

西风烈瞧看住持，又看了一眼大殿门外，此时正值午间，门外阳光正盛。

西风烈对住持道："谢师父赠饮，我这就离去。"

住持双手合十，道："阿弥陀佛。"

西风烈向正门迈去，欲离开这寺庙，走到门口，又回头看了一眼佛像，只见那佛像法相庄严，双目慈悲，西风烈心中想道："恩公不知身在何处，我应当急去搜救。佛祖大慈大悲，请保佑善人平安。"

顾蓴见西风烈从正门离去，上前问道："兄弟要去往何处？"

西风烈听此，站在门外。

顾蓴问道："你还要去与燕王为敌吗？"顾蓴说着，也走出大殿。

顾蓴道："朝廷官军已经不是燕王的对手了，燕王夺皇位，只是个时日的问题。兄弟你势单力薄，何苦前去送死。"

西风烈说道："家仇不报，此恨难消。"

顾蓴道："杀害你家人的不是燕王，是战乱。"

西风烈听此，瞬时恼怒，转过身来，问道："你怎么这么多事。"

顾蓴道："非我多事，我是看你是个重情之人，又有勇气，不希望你愚昧行事。我三言两语，也说服不了你，不过你须知，飞蛾扑火，是不理智的。你失去亲人的伤痛，我也理解，但你若自己冲动，白白送死，你亲人泉下有知，也要恨你。"

西风烈虽越听越恼，但也知这顾蓴是一片好心，回道："谢兄弟教训，我谨记在心。"说罢，头也不回，出寺去了。

顾蓴站在殿门外，耸耸肩，看着西风烈走远。迈回殿中，向住持说道："我不日就要去洛阳了，可能很久不来江南走商了，还望住持珍重啊。"

住持听到这话，低头道："阿弥陀佛。"

顾蓴道："我午后再去那甘露寺看看，然后收拾收拾，可能就要启程了。"顾蓴边说，边冲着住持微笑，白牙尽露。

住持微笑点头，道："施主既去洛阳，可帮我给少林寺方丈带封书信？"

顾蓴道："少林寺距洛阳不远，小事一桩。"

住持又点头致谢，然后去拿纸笔。

顾莽转着眼珠，口中嘀咕道："少林寺，少林。"

顾莽冲住持说道："少林寺现在可还收俗家弟子做武僧。"

住持听此不解，问道："施主意欲何为？"

顾莽笑道："我方才看那人，是个好人，不过心魔太重，引他去少林习武，在寺中待上一段日子，可以消消他的煞气。佛家有云，救人一命胜造七级浮屠，我们引他走正路，也是个善事。"

住持道："刚才那位施主虽然心中有怨仇，却肯在佛前跪拜，自然是与佛有缘，我看他出门下山去，心中心魔肆虐，估计凶多吉少。"

顾莽忙回道："对。住持说得对。"

那住持瞧了一眼顾莽，便坐下书写，顾莽盘坐在佛前，闭上眼睛，双手合十静坐。

一段时间过后，住持写了两封书信，站起身来，递给顾莽。对顾莽道："这两封信你送给少林方丈，其中一封是我引西风烈入少林的信，这信不得给西风烈看。"

顾莽道："好，我直接都给少林方丈。"顾莽拿了两封信，折好插在了腰带上。

顾莽又道："西风烈此时定还没下到山下，我去寻他。"

住持回道："我和甘露寺住持替你道别吧，你若与他同行，须尽快离开此地。"

顾莽笑道："好，但愿有缘再来此地，与您叙旧。"

住持道："阿弥陀佛，施主珍重。"

顾莽敬别了住持，走出殿外。

顾莽到了外面，只感天气燥热，脸似乎被日光灼烧，便道："这江南虽好，不过一到夏季，也是让人热得难受。"顾莽加快脚步，追出寺去，走了一会儿，却不见西风烈身影，顾莽小跑起来，口中喊着西风烈的名字，却还是找不见。顾莽心中想道："这人莫非一路跑出了这山，天气这么热，他非中暑不可。"

顾莽正行间，只见林间一棵大树下有个人靠坐，顾莽笑着走了过去，瞧看一下，正是西风烈，不过西风烈闭着眼睛，没察觉顾莽过来。

顾莽道："兄弟，你怎么在这儿午睡起来了。"顾莽说着，走近西风烈。

顾莽又道："你真会挑地方，这树荫下着实凉快点。"顾莽边说，边抖着自己上衣，透透汗，消消热。

西风烈靠坐在树干下，双眼闭着，也不开口回应。

顾莽见此，说道："快，起来，我带你去个好地方乘凉。"顾莽说完，西风烈还是没回应。顾莽皱眉，俯下身去，盯看西风烈，道："兄弟？"西风烈还是没反应，顾莽伸出手指放在西风烈鼻孔处，只感他气息微弱。

顾莽又拍了拍西风烈的脸，西风烈仍是一动不动。

顾莽心下着急，口中说道："啊，莫不是真的中暑晕了？"顾莽又仔细瞧看西风烈面容，发现他嘴唇微现淡蓝色，顾莽眉头紧皱，忙拽起西风烈，背到身上。

第四回　游红半梦

　　酷暑天燥，顾尊背着西风烈跑到湖边，手捧清水往西风烈脸上泼。西风烈仍是昏迷不醒。

　　顾尊心急，想道："山上寺里和尚不会医术，若是背他去镇江城中投医，遇上燕军认出他，可就麻烦了。"顾尊不知所措，急得鼻孔深呼气。

　　顾尊看着西风烈，突然心想："我有印象，郎中遇见病人昏迷，多是掐人上嘴唇沟，我可以试试。"顾尊念及此法，便朝那西风烈面部人中穴位猛掐，顾尊虽不会什么武功，力气却是不小，这一掐，西风烈立时痛醒，睁开双眼。

　　顾尊见此大喜，忙说道："你适才昏迷在树下，我把你掐醒的。"

　　西风烈见顾尊在眼前，便欲起身，却感到浑身无力。

　　顾尊瞧看西风烈，感觉有些异常，却一时难说哪里异常。

　　顾尊扶起西风烈，走向湖边最近的一棵树下坐下。

　　西风烈道："我记得你说你是跑商的人，定是四处奔波，你可知这中暑之后，如何快速恢复体力。"

　　顾尊听到西风烈说"中暑"一词，一时不言语，盯着西风烈看。

　　顾尊道："我瞧你嘴唇泛着淡蓝色，莫不是你在林子里吃了什么果子，中了毒了。"

　　西风烈听此，回忆一番，说道："我的确从这山里树上摘了几个小果子吃。"

　　顾尊问道："你可知是什么果子。"

　　西风烈道："没见过。"

　　顾尊道："你可能中了什么毒，你可得记着，林子里野果可不能乱吃，不过没什么大碍。"

　　西风烈正和顾尊聊间，突然眉头一紧，便欲撑着身子起来。

　　顾尊见此忙道："你做什么？"

　　西风烈道："我要去救人。"

　　顾尊听此，大笑道："你自己这般脆弱，你还是先管好你自己吧。"

　　西风烈咬牙切齿，感觉身子无力，虽撑了几下站起来，却觉得身子疲软异常。

　　顾尊说道："我若是你，养好了身子，再去救人，不然人没救成，还搭上了自己的命。"

　　西风烈睁大眼睛瞧着顾尊，说道："你讲得对。"

　　西风烈这一看顾尊，两人四目相对，顾尊仔细盯着西风烈双眼，只感西风

烈眼中血丝也是隐隐有些蓝色迹象，顾尊心中不解。

西风烈道："叛军必然派人搜捕我，镇江城我去不得。"

顾尊道："我的商队在扬州城，我正打算下午坐渡船过去，你可与我同行，燕王此时定然谋划着攻占京城，无暇顾及长江以北，你可先去扬州调养身子。"

西风烈听顾尊这么一说，心中略有感动，他与顾尊素昧平生，自己又是得罪燕王的人，却得如此热心之助，实在是令他心生感激。

西风烈道："兄弟如此帮我，我怎么敢受，况且叛军若差人搜到我，连累了你，我实在过意不去，你的仗义我心领了，我还是自行找地休养吧。"

顾尊忙道："你若再磨叽，就是不给我顾尊面子了。想我如此真心帮你，你却情也不领，岂不是故意让我难堪。"

西风烈道："我并不是不领情的意思，算了，你既然如此，我无话说了，今日受你帮助，他日你若有难，我必鼎力相助。"

顾尊听此道："我顾尊向来好善，自有福报，怎会有难？"

西风烈忙笑着说道："当然当然，举头三尺有神明，顾兄自然善人善报。"

顾尊听此大笑，扶着西风烈离了此处，寻民渡去了。

且说此时瓜洲渡口早已被燕军占了，顾尊二人只得乘民船，从别处上岸。

顾、西二人上岸之后，寻了一条小路，往北走去。二人行间，顾尊问西风烈为何与燕王结仇，西风烈便把他行刺燕王之事讲了，顾尊听完无比震惊，想不到这世上竟有人能只身闯入燕王军营，又全身而退。

顾尊问道："你说你要救人，可你说你亲人尽被燕军杀害，你又要去救谁？"

西风烈道："我要去救我的恩人。"

顾尊道："恩人？"

西风烈点了点头。

顾尊道："先不想救不救人了，想想你怎么恢复体力吧。"

西风烈道："我恩人大难将至，我得尽快去。"

顾尊道："你恩人是谁，现在身在何处？"

西风烈道："我也不妨直说。但……"西风烈仍是心有顾虑。

顾尊道："你我虽相处不久，我确实和你甚是相投，你要信我，有话直白讲出来，或许我能帮你。"

西风烈道："哎，实不相瞒，我恩人正是齐泰。"

顾尊听此，道："哦，齐泰，我不认识，他现在身在何处？"顾尊边说，边回忆着是不是从哪听闻过"齐泰"二字，转瞬之间，顾尊又道："齐泰！莫不是朝廷的那个齐泰？"

西风烈没有言语。

顾尊又道："我记得他在兵部是个大官啊，皇上身边的红人儿。"

西风烈道："兵部尚书，齐泰。"

顾萼吁了一口气，道："这不好办，我料燕王朱棣过不了多久就能攻下京城，想那皇上身边的旧红人儿们，恐怕都难逃厄运啊。"

顾萼又问道："他怎么于你有恩。"

西风烈回道："实不相瞒，我本是个跑镖的镖师，家住济南府，走镖的时候听闻叛军攻到济南城下，我心急如焚，想回到济南去，不料那会儿回济南的大道不通，我只能估摸着方向穿野地回去，待我到了济南，朱棣还没攻下城池，城门紧闭，叛军层层围住济南城。"

顾萼道："我听说那朱棣攻济南之时，中了官军诈降的计，险些丧命，破城之后仍恼怒不休，纵兵抢掠许久，你亲人莫非是那时遇难的。"

西风烈眼眶泛红，咒骂道："朱棣残暴无道，兴兵叛乱又殃及百姓。可怜我一家老小都没逃脱厄运。"

顾萼道："这么说，朱棣破城之后，你能进济南城去了，朱棣纵兵抢掠之时，你可在家？"

西风烈道："朱棣破城后，城外仍围着重兵。"

顾萼道："哦，如此说来，待你进城之时，一切为时已晚。"

西风烈道："我当时愤恨难消，本想以死消恨，可想了又想，如此血海深仇，我若不报，纵是去了地府，有何颜面见我妻儿父老。"

顾萼听此，顿了一会儿，心想："西风烈把仇恨认在了燕王身上，想报此仇，难上加难，恐怕他穷极一生，也无能为力。"顾萼斜了一下眼睛，和西风烈说道："我听说杀人偿命，我若是你，定查清是谁亲手与你结下的血债。"

西风烈听了一惊，心想："我一股脑泄恨在朱棣身上，却没想到是谁进了我家，我那妻子虽是女流，不过我也曾教她武艺，她的本事我知道，寻常的士兵伤不了她。"西风烈目光呆滞，陷入沉思。

顾萼道："哎，纵兵抢掠，定是嘈乱，你想报仇，也寻不着仇家了。我劝你一句，你虽然行刺朱棣差点成功，但朱棣经此一惊，定然加强守卫，日后若是再登基为帝，你想杀朱棣，简直登天一样。仇不仇的，就放下吧，兵荒马乱的年代，你又想去恨谁呢，你就恨自己生在了这么一个年代吧。"

西风烈双眼迷茫，也不理顾萼。顾萼见此，也没再和西风烈讲话，两个人并行寻路。

二人走了不久，便找到大道，径往扬州城去。

及至扬州城门外，西风烈见大门士兵守卫。问顾萼道："这守城士兵会不会认出我来。"

顾萼想了想，说道："我猜不会，即使逮捕你的画像已发，这半天的工夫，也到不了这里。"

西风烈点了下头，跟着顾萼进城。

到城门下，守城士兵问道："什么人，进扬州城干吗？"

顾萼笑着上前说道："我是个跑商的，商队在扬州城中，我去镇江探了个

亲戚。"

守城的士兵又问道："你旁边这人，右肩怎么伤的？"

顾尊瞧了瞧西风烈，只见他衣衫褴褛，肩上伤痕明显，右臂又是绑着布条。

顾尊和那士兵说道："瓜洲渡口不能通行了，我俩从小路来的，路上遇见了一只恶狗，我这朋友和那恶狗搏斗，伤了手臂。"顾尊说着，从腰间掏出一点碎银子，递给那士兵。

那守城士兵推开了顾尊的手，说道："你别给我银子，这年头都不容易，赶紧进去找个郎中，小心那野狗带病。"

顾尊连声感谢那士兵，那士兵又搜了搜顾尊和西风烈二人身上，又道："没带什么兵刃就行，赶紧走。"

顾尊拉着西风烈进了城，想寻他那商队下榻的客栈，此时二人都已饿得不行，可是此时扬州城街边竟无小摊卖些东西吃，要不是此地兵乱，扬州定是繁华喧嚣。

顾尊道："扬州城啊，好地方啊，如今却这么冷清。"顾尊边说，边四处瞧看，他似乎从未见过扬州这般安静。

顾尊又道："其实谁当皇帝都无所谓，我只盼着这朱棣和现在的那皇上早日争出个高下，还天下一个太平。到时候来这扬州游玩，才是人间乐事啊。"

顾尊正说间，一人从顾尊背后跑来，撞了顾尊一下。

那人忙说道："抱歉，借过。"说完便向前跑去。

顾尊道："唉，慌什么。"西风烈在一旁瞧着，只见一人黑衣打扮，蒙着头巾，身材纤瘦，不过个子挺高，又听声音中性，看不出男女。

顾尊道："走吧，我们快去客栈吃些酒菜，我可是饿得不行了。"

西风烈应道："好，我们快点走。"

顾尊瞧着那人跑去的背影，感觉哪里不对，摸了摸腰间，突然说道："我钱袋！"

西风烈一瞬间便反应过来，箭步往前跑去。

顾尊也是大喊："站住！"

那人步子很快，西风烈一时竟追赶不上，西风烈急了，脚下使力，疾跑追赶。西风烈瞧那人跑路姿势，是个女的。

西风烈追上那人，一把抓向她头巾，不料那人竟往前一跃，西风烈左手扯下了她的头巾，又伸右手拽住了她的头发，那人被西风烈这么一拽，回了个头，伸手往西风烈手臂上一击，西风烈右臂本有伤，这一击打得很痛。西风烈缩了手，呆在原处不动，那女子往前跃去，又是往回甩了个手，身子失了平衡，摔在前面。

这女子慌忙爬了起来，快步跑走，西风烈却待在原地，不再追赶。

不一会儿，顾尊赶上，气喘吁吁地问西风烈："你怎么不追了？"

西风烈没有说话，顾尊又问："喂，怎么回事？"

西风烈反应过来，慢慢说道："别追了，追不上了。"

顾莘道："噢，不追了？怎么了？"

西风烈道："刚才我看见那人面容，很像我死去的妻子。"

顾莘瞪大眼睛，问道："什么！你妻子，那你还不追上瞧瞧？没准是你妻子没死呢。"

西风烈叹了一口气，回道："不可能的，像罢了，她比我妻子高有半头，不会是的。"

顾莘道："唉，算了，我那钱袋里也没多少碎银，就算做了个善事吧，这兵荒马乱的，竟令女子光天化日之下在街上抢钱袋。"顾莘说着，提了提腰带，却丝毫没察觉除了钱袋，腰间上插的两封书信也不见了。

西风烈瞧着那女子，慢慢跑远，拐进了巷子口。

顾莘说道："走吧，别看了。"

西风烈二人，朝着顾莘商队下榻的客栈走去，点了些饭菜，西风烈吃了饭，就回去房间休息了。顾莘和商队的人商量着启程去洛阳的事宜，突然想到西风烈肩上的伤口，就进了西风烈房间，想叫他去看郎中，却见西风烈已然沉睡，便没打扰。

顾莘想了想，还是出去找个郎中吧，天气燥热，伤口不处理，化脓感染就坏事了。顾莘走着走着，又好像想起了什么事情。

"糟了！书信。"顾莘突然摸了摸腰间，金山住持托付他的两封书信不见了，顾莘心想定是被那女贼顺走了。可那人早已跑了，上哪儿去找。顾莘心想："既然已经丢了，也找不回来了，等到我见了少林方丈，便实话实说，估计书信也没什么内容，不过是寒暄几句，我把心意带话过去就行了，另一封估计是引荐西风烈入少林，我仔细叙述一番，也就可以了。"顾莘边想边笑，寻郎中去了。

西风烈于房间沉睡，又做起了梦，梦中的场景，正是他刚才抓向那女子头巾的场景，西风烈一手扯下那女子头巾，那女子便回过头来，西风烈瞬间睁大双眼，这女子正是他已逝去的妻子，西风烈眼眶转泪，嘴角扬起，脸上笑容万般温暖。

但那女子还是向前跃去，跌倒在地，又是慌忙爬起，西风烈见此，忙欲上前扶她。

这时，西风烈惊了，他双腿竟是不听使唤，就像没有一样，西风烈眼见那女子爬起，向远处跑去，西风烈更急了，想喊住她，却是叫不出声音，西风烈感觉身上只有右臂能动，便伸手想够住那女子，可这一手的距离能有多长，西风烈只能眼睁睁地看着那女子越跑越远。

西风烈突感有风吹起，街边琼花瓣飞，游红舞天，西风烈不会认错的，那女子就是他的妻子，可他就是不能动，有那么一瞬间，西风烈好像意识到他自己身在梦中，然而那心中伤痛的真实，思念之情的真切，和他妻子跑动的真实背影，一切的一切都让他认为这绝不是梦，西风烈挣扎着想喊出声音，想去追赶他的妻子，但他一切努力的尝试，都无济于事。

正是扬州街上静无声,琼花游舞乱迷蒙,结发情深人已逝,一半相思一半梦。

西风烈眼见他妻子在他眼前渐去渐远,心中绞痛难当,双眼又是被飞舞的琼花花瓣渐渐晃得有些眩晕,一点一点的,西风烈感觉这琼花似乎颜色渐渐变浅,又是渐渐变蓝,朦朦胧胧中,西风烈又失去了意识,好像在梦中,睡着了。

第五回　辗转入佛门

"喂！快醒醒！"

西风烈隐隐听到有人在叫他，便缓缓睁开眼睛，却觉眼睛刺痛，眼前先是白茫茫一片，然后又好像是淡淡的天蓝色，最后缓缓显出两个人形。

"我，怎么了？"西风烈缓缓说道，只觉自己有气无力。

"躺着别动，我本想找个郎中帮你弄弄手臂肩上伤口，没想到带他回来，连声叫你不醒。"顾莘站在一旁说道。

"现在什么时辰了？"西风烈问道，想直起身来，却动得费劲，又躺了下去。

"傍晚了，不一会儿天就快黑了。"顾莘回道。

西风烈道："你怎么不叫我再睡上一会儿。"

顾莘回道："我本是不想叫你，但郎中说，你这伤口要用盐水清洗，按你这伤的程度，估计会很痛，便想叫你起来，况且现在快到晚上了，一会儿吃个晚饭，再休息，不然你半夜醒来会饿的。"顾莘边说边笑，又叫那郎中准备处理伤口。

西风烈听此，也是笑了笑，说道："顾莘兄如此心细，佩服佩服。"

顾莘"哈哈"一声，道："哎，跑商的人，若是不心细着点，早就赔得一干二净了。不过……"

西风烈听顾莘支吾，问道："不过什么？"

顾莘道："没事，让郎中给你弄弄伤口吧。"

西风烈躺好，解下了手臂上缠的布条，脱下了上衣，露出肩膀。

顾莘看见西风烈上身多处伤痕，问道："风烈兄身上怎么伤痕如此之多。"

西风烈道："我常年走镖，不免遇见劫匪或与人相斗，自然免不了伤痕。"

顾莘说道："我感觉你武艺高强，怎么还常被人所伤。"

西风烈笑道："武艺高，也是慢慢高的，谁都有弱的时候。被刀砍伤几次，才学会如何躲刀。"

顾莘应声回道："是啊，就好像我跑商，每次赔了生意，都是学了一次经验。"

西风烈又道："不过这武艺高了，也不见得受伤的次数就变少，武艺越是高强，越觉得别人不如自己，敢和别人去斗，可往往又会遇见比自己武艺还高的人，就算武艺比自己差，可那兵器也不长眼啊。"

顾莘笑道："是啊，赚银子多的人，才有本赔得多。"

西风烈笑了几声，这会儿那郎中已经用盐水泡了布巾，拿来在西风烈手臂肩上擦拭，西风烈轻咬着牙，自然是有点疼痛。

那郎中边擦，边说道："这位兄弟，你这血色不太正常，有些偏淡紫色，

须配上些药汤，调调身子。"

西风烈道："喝那药汤好生麻烦，你可有什么跌打散之类的，捣烂敷上些就好了。"

郎中听此，看了西风烈一眼，道："嗯，外伤不打紧，不过你还是服些药汤，去去内伤，我看你这病态，料是伤口感染，染上了什么病，或是体力损耗过度，体内气血不调。还是用些药汤吧。"

顾萼在一旁道："风烈兄，你就听这郎中的吧，术业有专攻，这郎中就是干治病救人这一行的，他想的东西，自然比咱们对。"

那郎中朝顾萼说道："你这朋友得吃药调理，我给你开个方子，你去药店取药给他熬了喝。"那郎中说罢，拿出纸笔写了个方子，递给顾萼。西风烈在床上躺着瞧看，心中想道："要这顾兄为我跑来跑去，真是惭愧万分，日后他若有事，我定要也是这般帮他。"

郎中开了方子，便出门走了，顾萼在屋中，拿着药方子瞧看。

西风烈问道："他都开了些什么草药？"

顾萼瞧着方子念道："藿香、甘草、白芷、紫苏、茯苓、半夏曲、白术、陈皮、厚朴，还有苦桔梗。"顾萼念着这些药料名字，西风烈在床上仔细听着。

顾萼顿了顿，继续说道："服二钱，水一盏，加姜枣。药料分量我没念。"

西风烈听顾萼说完，心中想道："听着这些药料，这方子有理气之用。我自从湖边昏迷醒来，便觉身体疲软无力，用上一些药也是好事。"西风烈边说，边向顾萼点头。

顾萼折上这方子纸插在腰间，道："这应是藿香正气散的方子，你因天气燥热，又体力透支，中暑力虚在所难免，我这就去给你取药，你且去房间休息，我再上来之时给你带点饭菜。"顾萼说完，便出门去了。

西风烈躺在床上，对顾萼着实感激，两人素不相识，一日之间竟对他多有恩惠，此时西风烈身子无力，便闭上眼睛，躺正在床上。

西风烈刚闭上眼睛，口中便念叨着："正气散，正气散。"西风烈又忆起了刚才郎中说他气血不调，要喝些汤药，去去内伤，心中便寻思着："我近来虽是奔劳，昨日又是弄得筋疲力尽，还受了伤，但虽是如此，也不至于如此体力亏虚。"西风烈寻思到此，勉强坐起身来，双腿盘起，定了定神，气运丹田，经脉中走起了内力，西风烈这一运功，只觉内息紊乱难控，又越发觉得头部疼痛，西风烈加紧运气，又觉小臂与肩上伤口剧痛，西风烈又往伤口处血脉运气调理，不料西风烈愈发觉得意识朦胧，突然西风烈只觉胸前一痒，一口鲜血从嘴里喷出，西风烈忙收了功，闭目静坐，一动不动。

过了一会儿，西风烈缓缓睁开眼睛，此时他只觉得自己头晕目眩，便甩了甩头，皱了皱眼皮，缓了缓精神，西风烈瞧看他刚才喷出的血，血不是鲜红，而是微微发紫，西风烈从未见过如此血色，大惊想道："我这两天与人相斗，未受内伤，怎么血色如此奇异。"西风烈看了看小臂上伤口，又想："若是那人剑上有毒，我自能觉出，我这伤口，并无异常，到底是怎么回事。"西风烈深思不得其解，想了想后，又笑了起来，对自己说道："莫非那顾兄所说的对，我在山林中吃的那果子带点毒，加之体力不支，方至如此，并无大碍。"西风烈正琢磨时，忽听窗外有声响，西风烈立时说道："什么人？"

西风烈话音未落，只见窗缝飞进一折纸，窗外人脚步声急。

西风烈听那人脚步声，自是匆忙离去了，西风烈看见那一折纸飞进屋子，落在桌上，西风烈深呼吸了几口气，起身往桌边走去，在椅子上坐下。

西风烈瞧了瞧窗外，窗外昏暗，眼见夜色将至了，心中想道："这人既然扔折信纸进来，又匆忙离去，定是没有恶意，不必在乎，且看看这上面写的什么。"西风烈拿起那折纸，只见其为三份，一张单纸，两封书信，西风烈先看那单纸，只见其上面写道：

"为生计所迫，不得已借你碎银，日后必然归还，勿怪，游刃。"西风烈看罢，大惊，瞬间转头盯向窗外，盯了一会儿，只觉没有动静，又转过头来，看那另外两封书信。西风烈看这两封信，信纸一样，折在一起，似乎出自一人之手，西风烈打开一封，只见其字迹工整，其上面写道：

"圆克方丈。今我金山寺元开住持引一人入少林为武僧，此人仇恨深重，需以佛法教之，其虽身负武艺，入武僧列，但谨记切莫教其少林真功夫，若佛法难净其心，其出寺寻仇，使得少林功法，恐引祸患。"西风烈读罢此信，心中怒气甫动，但片刻之后，又静了下来，心中想道："那住持是念及少林安危，又想令佛法使我弃仇清心，也不是恶意，罢了。"西风烈想到此处，怒气淡了，又拆开另一封信，仍是元开笔迹，只见上面写道：

"中原历战乱四载，燕王夺得天下后，定清剿武林人士，少林为武林大派，又为天下寺庙僧人代表，与朝廷行事，定要谨慎，切不可使少林武僧与朝廷相斗，不然天下佛门中人，尽皆遭殃。"西风烈读罢此信，叹道："朱棣起兵四载，中原兵荒马乱，百姓遭受苦难，朱棣更是残暴凶恶，暴君当道，天下岂能安定，武林正派当奋起制此暴君，少林作为天下大派，怎能委曲求全！"西风烈越想越怒，把那两封书信撕得粉碎，拍在桌子上，西风烈这一气，更觉头部疼痛晕眩，西风烈闭上眼睛，把双肘压在桌子上，静静坐着。

西风烈静了一会儿，睁开眼睛，又盯着那张单纸，眼也不眨，没一会儿，西风烈收起那张单纸，又攥起桌上碎纸，站起身来，朝窗外望去，将手中碎纸丢出窗外，这会儿外面吹着微风，临近夜晚，也没白天那么燥热，暖风在窗边吹拂，西风烈只觉微风拂面无比舒适，他深呼吸了一口气，只感空气新鲜温暖，此时此刻，静谧无声，这是他很久都未曾有过的情景。

西风烈眼看窗外碎纸随风飘飞，眉头一皱，又感不适，他忆起了刚从梦中所见琼花飞舞的场景，心中思绪万千，头上太阳穴位也是微微阵痛。西风烈头部一痛，心中想道："顾兄这般助我，定是也想令我安于少林，消去心中仇恨，这两封信，定是元开住持给顾兄的。"西风烈只觉身体不适，想走回床上休息，

又突然想："恩人性命危机，顾兄虽是一番好意，我又怎能弃恩人于不顾，况此世上，我所在乎的，只此一人罢了。"西风烈念及此处，寻门出去。

西风烈刚出房门，站在客栈二层之上，但见客栈大门走进几人，为首一人斗笠披风，腰间别着两把短剑，跟着几人也都带着兵刃，那为首之人进门之后，便冲掌柜大喊道："你刚才可曾见一人进来？"此时掌柜的正在算账，被这一喊，吓了一跳，忙说道："我一直在此处算账，未曾见客进来。"

此时那为首戴斗笠之人身边一人低声说道："易大哥，我方才遥见她从这里屋顶窜过，我们可上楼搜查一番。"

那戴斗笠之人听此，大手一挥，道："搜！"

掌柜的听此，忙出来拦住说道："这位客官何事啊，楼上都是行旅的住客，不能随便进人家房间啊。"掌柜的话还没说完，就被推到一边，一个踉跄，险些摔倒。

西风烈见此，在二楼栏杆处朗声说道："站住。"

楼下几人听到，皆站住脚步，寻声望去，只见西风烈手扶栏杆，盯着他们。

此时，那为首戴斗笠之人回道："站住？呵，你可知何人藏在此处？"

西风烈回道："游刃罢了。"

楼下几人听此，尽皆愕然，怔怔地看着西风烈。

那为首戴斗笠之人听此也是惊了，他万分不能预料，这楼上之人看似平平，竟能如此平淡地说出"游刃"二字，顿了一会儿，问道："你是什么人，和她什么关系？"那戴斗笠之人说此话时，竟是左手摸向腰间短剑。

"西风烈。"一声震响从二楼传来。

那戴斗笠之人听见此名，笑道："原来是西镖头，在下易羽，苏州富商石大海千金悬赏游刃，西镖头若知游刃踪迹，一起抓捕，我可与你千金半分。"

西风烈道："游刃乃天下第一杀手，手下人命无数，人人得而诛之，我遇见了她，自然是拼了性命，也要将她拿住。"

易羽听此，心中琢磨："莫不是这游刃已被西风烈抓住，藏在屋中。"易羽念此，朗声说道："好吧，西镖头为人大义，江湖人尽皆知，我易羽素来仰慕，今日一见，果然器宇不凡，可否进屋一坐，喝上两壶好酒。"

西风烈看得透易羽的心思，不过也难辞盛情，回道："素闻阴阳对易，夺命飞羽，易大侠名号响彻江南，我西某也是仰慕已久，今日有缘相聚，杯酒难辞，不过我如今颠沛流离，这酒钱，可得易大侠掏了。"

易羽"哈哈"大笑一声，冲掌柜说道："快来几坛好酒，切些牛肉，送到西镖头房间。"易羽说着，快步走上楼梯，那掌柜在一旁又惊又怕，颤颤巍巍，易羽没听见身后掌柜的脚步声，头也不回，说道："怕什么，有我和西镖头二人在此，你还怕游刃能为所欲为吗？"掌柜的听见此话，忙说道："我这就去拿酒，二位大侠稍等。"

第六回　醇香酒谁弃

西风烈将易羽请进屋中，易羽进屋眼睛扫了一番屋子，除去墙边柜子里，其余无处藏人。

易羽大笑道："这阵子听说西镖师不走镖了，我还正纳闷呢，四处跟人打听，这中原大地名声最响的镖师，怎么停了镖了，没想到在此地见着了庐山真面目。"

西风烈回道："不瞒易大侠，朱棣起兵攻济南后，我便再也没家了。"

易羽"啊"了一声，问道："莫非家中家眷遭遇不测？"

西风烈道："以前我走镖赚得银子，都是大多寄回家中，如今只剩我孤单一人，还走什么镖。"

易羽面容悲伤，安慰西风烈道："人死不能复生，西镖头还要好好生活下去啊。不知出事之后，西镖头最近在做什么事情？"易羽问这话时，眼睛盯着西风烈。

西风烈自然知道易羽是怀疑他藏了游刃，西风烈道："我流离失所，辗转去了京师，机缘巧合，在齐尚书家中做了个门客。"

易羽听此一惊，心想："齐泰乃当朝兵部尚书，位高权重，西风烈在他家做门客自是惹不起啊。"不过易羽转念一想，心道："燕王朱棣破京指日可待，齐泰乃是支持削藩的首臣，下场自然好不了，我怕他作甚？"

易羽又道："西镖头肩上怎么有伤，上衣为何如此破烂？"易羽边说，边在屋中四下张望一番，说着起身朝那衣柜走去，又说道："我看这客栈衣柜中有没有放着布衣。"西风烈在一旁瞧看，面露微笑。

易羽打开衣柜，只见里面果真放着几件衣裳，易羽眉头一紧，拿了一件上衣，转身说道："来，换件衣服。"

西风烈回道："嗳，使不得，这定是店家放的衣服。"

易羽回道："不打紧，我给他银子便是。"

西风烈点头道："好，易大侠请我喝酒，又送我衣裳，我实在难当，我也知你正寻那游刃，我虽不曾见她，但刚才我在屋中之际，突感窗外有人跑过，寻思了寻思，才想出门探看，不料正撞上易大侠。"

易羽听此，眼睛瞪大，忙起身向窗外探望，此时天色已黑，从二楼窗户看去，只见得众房瓦顶，街道无人，寂静无声。

易羽回过头来，对西风烈说道："游刃手法狠毒，不循道义，乃江湖公敌，西镖头可有兴趣与我共擒此人。"

西风烈大笑一声，说道："今日得见易大侠，心中欢喜，正想饮上几杯，哪有心思想那卑鄙之辈。"

易羽听了西风烈这般言语，心中想道："追那游刃固然重要，不过西风烈在江湖上地位颇高，又是公认的正派之人，若是结识了他，自然是好事一桩，不如先与他交个兄弟，事后再去寻游刃。"易羽想到此处，笑着坐下，与西风烈叙谈。

易羽问道："不知西镖头如何去的齐尚书门中？"易羽正说间，那掌柜的端着两个盘子进来，一盘放满了牛肉片，一盘则是青盐粒，身后跟了个人，抱着一大坛酒进来。

掌柜的进屋便说："我料这酒定然不够，一会儿我再搬些上来。"掌柜的说着话，把两盘下酒菜摆在桌上，后面跟着的人将酒坛放下，从房中拿了两个碗出来，又给二人斟上。

易羽便端起了碗，西风烈也跟着，二人一饮而尽。

西风烈缓缓说道："我与齐尚书之事说来话长，自我流离到京师，不走镖了，也没什么本事吃饭，便沿街卖艺，讨些碎银填肚子，然而却有官府兵卒想要捕我，说什么我在此演武，扰乱民安，我真是恼怒，想我本来就痛恨官军无能剿藩，不去沙场作战，却在这儿和我说什么维护民安，我和他们口角起来，那几个兵卒便抄刀要砍我，我一时冲动，将那些兵卒尽皆打死，遁逃而去。"

易羽听了，问道："后来如何。"

西风烈道："后来我寻思我打死兵卒，乃是违了律令，心中不快，便去官府自首。"

易羽笑道："西镖头果然大义啊，要换作是我，那几个兵卒猖狂，自是尽数打死便了，还自投官府作甚。"

西风烈也笑了笑，继续说道："后来我就被放进了死牢，不过那时候我万念俱灰，也无心恋世，死便死吧。"西风烈顿了顿，又道："然而，我临刑之日前晚，一人身穿官服，来我牢房，正是齐泰，他说向来听闻我为人大义，误杀兵卒，定是有什么误会，要差人再查，放我出了牢狱，又留我在他家中做了门客。"

易羽点头道："齐尚书果真是贤臣一个，是非分明，可称可赞。"易羽又道："如此说来，齐尚书与你有救命之恩。"

西风烈"嗯"了一声，说道："我本心灰意冷，但齐尚书和我说，如今叛军祸乱，匹夫有责，又说我身负绝艺，当思如何报国救难，若是轻生而去，当真令人鄙夷。"

易羽回道："齐大人所言极是，西镖头之仗义，武林人人皆知，若是无故辞世，当真令人惋惜。"

西风烈接着说道："齐大人说，以我武艺，当寻思单入朱棣营中，手刃叛王，我寻思我性命乃是齐大人救得，行刺朱棣，又是家国共愿，哪里敢辞，便与齐大人一同商议，伺机行事。"

易羽惊呼道："你这肩上伤痕，难道是行刺朱棣所伤。"

西风烈回道："正是。"

易羽大惊，问道："此刻朱棣已死？"

西风烈笑了笑，回道："我没那本事，没杀得了他，便从营中死战脱身。"

易羽更是吃惊，道："素闻燕王帐下猛将无数，亲卫皆武艺非凡，西镖头竟能全身而退，在下着实钦佩。"说着，易羽给西风烈斟了一碗酒，自己也倒满上，说道："来，我敬西镖头一碗！"西风烈笑了笑，举起酒碗，二人对饮而尽。

西风烈道："我这是莽勇，做了错事。"

易羽不解，问道："此话怎讲？"

西风烈道："我这番行刺不成，反令朱棣惊恐一番，日后必然防卫更严，江湖豪侠再想行刺，恐怕难上加难。"

易羽摇头道："这话说得不对，我敢断定，这普天之下，敢独闯燕王军营之人，除你西镖头外，再无第二人。"

西风烈大笑一声，说道："易大侠可别这么说……"西风烈正说间，突然顿住，只觉头部剧痛难当，面部紧皱。

易羽看西风烈这般表现，心中想道："难道这西风烈不善饮酒，这才两碗下肚，就晕了？"

西风烈定了定神，说道："哎，我今晚身体不适，只觉筋疲力尽，令易兄见笑了。"西风烈说完这话，站起身来，举起酒坛饮起，咕噜咕噜，竟是将整坛酒一口气喝下。

易羽见此，喊了一声："好酒量，好豪气。"易羽又转过头，冲门外喊道："怎么还不拿酒上来！"

西风烈将酒坛拎在手上，想弯腰放在地上，突然又觉头上两侧太阳穴处血脉剧痛，一时眼睛紧闭，好像又失了意识，竟是手上无力，松了开，那酒坛掉了下去，"啪"的一声，碎了一地。

易羽见此，忙上前扶住西风烈，易羽一手握住西风烈手腕，但觉他脉搏十分异常，便放他坐下，二人面对面盘坐地上，易羽右手掐住西风烈左手腕处，西风烈此时已然半晕半醒，易羽运起内息，双眼紧闭。

不一会儿，西风烈缓缓睁开双眼，此时西风烈面部紫红，双眼血丝充盈。

易羽道："西镖头身中奇毒，那毒气攻你心神，刚才你又饮了酒水，酒劲添乱，方至如此。"这时掌柜的抱着酒坛进来，易羽挥了挥手，掌柜的把酒坛放在了边上。

西风烈惊道："中了什么毒，竟如此厉害。"西风烈说着，抬起双手到腹前，欲运功调息。

易羽见此，忙按下西风烈双手，道："西镖头不要运功，你体内气息紊乱，若是强运内力，只会更令内伤加剧。"

西风烈听此，眯起眼睛，低目侧面，不知如何是好。

易羽道："你须尽快解毒，若是毒性大作，祸乱内脏，定有性命之忧。"

西风烈道："如何解毒，我不能运气试探，不知中的什么毒。"

易羽听此，若有所思，回道："你所中之毒，魔气极盛，普天之下，只有正宗玄门内功可解，这武林之中，最压魔气的便是少林内功。你可径往少林，西镖头名声远扬，武林众人素来敬佩，少林又是名门大派，见武林正直侠义之人身中剧毒，没有不出手相助的道理。"

西风烈本是刚才被那金山住持书信弄得对那少林有些气愤，但此时听得易羽这番话，又觉得不无道理，可转念一想，又去不得少林，便朝易羽说道："若天不择正，朱棣攻入京城，恐怕齐大人性命难保，他有恩于我，我怎么能弃之不顾，当拼死相救。"

易羽瞧着西风烈言辞激烈，自己身中剧毒，性命难保，却是还想着谁有恩于他，如此仗义，令人佩服，易羽想了一会儿，徐徐说道："我以为不然，你救与不救，齐大人必然性命不保，朱棣破京，就是个时日的事，到时候，朱棣占了皇城，做了皇上，齐大人那般忠义，定然殉国而死，即便你救得了他，他又如何能跟你走呢？"易羽如此问道，言辞诚恳，也引得西风烈一番沉思。

西风烈回道："你说的不无道理，我与那齐大人相处，知其秉性，定是如你说的这般，以死殉国，我便是能救得了齐大人，那岂不是让他落得个逃亡之臣的名，陷他于不义。"

易羽叹息一声，说道："当朝皇帝气数已近，朱棣定然为天下君王了。"

西风烈切齿道："我只恨苍天不察。"

易羽又道："西镖头受江湖人士器重，新君临朝，自然变数丛生，武林难免祸乱一番，西镖头当自惜性命，日后好扶持武林正道。"

西风烈勉强笑道："我有什么本事，还扶持武林正道，你这是折煞我了。"

正此时，顾萼拿着草药包推门而进，看见西风烈面色发紫，又看见碎在地上的酒坛，急道："我跟你说，你这身子状况，喝不得酒啊！"

易羽见顾萼进来，向西风烈问道："这位兄台是？"

西风烈道："这是我朋友，姓顾名萼。"

易羽听此，向顾萼拱手说道："顾兄。"

顾萼点了点头，正欲张口问易羽身份，却听西风烈轻轻"啊"了一声，顾萼、易羽二人一齐望向西风烈，只见其双眼紧闭，头部微颤……

第七回　危难现端倪

秋七月，燕王朱棣大祀天地于京城南郊，欲即位诏告天下。

是日，京城南郊旌旗招展，群臣俱至，燕王身着龙袍，身边众将护卫，步出南门，一眼望去，燕王身边身着铠甲的将官竟是十倍于身着官袍的文官，最贴近燕王一人，面色颇为白皙，黑帽竖戴，剑别腰间，肩上披风系着，迎风飞抖，威武之气，不下燕王。

燕王身到祭典处，只感天高地阔，风吹气爽，大明江山，此刻已归在他手，燕王大步踏向祭台，周围众人多数止步，只随着几个亲卫和祭祀官。

两边旌旗之下，文武班臣不随朱棣而来的，早已侍立在旁，在这其中，不少乃是朝中旧臣。

祭祀官给燕王斟了三碗酒，放在金盘之中端上。

燕王目光凌厉，拿起一碗酒，双手举起，对着苍天，朗声说道："我朱棣一敬苍天明德，怜惜众生，降福运于正义之师，助我燕军清剿乱臣贼子，扶大明归正道！"朱棣说完，将酒往天上洒去，俯下身去，对天三拜，周围众臣，也随着朱棣跪下，叩了三次。

燕王起身，再拿起一碗酒，说道："二敬神州大地厚义，使我燕军自北起兵靖难以来，每到一处，或连战连捷，或令贼军望风而降，历时四载，终成大业。"朱棣说完，将酒洒在地上，又是俯下身去，拜了三拜，众臣相随。

燕王拜完，随即又起身，拿起最后一碗酒，转过身来，朝身后众臣朗声说道："三敬列位家臣，随我出生入死，苦战四载，个个忠义无双，为家国奋战，为大明捐躯。"

朱棣说着此话，身前众家臣尽皆跪下齐呼："燕王万岁！燕王万岁！燕王万岁！"

燕王听此，热泪盈眶，转过身去，冲天说道："诸位鬼将，为大明正道战死疆场，我朱棣，替天下百姓，拜你们三拜。"朱棣说完，将手中的一碗酒一饮而尽，俯身跪下，此时燕王朱棣念及靖难四载手下那些丧命的文臣武将，心中思念之情激荡，难忍心痛，竟是在众臣面前，号哭起来，燕王身后家臣，两侧文武班列，见朱棣这般伤情，有情谊之心者，也都随着低声哽咽抽泣。

此时，燕王身边戴黑帽之人从袖中抽出一卷金纸，徐徐打开，朗声念道："建文帝年幼当政，受齐、黄等奸臣蒙蔽，偏离正道，致使朝廷祸乱，天下危机，燕王受天命起兵靖难，历时四载，终破金陵，手刃乱臣贼子，然苍天

不眷，建文帝驾崩于宫中烈火之中，天下不可一日无君，燕王不忍大明凋敝，只得临危受命，登基为帝，以安天下，因建文时宫中制乱，须尽皆扶正，仍以洪武三十五年为纪，待明年改为永乐元年。"

这戴黑帽之人声音洪亮，仿佛从整个南郊四面八方传来，这人是谁？正是那朱棣第一亲卫马和，马和内力极强，这些话语，都是用内力催着念出，自然如雷鸣贯耳，声传甚远，两班文臣武将又惊又怕，只觉耳膜震痛，却又不敢去捂，胸前心脏都被震得急跳。可那朱棣伏在地上，却无反应，原来朱棣正是想让马和震慑朝中旧臣，马和运着内力，将身周护住，内力催生的音波震不到朱棣。且说此时朱棣家臣列中，一人眉目紧锁，若有所思，正是西平侯沐英第四子沐昕，听闻马和说燕王终破金陵，竟是未以京师相称此地，心中想道："马和日日陪伴朱棣多年，深知其心思，这登基的词上，竟使用了金陵，未称京城，定有蹊跷。"

马和将这金纸念完，又从袖口拿出一张卷轴，对着朱棣家臣方向说道："众臣领旨！"马和这话，本是对着朱棣家臣说的，可两班文武旧臣早已惊怕，竟是也扑通齐齐跪下。马和将那卷轴打开念道："列位臣工，历靖难四载，现今天下已定，当封赏从征将士，敕封丘福为淇国公，朱能为成国公，张武为成阳侯，郑亨为武安侯，顾成镇远侯，王聪武成侯，陈珪泰宁侯，孟善保定侯，郭亮成安侯，王忠靖安侯，徐忠永康侯，张信隆平侯，李远安平侯，徐祥兴安伯，徐理武康伯，李浚新城伯，唐云新昌伯，孙岩应城伯，赵彝忻城伯，陈旭云阳伯，张玉子张辅信安伯，谭渊子谭忠新宁伯。以上并子孙世世承袭。封房宽为思恩侯，子孙世袭指挥；房胜为富昌伯，刘才广恩伯，子孙世袭指挥同知。以曹国公李景隆，兵部尚书茹瑺，都督王佐、陈瑄有默相事机功，增景隆禄一千石；封茹瑺忠诚伯，王佐顺昌伯，陈瑄平江伯，子孙世袭指挥使。以驸马都尉王宁罹诬陷，封永春侯，子孙世世承袭。余将士论功有差，待九月前，封赏事毕。"

朱棣自此登基为帝，大祀之事暂且不表，天下已定，朱棣整顿宫制之事也不提了，且说一天上午，朱棣招纪纲、沐昕、马和三人入寝宫议事。

马和当先入寝宫，纪纲、沐昕二人随后，但见朱棣坐在床上，床边放了三个雕花木椅，朱棣见三人进来，朗声说道："三位爱卿寻座坐下。"

马和三人谢了皇上，坐在一旁。三人都相顾一眼，不知招他们三人一齐来此，是为何事。

朱棣见三人坐下，清了清嗓子，说道："镇江时的刺客可曾捉到了？"

马和听此大惊，忙起身跪下，说道："皇上恕罪，尚在搜捕中。"沐昕听此，也是起身跪下，当日追刺客之时，他是当先出了府衙追赶，没追得上，他也有责任。

朱棣见此笑道："快起身回座。"朱棣这话说完，马和、沐昕均跪在地下不动，朱棣又道："回座，朕有要事与你们商议。"马和、沐昕听此，相顾看了一眼，起身回到座位。

朱棣朗声说道："靖难四载战乱，天下秩序无纲，民间私藏兵刃无数，地方豪强、地头龙蛇、江湖散人、武林武者，或聚众立起帮派，或仗着武艺，横行于世，视法纪无存，如此下去，百姓岂能安定？况北方鞑虏仍虎视中原，家国若不能安，何以御敌于国门之外。"

马和三人听着朱棣言语，心中暗暗赞许，朱棣果然是明君，刚入主皇城，却是心系天下安定，北方鞑虏祸乱。

朱棣冲马和问道："朕先去让你思索安抚武林之策，可有头绪？"

马和回道："奴才想了八成。"

朱棣忙问："哦？何谓八成？"

马和道："当今武林帮派林立，又有各大名门正派撑着，若贸然行事，兴兵缉拿，恐怕散鼠难抓，武者流窜，反成祸乱，况且有的大派、大帮，在百姓之中素有声名，若是无故灭之，反而激起民怨。"

朱棣点头道："所言极是，贸然兴兵捣散武林帮派，好比人拿竹竿捅马蜂窝，马蜂抓不住，人反被蜇伤，而武林名门大派，诸如少林、全真教、武当派、华山派、峨嵋派、丐帮等，在民间威望又极高，更不可贸然触碰。但如此的话，有何办法安抚武林？"

马和站起身来，说道："依奴才之见，武林大派，不能尽除，武林散帮，可以灭掉。"

朱棣不解，问道："这是何意？"

马和道："武林大派，各有门规，崇尚道义，不会聚民叛乱，朝廷只需加以限制，使其在朝廷监视下活动，便可保安定，江湖散帮，需要诱其自相争斗以致消亡。"

朱棣问道："如何自相争斗？"

马和又道："奴才有一计策，已写于纸上，皇上只需颁此诏令，武林不出几年，便可安定，但还需二人相助。"马和说着，从袖口拿出一张纸，上给朱棣。

朱棣接过，抖开那纸，只见上面写道：

"天下名门正派，广收门徒，教化育人，使百姓重侠义，教人演武，强我国人体质，朝廷大力支持，但大派聚人众、藏兵器，难免令民众惧怕，民心不安，朝廷左右权衡，决定令锦衣卫除司旧职以外，也循门派制度，立为一派，命锦衣卫代表朝廷，统筹大派事宜，朝廷与各大门派共建武林秩序，乃为家国安定，各大派均明大义、重仁德，自然应与朝廷合力。"

朱棣心中默念，面露微笑，又继续看下去。

"特颁武林律令如下：

一、门派须有门规，门规须重侠义，人数不得上千，门派子弟出门派，须身着门派服。门派须报掌门一名，长老三人，掌门、长老更替，须上报锦衣卫。各大门派每三年会武一次，以武会友，各门派出人比武，比武最后胜者为所在门派掌门，为武林统领，各大掌门，须听武林统领统筹。

二、帮派须有帮规，人数不得上百。帮派须报帮主一名，副帮主两名，朝廷在各个城府，辟出地盘，供帮派使用，每年也拨给帮派银子，但只有入住城府帮会地盘的帮会才能获赐，城府地盘，每年一易主，帮会须在朝廷规矩下竞争，胜者入主。

今年年末前，各大门派、帮派，须上报名册，以示尊听，年末后不上报名册者，无论门派、帮派，定是意图叛乱、祸害家国，武林中人，当合力诛之。"

朱棣念完，不禁拍打床上小桌，站起身来，叫了一声"好"，接着又说道："好计策，好办法，就按这上面写的办，速速去办！"朱棣面露喜色。

马和接着说道："可这锦衣卫由谁来统领，事关重大，须谨慎择人。"

朱棣笑道："你可知我为何叫你三人前来？"

马和怔住，不解，心中快速想道："锦衣卫指挥使一职，甚是重要，皇上叫我三人同来，又是这般口气，莫非这指挥使一职要从我三人之中选取，但我是阉人，做不了指挥使，若是让沐昕做指挥使，沐昕虽为人精明，又是忠心，但武艺欠佳，恐怕难以胜任，若是纪纲……"马和想到此处，只听朱棣说道："马和，你怎么不说话了？"

马和一惊，忙回道："奴才不解。"

朱棣哈哈大笑，说道："纪纲，你身负绝艺，又是忠肝义胆，这锦衣卫指挥使的位子，舍你其谁！"纪纲听此，心中一惊，瞪大眼睛，朱棣又说道："你愣什么，还不跪下谢恩。"纪纲这才反应过来，忙起身跪下，口中说道："微臣定当不辱使命，为皇上赴汤蹈火不辞、龙潭虎穴不惧！"

马和在一旁听此，心中惊凛，暗暗想道："纪纲为人诡黠阴险，心狠手辣，若是如此，江湖中人岂能钦服于他。"马和转念又一想："锦衣卫乃是特命监察之司，除去纪纲，别人也是难以胜任，皇上如此安排，也有其道理。"

马和向朱棣说道："皇上，纪纲乃是绝佳人选，可还要择选一人。"

朱棣不解，问道："爱卿何意？"

马和道："朝廷还须择一武功高强之人，隐去姓名，下到民间创立帮派，暗中将各大帮派逐个剿灭。"

朱棣忙问道："爱卿可有人选？"

马和道："我去即可。"

朱棣眼睛瞪大，忙说道："爱卿乃朕贴身侍卫，岂能离朕。"

马和道："皇上安危，纪纲指挥使便能保证，何况战事已毕，皇上已然君临天下，谁人还敢进宫行刺。况且能入宫行刺之人，定是江湖高手，我身在江湖，自然知江湖动向，若有风吹草动，也能尽早得知。"

朱棣点头道："如此甚好，不过这宫中之事，朕还想委托一些给你呢。"

马和回道："不打紧，我轻功不差，半日可行五百里，宫中之事，也耽误不了。"

朱棣此时走向马和，右手搭在马和左肩前，缓缓说道："朕此生第一幸事，便是得了你这么一个良臣。"

马和心中一颤，眼中泛红，他乃是个阉人，听得朱棣说得了他乃是第一幸事，便已感动不已，又是听到朱棣喊良臣，这个"臣"字，瞬间触动了他，按理来说，他只是个宦官，如何能称作臣子，马和更加是心中涌荡，深感知遇之恩。

第八回　君到姑苏

金陵皇城之中，朱棣召见马和、纪纲、沐昕三人。

朱棣命纪纲做了锦衣卫指挥使，马和也有事务安排，唯有沐昕在一旁，不知朱棣召他来此是为何事。

待朱棣与马和叙话完毕，便开口向沐昕说道："朕欲命平安为北平都指挥使，你意下如何？"

沐昕听此，甚是不解，怎么皇上想任命官员，却是问他意见，沐昕想了想，回道："平安起初效命奸臣，与我军为敌，此人精勇善战，屡次破我军阵，但邪不压正，平安终被皇上俘虏，军中将士多仇恨平安，若不杀之，难消愤恨。"沐昕说到此处，顿了顿，又说道："但是……"

朱棣道："哦？但是什么？"

沐昕说道："算到如今，洪武爷所养武士，只剩平安一人了。"

朱棣大笑道："沐昕说到点子上了，如今天下已定，朝中旧臣虽然面上不显，却是均暗中惧怕于朕，朕若不杀平安，而是用他，方能显现我重人才、心宽大，朝中旧臣若能尽忠于朕，朕便一视同仁，况平安乃洪武皇帝旧臣，朕若宽宏大量，方能令老臣们心服。"

沐昕起身回道："皇上英明。"

朱棣又说道："虽是如此，但北平乃龙兴之地，又扼着北方鞑虏，甚是重要，我想了又想，决定还是由你去北平做承宣布政使。"

沐昕忙跪下道："微臣领命。"沐昕心中暗想："这一地的承宣布政使司，多是设左、右两个布政使，今皇上封我，却未提左右，莫非是想使我一人领这北平政务。"

朱棣笑道："沐昕今年多大了？"

沐昕道："今年十七。"

朱棣笑道："你父亲沐英，年十八便做了洪武皇帝的帐前都尉，你今年十七，做了布政使，果然将门虎子啊！"

沐昕道："皇上器重，方至如此。"

朱棣此时心情愉悦，笑着看了这三人一会儿，又渐渐表情严肃，心中若有所思。

且说这武林律令一下，中原各地府衙都张贴告示，那江湖大派也都收到了锦衣卫寄去的信函,这朝廷令各门派、帮派于年底报上名册,名门大派哪里敢违,都各自内部商议,撰写文书准备上交朝廷。

但律令之上对门派限制颇多,如细令规定门派弟子不得主动伤人,单说这一条,便令许多武林人士琢磨,想以门派名上报朝廷的并不多,倒是帮派这边,朝廷又说赏地、又说赏银,虽是限制人数不过百,但看似好点儿,于是一些江湖小门派干脆以帮派之名上报,而原本的江湖帮派更是几乎尽数上报,还有不少江湖散人,看此机会,借机成立帮会,图谋创事。

"月落乌啼霜满天,江枫渔火对愁眠。姑苏城外寒山寺,夜半钟声到客船。"苏州城外,明月高悬,寒秋风凉,江上一客船驶来,船头一人青衣束发,吟诗为乐。

"一笑,我们快到苏州了。"只见花一笑身后走来一人,轻声说道。这人是个女子,也是青衣打扮。

"我们当真要去苏州府衙?"花一笑还没回头,身后又传来一男声。

只见一男子走到花一笑身边,又问道:"哥,你已经把你名字留给了那燕王亲卫,燕王必然捕你,你这番自去府衙,不是送死么。"

花一笑转头看向那男子,说道:"一幕,律令已下,我若不上报帮会名册,定成武林公敌,到时候,我们才是大难难逃。"

花一幕回道:"虽说如此,但你已然得罪当今皇上,我们若是上报名册,岂不是将整个帮会的兄弟全给害了。"

花一笑听此,凝目瞧看一幕,说道:"至少数年之内,皇上不会杀我。"花一笑说完这句,便转过头去,望向苏州城,此时已至深夜,只有渡口边火把燃着,城内已然零星火光。

花一幕心中不解,但也不知道说些什么,想了想,又缓缓说道:"我的话,你从来不听,从来不管,你只顾自己。"

花一笑没有理会。

花一幕又说道:"那既然如此,你要我何用?到了苏州,你报名册之时,把我划掉。"

花一笑仍是不讲话。

身后那女子听了这句话,瞬间急了,上来说道:"一幕,你说什么呢!"

花一幕道:"花一晴,你跟我还是跟他?"

花一晴此时恼怒非常,他们三人乃是同胞兄妹,花一幕竟出此言语,花一晴立时回道:"花一幕,你不要太过分。"

花一幕大声说道:"我花家祖辈就在江南素有名声,先辈创下基业,留下帮会,我们应当苦心经营,以图做好,可这花一笑,刚愎自用,做事放荡,不计后果,早晚毁了家业。"

花一晴喊道:"花一幕!你就是嫉恨父亲偏爱一笑,没把帮主位子给你罢了,你也不必如此恶言相加。"

花一幕听此，"呵呵"一声，怒不堪言，只回了一声："好。"便翻身入江，往岸边游去，头也没回。

花一晴说出此话，又见花一幕这般反应，立时后悔，但碍于面子，又不想叫住花一幕，便上前推了推花一笑，花一笑说道："他要走，我们拦不住。"花一晴见花一笑没有什么反应，也是急了，跑到船边，大声喊道："一幕！一幕！"但花一幕如同飞鱼一般游走，完全没理会。

花一晴急得哭了，花一笑见此，说道："收拾收拾，准备上岸了。"

花一晴瞧看了花一笑一眼，又是转头看向江上花一幕游走的背影，眼眶泪珠旋转，嘴唇微颤。

正是：

苏州渡上人别去，谁也无言道胞情。

含恨同枝花异色，满心血泪汇江行。

翌日上午，花一笑与花一晴并行于苏州城大道之上，朝府衙走去，这朝廷定了规矩，凡是江南帮会，尽皆需要来苏州府衙上报名册。

花一笑右腰间琉璃玉佩，左腰处别着金丝雕花单剑，左腕上珍珠手链，右手上翡翠戒指，脖子上的佛珠乃是小叶紫檀，鎏金发冠，青纱禅衣，踏云宝履，鸾凤披风，如此打扮，真是贵气逼人，英姿非凡。

再看身后花一晴，凝脂玉面，顾盼神飞，头上黄金簪，耳戴紫金环，身上碧蓝衣，脚下轻细鞋，形如仙子，气若幽兰，真令女见忿妒、男见忘餐。

"君到姑苏见，人家尽枕河。古宫闲地少，水港小桥多。"花一笑且走且吟，又朝花一晴说道："要我说，这苏州是江南水乡之最，住在苏州，真如同活在水上一般自然。"

花一晴回道："你要喜欢自然，你去找个中间带屿的湖泊，建个屋子，自己去住，更自然。"

花一笑听得这句话，心中知道花一晴因昨日一幕离去之事，还生着自己的气，不禁笑了笑，说道："你说今日去府衙，会有多少人认出我俩。"

花一晴回道："满苏州的人，谁不认得你花大帮主，不过我吧，就是一个跟班，谁也不认得。"

花一笑无奈，不再言语。

且说二人行间，花一笑瞧见街边有个卖油纸伞的摊，便和花一晴说道："一场秋雨一场寒，这天越来越凉了，买把伞吧，这苏州的雨水说来就来，若是被这秋雨淋了，指不定就染了伤寒。"

花一晴瞥看那伞摊，开着的几把伞都是精心描绘，看起来都是好货，点了点头，二人朝伞摊走去。

正行间，花一笑突觉身前一人挡住去路，花一笑此时正低头看那摊子处地上开着的伞，便抬起头来，只见一男子满脸嬉笑，束带发冠，布衣打扮，身材矮了他半个头。

花一笑正欲开口说话，那拦住花一笑之人便抢先说道："这位大哥，眉清目秀，器宇轩昂，又是衣着华贵，风度不凡，定是个大人物啊！"

花一笑想开口问话，身后花一晴见此，闪了上来，伸手指向那男子，嘴张到一半，不料又被那男子抢了话："哇，这位美女，花容月貌，明眸皓齿，真能沉鱼落雁、闭月羞花啊！"

花一晴本来见花一笑被人拦路，心中不快，但自己被这么一夸，心中恼气全消。

此时花一笑又想张嘴问话，不料那男子又说道："二位贵人，当今武林，群侠四起，我堂堂七尺男儿，自当有所作为，我便于那府衙交了文书了，建了一个帮会。"

花一笑听完，也没张嘴了，倒是想听听这男子到底要干什么。

花一笑身边花一晴开口道："你。"花一晴刚说了一个"你"字，又被那男子打断，只听那男子说道："但是这朱棣爷新颁的武林律令说，筹建新帮会须五人以上帮众签名，我看你二人面露贵色，日后必有大业可成，何不与我一同做事，以图荣光。"

那男子说完，便拿给花一笑递上笔纸。花一笑也便接过，花一笑瞧看那毛笔上墨迹未干，又瞧看那张纸单，上面有府衙的印章，看了看内容，是个新帮派筹建签名的名册，只不过上面，只签着一个人的人名。花一晴旁边瞄着看，咯咯笑了起来。

花一笑瞧看了那男子一眼，便在那纸单上签下了姓名。那男子见此，十分喜悦，大笑道："恭喜大哥啊！你成功成为了本帮的第二个帮众，以后我们风雨同舟，荣辱与共，共创大业！"

那男子说完，便把纸笔拿过，想递给花一晴，但这花一晴乃是一女的，那男子便不像递给花一笑时那般鲁莽，便把纸单掉正过来，递了过去，他这一转纸单，隐隐看见纸单上花一笑签下的名字，眉头一紧，忙转头盯看花一笑。

那花一晴仍是在一旁不停地笑，这会儿又是捂住了嘴咯咯不停。

那男子瞬间便严肃了脸，不再嬉笑，和花一笑说道："嗯，大哥这名字起得不错，竟和苏州第一剑花一笑花大帮主同名，这名单之上还少人，我先去寻些其他的兄弟，回头再与你联系。"那男子快速说完这些话，便转身跑走，头也不回，又是拐进了一个巷子，消失不见了。

花一晴笑道："一笑，你成人家帮众了，苏州第一剑花一笑花大帮主，舍弃全帮，与一男子另创帮会，图谋大业，定成江湖一大奇闻。"

花一笑右嘴角扬起，笑了一笑。说道："我看他挺有意思，举手之劳，帮他签了个名字。无妨无妨。"

花一晴回道："我倒是想快些到苏州府衙看看，估计那儿现在更有意思。"花一晴掩口笑着，果然还是女孩子心思，适才还想着恼怒离去，生着花一笑和自己的气，这会儿被这一逗，竟是笑得将先前之事忘得一干二净。

　　花一笑从那伞摊子买了一把杏黄绣花的油纸伞，递给一晴，二人便继续朝那府衙走去。

　　二人行了一会儿，走到了苏州主街，那府衙就在这条街上，但见路前人群喧哗，隐隐之中，似有兵刃相击之声。

　　二人便走上前去探看，拨开人群，只见两女子各持兵刃，竟在大街人群之间缠斗，路人均怕被伤着，都是远远躲了开来。

　　那两个女子，一人杏黄衣服，手持一把单剑，一人淡红衣裳，双手拿着双剑。两女子兵刃相接，你刺我躲，我削你避，来来回回，不分高下。

　　花一笑二人远远看着，花一晴只道看个热闹，一笑却是暗中瞧看这两女子套路。

　　只见那红衣女子，步子一前一后，一左一右，横来直去，斜上斜下，似乎在脚下划着阵法一般，又是使着双剑，双剑之中，一剑指东，另一剑便指南，一剑指西，另一剑还是指着南，似乎在用双剑和步伐划着格子，所以无论攻守之时，都好像在使着阵法压击。

　　另一黄衣女子，虽是使着单剑，却是力道凌厉，要么挥削，要么挑击，招招抢先，以攻为守，凶狠异常。

　　花一笑问一晴道："你可知这二人各自使的什么剑法？"

　　花一晴只顾看热闹，被这一问怔住，回道："使的单剑剑法？双剑剑法？"

　　花一笑无奈，回道："是，所言极是。"

第九回　事起微渺

且说花一笑、花一晴二人行至苏州府衙旁，但见两女子持剑相斗，来往人群尽皆避让。

花一笑二人正看着，一笑便问一晴道："你可识得这两女子？"

花一晴听此，水灵的眼眸里眼珠转了转，回道："这身着杏黄衣服的女子，我曾见过，我记得是哪个帮会的管事，但这红衣之人，似乎未曾见过。"

花一笑道："这两女子均招式狠辣，一刺一削，都是夺命的架势，莫非有什么深仇大恨。"

花一晴掩面而笑，回道："莫不是喜欢上同一男子了吧。"

花一笑仔细瞧看这两人剑招，那红衣女子，步子划阵一般，花一笑端详一会儿，已然瞧出门道，正是使得九宫八卦剑，如此说来，花一笑断定，这红衣女子必然是道家门派弟子。

不过这黄衣女子，剑法凌厉，力道刚硬，一挥一挑，均是干净利落、动作简单，丝毫看不出什么套路。

只见那两人缠斗之际，黄衣女子突然舍身直刺，红衣女子立时惊慌，退了两步，黄衣女子便旋身劈剑，手上一把单剑直直从那红衣女子头上砍下，那红衣女子连忙双剑交叉，架了上去，只听得"铮"的一声脆响，兵刃相交，火花直溅，这一击，震得两女子都手部虎口发麻，不由得各自向身后跃去。

那黄衣女子收剑退后，又是出剑直指，厉声问道："你可敢报上姓名！"

那红衣女子退了几步后，振奋精神，脚下踏位，右手持剑抬起，左手伸剑向前，两剑一高一低、一后一前，剑尖均是指着那黄衣女子，那红衣女子回道："我复姓独孤，名七夕二字，你又是何人，可敢说上名字。"

那黄衣女子听完冷笑一声，回道："我叫武童话。"

街上远躲旁观之人，此时尽皆瞪大眼睛，霎时间安静起来，无数双眼睛盯看着武童话。

花一笑听到这里，低声说道："武童话。"

花一晴跟着说道："对，对，她叫武童话，我想起来了。"

而那独孤七夕似乎并无什么反应，只不过冷冷说道："武童话，这名字，我看你也就配和那小孩童去说说话吧，少在这里挡姑奶奶的路，识相的赶紧滚开。"

这独孤七夕言语一出，四处围观的众人霎时哗然，议论纷纷。

花一晴低声和花一笑说道："不知这独孤七夕什么来历，竟敢这般挑惹这武童话。"

武童话被独孤七夕调侃姓名，不甘示弱，朗声回道："我正是喜欢与孩童说话，这才在此逗你这个小丫头片子玩么，不过你这名字很有意思，独孤一人过七夕，我看你，定是泼辣异常，长得又丑，世上无一男子喜爱。"

独孤七夕听了此话，心中急怒，喊了一声："看剑！"说罢，竟是右手持剑往地上一拍，又是俯身蹿上，左手剑直刺武童话。

武童话起初见七夕持剑拍地的架势，心中不解，但见七夕左手持剑刺来，便欲闪身躲避，却感腿脚颇重，又是力道紊乱，好似于水中游走多时，立时上岸般，原来那独孤七夕一剑拍地，使的巧妙力道，从地上震来一道力波，扰了武童话脚下根稳，武童话自知闪避不及了，双手持剑，猛地一挥，将孤独七夕刺来的剑挡开，独孤七夕瞬时后旋，右手持剑从背后划去，武童话此时刚双手持剑挡开一剑，哪里能躲，忙脚下猛蹬，往后一仰，只见那独孤七夕右剑从武童话腹前划过，杏黄衣裳和腰间系带都被划开，武童话蹬得力猛，后避得快，身上没被剑划到。

武童话这一后仰，竟是直直向后跌去，眼见即将着地，只见其身后顶上一身，将其抱住，又是旋下自己披风，给武童话身前挡上。

独孤七夕向右后旋之后，脚下划了几步，双剑后背，立在原地，周边围观众人见这一回合，独孤七夕剑招利落，又是步子优美，不由得连连称赞，人群之中，还能听得几声叫好。

独孤七夕笑了笑，向武童话看去，只见武童话被一男子抱住，那男子缓缓扶起武童话，武童话也用他披风将自己身前裹住。

那男子也是身披黄衣，金绮束发，身上没带兵刃，他听得周围有叫好之声，便抬起头来，环看四周，众人见此，也都识相，不再喧嚣。

"此人便是武神话吗？"花一笑低声问花一晴道。

未及花一晴回答，只见那男子朗声回道："不错，正是在下。"

花一笑瞬间惊愕，他低声说话，本来除了花一晴之外，绝无二人能听得见，况且武神话离他甚远，哪里能听得着，花一笑不禁盯住眼神，瞧看武神话。花一晴见状，也是呆呆瞧看武神话。

不过武神话并未转头去看花一笑，只是向独孤七夕说道："这位女侠一手九宫八卦剑法使得精妙不凡，在下想斗胆请问，你师承哪位高人。"

独孤七夕回道："九宫八卦剑乃龙门派镇派绝技，你既然瞧出剑法，为何还问我师承。"

武神话冷笑道："我听说，全真龙门派以老庄之真、苦己利人为宗，弟子深循戒法，侠义为本，怎会出你这么一个叛道之徒，我只是想问清你师承何人，待今日替龙门派清理门户之后，再告诉他。"

独孤七夕听了这话，急回道："大胆狂徒，先吃我一剑。"说罢，独孤七夕右斜上前去，此刻武神话正在她正北方向，七夕却走东北方向。

花一笑低声说道："自离至艮，由艮向兑，右剑直刺，左剑后旋削，回到西方。"花一晴一旁听见花一笑言语，甚是不解。

但见独孤七夕向右前方冲去，右手挺剑直刺，武神话见此，拿过武童话手中单剑一挑，将七夕右剑挡开，只见独孤七夕身子向左前旋转，急转步伐往西南走去，左手剑顺势划击武神话，武神话冷笑一声，丢掉手中长剑，向前一步，伸手直抓七夕左手手腕，不料独孤七夕带劲旋身的速度，竟不及武神话丢剑、上前、伸手的速度快，武神话手上使劲儿狠抓七夕手腕，只听七夕"哎呀"一声，立时放开左手，剑也落下，武神话又是另一只手出掌向七夕背后瞬时一推，只见七夕脚下难稳，直直向前飞跌了出去。

独孤七夕狠狠跌落在地，又是力道未消，在地上滑蹭，她忙弯了手臂，撑抵地面，又是滚了两下，才停下。

独孤七夕眉头紧皱，龇牙咧嘴，摔得生疼，手臂也被蹭出了血，下身先落地的膝盖更是疼到骨子里，但独孤七夕右手仍是抓着剑柄，挣扎着想要起身。

武神话拿起独孤七夕落地的剑，说道："我便用龙门派门中之剑，替他们清理门户吧。"

武神话这话音刚落，只听人群中传来一句话语，但听得："一个男的，欺负一女子，还耀武扬威，可笑至极。"

武神话听得这话，表情瞬时严肃，但没回头看那话音传来之处，此时周围众人听此，又是议论纷纷，觉得此话很是有理，纷纷低声指责武神话欺负女子，又要当街杀人，真是无法无天了，更有甚者，低声议论府衙衙役现在何处，为何不来维护民安。

武神话盯了独孤七夕一会儿，笑道："我本以为你武功卓绝，想领教一番龙门派的绝技，不想你如此软弱，害我落得一个欺负女子的名堂，我劝你应恪守门规，好好修炼，不要当街惹事，败坏门风。"

武神话说罢，手上一抖，那剑身震颤，立时碎断成了几截，武神话转身扶武童话离去。

周围众人见此，也便散了，各自议论此事。

花一晴问花一笑道："要不要上前看看这女子伤势。"

花一笑回道："休得多管闲事，速去府衙。"

花一晴瞬间呆滞，瞪着眼睛，心想："这多管闲事不是你的爱好么，怎么这会儿如此冷漠。"

花一笑扬长而去，花一晴怜惜得瞧看了那独孤七夕一会儿，只见她在地上挣扎，身边无人去理会，又看花一笑径自走了，便也不管了，跟上了花一笑。

花一笑走着走着，想起刚才人群之中传来说武神话欺负女子的话语，回头朝那声音来处望了一眼，只见一人已然转身步走，看那背影，竟是刚才找他签名之人。

且说独孤七夕在地上挣扎良久，慢慢坐了起来，盘膝打坐。

旁边有个糖人摊子的大娘过来，轻声问她："喂，小姑娘，你没事吧。"

只见独孤七夕眉目紧皱，也不言语，那大娘见此也没再管她。

过了一会儿，孤独七夕站起身来，看了看被武神话震碎的断剑，弯腰拿了两截，缓缓离去，行走之时，仍感觉膝盖剧痛，便一会儿拖着右腿，一会儿拖着左腿，慢慢走步，走到墙边，便扶着墙撑着行走。

独孤七夕在这苏州街上穿行，因其衣衫擦破，身上脏灰遍布，又是行走艰难，路人均瞧看议论。

七夕走了一会儿，进了一处酒家。

七夕刚进酒家，但见一层几个桌子上都坐着人，这些人都身带兵刃，正在喝酒，眼灵地看见七夕进来，说了一句："七夕。"

众人便朝门口看去，只见七夕衣衫脏破，手臂膝间鲜红，脸上也擦伤了，不知出了何事，都站起身来，其中几人，更是伸手摸着放在桌上的兵刃。

只见一人当先到了门口，扶住七夕，问道："出了什么事？"

七夕回道："给我点水喝，还有我这伤口很痛，怎么弄。"

这会儿众人之中已有人拿出止痛药膏，七夕被扶到座位上，一人上前，想帮她擦药膏。七夕说道："我自己来。"便拿过药膏，在身上涂抹，七夕涂抹之时更是疼痛，紧咬嘴唇，这时又有人拿来水盆毛巾。

七夕说道："破浪、长风呢？"

只见七夕身边一男子，轻便黑衣，长发披肩，面容俊俏。

破浪回道："长风在楼上。"

七夕道："我去那府衙填报名册纸单，那纸单分几种，有大的，有小的，我们人多，只能填大的，但待我去时，那大纸单只剩一张，我欲填写，却有一女子与我争抢，我便和她动起手来，她打不过我，但后来来了一个男的，帮着她，我便受了伤，就回来了。"

破浪回道："你可曾问他们姓名。"

七夕说道："我记得那女的叫武童话，那男的好像叫什么武神话。"

此时众人之中，一人说道："没错，武神话。"只见这人面上带一刀疤，散着头发，上身赤裸，双手撑着一把九环大刀，正是江湖人称阎王刀的刀法高手"鬼差"。

七夕一脸茫然，看着鬼差，只听鬼差缓缓说道："武神话乃是北方大族子弟，自幼爱好武艺，遍请名师教导，成年之后，自立帮派，或行商事，或聚众为业，收揽大批武者，各地官府捕快，都得给他个面子，在这江南之地还不太明显，若是在江北，他的名号，人尽皆知。"

破浪问道："他为何来苏州上报名册？"

鬼差回道："这便难说，我猜他定是想干涉江南武林。"

"什么童话、神话，我看就是笑话，咱们抄起兵器，尽数灭了他们。"只见一女子尖声说道，这女子虽是口上凶狠，但看起样貌，面容温和，明眸粉唇，又是衣着秀丽，身姿柔美。这女子一说，众人尽皆应和，都拿起武器，吵吵嚷嚷问七夕武神话身在何处。

破浪见此，喊道："别急，我先上楼和长风大哥讲了此事。"众人听此，消停了一点，破浪便寻梯上楼，众人只待长风一齐下来，寻那武神话去，讨个说法。

第十回　无奈进红尘

破浪走上酒楼二层，寻了长风大哥所在房间，推门进去。只见一人坐在桌边椅上，一手端着茶壶，一手拿着书卷阅览，身穿黑衣，脸上虬须，见有人进来，便转过头来。

破浪说道："长风，有个梁子，不知道该不该结？"

长风道："哦？你意下如何？"

破浪道："恐怕两败俱伤。"

长风问道："势均力敌？"

破浪回道："差不多。"

长风放下书卷，喝了一口茶，缓缓说道："实力相当，怎能共存。"

破浪会意，说道："何时动手。"

长风回道："我坐定了苏州了，他想来抢不过我。"

破浪道："好，要不要再招些兄弟。"

长风放下茶壶，站起身来，走向窗边，远远看着楼下街上熙熙攘攘的人群，又抚了抚脸上胡须，说道："官府既然下了律令，不要超了一百这个数。"

长风说完，又是转过身，向破浪说道："这江南大小帮会，能交好的，送些银子去。"

破浪点头道："好，花一笑呢？"

长风听见花一笑的名字，眼睛微睁，似乎瞬间想到什么，只听长风说道："花一笑在苏州颇有势力，早晚要清了他。"

破浪又是点头道："好，我明白了。"

长风笑了笑，问破浪道："你的刀法练得如何？"

破浪道："路子招式都已学会，时间太短，难以精进，威力有限。"

长风道："好，记住，你和七夕，无论什么情况，也不能露了真姓名。"

破浪道："我定然谨记。"

江湖人士为何齐聚苏州，原来，有两个原因，一是江南地区帮会名册上报点设在苏州府衙，二是朝廷欲明年正式在中原各个城府辟出帮会地盘，但今年末设苏州为试点，已经在苏州辟出地盘，也备好了赏银，这武林律令，要在苏州第一试，于是江湖大小帮会，多数奔着这个前来，此时秋季将过，眼见年末苏州城，一番群雄争斗，已然在所难免。

且说花一笑与花一晴到了苏州府衙，只见人声喧杂，果然群侠毕至，鱼龙混杂，布衣褴褛的，穿锦披绸的，带刀的，悬剑的，拿镗的，握叉的，竖棍的，拎锤的，背斧的，更稀罕的是，人群之中，有些个带奇兵异器的，瞧那个坐在府衙门前左公石狮之上的侠客，一脚踩着石狮身子，一腿耷拉下来，胸前抱着一把唐刀，那刀刀身极长，约莫足有四尺半，正是福州刀客步别江，传说他曾被仇家雇十人追杀，步别江持刀相斗，竟是两个起落身影，十人尽数倒地身亡。瞧那府衙门口大声叫喊的披发女子，一手拿一铁环，环上手拿之处绑着麻绳，外环都是尖棱角，棱角上带刃，正是从峨眉判师出逃的张紫盼，江湖人流传她在峨眉本来是高级弟子，备受长老器重，只因其在门派与人口角，又是重伤了同门弟子，峨眉便欲关押处罚她，哪想到她竟然直接叛师逃下山，峨眉派的双环绝技，她学得好得很，江湖之上，少有敌手，她又是游行不定，这许多年了，峨眉派也拿不住她。再看一更奇异的，人群外围，有一人身材高大站于墙边，双目不眨，背上竟背着一柄比他人还高的巨型镰刀，这人来自开封，是人称草菅妖镰的猛士班猛。各路人等，着装各异，更是各持异样兵刃，不知情的百姓，还道这是朝廷想要更换军队兵刃，在苏州府衙搞了个什么兵器征集呢，这些武林众人，虽有单个站立者，但大多数，都是五八一聚，十几一群，分站开来，互相之间，虽是不怎么言语，却是眼神来往，各怀戒备之心，喧杂之声，或出于兵器擦碰，或出自人群言语，更有那叫着喊着要招散人入帮会的，总之，江湖人等，此刻会集于此，果真好不热闹。

　　花一晴远远瞧见府衙门前一人群，那些人着装华贵，为首一人，白裘披身，双手杵着一把重剑，看样子，像是汉代宽剑，那人左右瞧看，观察府衙前众人。花一晴低声和花一笑说道："这人是谁？"

　　花一笑说道："西安穆峰。"

　　花一晴问道："穆峰？听说他的宽剑使得极好。"

　　花一笑说："刺若蛟龙出水，斩似猛虎下山，关中制霸无敌，西安姓穆名峰。"花一笑低声说出，又朝衙门步去，花一晴也跟着他。

　　花一笑从人群中穿过，起初没人注意，只听人群之中有人说道："那不是花一笑么。"喧杂之声，渐渐小了很多，众人大多盯着花一笑瞧看，那穆峰见状，也是瞧看花一笑，打量一番。

　　花一笑眼神朝向府衙门口，径直走进，花一晴跟了进去。

　　花一笑进了府衙，便看见几个衙役在里面叫喊："交了名册的，赶紧出去，不要在这儿挡着。"一个衙役看见花一笑进来，打量一番，见花一笑眉清目秀，衣着干净，花一晴又是一女子，便说道："我们这儿今日是帮会交名册的日子，你有事，改日再来办。"这衙役刚说完，只见身后一人似领头的模样，一把推开这衙役，朝花一笑赔笑道："花大帮主，这人新来的，有眼无珠，还请恕罪，汤宗汤知府命我待您来时，引您进去上交名册，花帮主这边请。"那领头的衙役弯腰低头说话，旁边的花一晴见他恭敬，就没计较先前那新来衙役的言语了。

那领头的衙役把花一笑二人带到后房，花一笑进屋子里去，正见苏州知府汤宗在屋中来回踱步，那汤宗看见花一笑进来，忙到门口相迎。

未及寒暄，汤宗便开口急道："花帮主啊，这可如何是好啊。"

花一笑不解，问道："汤知府有何难事？"

汤宗不停手抖，急说道："哎呀，朝廷那武林律令，把苏州定了个第一试点，这江湖各个帮派，都来我苏州府衙交什么名册，朝廷又是差人在苏州搞帮会竞争，还要让我辟出地盘，拿出银两作为奖赏，这地啊，银子啊，都不是事儿，但这帮会相争，难免舞刀弄枪的，要是伤着百姓，或是弄得全城祸乱，我这苏州知府的位子哪里还能保得住啊。"

花一笑含笑而道："汤知府多虑了。"

汤宗听此，心中不解，眉头皱起，问道："怎么叫多虑啊，火烧眉毛了还多虑啊？"

花一笑说道："你只需辟出地盘，备好银两便可，那地盘，你就在城外辟出，再下个法令，就说帮会争斗不得在城中进行，谁若是在城中伤人，捕快按律缉拿，决不留情。"

汤宗听此更急，说道："哎呀花帮主调侃我啊，我即便说城中伤人者，按律缉拿，就我这几个捕快，抓那些江湖武士，我能抓得住谁啊？"

花一笑道："汤知府不必担心，你抓不住，自然有人替你抓捕。"

汤宗不解，看着花一笑。

花一笑又说道："这江湖中人，大多都有仇家，若有人城内伤人犯法，自然众仇家群起捕之，况且天下帮会，都想明争暗斗，若有人违反律令，大家伙肯定抱着灭一个少一个的心思，群起而攻之，如果还不行，你再发个悬赏令，苏州如此之多的英雄好汉，还抓不住个贼人么。"

汤宗听此，细细琢磨一番，说道："花帮主所说，果真有理啊。"

花一笑点头道："那是自然，名册如何上交。"花一笑说着，从袖口拿出一卷纸单。

汤宗回道："原本须去前庭领了表单，由帮主亲自填写的。"汤宗说着，便伸手接过花一笑手中纸单，汤宗又说道："我差人将你这表单誊写上去便可。"

花一笑点了点头，双手一拱，便转身欲离去。

"花帮主！"汤宗叫了一声，花一笑应声停在原地。

"如有需要，尽管开口，我不只是看与你的交情，若是别地人士入主苏州，自难长久，恐怕多生争斗，扰乱民安，我希望你尽力争夺，你在苏州当地威名最高，只有你，方能服众。"汤宗接着说道。

花一笑听此，在原地停了一会儿，也没回话，出门而去，花一晴见花一笑没回话，便向汤宗使了个鬼脸，说道："没问题，你放心。"说完，跑了两步，跟上了花一笑。

苏州知府汤宗站在屋中，眼看花一笑离去，皱眉低头，又是朗声叫道："师爷何在？"这时门口进来一个衙役，回道："同知在前庭理事。"汤宗听此说道："速叫他过来。"衙役领命而去。

不一会儿，那同知便过来了，且说这同知是什么，乃是官名，是知府的副职，掌管知府安排的州内事务。

汤宗问那同知道："苏州府衙及各县之中，共有多少捕快。"

同知皱眉算道："苏州府共领一州七县，八个地方，约莫每个地方有捕役三十人，快手三十人，苏州府衙，有捕快上百人，算个总数，得有六百多人。"

汤宗听了，琢磨一会儿，说道："每个县留捕快五人，其余全都先调到苏州城来，维护民安，再贴出告示，就说苏州府衙重金急招捕快五十人，须身怀武艺，知府会亲自审视。"

同知眼睛一转，说道："汤知府，如此调遣捕快，恐怕有违法令啊！"

汤宗回道："武林武士云集苏州，恐怕多生事变，我身为苏州知府，当维护百姓安危，紧急时刻，相机行事，哪里违了什么法令。"

同知见汤知府如此说道，也不再反驳，便点头领命。

"你且把这份名册差人誊写。"汤宗把花一笑所给名册，递给同知。

同知受了知府吩咐，出屋办事去了，汤宗仍在屋中，不停踱步，难以心静。

花一笑步出汤知府屋子，走到后庭院，却是掉头而走，花一晴不解，问道："怎么？"

花一笑说道："我们从后门走吧，前门实在嘈杂。"

花一晴便跟着一笑从府衙后门走出，一晴问道："我们回家吗？"花一笑"嗯"了一声，领一晴西北走去，直到阊门。

花一笑问道："我与你讲过这阊门么？"

花一晴笑道："我记得。"花一晴走到花一笑前面，指着那门楼说道："《吴越春秋》写着：'立阊门者，以象天门，通阊阖风也。'所以又叫阊阖门。传说阖闾率大军由此大门出征楚国，为了展示誓胜楚国的决心，又把阊门称为'破楚门'。战国之时，吴国又归属楚国，所以以后便常叫阊门。"

花一笑点头道："不错。"又是吟诗道："阊门何峨峨，飞阁跨通波，重栾承游极，回轩启曲阿。"

花一晴听花一笑吟了诗句，连忙拍手称赞："好诗，好诗，你文采一日胜似一日了。"

花一笑见状，无奈回道："这诗乃是三国孙吴名将陆逊之孙陆机所作。"

花一晴愣住，问道："我听过陆逊，夷陵之战，火烧连营七百里，大败刘备，威震天下。"

花一笑接着说道："陆逊有子，唤作陆抗，陆抗之母乃是孙权侄女，外公正是江东小霸王孙策，东吴后期，为镇军大将军，又拜大司马，陆家权极一时，陆抗之子，便是陆机，东吴亡后，出仕西晋，八王之乱时，任后将军、河北大都督，

讨伐长沙王司马乂，却大败于七里涧，最终遭人谗害，陆家被夷三族。"

花一晴认真听着，又说道："胜败乃兵家常事，古今名将，都是天时地利，才能留名青史啊。而家族兴衰，起步得慢，而覆灭之时，往往转念之间。"

花一笑听了花一晴言语，哈哈大笑，回道："你再懂得些，我看花家可以交你管事了。"

花一晴听了一呆，又笑了起来。花一晴面容露笑，心中却是生出了些许忧郁。

二人从阊门出后，行了几步，遥见一山丘，形如蹲虎，绝岩耸壑，气象万千，正是虎丘山。

第十一回　悬单剑，迈步上城楼

河南少室山，绝壁险峻、峰奇景异，山峦之中，遥见一列宽大石级直铺上去，乃是唐高宗李治为少林寺而建，绵延八里之长。山道尽头，眼现红墙碧瓦，庄严非常，正是少林寺。

是时正值清晨，少林寺已然响起诵经之声，寺中的武僧，更是早已起了多时，在寺内演练武功，山门之内，大殿之前，更是列了数百武僧，整齐操练，脚踏地颤，声喝天惊，好不壮观。

寺内方丈室中，一人宝衣袈裟，镀金禅杖，立于室中，正是少林寺方丈圆克大师。

这屋子之床上，有一人静躺上面，嘴唇淡蓝，闭目不动，正是西风烈。

这圆克已然白须，身边侍立一个和尚，虽然胡须尚黑，但看似也有了年纪。

圆克持禅杖走近西风烈，开口说道："西镖头，你已在我少林昏迷近三月之久，少林本是竭力救你，但你身中奇毒，我们只得维持你的性命，却无法将你救醒。"

圆克说着，将手上禅杖递给身旁侍立的和尚，又朝昏迷的西风烈说道："西镖头为人仗义，在江湖上多有侠名，又是宅心仁厚，扶危救难，少林实在不忍见你就此亡去。"

圆克边说边走，坐到西风烈床边，又说道："你身中奇毒，那毒气扰乱心智，令你痛苦难当，如若不解，必然侵你身骨，捣你内脏，今日只有一法可以救你，便是用禅定清心功，清你体内之毒。"

圆克说着，瞬间拉起西风烈，把他转了个圈，自己又上床盘坐，双手拍掌在西风烈背上。

圆克运起内功，直注入西风烈体内，口中又说道："不过这禅定清心功乃少林秘传，传你之后，你便是少林弟子了，你昏迷不醒，无法言语，拜入少林这事，我便替你决断了。"说罢，圆克先是用内功打通西风烈体内阳跷脉，那阳跷脉乃是起于足跟外侧足太阳经申脉穴，沿外踝而上，直至腹部，再沿胸后外侧，到巨骨穴，竖贯面部，上环头至凤池穴，于是乎，西风烈阳跷脉被圆克贯通，头部竟是白烟冒起，这白烟，起初混沌白色，后又渐渐转为淡蓝。

圆克见西风烈头顶现淡蓝烟气，便聚精会神，调了全身功力。

这淡蓝烟气，不一会儿便弥漫屋中，圆克闻之，咳嗽一声，低声说道："去药房取些芦荟水，洒他头上！"圆克虽然是缓缓说道，屋中那和尚却是急跑出去，

不敢有半刻迟缓。

不一会儿，那和尚回来，将小瓶芦荟水倒在西风烈头上，只见那淡蓝烟气，似有渐渐变白迹象。

此时圆克方丈已运功多时，圆克虽功力深厚，但无奈年纪已大，体力着实有限，此刻竟是气息微喘，身冒冷汗，圆克见西风烈头上又变混沌白色，立即收回双手，将西风烈调转身子，伸出右手，四指抓住西风烈头部，大拇指按住面部承泣穴，承泣穴乃是足阳明胃经首穴，圆克气运拇指尖，将几十年修炼的禅定清心功功力，尽数灌入他脉中。圆克灌功，西风烈先是口吐鲜血，接着未及睁开眼睛，便长喊一声，屋中那个和尚，见此忙上前来，在西风烈胸前点了三指，暂缓了他回流心房的血脉，西风烈此时本已醒了，但被这三指一点，喊了一声，便又昏迷过去。

圆克方丈尽力传功，只传了十年功力，便体力不支，昏了过去。

一个时辰后，西风烈缓缓睁眼，只见眼前红顶碧梁，又感此处异常清静，他昏迷许久，此时睁眼，屋内虽没什么光亮，却是眼睛刺痛，不过西风烈却感身子温暖，舒适异常，他正想继续闭眼睡上一会儿，突然想到自己行刺燕王，又是中暑昏迷一系列事情，心中惊怕，暗想道："莫非我人已死，此刻到了阴间？"西风烈忙睁大眼睛，起身观看，方知自己正在屋中，屋中一和尚坐在椅子之上，身披袈裟，捻珠诵经，西风烈又看那和尚身边镀金禅杖，低声说道："少林方丈？"

圆克见他已醒，便朝他微笑，说道："施主身中奇毒，险些要你性命，我佛慈悲，不忍弃你，我便清了你体内功力，将禅定清心功功力贯入你经脉之中，驱除了你的毒气。"

西风烈听此，忙运起功力，不料体内内息，竟不听使唤，心中急躁，便强运功力，但觉血脉剧痛，穴位堵塞气息不通，圆克见此，忙朗声说道："施主体内虽已有禅功，但不知运作之法，还须记些心法。"西风烈惊道："想我半生功力，已然尽失。"不由得眼光黯淡，心中忧郁。

圆克口中又念道："阿弥陀佛，去者勿念，施主随缘了吧。"

西风烈站起身来，俯身跪下，拜了一拜，口中说道："多谢方丈救命之恩，不过我有要事在身，便不再久留，日后定再来拜谢。"

圆克听了这话，笑道："施主已为我佛门弟子，红尘之中，又有何要事。"

西风烈不解，正欲相问，门中一人浓眉深眶，方正面容，大步迈进，大声喊道："我的老天爷，你可算醒了。"西风烈瞧看过去，正是顾荨。

顾荨进来，见方丈也在，便双手合十，恭敬一拜，然后走到西风烈床边，一手搭在西风烈肩上，朗声问道："我看你面色红润，你这一觉，睡了三个月，可是爽翻了天？"

西风烈怔住，又望向窗外，但见窗外林叶皆黄，又觉天气已凉，便问顾荨道："已然入秋？"

顾荨耸了耸肩，撇嘴说道："大哥，都快入冬了！"

西风烈听了这话，目光迷茫，不知心中在想什么。

顾荨又严肃面容，缓缓说道："朱棣已然破了京城，你的恩人，齐泰……"

西风烈听得"齐泰"名字，急问道："齐大人身在何处？"

顾荨凝目看着西风烈，说道："朱棣破京之后，齐泰奔逃出城，想募兵再起，不料难逃朱棣抓捕，被押回京城，辞世了。"

西风烈眼睛瞪得圆大，双手颤抖，不禁运起内力，但体内内力紊乱，只是疼痛，西风烈缓缓闭上眼睛，两滴泪水从眼边流出。

顾荨拍了拍西风烈肩膀，安慰道："人死不能复生，况且朱允炆大势已去，齐泰已然尽忠，死得其所。"

顾荨见西风烈不回话，又问道："你今后有何打算？"

西风烈听了这话，转头看向圆克方丈。圆克笑道："我传了他少林内功替他驱毒，但少林内功，非少林弟子，绝不外传。"

顾荨先是一愣，紧接着大笑道："啊，西师父可有法号。"

西风烈沉默不语，心中思绪万千。

顾荨此时站起身来，说道："我在少林这儿蹭吃蹭住，时日也长了，虽说这里斋饭着实难吃，但也不好久留。"

西风烈看着顾荨，问道："你的商队呢。"

顾荨笑道："我的商队没剩几个人了，听说什么苏州有武林大事，都跑去那儿发达去了。"

西风烈愣道："武林大事？"

顾荨回道："哎呀，这个三言两语说不清，不过，我和我那没走的几个兄弟，倒是想到了个好生意。"

西风烈道："什么好生意？"

顾荨哈哈大笑，细细说道："我在少林寺待的这些时日，没事就下山转悠，我看那山道之下，有一村落，而这少林寺天下闻名，来往拜访的信徒、武者，络绎不绝，若是在那村落开个茶馆、酒肆之类的，定然赚钱。顾荨说着，又贴近西风烈耳边低声说道："少林寺武绝天下，你先混些功夫，日后不想当和尚，你再出师便是。"顾荨说完，笑着看向方丈，嬉笑说道："红尘俗事，不能扰了方丈耳朵。"说着又嘿嘿一笑。圆克见此，也是回了个笑，说道："施主有意在少室山下开个地方，供来往人士歇脚，于我少林也是好事。"圆克说着双手合十，拜了一拜，顾荨跟着回拜。

西风烈站起身来，走出方丈室，左右瞧看，又远眺山林，但感秋高气爽，凉风阵阵，不禁抱起身子，又闭上双眼，深深呼吸，此时此刻，他感觉自己万念俱寂，心中空荡，舒适无比。

正是，怨恨初生人嘈急，一心靖仇竟成空，尘缘未尽入佛门，谁知福祸怎相生。

西风烈暂且不表，且说顾荨所讲的苏州武林大事近况如何。

苏州此时已然深夜，星辰漫天，秋月半弦，家家户户闭门灭烛，城中只有零星火光，是那巡夜衙役火把所发。

且看城中西南，水路盘门上，四个人影弓在城楼墙壁之上，四个人布衣打扮，每两人占个垛口，均半蹲着腰，向城墙外探看，不知在看什么。

且说这四人是谁，在此作甚，且看那站在最东边的，身材中等，腰间悬剑，乃是卢绫剑，江湖上本无名号，却是在这几日自称受了苏州豪侠花一笑资助，立起帮会。卢绫剑西边之人，名叫徐梦珏，披散着头发，长袍布衣，手上攥着匕首，再西边两人，乃是上官虎、邱泽丰，上官虎手拿两把大刀，邱泽丰看起来没带兵刃，这三人，都是卢绫剑招来的帮众，自称武艺超群，想共谋大事。

"帮主，怎么还不来人？"上官虎低声说道，他虽抑着声音，但这一压抑，更是胸腔震响。

"小点声。"卢绫剑回道。

徐梦珏说道："等等看，我从小道消息打听到，独孤长风和武神话今夜要在此决战，应该可靠，耐心点。"

上官虎尽量压低声音，问道："我就不明白了，他俩决斗，我们干吗来看。"

徐梦珏回道："这两个人都是大帮帮主，武功极强，手下人等又是势均力敌，今晚必有好戏看。"

上官虎道："好吧，要我说，不如在家睡大觉。"

此时邱泽丰瞪了他一眼说："就你懒成这般，还想入帮会、闯江湖啊。"

上官虎恼怒道："你怎么这么话多，有你啥事儿。"

就在此时，卢绫剑说道："小声点，看那儿！"上官虎三人听了，都凝目瞧向卢绫剑所指之处，那门外西边水桥之上，已然有几人向城门口走来，又从那黄叶林木之中，陆续走出几十人众。

城墙上四人见此，均定神瞧看。

正此时，城门外东边河道以东，一堆黑影晃动，这些人身披黑袍，头戴黑帽。

此时徐梦珏惊道："啊，这么多人，竟没看出。"

原来，那城门东边的人，都身着黑衣，又是拿黑布包住兵刃，已然在此坐着等候多时，此时深夜，在河道外面，矮木丛生，自然难以辨出。

那堆黑影，见西边水桥之上来人，尽皆向城门口走来，又都揭下了裹着兵刃的黑布，霎时间，这几十人的兵刃映着月光闪亮，这些人又都穿着黑衣，隐在夜里，遥遥望去，似乎那些兵刃在闪烁着移动，好似梦境一般。

不一会儿，两队人对峙站于大门两侧，西边当先一人，走了上前，身披金黄斗篷，头上金绮束发，手中拿着一把长剑，那剑金柄纹绣，剑身中间镶着一排亮钻，此时此刻，反着月光，剑身钻光闪烁，右手金光耀眼，正是武神话，只听他含笑说道："独孤长风？我听闻你手下人等武艺冠绝，本想与你交好，共同做事，没想到你竟下了战书，约我帮众来此。"武神话此话一出，身后众人心中均是不快，想恶斗之前，竟然听得帮主夸赞敌手，难免人人心中都带了点怒气。

只见那黑袍人群之中，一人走出上前，手上拎着一把青光大刀，背上背着刀鞘，开口说道："我便是独孤长风，你伤我帮众，我自然要讨个说法，你是想单打独斗，还是怎么。"

武神话瞧着独孤长风，隐隐夜色中，只见其虬须满面，目光凌厉，又是听得这般话语，心中想："这独孤长风既然用单打独斗开头说话，我若是不接，岂不是自认武功不及他，若是这样，岂不是挫了我们锐气。"念及此处，武神话回道："好，各位弟兄，还请作壁上观！"武神话"观"字未落，便箭步冲上，手持金石宝剑，直刺上去。

孤独长风见此，笑了一笑，把大刀横到身前，眼见武神话长剑刺来，却淡定自若，丝丝毫毫没有想要躲避的迹象。

第十二回　江湖儿女皆是客

晚秋深夜，苏州城外盘门前，武神话飞身一剑，朝独孤长风刺来，独孤长风横刀在前，丝毫不惧。

眼见剑尖将抵长风前胸，长风猛一抬刀，将那一剑挡开，又正蹬一脚，猛踹武神话前胸，武神话先前还纳闷长风为何不躲，那剑将抵之际，心中还以为此剑必中，哪想到长风抬刀的速度，竟然比眨眼还快。

武神话胸前被踹，一个踉跄退后几步，站稳步伐。此时独孤长风身后众人，见武神话如此狼狈，都哈哈大笑，原来，大伙还以为高手对决，必然来回交手，万没想到，武神话一剑不中，却是被踹一脚，而且长风踹人的姿势，并无花样，就好似那地痞流氓打架一般，如此，这般情景更是好笑。

武神话定了定身，脚上使力，一剑斜劈过去，这一剑力道刚猛，更带风响，独孤长风不敢怠慢，举起大刀，轮击过去，兵刃相交，火光四射，响声贯耳。

紧接着，武神话左手捏起剑诀，右手持剑挥舞，长风也是全神贯注，轮刀劈砍。

二人起初都是试探出招，十几个回合之后，便缠斗起来。

正是：

你一剑，我一刀。

我躲剑刺，你闪刀。

金石宝剑烁人眼，冷寒大刀惧人心。

剑来身避险擦衣，大刀挥去削发缕。

青锋下削刀客跃，重兵劈地剑侠翻。

人间难得是敌手，烟尘四起各相惜。

这二人剑来刀去，来回数十回合，均是越斗越酣，脸上虽是严肃冷峻，心中却是喜悦难抑，如此酣斗，只觉筋骨舒展，浑身痛快，江湖之中，刀客剑侠，第一快事，便是有一敌手，武功相当。

正斗间，只见独孤长风舍身一刀猛劈，情急之下，武神话无处躲闪，只得持剑挡去，哪想到，只听"铮"的一声，武神话手中长剑应声而断，武神话大惊，霎时间，感觉自己难逃一死。

没想到，独孤长风竟是破剑之后，将刀身止在武神话面膛之上，又将刀撤下，插在地上。

武神话大惊不已，身后众人更是尽抄兵刃，想跃上前来，但见孤独长风大刀止住，也便都没有动弹。

独孤长风道："你的剑，剑身镶钻，以致相击之时，力道混乱，剑身断裂，我倚仗兵器之势，胜之不武。"独孤长风话音未落，从武神话身后人群之中，疾射来一把飞刀，长风忙侧头一躲，使牙叼住那飞刀。

武神话见此，朝身后大喊："谁扔的！"

但此时，独孤长风身后人群喊叫，见自己刀下留情，对方竟放暗器，恼怒不堪，都是飞身直上，武神话身后人等，也是一拥而上。

武神话、独孤长风各退了几步，但见数十众人，瞬间乱斗起来。

此刻，城墙之上徐梦珏说道："上官，这戏看的，是不是比在家睡觉有意思多了。"上官虎早已目瞪口呆，没理会徐梦珏的话。

"此地不宜久留，走。"卢绫剑低声说道。

上官虎不解："为什么？"

此刻卢绫剑起身离去，徐梦珏也跟着。身后邱泽丰和上官虎说道："帮主可能是怕他们这架势，会打到城墙上来。"说完也走了。上官虎听了这话，又往城墙下看了看，说道："这城墙如此之高，他们能上来？搞笑！"说完，恋恋不舍，却也跟着走了。

乱斗之中，本来双方人群混作一团，良久之后，人群之中，便空开一地，正是独孤长风与武神话过招搏斗，二人手中都没拿兵刃，却是拳掌刚猛，腿法霸道，近身之人，便都被击开。

独孤长风与武神话缠斗到城墙地下，长风见机蹬上城墙两步，紧接着掉转身子，飞身踢去，武神话双臂交叉挡在胸前，却仍是被震退数步，长风又是一个翻身，两个步子站在城墙之下，却感身后杀气腾腾，猛回头看去，只见一股气劲呼啸袭来，光芒耀目，长风不敢格挡，使尽全力，闪身躲过，但见那气劲击到城墙之上，墙砖碎裂，响声震心。

长风翻滚躲开后，忙站起身来，但见武神话收招站在原地，又是双掌挥出，架势威猛。

长风惊呼："睚眦掌法。"

武神话立在原地，嘴角扬起，问道："阁下还不肯使出真本事么！"

长风盯看武神话，又是环顾四周，眼睛盯住一人，正是武童话，但见武童话持剑挥削，她虽武艺不高，身边却有两人盯护，长风微微一笑，伸出右手，凭空一捻，但见气旋生起，武童话手中单剑竟是脱手而飞，空中打旋，长风飞身跃起，接住长剑，落地之后，目光凌厉，剑光一闪，指向武神话。

武童话见手中长剑径自飞出，甚是纳闷，但乱战之地，不由得考虑，忙闪身脱去，退在了己方人群之后。

且说那相斗的众人，有几个看见武童话长剑飞出的，也是瞧呆了，但也就一愣，便继续各自搏斗。

武神话将这一幕尽收眼里，半眯着眼，瞧看独孤长风，又是笑道："好一招云龙吸水。"

武神话话音刚落，独孤长风却收剑后背，缓冲几步，飞身蹬墙，竟是跃了几下，翻到城墙上面，武神话眼见独孤长风飞身上墙，也是疾跑几步，脚蹬城墙，竟然接着横冲力道，步上城墙。

城下众人，瞥见这二人，尽皆骇然，独孤长风跃了几下，翻了上去，武神话更是一步接一步，如履平地一般跟了上去。

如此这般，众人都暂停了争斗，看呆了眼，心中纷纷暗自想着，这天下武者功夫，定然无人能再出这二人之右了。

这会儿，这两帮人等，见各自帮主翻上城墙，消失不见，均想进城助战，不料这盘门大门紧闭，众人之中，轻功好的，都望了望那城墙，但未见一人敢试翻此墙。两波人众，都是江湖上的好手，这一番恶斗下来，只伤了几个人，但都知再斗下去，谁也没得好处。那武童话见状，大声喊道："我等念及帮主安危，要寻法子进城去，暂且不与你等计较。"

这时黑袍人群之中一人喊道："呦，想必你是怕死了吧。"正是独孤七夕。

武童话也没理会，挥手带众人撤了，那黑袍人群见此，也都掉转往东，寻个办法入城。

但谁想到，及至天明，两帮人等都没找到进城的口子，原来那苏州知府汤宗，早已下令，每天一到夜幕，便要关闭所有城门，封住一切入口。两帮人等都心系帮主安危，上午城门一开，便拥入城去，在城中相见的，便又恶斗起来。霎时间但感苏州城中，大街小巷，都嘈杂喧哗，人声混乱。

汤宗在府中听得外面嘈乱声音，出来探看，但见武者们持器于街上争斗，心中大急，忙令手下捕快衙役出动，维持秩序，虽是如此，但两人恶斗，三者难进，这捕快一出动，反而令苏州城更乱了，百姓沿街奔逃，家家闭户不敢出门，汤宗在府衙庭中，急得直跺脚。

不过，武神话与独孤长风，此时却不见人影了。

汤宗正在府衙庭院急转之时，忽见一青影从墙上跃出，落在地上，汤宗急忙看去，正是花一笑。

汤宗就差扑上去了，急到一笑身边，道："花帮主啊，这可如何是好啊，那些个歹人，都拿着兵刃当街搏斗了。"

花一笑道："现在是两帮人等争斗，过不了一会儿，全苏州的武者，都会卷了进去。"

汤宗不解，愣愣地看着花一笑。

花一笑刀："如今，在苏州的各个帮派，都在观望，这武神话和独孤长风，到底哪个更强，如果他们感觉自己瞧出端倪，站了边儿，在苏州的帮会就会分成两大战线，到时候，打得更热闹。"

汤宗登时明白，吓得手脚颤抖，说道："那，那，要不要上报朝廷，或者……"

花一笑打断了他，说道："你为何不去告知提刑按察使与都指挥使。"

汤宗回道："哎呀，花帮主不知，那朝廷下的武林律令规定不得指挥所军士干涉帮派竞争的事儿啊。"

花一笑眉目紧皱，问道："可有百姓伤亡的事儿报到你这儿？"

汤宗回道："暂无。"

花一笑说道："好，既然那些武者不伤百姓，汤大人便可放心了。"

汤宗本来想着花一笑能解决骚乱，但听得花一笑这句话，心知定然他也没有办法，如此这般，也只能任由他们争斗了。

花一笑接着说道："此时一人，必须出手。"

汤宗不解，问道："谁？"

花一笑道："你以知府名义，去请石大海。"

汤宗道："石大海乃姑苏第一富商，请他做什么？"

花一笑道："年末竞争，无论哪一边胜出，另一边均不会服气，如此这般，定然死战不休。你告诉那石大海，叫他拿出地盘、银两，安抚落败的一边，让他权衡利弊，如若苏州祸乱难控，他的生意也难保平安。"

汤宗听了，琢磨一会儿，细细回道："此法虽不尽完美，但目前来说，却是一策，我这就亲自登门，拜访石大海。"

且说这两帮人等，斗到正午，死伤了几个，仇恨更深了，但都累了，便歇了下来，果然不出花一笑预料，苏州的各个帮派，几乎都寻了这两帮一边加入，苏州帮派，一天之内便成了两大群聚。

这苏州之事暂且不表。

约莫百日之后，翌年上元节，今年乃是永乐元年，金陵城中，异于往年，更加热闹，上元佳节，官府解除宵禁，入夜之后，百姓结伴在城中游乐，尤其是那女子们都穿着绸缎袄儿、丝绮裙子，锦绣衣裳，头上珠翠堆满，脸上粉面朱唇，到街上玩逛，沿街击鼓庆贺、吟唱吉祥者不可尽数，而最稀罕的，就是那排排花灯。

每处灯市中，人群凑集，看灯猜谜，嬉笑之声此起彼伏，灯市周边，各式买卖，各样摊位，真是花红柳绿，车马轰雷，月色婵娟，灯火辉煌。

且看这处灯市，在水桥之下，架灯之人都身穿蓝衣，用灯架堵住水桥，令那来往人流只得缓缓过桥，本来堵住桥头不合规矩，但此处花灯美丽，人们也没责备，多数便驻足在此赏灯，随着夜深，金陵街上愈发热闹，这里集的人便更多了。

只见一男子，看似已近中年，身穿蓝袍子，走上桥头，大声喊道："诸位，诸位！且听我一言。"

众人听此，都是瞧向他，只听那人说道："我家老爷有女一名，因无良缘，三十未嫁，老爷十分焦急，特命我借此元宵佳节之际，招个贤婿，若有成者，随去嫁妆，黄金五百两！"

众人一听黄金五百两，瞬间喧哗起来，只听人群之中，一人吼道："你家

大小姐,可能出来让大伙瞧个面,若是奇丑无比,纵是黄金千两,也难以接受啊。"

只听这话话音刚落,又传来一声:"那位兄台,话说的不对,若有黄金五百,纳多俊美的小妾都行,还在乎正房相貌吗。"众人听此,都是哈哈大笑。

那桥上男子喊道:"诸位,有兴趣者,可在桥下我家布设的灯市猜灯谜,猜中一个灯谜者方可报名。"

此事蔓延传开,这桥下灯市之人,越集越多。

人群之中,只见一人,布衣打扮,欢笑吵闹,正是徐梦珏,原来卢绫剑在苏州立了帮会之后,但感苏州祸乱,发展艰难,便带了人等,移到金陵,卢绫剑招揽的帮众中,有身家富裕的,便集资租了个地方,开了个江湖义庄,供江湖游客歇脚,有钱的侠客,就多给点银子,落魄的人士,就当救济了。

这会儿卢绫剑在义庄理事,徐梦珏倒是闷得慌了,出来逛逛,看见这般招亲的情景,又想得五百黄金,数目巨大,当下心念甫动。

徐梦珏看得那排排灯谜,都是诗词,又听得管事的人说道,这些灯谜,都是她家大小姐出的,心中想道:"这些个灯谜,都是古诗词,看来她家大小姐,文采定然不错。"

徐梦珏随意择了一处灯谜,只见其上写道:"散策桃椰林,林疏月鬅鬙。使君置酒罢,箫鼓转松陵。打一人称。"徐梦珏瞧看目旋,不得其解。

只听周边众人胡乱猜测,无一猜对,又是转头探望别处灯谜点,竟也没见有人猜对灯谜。

徐梦珏心想:"看来这家大小姐写的灯谜,并不容易,还需细细琢磨。"

徐梦珏盯看着那诗,心中想到:"人称?人称都有什么?姓名、名号、职业、官名?"徐梦珏眉头紧锁,又想道:"这诗乃是苏轼所作,莫非与苏东坡有关。"但想了一想,仍是没有头绪,徐梦珏百思不得其解,便想放弃了吧,转身便走。

徐梦珏转身之后,脑海中仍是印着这四句诗,这诗在他脑海一印,他便瞬间转头,大喊道:"阉人!"

众人听得他猛然喊个"阉人",先是呆住,然后笑声不断。徐梦珏却走上前来,只听那管灯谜的管事说道:"对,这位兄台猜对了,正是阉人。"众人听此,都是愣住,心中迷惑,甚是不解。

那管事喊道:"来,兄台,在此写下你的名字,我好回去告知我家老爷。"

徐梦珏边走边想:"这家大小姐果真才学厚实,竟能想出如此题目。"徐梦珏走上前,拿起笔,想写下姓名,但周边众人都在问他,为何是"阉人"。

徐梦珏便先放下了笔,朗声说道:"诸位且看,这两句诗的头一字是什么。"

众人瞧看,有几个说道:"散使。"

徐梦珏笑道:"《唐律疏议》有写,诸州有阉人,并送官,配内侍省及东宫内坊,名为给使。诸王以下,为散使。"众人听此,先是尽皆愣住,而后便有几个人大发感叹,随后众人都称赞起了徐梦珏的学识,连声叫好。

但见徐梦珏大笑一声,拿起毫笔,蘸了墨水,写下了三个大字——卢绫剑。

第十三回　望尽天涯相思人

正月十六清晨，天高云淡，凉风习习，金陵街上，已有稀疏人行。

但见一人，青罗衣浅，花颜秀美，寻了一家江湖义庄，推门而进，大声喊道："你们帮主何在？"

这女子见没人回应，又是大喊："可有人在？"

这时，只见一人，睡眼惺忪，白衣半裹，从屋中走出，正是上官虎，上官虎睡梦中听人叫喊，便醒了起来，想出屋探看究竟，到了前庭，却见是一女子，样貌出众，当下整了整衣服，问道："姑娘有什么要事，大清早的来此。"

只见那女子说道："你们帮主在哪儿？"

上官虎回道："帮主……"上官虎思索片刻，又说道："我昨晚入睡之前，见他所在正堂还亮着烛光。"上官虎说完，便看向正堂，又问道："要不要我帮你叫他？"

那女子笑道："不必。"说完，径直步向正堂。上官虎见这女子清早前来，便寻卢绫剑，心中纳闷，不知她有何要事，也跟着进了正堂。

那女子推开正堂之门，便见一人躺在案台之上，正是卢绫剑，绫剑衣裳、鞋履都未脱去，显然是昨夜晚了，倒身便睡了。

那女子端详片刻，问上官虎道："他便是卢绫剑？"

上官虎回道："正是，我们帮主自从带我们开了这家义庄，整日理事，勤勉非常。姑娘若有急事，我这便叫醒他。"

那女子听此，哈哈笑道："不必了，你且告诉他，有一女子，姓清名浅，中午前来拜会。"

上官虎听了，点头道："好，一会儿待他醒了，我便告诉他。"

说完，那女子转身便走。

上官虎道了一句："姑娘不送。"又转头看向卢绫剑，只见他已然睁眼。上官虎便朝他一笑。

待那女子走出义庄后，卢绫剑翻身下来，问道："这是何人？"

上官虎回道："我不认识，她清早前来，便要找你，刚才你也听到了，她说中午再来。"

绫剑道："莫不是我帮众之中，有人惹事，惹着了她，寻仇来的？"

上官虎回道："我想不是，我看她面有喜色，自然不像寻仇，不过……"

绫剑问道："不过什么？"

上官虎说道："我看她衣着打扮，应是个大户人家。"

绫剑坐到正堂椅上，思索片刻，说道："速叫老徐、邱泽丰前来。"

上官虎点头，转身出去。

过了一会儿，徐梦珏与邱泽丰走进正堂，绫剑便把那女子之事说了，但看徐梦珏哈哈大笑，把昨晚元宵灯谜之事，一五一十都和绫剑说了，绫剑听了心中不快，责备道："你怎么如此轻薄，我们在这城中开设义庄，怎能如此戏弄人家，况且你还是写下我的名字，如此这般，实在不好，事到如今，人家找上门来了，如何是好？"

徐梦珏忙回道："非也，我们帮会如今，急需银两，若得黄金五百，岂不是势力一跃而起。"

绫剑回道："君子爱财，取之有道，靠得娶妻得财，叫我日后怎么在江湖之中抬得起头，你这般作为，岂不是陷我于不义。"

徐梦珏道："事非如此，你若看不上那女子，可与她结个朋友，有缘便聚，无缘的话，你再怪我不迟。"

上官虎在旁边也是思量了一番，此刻听得徐梦珏这般言语，跟着说道："绫剑，你身为一帮之主，当以大局为重，我们在此乱说，都没什么用处，不如等中午她再前来，看看是什么状况，我们再相机行事。"

邱泽丰跟着说道："老徐昨晚已将你大名写上，今日中午，你若是不见，自然说不过去。"

绫剑细细琢磨一番，回道："也只能如此，快，吩咐厨子，弄些酒菜。"

及至正午，那女子果真前来，而且是坐轿来的，还带了几个随从，搬了许多箱子。

绫剑早已让帮众在外面等候，看门的帮众见有人来，立马进去通报，绫剑等人出门相迎。

绫剑当先出门，只见那女子从轿子上下来，一身青衣打扮，虽是装扮素雅，一身贵气难隐。

绫剑开口说道："早已得知清姑娘要前来拜访，卢某已恭候多时。"

那清浅听此回道："哈哈，卢绫剑。"

绫剑紧接着又问："昨晚是在下先猜出灯谜，你我方能有缘一见，起因在我，理应我登门拜访，如此劳烦清姑娘先来，在下实在羞愧难当，这便赔个不是。"绫剑说完，双手一揖。

众人听此，都听出了那卢绫剑话中有话，想若是他报的名，今日应是他先往清家，而今却是这姑娘先来，绫剑虽说得恳切，但言语之中，微露贬斥之意。

清浅自然听得出绫剑意思，朗声回道："我已然来此，怎么让我在门外站立，能否请我进去？还有，登门拜访，岂能空手而来，我搬了几箱绫罗绸缎，送与你们。"

绫剑听此，忙回道："是在下失礼，快引清姑娘进庄。"绫剑说罢，手下帮众接过那几箱礼品，绫剑亲自引清浅进庄。

绫剑早已命人备好了酒菜，请了清浅入座。

绫剑怕自己尴尬，备了一个大桌，几个兄弟跟着入座，也给清浅那边留了几个位子，但清浅所带之人，尽是仆从，站在身后不肯入座。清浅见此，说道："你再叫些兄弟来，入座吃菜。"

绫剑听此，安排徐梦珏又叫了几个兄弟，但这大桌之围，十几个人，除了清浅一女子，都是走江湖的汉子，如此情景，旁者看去，自是有些尴尬。

哪里想到清浅并未感到不适，却是瞥看了一眼桌上酒杯，只见一樽一樽，都是陶瓷小杯，便朗声说道："此处乃江湖义庄，绫剑乃此处帮主，众位兄弟都是江湖中人，怎么如此拘谨，用此小杯，你们莫非没有酒碗吗？"

绫剑听了这话，忙喊了一声："快换酒碗。"

清浅又说道："昨晚灯谜之事，乃是家父所逼，我本不欲与人成婚，便想的灯谜，都是难上加难，可没想到，却被你所解，真是出我所料。"

清浅话的语气，有夸赞之意，绫剑忙点头微笑，以示谢意，又斜眼瞥了一瞥徐梦珏，徐梦珏龇牙一笑。

酒席间，清浅与绫剑众兄弟畅谈，毫无隔阂，众人聊得十分欢快，绫剑这边又见清浅酒量不凡，心中都暗暗想道："这清姑娘当真是女中豪侠。"

不一会儿，竟然喝倒了一个兄弟，绫剑也是欢快，朗声说道："喝倒位子，便来人补上。"

如此这般喝酒畅聊了两个时辰，绫剑这边兄弟倒下了七八个人，喝倒的被人抬下，位子又尽数被人补上。

绫剑喝着，渐觉头晕目眩，心中想道："今日我身为帮主，若是被这女子喝倒，当真丢了人了，如何也要坚持一番。"绫剑偷偷瞧看清浅面容，但见其样貌清秀，颇有姿色，又是喝了酒了，脸颊微红，但丝毫不见醉意，不由得心生钦佩。

但此时，只听清浅说道："今日饮得如此欢快，乃是拜卢帮主所赐，我清浅敬你一碗。"

绫剑听了此话，心中瞬间释怀，原来绫剑听出，清浅话中，有结束之意，忙端起酒碗，朗声说道："清姑娘酒量不凡，豪气冲天，我等佩服非常！还盼来日有机会，再与清姑娘饮酒。"绫剑说罢，一碗酒一饮而尽。

清浅一笑，也一饮而尽，饮罢，又说道："今日下午，还想请卢帮主去江边乘船游玩一番，不知是否赏脸。"

卢绫剑听清浅这般说话，怎能相拒，便说道："今日，风清气爽，正欲出游，况且清姑娘相邀，怎能负了美意。"

清浅笑了笑，便站起身来，到庭中游走，又吩咐了下人，安排游玩之事。

卢绫剑见清浅出了屋子到了庭院，想到自己也喝了不少酒，低声说道："今日果真畅快，要在平日，我如何喝得了这么些酒。"

旁边徐梦珏偷偷一笑，说道："我早安排了人了，给你倒的酒水，都是泡过醒酒草的。"

绫剑听此，恍然大悟，朝徐梦珏笑道："妙招啊！我看你啊，有经天纬地之才，济世匡时之略啊。"卢绫剑趁着酒醒，朗声调侃，众人听此，都是畅快大笑起来。

这日下午，清浅安排游船，与绫剑行于江上，但见天高云淡，江风甚好，波翻浪涌，更添豪情。

绫剑带了几个兄弟，清浅仆人相随，二人站于船头，望江畔涌潮，青山峻丽，聊得开来，便高谈阔论，一叙心忧。

聊着聊着，绫剑却面露忧色，说道："现今江山初定，但江湖仍风起云涌，如此时候，正是时机有所作为，若是不然，岂不是来这世上白走了一遭，更辜负了这七尺身子、三尺青锋。"绫剑说着，瞧看了一眼自己腰间佩剑。

清浅听此，瞧着绫剑，瞧了一会儿，忽然出掌，直击绫剑面门，绫剑忙侧头躲避，绫剑忙道："清姑娘这是为何？"

清浅见一掌不中，又出手一掌，口中说道："来，过过招。"

绫剑见清浅掌风凌厉，不敢怠慢，当下定了神，出招挡去。

周围众人见此，尽知二人只是比试，有的在一旁瞧看，有的不理不顾，继续赏那江上风景。

绫剑与清浅过了几招，但感清浅掌力不凡，心中着实钦佩，当下使劲全力，出招相斗。

二人拳来掌挡，腿扫跃踢，过了三十多招，只听清浅喊道："你连我一女子都拿不住么。"

绫剑听此，凝目专心，微带怒气，尽力压攻，但无奈武技实在有限，竟是奈何不得清浅。

不一会儿，清浅一个翻身向后翻去，收招站在原地，绫剑见此，也收了招。不过清浅站立之后，面不更色，气不发喘，绫剑却是脸上泛红，呼吸不调。旁观的人瞧着这一幕，均是称赞清浅武艺精湛。

绫剑勉强笑道："清姑娘武技绝伦，在下自愧不如。"

清浅道："你若是连我都'自愧不如'，还谈什么江湖。"

绫剑听了这话，凝目瞧看清浅。

徐梦珏在旁瞧着，见绫剑站在原地，尴尬不知说什么，想说上两句，替他解围，但快速思索，也不知道说些什么。

清浅道："依我看，你尚且年轻，当拜入个门派，练练武艺。"

绫剑严肃面容，却不说话。

徐梦珏上前说道："以清姑娘之见，当拜入哪个门派？"徐梦珏不知如何解围，便反问清浅，让清浅叙说。

清浅道："我自幼喜好武学，天下各门派的套路，我都了解一二，我看你这拳掌架势，刚中带柔，颇有些太极的风范，要我说，你可以拜入那全真、武当之类的门派。"

绫剑道："在下有学艺之念，不过我这一干帮众，如何安置，我建帮不久，怎么能弃了弟兄们不顾。"

清浅道："你可先去个一年半载，你若信得过我，义庄之事，我可替你打理。"

绫剑听清浅言辞，诚心诚意。又瞧看了一眼徐梦珏。徐梦珏当即说道："我也赞成你去学个一招半式。"

绫剑道："此事还须从长计议，待我今晚回去细细琢磨一番，我们今日江上游玩，还应畅快，先不谈此事。"

清浅笑道："你讲得对，游玩之事，聊这些干吗。"

之后，船上众人继续游玩，江上好景，赏心悦目，但绫剑似乎一直心有所思。

当日夜晚，绫剑招了徐梦珏、上官虎、邱泽丰三个最早的兄弟，谈论学艺之事，徐梦珏赞成，上官虎却不以为然。

但听上官虎说道："我瞧那清姑娘，虽是人品信得过，但你如此弃帮而去，我总觉得不是好事。"

徐梦珏反驳道："现在还好，日后我们做大了，一帮帮主，武艺平平，怎能服众。"

绫剑心中犹豫不决，见邱泽丰没有言语，便向他使了个眼神，想让他说说意见。

邱泽丰说道："帮主心意已决，还问我做什么，你是想去的，你就是放不下我们，你且放心，有我三人照料，加上清姑娘也说帮忙打理，我们且在此等你回来，再共谋大业。"

徐梦珏、上官虎听了邱泽丰的话，也都没言语。绫剑便道："夜已深了，你们都去睡吧。"

这夜，绫剑一夜未眠，未及天亮，便翻身下床，整理了行李，悄悄离去。

待得徐梦珏等人发觉绫剑已走，上官虎便责备绫剑不辞而别，徐梦珏替绫剑解释道："我兄弟四人，虽相处不久，但已有手足之情，绫剑定是不忍当面道别之痛，自己离去，我们也不要怪他了。"上官虎听此，心中沉郁，邱泽丰见上官虎面露伤情之色，心中想道："平日里就这上官虎看似最大大咧咧，没想到此时此刻，最是离情别绪难隐的，却还是他。"

上午，清浅登门而来，听说绫剑已走，心中略有悔意。

第十四回　名落闲谈中（上）

"好一个天下第一杀手。"

游刃听此，猛一回头，只见身后两排人，约有数十之众，右手都握着腰间刀柄。

游刃惊了，朗声问道："尔等是敌是友？"

只听为首一人说道："是敌是友，取决于你。"

那游刃周围，已然死了数人，游刃愣了片刻，道："好，且帮我杀退此人。"此刻，游刃两侧，各有一干人等，一边是两排带刀之人，着装整齐，头戴纱帽，身披官服，另一侧也是十好几人，尽是布衣打扮，只有当先一人，斗笠披风，双手各持一把短剑。

只听那手持双剑之人说道："你命大，放在改日，休想再逃。"说罢，转身疾走，身旁众人，都跟着他跑了。

游刃见那人已走，略感放松，却觉大腿剧痛，不由得躬身单膝跪下，瞧看之时，只见大腿已被划伤，伤口不浅。

"拿金创药。"

游刃听得这句，又看向那官服打扮的领头，端详一番，但看他鲜红袍子，飞鱼纹绣，腰间鸾带，口中不自觉说道："锦衣卫指挥使。"

只听那指挥使说道："不错，我便是纪纲。"

几个锦衣卫把金创药送上，游刃接过，扯开腿上衣布，咬牙敷上金创药。

"你为何帮我。"游刃问道。

"我无缘无故帮你，自然是有事要你帮忙。"纪纲道。

"呵呵，堂堂锦衣卫指挥使，有何难事要我帮忙。"游刃冷笑道。

纪纲不语，只是挥了挥手，身后两人各端出两个盒子，又各自打开，但见黄光烁眼，两盒排满的金元宝映着月光闪亮。

游刃"哼"了一声，道："你要杀谁。"

纪纲先是大笑一声，然后绷紧了脸，瞪眼说道："武当掌门，林青玄！"

游刃先是一怔，而后冷笑一声，道："行。"

纪纲道："不过，他死了，我只给你一盒黄金。"说罢，伸手从身旁一人腰间，剔出一把腰刀，但见那腰刀飞出，落在游刃脚下。

纪纲又道："你把此刀，插他身上，另一盒，也是你的。"

游刃盯看着纪纲，又瞥了一眼地上的腰刀，面颊微颤，说道："可以。"

纪纲听此，心中大快，大手一挥，带人离去。

游刃见纪纲离去，伸手拿起地上腰刀，试着站起身来，但觉腿上剧痛，一时失力，险些跌倒，幸好用腰刀撑住，又是半跪下来。

游刃眼皮颤动，气喘不止，刚才一番争斗，实在凶险，此刻怕再生变故，不敢久留，"啊"了一声站起身来，提着腰刀，飞身翻墙离去。

不过此时，那手持双剑之人，却并未离去，而是停在了第一个拐角墙后，将这一切尽听入耳。

"镇日山行，人倦也、马还无力。游历处，总堪图画，足供吟笔。涧水绿中声漱玉，岭云白外光浮碧。信野花、啼鸟一般春，今方识。

真可羡，林泉客。真可叹，尘埃役。想希夷冷笑，我曹踪迹。七十二峰神物境，几千万壑仙人室。待身名、办了却归来，相寻觅。"

这是南宋词人李曾伯所作，那会儿，武当并未立派，此处乃仙山一座，曾伯是宋南渡后的名臣，时金人举兵南下，宋王朝却不堪一击，徽钦二帝被俘，钦帝之兄赵构逃向南方，史称南宋，战乱毁了北宋人安逸的生活，百姓流离失所，有志臣子，都欲北扫金人，恢复中原。

李曾伯诗中，先是称赞武当山好景，相由心生，景色之美，同样取决于所观之人的心境，李曾伯乃是羡慕仙山之中仙客，且看"真可羡，林泉客"。他身居高位，却羡慕山林之人，而后来"待身名、办了却归来，相寻觅"一句，更是直道出他对这仙山之无尽向往，可偏偏，却要待身名，办了再归来，不过，这一待身名，人生短短几十年光阴，真的够用吗？

南宋末年，名道张三丰创立武当派，武当之名，取"非真武不足当之"。"武当"二字更有深意，武，止戈也，当，及时也，果勇也，如此，便是那创派人张三丰愿武当弟子行侠仗义之时，有长剑出鞘之勇，更能有及时收剑归鞘之仁心。

武当派弟子，修道习武，派中虽日日有持剑练舞者，但今日之景，却甚是奇异，如何奇异？且看道观群屋之中，每道门口之处，都有武当弟子持剑侍立，看那掌门房前，更是围了里三排、外三排，且进屋看去，满屋子人，腰间都悬着单剑。

只有一人，半卧床上，此人阴阳道袍，气喘不止，半百年纪，正是武当掌门林青玄。

青玄掌门床下，跪着几人，衣帽打扮，比那侍立的普通弟子繁杂一些，正是武当派三个长老，正阳子莫知秋、纯阳子白恒、妙阴子慕云裳。

但看莫知秋，手中攥着一把佩刀，朗声说道："天杀的锦衣卫，竟行刺我派掌门，若不手刃贼人，我派尊严何在！"

青玄道："且先查明真相，不可贸然行事。"青玄说完咳嗽不止，眼看他胸前缠着布带止血，定是正胸中刀。正此时一弟子递上药汤，青玄伸手止住，又道："我命不多时了，过一会儿便要去见真武大帝了。"

众弟子听此，眼中旋泪，牙中衔恨。

只听莫知秋道："掌门，我们请三丰真人，他老人家神功玄妙，定能救你。"

青玄听此，又是挥手止下，说道："三丰祖师闭关修炼中，我等不能打扰。"

"掌门。"莫知秋失声而泣，众弟子听此，也都不忍泪流。

青玄又是咳嗽几声，说道："玄阴子卢绫剑何在？"

此时，纯阳子白恒道："玄阴子在武昌讲道。"

青玄眉目低沉，撑着说道："取我真武剑。"

话音刚落，慕云裳便飞身出门，不一会儿，捧剑回来，跪在床边，双手奉上。

青玄使了力气，一把将那剑上遮布扯下，但见一长剑，剑镡太极图案，剑柄八卦符刻，剑身不宽，却是厚重，一面银白，一面黝黑。

青玄看着那长剑，撑着力气说道："将此交与玄阴子。"

众弟子听此，面面相觑，白恒当先说道："此真武剑，乃我武当掌门信物，绫剑半路入道，虽是学艺快速，又在那门派大会上拿了一个长老的职位，但毕竟道行不足两年，掌门职位，怎能交与他手，恐怕其年轻草率，不能胜任啊。"

青玄喘道："绫剑虽是道行不高，但为人机敏，又识大义，我今日遇刺，乃是武当祸难之征兆，必须由他理事，武当方能度过此劫。我意已决，尔等休要拂逆。"

"掌门！"白恒低声说道，痛哭不止。

但见青玄说完那话，便闭门平躺，不再动弹。

莫知秋见此，忙起身探视青玄气息，瞪大双眼，待了一会儿，又是趴伏在青玄身上号哭。

众弟子见了这般情景，尽皆双膝跪下抽泣。

不一会儿，莫知秋站起身来，跑到屋外，仰天长啸一声，又是紧握手中单剑，手掌颤抖，衔仇怒道："深仇大恨，血债血偿！"

八百里外，汉阳城中，此时已值永乐二年秋末。

城中，夜幕已降，汉阳有长江渡口，又是华中要地，唐代卢纶于《晚次鄂州》一诗中写道："云开远见汉阳城，犹是孤帆一日程。估客昼眠知浪静，舟人夜语觉潮生。二湘衰鬓逢秋色，万里归心对月明。旧业已随征战尽，更堪江上鼙鼓声。"可见最早从唐朝起，汉阳已然是商旅要地，而城中状况，也有一诗曾提及，乃是罗隐的《忆夏口》，诗中写道："汉阳渡口兰为舟，汉阳城下多酒楼。当年不得尽一醉，别梦有时还重游。襟带可怜吞楚塞，风烟只好狎江鸥。月明更想曾行处，吹笛桥边木叶秋。"这两首诗，虽然都写了汉阳繁华之相，但所表达之情，尽皆是带了些沉郁，可见闹市纵然富盛，也难暖心境萧瑟。但看城中，天色已晚，却是人来人往，车水马龙，且看那火光最亮的街上，有一老茶馆，馆外插着旗幡，摆着桌子，屋里屋外，都坐满了人，大伙闲聊叙话，好不热闹，来往商人、客旅见此，也都找个位子坐下吃个茶水，歇上一歇。

这家茶馆，是汉阳城中最大的茶馆，明月高悬，又值秋末，这天儿阴湿寒凉，坐在外面的客人都略觉冰冷。掌柜的便在门外生了一堆大火，供人取暖。

且说那门外坐着的客官，有一个装扮奇异，但见他黑白道袍，头戴道帽，单剑放在桌上，正与几人闲聊，正是卢绫剑，原来他被武当派出布道，白日里在这汉阳城中讲道，散了本想回家，却被几个信徒拉住，请到这里，叙叙话，讨教讨教。

绫剑见天色已晚，想和几人告别，却见茶馆门中走出一个老头，坐在一处桌上，大声喊道："诸位，且听我讲讲这江湖大事，给大家伙添个乐子。"

众人听此，都是应和叫好，绫剑一听"江湖"二字，便也没了去意，想听听这老头要说些什么。

且看这老头打开折扇，扇了两下，正想开口说话，只听一个客官说道："老头，这大冷天的，你还扇起扇子，不怕中了风寒，老命不保啊。"众人听此，都是哈哈直笑。

老头也没理会，开口说道："诸位可知，这天下间，哪个人的武功最高。"

众人纷纷议论，一时喧哗，只听那老头又说道："今日，我便把这江湖武者，排个高低，我说一个，大伙认可了，我再排下一个，你们且说有没有听头儿。"

众人听此，都是点头，只听又有一人说道："甚是有趣，你快说，这武功天下第一的人，是谁？"

只听那老头开口说道："诸位定知去年的门派大会，少林方丈圆克，力压群雄，给少林武功争了脸面，拿了个门派会武第一名，无人能敌，当是天下第一好手，不过圆克方丈一心向佛，武功乃是第二等事，那朝廷办的门派大会又是定了规矩，哪派掌门功夫最高，谁便是武林统领，但那圆克无心统领之职，拒不受封，如此说来，圆克大师无心尘世，我们排名，便将他隐去。"

众人听此，纷纷低声交谈，那圆克大师深谙少林绝技，武功自然天下无敌，但一心参禅，只不过想维护少林威名，才在门派大会一展身手，不排他，也说得过去。

但听那老头又说："要我说，除去了这圆克方丈，这天下武功第一者，便是武当掌门林青玄！"

众人听此，都是点头，人人认可。

那老头接着说道："林青玄修得武当玄门正宗内功，一手太极剑法使得出神入化，去年的门派大会中，也是技压群雄，况且林青玄道长侠肝义胆，疾恶如仇，扶危救难，多行善事，这武功天下第一的名号，舍他其谁。"

那些客官们听了这些话，都是对林道长赞不绝口，天下第一的名号，他当之无愧，绫剑在一旁听着，想到林掌门平日里待弟子虽严，却是有情有义，为人又是侠义无双，自己早已敬佩无比，这会儿又听得这老头说林掌门是天下第一武者，心中欢喜畅快。

但听那老头又说道："这天下第二武者，要我说，便是那释厄魔刀，独孤

长风。"

众人听到这里，都不说话了，齐齐瞧着那老头。

但听那老头又讲道："独孤长风，乃是这两年才起的豪杰，行踪飘忽不定，江湖相传其一把长刀所向披靡，自己也有个帮会，虽是两番帮派争斗，都败在武神话手里，但武神话从不敢提能单胜长风，所以依我看，论单打独斗，恐怕独孤长风更强些。"

老头接着讲道："这天下第三，便是苏州霸主武神话，单剑技艺登峰造极，又是帮会独占苏州，两年的帮会竞争，都拿了江南最大封赏的苏州地盘，手下兄弟，更是个个武艺绝伦，天下第三，非他莫属。"

这会儿，茶馆外已挤满人群，不少在屋中喝茶的，听得这老头讲得有趣，便出来站立旁听，路上来往行人，也有不少驻足停留，围了上来。

但听老头道："这天下第四，便是中原游侠释莫离，江湖传说他带两名弟子，常常劫富济贫，为民除害，功夫更是超凡入圣。"

这会儿，一名听客说道："释莫离只是个传说，又有谁亲眼见过他，没准只是谣传虚构。"

老头不理会，又说道："这天下第五，便是关中猛虎，西安穆峰，他家道殷实，也是一帮之主，手下猛士无数，一手早已失传的汉代宽剑剑法神乎其技，在江湖上傲视群雄，这第五的名号，便归他了。"

只听喝茶的一人喊道："我说老头，现在大伙儿都知道，朝廷暗使锦衣卫掌控武林，锦衣卫的高手，你不排上一二吗？小心官府的把你抓去啊。"

但听那老头说道："不急不急，听我慢慢道来。"

老头清了清嗓子，又说道："天下第一杀手，游刃。"众人一听游刃名字，尽皆面露惧色。但听那老头说道："此人能排天下第六，游刃刺杀的本领，江湖人尽皆知，因其为人处事诡异无道，只要收人钱财，便替人报仇，官府将她通缉多年，却是难抓归案，我们虽对她极是厌恶，但又不得不因她闻名色变，把她排上，全因其武艺实在惊世骇俗。"

绫剑听老头叙讲时，又听得邻边一桌有人猛敲了一声桌子，转头望去，但见一人，头戴斗笠，腰间别着两把黑白短剑，绫剑心想："这人肯定与游刃有仇。"说完面露嬉笑，又见他腰间黑白短剑，与自己太极衣服甚是搭配，便多看几眼，没想到那人竟转头与绫剑四目相对，绫剑心感如此瞧人，实在不礼貌，便忙闪避了眼神。

"这江湖第七高手，苏州花一笑……"

绫剑讲了一天的道，也是累了，不想听了，和桌上众人道了别，起身离去，走到街上，但感天冷风凉，便裹紧衣裳，快步行走。

绫剑刚才听那老头不停提"江湖"和"帮派"四字，不禁想起远在金陵的兄弟们，又念及自己已然学艺快两年之久了，也该回去了，心下打算着回到武当山，便和林掌门请出师下山，自己那个什么玄阴子的职位，也没什么稀罕，毕竟这武当是道士山头，自己可不想在这儿做一辈子道士。

绫剑心中想到不日便可回到金陵了，心中欢喜，加快脚步，在街上疾行。

"武当长老？"

绫剑正行间，忽听得身后有人这般言语，想必是在唤他，忙回头探看。

第十五回　名落闲谈中（下）

绫剑回头看去，但见一人斗笠披风，腰间别着双剑，正是刚才所见之人。

绫剑正欲开口，但听那人说道："我名叫易羽，有一言要告知道长。"

绫剑听此，心中想道："此人莫不是江南有名的悬赏捕快，阴阳对易，夺命飞羽。"

但听那易羽说道："贵派林掌门性命危在旦夕，道长身为武当长老，为何还在此处喝茶闲谈。"

绫剑不解，正想发问，易羽急道："已有人出了重金，令游刃刺杀林掌门。"

绫剑心中一惊，道："林掌门武功盖世，区区游刃，怎是敌手？"

易羽笑道："若是敌在暗，我等在明呢？"

绫剑大惊，心道："游刃刺杀之技，江湖人尽皆知，纵是林掌门武功再高，也不可掉以轻心。"

绫剑急问："我与你只一面之缘，怎知你说话真假？"

易羽道："道长信与不信由你，说与不说在我，林掌门侠肝义胆，江湖人人敬佩，我知此事，若是不说，岂不是小人一个。"

绫剑听此，已然半信，心中想道："这人如此说话，若说是假的，于他有什么好处？若是真的，我当回武当，告知掌门。"当下朝易羽抱拳一揖，转身便要离去。

但听易羽说道："此去武当山，八百余里，待到道长赶到，恐怕变故已生。"

绫剑站在原地，心中火急火燎。

易羽道："我有千里马一匹，可助你脚力。"

绫剑听此，忙回头致谢。

且说绫剑急随易羽寻了快马，一路扬鞭疾奔，不曾歇息片刻。

疾行了二日，到了武当山下，绫剑立时下了快马，想寻山道直上，刚翻身下马，但听身后一响，原是那马已然累死，倒地躺下，绫剑没空理会，疾步上山。

到了武当山门，见门前巡逻弟子人数，数倍于往日，心中大急，飞奔进去。

进了武当，但感此地寂静萧肃，绫剑心中更是惶恐。

绫剑大步迈进武当正殿之中，但看众道士盘坐地上，周遭幡布、道符，从房梁之上贴下，正眼前，香火缭绕，立着一个牌位。

绫剑大惊，喊道："林掌门身在何处？"

众弟子听此，回过头来，瞧见是玄阴子，尽皆不语，只是低声啜泣。

绫剑霎时间心中泪涌，跪倒在牌位之前，猛叩三头，又伏地趴下，心中想自己半路入道，本是来此习武，却深得林掌门厚爱，亲传道术、武功，又是在那门派大会之上，让自己任了个玄阴子的职位，绫剑念及师恩山重，临走之际，却是未见一面，更是想到自己已然知道游刃将来刺杀，却没来得及告知恩师，心中深有自责之意。此时，绫剑但感一人在扶他手臂，转头看去，正是妙阴子慕云裳。

慕云裳扶起绫剑，身后一人捧剑上来，双手奉上。

绫剑瞧看那剑，乃是武当镇派真武宝剑，心中不解，想要发话。

却听慕云裳哽咽着说："青玄真人仙逝之际，令我等将此剑传你。"

绫剑心惊，想到："这真武宝剑，乃是掌门信物，难道青玄真人要命我接掌门之位。"

那捧剑之人，正是纯阳子白恒，见绫剑在原地呆住不语，但听他说道："林掌门下了遗令，将位子传你，师命不可违，你快快接过。"

绫剑心中犹豫，心想到："我入武当不足两年，怎有资历做这武当掌门？"又瞧见正阳子莫知秋不在，便问道："知秋身在何处？"

白恒道："莫知秋性子急躁，说要去替掌门报仇，我等拦他不住，现在不知去向。"

但听慕云裳跟着说道："是锦衣卫的人害的林掌门。"

绫剑听此，心中一凛，想道："锦衣卫？难道不是游刃？"

但听慕云裳接着说道："我们发现林掌门被刺之时，就见他身上插着一把腰刀，那腰刀，定是锦衣卫的无假。"

绫剑心中急思，问道："当真是锦衣卫的刀？"

只听白恒说道："定然无误。"

绫剑心中疑虑重重，那易羽说是游刃要刺杀林掌门不假，这会儿这两个长老又说林掌门身中锦衣卫腰刀而死，掌门又将位子传他，无论是莫知秋还是白恒，论道行、武功、威望，都比他高，怎么林掌门偏偏交付他真武宝剑。

绫剑又心想："此事不可贸然举动，想以我名望，若接了武当掌门，恐怕难以服众，而师命在此，又不能违抗，林掌门乃是武林统领，又死在锦衣卫腰刀之下，若是处理不当，恐怕惹得武林大乱。"

但见绫剑思索片刻，伸手接过真武宝剑，又朝林青玄牌位拜了三拜，举剑朗声说道："今林掌门血仇未报，我怎忍接他掌门职位，但林掌门又下令将此剑传我，我又怎能推托。"

绫剑低头思索一会儿，又道："然林掌门遭人毒手，突然辞世，我武当如临大难，我只得临危受命，暂做我武当代掌门，还望众弟子暂且听我号令，待得林掌门血仇报清，再开门派大会，择贤者继任掌门职位！"

众弟子见绫剑言辞利落，条理清晰，又想到这是林青玄掌门遗令，便都暂认他做武当掌门。

但听绫剑又道："青玄真人乃是武林统领，一生一死，关乎事大，虽是眼见锦衣卫腰刀，但我总感此事不能贸然定论，传令下去，就说青玄真人闭关修炼，将这牌位暂收，待查明真相，再行法事，哪个弟子若是走漏风声，门规处置。"

白恒听此大惊，忙说道："林掌门牌位已立，怎能移动，你如此这般，林掌门仙魂怎安？"

绫剑也不理会，拿真武剑横在白恒面前，说道："你若不听我的，你可拿此剑，继任掌门，我定对你唯命是从。"

白恒听了这话，"唉"了一声，说道："好，我们都听你的。"

但听绫剑又说道："快请少林长老，来此议事。"

绫剑言毕，站在殿中，手握真武宝剑，眼神游晃，气息微喘，心中竭尽全力，想理清那万千思虑。

少室山上，此时又值晚秋，山林树叶皆黄，凉风拂吹，真乃：

林山清净地，

苍梧秋雨间。

青灯古佛前，

世外禅修处。

那少林禅修房中，但见一人，在青烟佛像之前，手敲木鱼，诵念佛经，正是西风烈。

西风烈虽已遁入空门，却是日日夜夜梦见亡去的亲人，每日靠习武操练，清静心神，半夜思索多乱，就来这禅修房中，靠经文排去忧愁。

正念间，忽觉地上几声响，好像有石头落进，西风烈便睁眼瞧看，却见一块黄光烁烁的金元宝，西风烈纳闷，忙起身观看，却见得窗外草木晃动，又听脚踩脆叶之声，忙追了出去。

西风烈在林中穿梭追赶，西风烈曾是走镖的镖师，也偶尔会被人偷盗，便慢慢学会了看脚印寻人，西风烈眼见那脚印深浅大小，似乎是个女子，更加不解，快步追上。

跑了一会儿，便听得人穿林之时，衣服的擦碰声，西风烈心中想道："离她不远了，加快脚步追上去，一探究竟。"当下使了轻功，飞奔追赶。

不一会儿，西风烈却听不见那人声响了，心中纳闷，四下找探。

西风烈找了片刻，扒开一片矮草丛，但见一女子躺在地上，心中纳闷，想瞧看那女子面容，看看是不是故人，便慢慢走近，低头瞧看，立时双眼瞪大，身子一颤。

"施主。"

游刃仿佛听见有人在叫她，缓缓睁开双眼，使力起身。

"施主勿动。"

游刃隐隐看见一个人影，却是眼前模糊，景物晃动，又感有人抚摸自己双肩，游刃顺势又躺了下去。

"施主口渴吗，我去给你倒杯水。"

游刃眼前景物渐渐清晰，只见一人和尚打扮，背朝向他，去倒水了。

那和尚扶着游刃喝了口水，又扶着游刃躺下。

"你？"游刃说道。

"施主扔这元宝进屋，是来还两年前所借的碎银吗？"那和尚说道。

游刃道："不错，我从你朋友身上借的银子，不过当时情急，只见了你的面容。"

那和尚道："施主言而有信，贫僧着实佩服，不过你又怎找到的我。"

"我会画像，画了你的样貌，和人打探，得知你正是西风烈西镖头，不过在江湖上找你两年，都不曾找到，近日我从人口中听说，你在少林寺为僧，这才半夜来此，探看一番，没想到，一进少林，便看见一处屋子烛光闪动，走进一看，竟然是你。"游刃缓缓说道。

西风烈道："原来如此，不过陈年旧事，就忘了吧，况且那小袋碎银，怎值这黄金相抵，这金元宝，还是还你吧。"

游刃厉声道："不，这是给你那朋友的，不是给你的，你替我转交给他，行了，我要走了。"游刃言毕，想起身下床，却觉胸口阵痛难忍。

西风烈道："施主不要挣扎了，你已中太极绵掌，更是受伤深重，内脏多被损害，至少要休养数月。"

游刃使尽气力，却是越用力，胸口中越痛，挣扎挣扎，也是起不了身。

西风烈道："你就在我这儿休养，你这金元宝，就算你的医药之费吧。"西风烈眼看这女子性格倔强，怕难留她在此疗伤，若她逞强离去，恐怕凶多吉少，便故意把这疗伤之事，说成一番交易。

游刃听了这话，点了点头。

西风烈又道："不过你虽可疗伤痊愈，不过你的内脏俱损，恐怕以前功力，只能恢复个二成。"

游刃听此，面无表情，说道："无妨。"

西风烈心想："习武之人，功力最为珍贵，这女子真是倔强，得知自己功力丢了八成，却仍是面不改色。"

西风烈又缓缓问道："不知施主与武当有何怨仇，竟身中绵掌。"

游刃听此一惊，急道："多管闲事，你若是说出我曾身中绵掌，我立时要了你的命。"

西风烈听此一笑，瞧看着游刃，但转瞬间又觉心中犹豫，脸上抑郁之情难隐，原来，这游刃相貌本来就与他妻子相似，这一番对她训斥，又好似以前与妻子在家中一般，况且西风烈在佛门两载，不见女色，游刃身子疲软，躺在床上，也令他心绪缥缈。

西风烈精心照料游刃，每日熬药煎汤，煮饭服侍，运功疗伤。

　　游刃乃是江湖中人，终日流浪，接仇杀的买卖，日日夜夜没有一刻安宁，血腥味道，常伴身旁，她在西风烈这里，静养半月，但觉舒适非常，似乎今生今世，都没有过这般温馨的日子。

　　那游刃长相，实在是像极了西风烈已故的妻子，西风烈照料她时，也不免心生怜爱，细致入微，时时像照料娘子一般柔腻。

　　但在西风烈问及游刃身世，又是为何做了杀手之事时，游刃却从未提过只言片语。

　　快到一个月头儿上，游刃似乎隐隐感觉自己已对西风烈心生喜爱之情，但因她性子倔强，心中不肯承认。而西风烈，却是常常在心中对自己说道，我妻已然亡去，自己又已经遁入空门，不可再惹什么红尘事端，由此看来，西风烈也是隐隐有情。

　　似乎是二人身世遭遇，所致吧。

　　也许是二人处境心境，所致吧。

　　大概是二人尘缘作怪，所致吧。

　　正所谓情不知所起，一往而深。

　　一个月后，西风烈在自己屋中照料女子之事，便传到了圆克方丈耳中，圆克唤西风烈前往正殿询问。

　　但看那殿中，很多前辈高僧，又有不少僧人。

　　圆克问西风烈道："有人说你在你房中，藏了女子，可有此事。"

　　西风烈缓缓说道："回方丈，确有此事，但她身受重伤……"

　　"少林寺有戒律，寺中不准女施主留宿，你可知道？"圆克打断西风烈说道。

　　西风烈低头道："弟子晓得。"

　　圆克又道："你身为少林长老，怎能犯此戒律，枉我平日里对你那般赏识，还想我圆寂之后，将方丈位子传你。"

　　众僧徒听此，都是一怔，原来方丈如此看重西风烈。

　　圆克道："来人，罚他五十戒棍，将那女施主请下山去。"

　　此时，西风烈急道："那女子伤势未好，还需调养一个月，若方丈不准，我先多领罚五十戒棍，打我一百戒棍，这样可好。"

　　众僧徒听此，议论纷纷，那少林戒棍，都是武僧打的，五十戒棍已然是重罚，若是一百戒棍打下，非要打死了，又见西风烈如此犯戒不知悔改，纷纷扼腕叹息。

　　但此时，众僧人不知，游刃正从那窗外往里偷听瞧看，见西风烈这般作为，心中感动，但想到是自己害得他受了戒律，又想到那方丈那般器重他，自己哪能误了他的佛缘，心中绞痛片刻后，便悄悄下山离去。

　　正当那正殿武僧持戒棍进来，欲行戒律之时，正殿奔进一人，道士打扮，直直跑到圆克面前，众僧徒见此，都感奇怪。

　　只听那道士说道："圆克法师有礼，我武当掌门请少林择一长老，前往议事，十万火急，切莫耽搁片刻！"

圆克沉思片刻，张口说道："西风烈，你带十八个少林武僧，即刻随这位道长前去武当。"

圆克顿了顿，又说道："你的戒棍，回来再领。"

西风烈朝圆克拜了拜，去演武堂，点了十八个武僧，随那道士离了少林，下了少室山，行去武当。

仙山雪无痕，

道人迹有踪。

云雾绕观庙，

寒霜盖松林。

黑白持剑列，

飞鱼佩刀逼。

真武谁足当！

皇差可奈何？

武当山上，今日大雪纷飞。

山门之前，但见排排官兵，佩刀出鞘，雪打刀锋，寒光闪烁。为首一人，鲜红衣袍，纱帽头冠，佩刀在手，眼光凌厉，凶神恶煞。这一干人等，杀气腾腾，令人望而生畏。

山门之后，尽是黑白道袍之人，个个手持单剑，结阵散立。为首一人，抱着长剑，迎着风雪，直直站立。

但听那鲜红衣袍之人，当先说道："我乃锦衣卫指挥使纪纲。你武当正阳子莫知秋来金陵锦衣卫所闹事，还说什么林青玄掌门被我锦衣弟子刺杀，真是一派胡言，我料他定是疯了，给贵派拿来。"纪纲说着，伸手两人将一道人往前掷出，但见那人在地上翻滚几下，便站立起来，双手都被反绑。

但听莫知秋反口骂道："无耻之徒，害我掌门，今我武当众人定要你们血债血偿。"

说罢，莫知秋跑到众武当弟子身前，大声叫喊，要人帮他解开绑绳，但见一人长剑划出，斩断麻绳，莫知秋便从身边最近的一个武当弟子手中，夺了一把单剑，朝纪纲冲去。

但听武当这边抱剑之人厉声说道："把他按住！"这人话音刚落，几个武当弟子冲出，将莫知秋按住，莫知秋回头一望，破口骂道："卢绫剑，你为何拦我，你已然忘了恩师真情了吗！"

"卢绫剑？"纪纲道。

绫剑听纪纲唤名，凝目与其对视。

纪纲道："好，既然你当先站立，那我便与你说理，这个疯子，口无遮拦，污蔑我锦衣名声，又是你派长老，我想听听你们武当要如何说道？"

但听卢绫剑道："我武当侠义为先，若是我们不是，自然赔礼。"

莫知秋听此大怒，喊道："还要给这些贼人赔礼，你不怕林掌门魂魄含冤

难去吗！"莫知秋使劲全力挣扎，此时又来了几个弟子，七八个人将他按住。莫知秋狂喊："如今贼人就在眼前，你们还不出剑报仇！"

纪纲道："这般疯子，你们还不清理门户？"

绫剑道："我门派自有门规，待先了了贵派声名之事，我们再处置他。"

纪纲笑道："好，我倒要听听你想如何了事。"

绫剑与那纪纲交谈一番后，心中想道："武当乃名门大派，锦衣卫指挥使为何如此咄咄相逼，林掌门之死，定与他们有关。"

绫剑道："贵派有贵派的规矩，阁下且先说说，依你们规矩，这事该当如何了结。"

纪纲听此，大笑道："伶牙俐齿，不过又有何用？你们惹的事，还想让我们来解么？"

绫剑听了这话，思索片刻，心中惊道："林掌门乃武林统领，朝廷欲使锦衣卫暗控武林之事，人尽皆知，此时已然入冬，今年的门派会武在即，纪纲此番前来，名讨武当，实在整个武林。"

绫剑朗声道："我派正阳子练功走火入魔，以致胡言乱语，不过他所说之事，也事出有因。"

纪纲道："哦？事出有因？"

绫剑道："我派掌门林青玄，已随三丰真人闭关修炼去了，恐怕一年半载，不会出关，莫知秋定是练功走火入魔之际，听此消息，幻想为是锦衣弟子杀了林掌门。"绫剑说此话时，故意加重了那"三丰真人"四字，是想拿张三丰的名号，败一败纪纲气焰。

果然，纪纲听了，呆住片刻，又笑道："林掌门闭关修炼，可他乃武林统领，怎能置职责不顾？"

绫剑道："不瞒指挥使，我派掌门林青玄欲闭关之际，说锦衣卫指挥使纪纲武功盖世，威名远震，命我等到金陵拜会指挥使，请你暂理武林统领一职。由于我派掌门闭关，今年门派会武，我们不再参与。"绫剑这话，虽有奉承之意，但并未有何敬称，直用"你"字称呼而不用"您"，软中带硬。但绫剑此话一出，身后许多弟子相顾瞧看，眼神之中略带不解。

纪纲听了这话，大笑道："你武当要我做这武林统领，那其他各派可能同意？"

"少林不准。"

纪纲忽听身后传来一声叫喊，回头看去，只见雪山道路之上，十几个和尚，持棍过来，和尚之中，又混着个道士。为首一人，身披袈裟，似是个少林高僧。

众锦衣卫见此，最外一排，转过身去，齐刷刷佩刀前指。

纪纲笑道："我听说佛道不两立，怎么你们还搬了些和尚救兵。"

但见那十几个少林武僧，横棍一字排开，围住这些锦衣卫下山通道。那为首的武僧，正是西风烈。

纪纲大声说道："尔等莫非想与朝廷为敌！"

但听得武当那边一人尖声喊道："哼，今日有少林武僧在此，更有全派弟子结阵，你若是放肆，我们将你们尽数杀了，丢到深山之中，谁知道是我们所为。"这个尖声喊叫之人，正是妙阴子慕云裳。

纪纲大笑道："好个名门正派，武当、少林，合伙行凶！"

但听西风烈喊道："我少林并无此意，只是你带人持刀列队，来到武当山门前，意欲何为？"

纪纲道："意欲何为？我还想问你们意欲何为？想谋反吗？"

绫剑心中快思急想，心道："这少林只来了十几个武僧，而我武当弟子，虽是都会武艺，但技艺超群者不多，而这纪纲带了几十人众，锦衣卫个个都是武技高手，死斗起来，恐怕不是他们对手。"

但听绫剑道："少林的师父们，我武当邀你们前来，与此事无关，你们且在那等候，待我们与锦衣卫消了私事，再招待你们。"

纪纲一惊，心道："这卢绫剑，为何反应如此机敏，此人执掌武当，定然是个麻烦，必须除之。"纪纲打量了前后一番，心中又想道："若是这些少林武僧与那武当弟子齐上，我等少不了一场血战，纵是赢了，怕也是损失惨重，而且又在这武当山上，人家是主，我们是客，恐有埋伏。"

但听纪纲冲绫剑说道："好，那先算清你们这疯子的账。"

未及绫剑答话，纪纲又说道："我想问，你们林掌门是何时闭关的？"

绫剑答道："林掌门闭关已有数月。"

纪纲道："哦？那林掌门闭关之后，将掌门位子交与何人？"

绫剑道："林掌门并未传位，令我代行掌门之职。"

纪纲又问道："哦？这么说，是你请的少林武僧来武当？"

绫剑道："是我请的。"

纪纲又问："为何他们恰巧和我们一同来到山门之前。"

绫剑回道："约莫那莫知秋发疯下山之际，我派出人去请少林弟子前来武当交流武艺，此处虽距金陵远些，但行去少室山，山道多些，耗费时日定多，赶了巧了，你们一同前来。"

纪纲冷笑一声，说道："哦，依你说法，这莫知秋是你任掌门之时下的山，这前来围住我们的少林武僧，也是你请的，依我看，这一切，尽是你安排的！"

绫剑心惊，想道："这纪纲怎么转瞬间将锋芒指向了我？"

纪纲厉声说道："你是想骗我等来此，行拂逆之事吧，正如你那身后女子所说，将我们抛入深山，你便除尽了锦衣精英，年末门派大会，你再拿个统领，以后武林，便由你掌控了，这阴险招数，真妙啊！"

绫剑听此大惊，不由得冷汗直下，心中想道："他这般言语，免不了恶战一场了，可这一战，可能令我武当基业，尽皆毁灭。"绫剑不知所措，不停思索，若是青玄真人在此，会如何处置，耳边便回荡着青玄教诲"大局为重"。

此时武当众弟子,已然剑尖直指,怒目盯着眼前排排锦衣卫,那些个锦衣卫,更是攥紧佩刀,双方只待一有变故,立时杀将起来。

绫剑深知,此刻一言有失,恶战立起。

但听绫剑说道:"我武当以侠义著称,我们说了不参与门派会武,便定然言出必行。"

纪纲冷笑道:"那这疯子一事呢?他跑到锦衣卫,欲行刺于我,你身为掌门,可有责任?"

绫剑心想:"这纪纲真是一步不让,若是不有所作为,恐怕今日武当难逃劫难。"

绫剑没有言语,凝目盯着纪纲。

此时大雪飘飞,寒风疾吹,三千人等,各持兵刃,又是没人言语,但感人气息都已然凝固,好似这站立众人,是那飘雪眼中景色。

但见绫剑上前走了几步,武当弟子尽数跟着走了几步,锦衣卫众人见此,紧握刀柄,身子微低,只待血战。

但听绫剑道:"此事于我有责。"绫剑说完停住,众人不语,更是无人敢轻举妄动。

但见卢绫剑将真武剑抬起,直插入武当山门脚下,长剑入地八寸。

绫剑道:"武当弟子听令,真武剑插在此处,唯有林掌门出关之后,才可由他将此剑拔出。"

众弟子盯着绫剑,不知他是何意。

绫剑冲纪纲说道:"此剑乃是武当掌门信物,持此剑者,方为武当掌门,林掌门不出关,武当派没有执事掌门,如何参与门派会武?"

纪纲先是一怔,而后笑道:"好!"

但看绫剑,将双手抬起,又低头瞧看,而后他盘膝坐于雪地之上,运起功力,又是长啸一声,但见绫剑所坐之处,白花四溅,风雪绕飞。

片刻之后,瞧看绫剑面容,嘴唇苍白,双眼无神。

只听绫剑道:"武当弟子犯下罪错,于我有责,我已自废内功,从此也不再是武当道人,这般处置,指挥使可能接受?"

绫剑话音未落,但听得身后乱声叫喊,有呼"掌门"者,又叫"绫剑"者。那西风烈见这般情景,心中赞道:"素闻武当派侠肝义胆,有掌门如此,真是令人钦佩。"

纪纲见了,先是不语,而后说道:"小事一桩,何须如此?"心中却是暗想:"这武当,真是不好对付,日后若有机会,必须尽数除之。"

绫剑缓缓说道:"听指挥使意思,这事算是结了。"

纪纲先是大笑一声,而后又严肃非常,怒目朝那武当众弟子扫视一番,便转身离去,锦衣众人前排并未转身,而是手持佩刀,慢慢退后。

纪纲走到那一排武僧面前,西风烈见此,让开了,纪纲瞥了西风烈一眼,从他身边走过，走过之后，眉目一紧，但觉心中不适，似乎事有异常，但思索一番，又想不出什么异常，便没在意，领着锦衣众人上了下山之道。

武当前排弟子，守在山门，盯着那纪纲下了山。众弟子上前，围在绫剑身边，但听绫剑说道："若是动武，我等不是他们对手，纵是赢了他们，不免令他们跑个一二，回到金陵，上报朝廷，我武当若是动武，横竖都是灭顶之灾。"

众弟子围在绫剑身边，那慕云裳更是坐下，伸出双手运功，想恢复绫剑内息。

但听绫剑道："我将那真武剑插在山门之下，乃是缓兵之计，一切待得三丰真人出关之后，再行决断，如今锦衣卫欲掌控武林，不是我武当一派之力能挡。"

绫剑说着，站起身来，朝慕云裳、白恒和莫知秋三人说道："三位长老，以后武当之事，就交由你三人掌理了。我已不是武当弟子，明日便下山去。"

慕云裳也跟着站起，不停抽泣。

绫剑说完，缓缓走入武当正门。

翌日清晨，绫剑早早起来，出了山门，步上山道，想就此下山去，却停在原地，转过身来，朝着山门跪下，拜了三拜，而后起身，离了去。

下山之后，绫剑心中想道："我若是留在武当，恐怕多生变故，如此清了功力，能全身而退，已是福分了。"

绫剑本想寻道往金陵去，但心中想道："我自金陵出走，已有两年，说是来学武艺，可如今功力尽失，这般回去，有何脸面见我那些弟兄。那帮会有徐梦珏等人和那清姑娘打理，没准现在已经办了起来，我这般回去，岂不被人笑话。"绫剑念及此，打消了去金陵的念头。

绫剑心中思索，也没有什么好去处，便心想道："我先游走游走江湖，寻些事做，待有业成，再回去见我那些弟兄。"

自此，卢绫剑下山之后，未去金陵，流落江湖，不知踪迹。

第十六回　壮志未灭，但心上、故人渐少

　　明朝永乐初年，朱棣皇帝以清君侧为由杀侄篡位，历经四载战乱，致使民间经济凋敝，百业待起，然朱棣皇帝励精图治，中原渐缓生息。野史有载，永乐年间南洋氏人叛乱，朱棣皇帝不得不派心腹郑和下海平乱，郑和一离去，皇城顿时亲卫势力混乱，锦衣卫开始与各个职司明争暗斗。

　　这几年，武林各派纷纷广招门徒，隐身门派浮出水面，各大势力也介入江湖纠纷，各大地头势力，州府豪绅、侠客，纷纷组建帮会，开始势力割据，利益纷争，武林顿时风起云涌，朝廷无奈，只得划分驻地势力分给各大帮会，加之漠北鞑靼徐起，虎视中原，看似安宁的永乐盛世，却暗藏杀机。

　　丞相祠堂何处寻，

　　锦官城外柏森森。

　　映阶碧草自春色，

　　隔叶黄鹂空好音。

　　三顾频烦天下计，

　　两朝开济老臣心。

　　出师未捷身先死，

　　长使英雄泪满襟。

　　扬名立万，功成名就，历来是英雄人物毕生所追求的，然而江湖争斗有胜便有败，究竟谁主沉浮，只有天知道。

　　穆峰就是这样的，他的心胸中，装着常人无法理解的抱负和志向。

　　两人一马，仗剑天涯，似乎只是穆峰和洛香凝毕生所念却不能实现的梦想，因为他们的身上背负着整个帮会的责任和担当。

　　成都北郊的阳光是温暖的，因为阳光让洛香凝感到些许温暖和安宁。

　　成都的竹林是无情的，因为这片竹林在不久的将来，也许就变成了血染的红林。

　　洛香凝还是抑制不住心中的心思，开口对穆峰说："穆哥，我们真的要对苏州动手吗？"

　　穆峰黯然点头，并未作声。

　　洛香凝埋头垂眉，想说什么，却说不出口。

　　穆峰上前贴近，双手扶起香凝的脸："香凝，锦衣指挥使虽说是想与我们联合，剿灭苏州众帮会，言辞客气，但你想想，我们又怎能拒绝，以我们的势力，若是惹了锦衣卫，恐怕便是灭顶之灾。"

洛香凝抬起头目泛泪光："如果，如果只有恶战，我，我只希望你能安好。"

穆峰转过身去，望着锦官城北郊摇曳的竹林，低声细语："香凝，武神话已经失踪，苏州帮派联盟群龙无首，我们趁势一举将其击溃，这是最好的时机。"

长裙飘逸，泪面生霜，洛香凝似乎把犹豫写在了眼神里。

穆峰和洛香凝缓步走在北郊外，朝着客马集市行进，两人行得累了，想寻一处茶驿休息片刻。

"百里兄，前面就是成都百草堂了，拿到了奇珍异草，带回去给我们的兄弟们，让大家都滋补滋补。"易羽扶起茶具，饮了一小口。

穆峰二人正行于此，突兀听到这句话，穆峰即刻把手抚向背上剑柄，洛香凝更是脚下踏实，空气似乎在一瞬间凝结……

穆峰望向他们一行三人，一人斗笠披风，一人身着锦衣，都是男子，倒是有一位女子格外出众。冰肌玉骨，留影绝尘，一看就不是一个一般的女子，此人不是她人，正是流名江湖的武童话。依此形势来看，想必那位百里兄十有八九便是百里封沙了，这也难怪穆峰、洛香凝二人闻声而惊。

然而穆峰并未动手，而是拉着洛香凝也在这家茶肆坐下，点了店家的两杯清茶，穆峰虽然武功盖世，但是百里封沙更是内劲闻名天下，妄自行动，胜负难料，只得与香凝品茶歇息，静观其变。

百里与易羽对饮交谈，聊的尽是帮会事务，而在一旁的武童话却是没有怎么参与，童话似乎心中有事，不时扫下四周，不巧正好眼神与瞄看她的洛香凝四目相对，两人均不避讳，二人均衣装华丽，一看就不是等闲之辈，这成都北郊，竟能遇见如此贵人，童话心中诧异。

只见童话起身朝洛香凝说道："美女看衣着不是川中人士，因何来此？"

洛香凝听闻此句心中骇然，穆峰更是手握剑柄，而百里、易羽二人却是不怎么在意。

洛香凝回道："我与夫君慕名成都百草堂已久，今日特来拜会，不知阁下三人欲往何处。"

童话听得这句，心中更加疑惑，也注意到了穆峰手握剑柄的动作。

童话不敢怠慢，迎前伸出手去，欲拉洛香凝过来一同饮茶，想弄清这二人来历。

不料洛香凝见童话手向自己突然伸过来，心下一惊，即刻抽出背后双剑护在胸前。

童话大惊，即刻抄起桌上单剑，百里、易羽二人也是一惊，易羽欲出手，百里按住易羽低声道："莫急。"穆峰见百里、易羽二人未动，便也未出手。

洛香凝见童话已经抄起单剑，着实惊慌，不由分说，当下左手划剑，右剑戳地，中为九天，神为九地，使出一招九宫八卦剑法"二四为肩"，向前斩去，

童话见状，持剑格挡，咬牙切齿，转目为怒，持剑下舞，见影不见人，一招剑光向洛香凝击去，只见洛香凝双剑抵过去，童话一剑击上，突然，洛香凝足下使力，站姿奇异。

值此，百里突兀起身叫了一声："不好，童话小心。"

果不其然，洛香凝足下一转，双手一挥，左右开弓，席卷童话，只见童话虽然收招格挡，却被绵绵的起劲击飞，洛香凝一个步子跟上，正欲巧力虚击，双峰贯耳，百里、易羽二人见状不妙，当下出招向洛香凝击来，穆峰见此，抽剑挥起，飞步穿上，空气似乎因为被这剑气划伤而呼呼嘶鸣……

百里、易羽与穆峰纠缠拆招，

童话被一番击打，当下气血虚空，无力再战。

只见穆峰持宽剑与二人相斗，乱舞挥砍，凭空生风，又是劈桌摧椅，杯碎水溅地，斗得茶肆客人四散奔逃。

穆峰低声冷笑："呵呵，原来百里封沙是浪得虚名。"

只见百里收招怒目道："笑话，你这盲人，我乃百里封尘，我大哥百里封沙功夫胜我十倍，你与我尚且纠缠，有何脸面谈论我大哥。"

穆峰心下一惊，原来此人不是百里封沙，当下心中释然，冷笑旋剑："是吗？那就试试我的剑吧。"只见穆峰话音未落，蔓草锁骨，枯木炼魂，收身一剑向前劈去。

又见洛香凝收身回跳，撇下童话不管。

易羽三人见剑气杀煞，心知难敌此人，但北郊地域开阔，哪里能逃，战之不敌，逃之无处，心下甚惊，不知何为。

眼见易羽三人性命危险，穆峰招式将出，这场争斗，似乎结局已定。

但江湖就是这么巧妙，谁能站到最后，没有人能在结局之前预料。

只见穆峰剑已划下，却突然心下一惊，他似乎感觉到了什么，突兀掉头回看，果不其然。

好似狂龙出渊，身后一波震天裂地的气劲袭来，穆峰忙转过头去。

穆峰见这气劲威猛难当，哪里有空理会童话三人，转瞬收剑闪避，一把推开洛香凝，

只见气劲从穆峰原位袭过，裂石贯木，猛冲而散，扬尘四起，目下生烟。

穆峰虽躲过这一招，但周身扬沙，见不着出招之人。

突兀间，黄沙中漫出一道人影，哪里由得分说，瞬影闪击，明暗相交，一招一人影，穆峰硬是受了这一套连击。

穆峰深知此人内力深厚，但也绝不是打不得，使尽全力，谁笑到最后还不一定呢，正欲挥剑击去，突感身后气力袭来，原来是百里封尘、易羽二人，穆峰心想："我与这人胜负难料，倘若加之百里封尘这二人，着实难对付，来日方长，应当暂且避退。"

只见穆峰收身退影，扔出一个异物砸向地下，瞬时一缕青烟起，加之四周

尘沙漫漫，穆峰二人瞬时不见踪影。

童话见危机已去，心中释然，却感身子乏力，几欲昏迷。

那解围之人见此，转身欲离去。

易羽急忙上前问道："多谢侠士之恩，敢问尊名？"

只见那男子头也不回，只身离去。

易羽道："阁下虽不报姓名，但救命之恩，我等定永记于心。"

言闭，易羽拉起受伤的封尘，回身扶起昏迷的童话，百里、易羽二人只听得童话口中，隐隐约约在呢喃："神话……"

易羽望着那人离去的背影，心下一阵难说的滋味。

城郊草密密，暖春灌丛生，红颜柔步走，剑客带刃行。

却说易羽三人，百里封尘从北郊自去百草堂，易羽欲带童话回城内调养，行至成都北大门，只见门前喧哗，满是围观百姓，似乎发生了什么大事，易羽上前探看。

只见门前一队守门士兵，正与两个人纠缠驳论。细看那俩人，绝非凡人，其中一男子，鹰目扬眉，气贯胸生，披发长衫，霸气异常，一女子更是出尘，白锦无纹香烂漫，玉树琼花堆雪，兰气清声，纤纤细手执单剑，翡翠玉身披丝衣，人间天上，生得如此有几人。易羽听得百姓议论纷纷，识得的人说，这二人乃是苏州的第五思、花一晴。

易羽想："原来是苏州的朋友，此番定是有难处，我当上前协助。"只见易羽跃步上前，撇开人群，躬身划手，朝第五思、花一晴二人说道："在下乃易羽，二位朋友如有难处，可言之，易羽定竭力相助。"众士兵百姓听得是阴阳对易，夺命飞羽，尽皆骇然，第五思上前回道："易兄，我与一晴行至北门，这守城士兵定是见我二人穿着不凡，又不是本地人，非要扣下出城费，于是争执于此。"易羽心想，这士兵欺软怕硬，贪婪无比，易羽又看花一晴娇柔美丽，心想："这群士兵哪是要官银，定是借口扣下这二人，欲行不轨。我定要相助无疑了。"易羽环顾四周，士兵人数众多，贸然行事可能危险非常。

易羽深知这群贪婪士兵名为贪财，实在一晴，又想得童话还在外围，灵光一闪，对第五思说道："第五兄，这钱我来帮你们，不过你要帮我一忙，且看那边那位女子，身受重伤，我身有急事，阁下可否带她就医。"第五思也不是等闲之辈，眼光一转即刻领会了易羽的意图，回道："易兄放心，我花帮主精通医术，人在洛阳，我这就带她前去，阁下这位朋友定会安然无恙。"言罢，出人群带了童话，离去。

果不其然，这群守城士兵并未拦截第五思，显然他们的目的是花一晴，易羽看了一眼花一晴，身姿娇柔，婉娩禁风，如此女子，带之突围恐怕甚有困难。

易羽心下甚急，不知所为，若是这花一晴会得一招半式，带之突围应该不难，但看这花一晴身子，着实为难。

这时，士兵甲大声喝道："要么拿钱，要么跟我们回衙门！刁民！"

士兵乙大吼："易大侠，你最好不要碍了大爷的好事，和官府作对没你好果子吃。"

士兵丙一脸邪笑朝着花一晴："拿不出银子，别想走啊。"

花一晴见此，再也忍无可忍，心想："不行，我要控制自己，我要温柔，温柔，淑女……"花一晴看着这几个士兵，越看越烦，长得这么丑还出来执勤，怎么过的面试。

易羽看得花一晴如此焦虑，张口欲言，不料突一剑挥起，险些划伤自己。

但见花一晴挥起单剑，纤纤玉手看似娇柔无力，却剑身疾起，前行右转，翻身踏空，剑尖抖，血滴飞，转瞬之间，花一晴回身原位，剑尖已经荫红，花一晴低头闭眼："老娘本来是想温柔的。哎！"易羽见此甚惊，只见那士兵甲乙丙丁戊己庚辛尽皆倒下，百姓瞬间喧喊，惊慌失措，四下奔逃，有的还半路摔倒，又是慌忙爬起玩命儿逃走。易羽朝着花一晴道："此地不易久留，我们尽快离去吧。"易羽、花一晴去追赶第五思二人，不题。

小桥流水人家，冠绝江南好景，姑苏城是整个大明最繁华的地方，豪绅云集，百业繁荣，一片安宁盛世景象。

苏州帮会驻地，这里是武神话帮会常年执掌的，广阔地域上，只见一人鹤鸾琼衣，正是赵飘云，神话失踪之后，便由他撑起掌事，此刻，赵飘云站在驻地门前巨大的门牌上，眼神迷离，胸中无限惆怅。

第十七回　叹尘世，前缘定数，谁道能料

纪双双总是不能理解她父亲的决定，要把她嫁给丐帮帮主的侄子，父亲和她说，她的婚姻不是她一个人的事情，她是代表纪纲，代表锦衣卫，甚至代表朝廷，丐帮掌门和锦衣卫若能联手，肃清江湖势力指日可待，她身上背负的是责任，她再也不是孩子了。

纪双双总是学不会武艺，尽管在锦衣卫长大，看惯了血腥争斗和锦衣卫内幕，尽管有很多高手教她刀法，她还是学不会，现在这状况，父亲逼婚，别说逃离锦衣卫，就凭她的本事，门都出不去，纪双双心下抑郁，独自走在锦衣卫后山，这里常年堆着白骨，双双就是看着这些长大，一个女孩也不害怕，一切都已经司空见惯。她长大一点后，就没出过锦衣卫，父亲怕她遭到劫掠，一个特殊的身份，让她有一个别样的童年，她很想出去看看，看看大明的河山，看看城里的繁华，然而这会儿，她连结婚都要被父亲决定，她想她的人生，最终也没有自己能去选择的机会。

突然，纪双双似乎从后山道上看见了几个陌生的面孔，这群人身穿青衣，手执单剑，双双一脸疑惑，甚是好奇，决定跟上去瞧瞧。

纪双双蹑手蹑脚，在背后悄悄地跟着那几个人，看见他们被几个锦衣卫弟子接引，进了议事厅。

纪双双心想，这几个人定是找爹爹来的，于是就随着过去了，其实每次锦衣卫来外人，双双都要瞧个究竟，也许这是她唯一能见到外面世界的方法了。

只见那四名青衣人士走进议事厅，于厅前两排坐下，纪双双悄悄地爬到了二层房檐的窗户旁，向里面看着。

不多时，厅后门走出一名中年男子，金甲锦衣，背绑单刀，不愧是权倾朝野的锦衣卫指挥使纪纲，本来一到这锦衣卫，空气中就弥漫着压抑深沉的味道，乱葬岗、抛尸谷，更是令人不寒而栗，这只手遮天的纪纲更是煞人心神。

只见一名锦衣卫高级弟子上前和他说了几句话，他便立马变了如铁一样僵硬的脸，露出一丝勉强的微笑看着来客，表示了尊敬和礼遇之意，纪纲于正中坐下。

纪纲顺手取下背后单刀，放于桌上，沉甸甸的单刀似乎要压塌这木桌的样子，纪纲朝着这四位青衣人士说道："四位华山派少侠，无事不登三宝殿，华山派派人亲往，来我锦衣卫，定是有要事，但说无妨。"

只见那四人为首的一名青衣女子，清容笑貌，淡妆秀丽，倒也是不避讳，

起身直对纪纲说道："实不相瞒，指挥使既然如此说了，那我们就直说了吧，在下乃是华山派长老姜九曲，我后面这位是长老徐墨卿，以及两名执事，我们受掌门相托，来此实有要事。"言毕，纪纲看向这四位人士，尽皆眉清目秀，气宇轩昂，定是华山弟子不假。

纪纲笑了笑，回道："华山派乃天下第一剑派，华山掌门亲自派人相托，有事但说无妨，莫要迟疑。"

且不说这华山派究竟因何，竟然让两位长老前来锦衣卫，但说那房檐上的纪双双，蜷在窗户边，这议事厅的房檐向来无人打扫，这个窗户边倒是干干净净，想必一定是纪双双每每都来此偷看，用袖子衣衫把这里抹干净了。

那纪双双蜷着双腿，双手扶着窗户，水灵的眼睛望着里面，她倒是没注意到那个为首的女子，倒是后面一个年轻男子吸引了她的注意力，她定睛瞧去，只见那男子：

青衣着身气宣扬，

磐冠束发双眉立，

如青山之秀丽，

如碧水之澄澈，

如早春之玉树，

如冬雪之洁柔。

说也是巧，不知道是不是命中注定，这个男子在姜九曲和纪纲对话之际环顾四周，正巧抬头一看，瞧见了窗户外的纪双双，顿时，二人四目相对，纪双双见他瞧见自己了，心下一惊，脚下一滑，伸手去抚房檐，不仅没勾着窗户，又被砖沿儿划破胳膊，直直从房檐上摔将下去。

纪纲没看着是双双，大喊一声："什么人。"只见他身旁窜出两名护卫，出门查看，原来是大小姐跌了，就把她扶了进来，纪纲看她狼狈非常，右手的衫子被划破了，衣服上还粘了点血迹，倒是未惊慌，问道："你来这里做什么。"

只见纪双双面红耳赤，刚才也是摔得生疼，想哭出声来，却不敢哭。纪纲见状对弟子说道："扶她坐下。"

只见纪纲又与姜九曲聊起事情，原来这姜九曲说，华山派要和锦衣卫内武同修，研修武艺，融剑于刀，化刀进剑，纪纲听着姜九曲说来说去，也是搞不懂她到底是何意图，纪纲一脸茫然。

聊来聊去，九曲说出了意图，华山派要和锦衣卫在阴冥山这块地上共建一个武学交流的场地，共谋发展，纪纲将信将疑，突兀间，纪纲瞧见徐墨卿扶剑动作，心下一惊，这明明是扶刀的动作，锦衣卫以单刀刀法名扬天下，这扶刀的手势怎么会瞧不出，当下心头一转，起身而立道："四位不是华山弟子，来我锦衣卫做甚！"

九曲听闻大惊，断了话语，站起身来说道："指挥使取笑了，我们怎么不是华山弟子？"

只见纪纲抽刀向徐墨卿挥去，徐墨卿见此，即刻持剑横挡，这一挡，使得周边的锦衣弟子全部骇然，这横挡动作，明明是用刀的动作，当即反应过来，只道来者不善，皆拔刀听令。

姜九曲见此心头一震，即刻向纪纲说："指挥使休怒，放了我们吧，我们就是有一伙兄弟，为银子为难，一时无计才出此下策，谁料您如此高明当即识破，还望怜了我们，放了我们一条生路。"

纪纲冷笑道："拿下，丢了乱葬岗去。"

只见众锦衣卫弟子听令，即刻挥刀搜杀，封了这四人，但见徐墨卿抓住九曲的手回头对另外两位同行人士说："我带九曲走，你俩设法突围！"言闭，抢下一把刀，扔了手里的剑，乱砍起来，顿时数名锦衣弟子倒地，徐墨卿背了九曲，径直出去，风行无极，难以追捕。

众锦衣弟子见状，追出一半，留下一半禁围剩下这两人。

只见这两人，虽年纪轻轻，却是纵临天地之威而不却，各持一剑，背靠着背环视周围劲敌，哪里由得分说，不知道从哪儿袭来一只长钩，其中一人直直被铁爪缠住，怎能动弹，此人见状，一把推出另外一人，被推之人本欲拒回，哪道巧力激劲，无法回转，只得借力跳于窗边，此人回身道："寒寞，你……"

萧寒寞见用力不得挣脱铁爪，面露笑容，朝着那跳于窗边的人说道："我如今是脱不得身了，你快走，莫要搭了两条性命。"

那人哪里肯走，回道："兄弟同生共死，我怎能弃你不管。"

萧寒寞转笑为怒："休要闲谈，帮里还有多少兄弟需要你，值此危难，不是才子佳人小说，赶紧离去，否则你我二人同死于此，我舍命救你，你却死得一文不值。"

那人听得这句，咬牙切齿，倒拿剑柄，凝目瞧了寒寞一眼，破窗而逃。

众锦衣卫弟子见此人如此轻生重义，也是佩服，但指挥使令下，哪里能收得回，当下绑了萧寒寞，带去乱葬岗。

却说纪双双见此意乱神迷不知所措，不知道为什么，她就是不想让寒寞死，她觉得他是一个好人，他没有犯错。

却说萧寒寞被几名执刑弟子带去乱葬岗，性命危险，这乱葬岗弥漫着阴沉的味道，尸骨如山鸟惊飞，新鬼烦冤旧鬼哭，寒寞也是无奈，心想道："我今日竟丧命于此，人难敌天命啊。"他看着身边的白骨，心想过不了多久，自己也要和他们一样了，心里感到无比的伤痛，然而这天命又有谁知道，却说突然来了一名锦衣弟子，朝执刑的小队带头人嘀咕了几句，那带头的竟然说带萧寒寞回去议事厅，世事难料，萧寒寞也不知是不是自己免于一死了。

萧寒寞被几名锦衣卫弟子绑着，回了议事厅，只见纪纲坐在厅上，旁边侍立着刚才那位冒失从房檐上掉下来的女子。

纪纲厉声道："今日我令你教习我女儿剑法，我派人监视，如有异常，当即截杀你。"

萧寒寞虽是不解，却是被安置在了纪双双居所附近的木屋子里，但总归总，是保全了性命。

原来不是为别的，只是这纪双双。

正所谓人生自古事难料，人生自古情难猜，想必那双双刚长成人，情窦初开，这一见寒寞恋终生，寒寞被带去乱葬岗时，这纪双双好求歹求，腻着他父亲，说喜欢刚才萧寒寞使得剑法姿势，想学想学一定要学，这纪纲哪里受得了女儿撒娇，何况他也一心想双双能学得一身武艺，就准了。

无情的锦衣卫，生了痴情的纪双双。

萧寒寞一心教习双双剑法，心中竟也生起一丝涟漪。

萧寒寞与双双日日练习剑法，哪里是练得剑法，这少男少女，日日生情，自是难拔。

但寒寞心知，他只是一个教习剑法的，日后生死难卜，这感情怎么会有结果。

但双双心知，她是纪纲的女儿，父亲早已给她定下婚约，她怎么能违了父命，跟了寒寞去。

可是，有些事物，假如你明明知道会失去，你就会倍加珍惜，寒寞和双双便是，每一日每一天，只要能看见对方，就会觉得开心无比。

他们再也不能抑制自己的感情，渐渐地，他们感觉如果离开了对方，就再也活不下去了。

然而纪纲事务冗杂，又是经常来往金陵，哪有空管她的女儿，渐渐地，芽子长成树，就再也难拔了。

一日，双双拉着寒寞的手："我们……"

寒寞见双双面露伤心神情，几欲哭泣，不由得心下怜惜。

双双道："你带我走吧，我听得锦衣卫北边有条密道，直通山海关外，我们趁黑出去，谁也不知道，到时候你带我去江南，我去看看你说的那些集市，那些人家，那些绿洲杨柳，那些流水小桥，你带我走遍中原大地，走去天涯海角，能和你在一起，我的一生才算没有白活。"

寒寞见双双如此痴情，自也是狠了心，死，也要带双双出去，圆了她的梦。

二人当下收拾，寻密道同去山海关……

却说纪双双、萧寒寞二人从锦衣卫密道逃往山海关，恰巧纪纲进金陵面圣，未能察觉。

纪双双、萧寒寞走了几天的地道，没能想到这通道如此之长，二人甚是饥渴，出了道洞，二人尽皆惊了，此时虽正值初春，山上却积雪未消，寒冷异常。

寒寞道："这雪山荒芜，你我二人要当即去寻个野兔之类，不然拖得二三日，都要饿死在这里了。"

纪双双虽然饿得面黄肌瘦，可是竟然未见其担忧样子，她俯身贴着寒寞，轻声说道："那我们去吧，只要有你陪着我，做什么都好。"

这山海关寒雪漫山，劲风凛冽，荒山野外，纪双双两人走在雪地之上，他们穿得都是初春的衣服，两人脚踏着雪，步履维艰，寒寞还好一点穿着靴子，只是双双脚上踩着一双布鞋，寒寞看双双瑟瑟发抖，一把抱起双儿，背在后背，纪双双是冷得极了，可是还是心下温暖。

行了一会儿，寒寞觉得双双体温越来越低，便扯下衣服披给纪双双，寒寞光着上身，背着纪双双走在这冰天雪地之上，他们不知道哪里有出路，也不知道他们还能走多久，不过两人都没有悲伤，这是他们的选择，无论是生，是死，都是幸福的。

"玲珑骰子安红豆，入骨相思君不知。"只见一人轻盈飘逸，飞鸿踏雪，掠于山崖之上。

"这冰天雪地的，还能看见活人，罢了，我游刃也不用寻飞禽走兽充饥了，你们两个人就做我餐中之鬼吧。"

纪双双见此，急得快要哭出声音来，真是屋漏偏逢连夜雨，她与寒寞怎么如此多灾多难。

哪有闲暇，那游刃竟然纵身跃下山崖，瞬转之间，只见三枚方球状骰子从她纤白的手中激射而出，自飞向寒寞二人，二人明知难躲，当下心已死，但是寒寞怜惜纪双双，把她的命看得比自己的命都重要，竟然是甩下纪双双，自己上前一挡，三枚骰子钻入寒寞胸口，顿时鲜血激流，纪双双见了，意乱神散，似乎这疼痛是在她身，那游刃翻身甩起白发，两个健步穿上，腰间划出一把铁匕首，想一刀了结二人性命，寒寞重伤，意识模糊，事在危机，生死刹那之间。

然而游刃擦到萧寒寞身前，竟然突兀止住，原是瞄见纪双双腰间玉佩，这游刃向来以暗器追杀为战，细微之事无不察，这玉佩之上刻着锦衣两个金字，游刃心下诧异，哪敢动手，又是一眼看向寒寞，心想："我使得这玲珑骰子天下无双，此人乃是锦衣贵人，如是锦衣卫查得这人死因，责令拿我，必然麻烦不小，宜从速离去，免得引火上身。"见得游刃匕首归鞘，飞身跃上山崖，翻将离去。

纪双双声嘶力竭："寒寞！"

纪双双身子一半都陷在冰冷的霜雪里，她用手撑起身子站立起来，两步跑向寒寞，扑倒在寒寞面前，纪双双身子都摔得酥麻，严寒擦雪又是僵硬了四肢，然而这都不是她在乎的事情，她扯下绫子绑在寒寞胸口，用力捂住伤口。

也不知寒冰血水浸衣裳，也不知山雪漫漫最无情，也不知天眼何在，狠心下此劫。

纪双双冻得昏昏，二人趴倒在雪地里，周边一片殷红……

雪域北原，寒天山海关外，
长天一色破空，晴阳一道贯宇，
江湖是什么，是恩怨情仇，尔虞我诈，
是刀光剑影，名争不休。

人生不过百年，神功盖世权倾四海不过一时，新陈代谢，总有新娇替旧人。

寒天鸟飞绝，枯山雪惊飞。

这茫茫雪脉，难寻人迹，本是万古长静，谁知这一日，洁白的雪山上一片黑白影子掠过，看得天上，乃是一只巨鹤，那巨鹤翱翔展翅，不时如龙吟号鸣，更奇异的是，那巨鹤之上，竟是坐得二人。

"哈哈，莫离兄，这寒天劲风，可是硬朗非凡啊！"只见一人手抚鹤身，单跪神鹤之上。

"长风兄说笑了，听闻长风兄名寓为愿乘长风破万里浪，今日与兄骑神鹤破空，爽快人生，何惧这缕缕微风。"释莫离俯于鹤背，以内力缚住鹤身。

独孤长风大笑不止，控鹤穿云，但行间，但见神鹤摆头，长风突觉异常，乃是那神鹤远见之眼，看得那山海关外白山之上一丝鲜红，长风诧异不知神鹤所见，但转鹤身，朝山海关直行掠去。

却说独孤长风、释莫离乘鹤遨游于北原雪山，见得山海关外一撇血红，急掠飞往一探究竟，见到那一男一女拥于山崖之下，血浸雪，雪封血，长风二人跳下鹤身，见之大惊，原来那一女子未着衣，趴于那男子身上，似是将身上衣裳尽皆盖于那男子身上，长风走近，但见此女全身冰寒，若触之即碎，想得定是死之已久，又见底下男子似乎尚有生命，不由得震撼异常，世间竟有如此重情义之女儿，长风欲上前，突然被释莫离拦住臂膀。

"长风兄止步，我看这二人都有得救，你且让开。"释莫离神色凝重，上前步去。

长风退后三步，但见释莫离马步调功，原地划舞，真气流转，足下纷纷化雪，蒸热白气四起，激扬内力，凝于手掌，推向那双双背颈，只见苍白化红，残阳耀目，长风于背后观望，识得此内功乃是江湖神功残阳术，施功之时，可令临死返生，残阳回照。

不多时，纪双双身子渐渐暖了，这纪双双本是身上无伤，只不过冻得濒死，这下受了这当今盖世高手的内功调息，迅速恢复了神智。

纪双双睁眼，瞧见寒寰鲜血流尽了雪地，悲痛万分，竟是没注意到身后两位绝世高手，纪双双使着残存的气力朝寒寰说："寒寰！你怎么了，你怎么这样了，你怎么还不醒过来，你答应我的，你答应我一辈子都保护我，带我游山玩水，去热闹的集市，去宁静的乡村，去烟雨姑苏，去繁华的金陵皇城，去那些我们梦想一起去的地方，而今你怎么如此脆弱，我恨你，你骗我，你这么弱还答应我那么多，你是骗子，你听到没，你再不睁眼我就看不起你了，我要离开你回锦衣卫，寒寰，寒寰，你不要死……"

纪双双悲痛欲绝，又是翻翻泪水流下，划过寒寰的伤口，然而盐水浸得剧痛，似乎寒寰已经感觉不到。

释莫离见此，心下诧异，对如此痴情之人无比钦佩，想得自己纵横天下，杀斩无数，竟是未曾见过此情，未曾见过此景。

"姑娘，你且让开，我能救得此公子。"释莫离进步说道。

纪双双惊了，回头一看，仍泪流不止，她甚至都没听清释莫离的话，转身想要跪下，谁道腿早已酥麻疲软，站得不住直直跌倒雪中，也顾不得疼痛，也感不到疼痛，在她的世界里，寒寞已经没有知觉，而她又怎么能有任何感觉了，纪双双撑力扬头："恩公，我愿以我命换寒寞的命，望万般成全。"

释莫离神色严肃，未理睬纪双双，步上前去扶起寒寞，以神力抵住寒寞周身血脉，内力激涌，运功疗伤。

纪双双缓缓爬起，斜斜盘坐雪地之上，也顾不得寒冷。

但双双突然感觉身体温暖，似乎有什么毛绒的东西裹在她身上，原是那神鹤通灵，见纪双双未着外衣，蹑进双双，以大翅搂住双双，纪双双回看，头一次见到这么大的鸟，不像乱葬岗的秃鹫，也不像猎隼和猫头鹰，心下开心一些，想这高人有此奇宠，定是神功非凡，寒寞有救了。

释莫离为寒寞疗伤，玲珑毒已浸透全身，血液也是流得几乎干了，又是在此寒山雪林，释莫离感觉无力救得此人，但思得自己话之已出，岂有不成之说，又想得那纪双双重情重义，心下敬佩非常，这释莫离不亏当世英豪，竟是内下运功，突经裂脉，硬是将自己修炼半生的神功气劲尽皆灌于寒寞经脉之中，寒寞受此神功，血脉回转，血液空生，内脏合气，毒伤尽消，又是真气激涌，直通中枢阳跷脉，内力传并，但见释莫离身子如烈温灼烧，竟是淡淡透了，逐渐化虚光。

长风见此，乃大惊，惊呼道："莫离兄，你这……"

神鹤看得金光，铺开翅膀舍了纪双双，欲扇倒释莫离，可是被那金光内息震开，神鹤震天厮鸣，那叫声通天裂地，似乎雪山上的积雪都被这喉音崩碎。

只见寒寞微微睁眼，身后的释莫离身子化为虚光，竟活生生凭空而散。

长风见此大惊，心下震颤，想这释莫离当世豪侠，神功盖世，竟是将一生之功力传与陌生之人，更活活舍命相救，不觉心下空茫，不知人生之何谓。

想那释莫离，名扬四海之大侠，竟是凭空换命救人与未相识之人，其气魄，其侠义，岂可言哉。

后人有诗赞道：

释今生纵横谁敌，
谓江湖英豪几许。
莫言伤英容永在，
离人间千古豪情。
盖山河气震九州，
世人谁能料余生。
无音却道寒霜志，
双生孕遗人承泪。

萧寒寞受了释莫离的神功疗伤，不仅伤势尽皆痊愈，更是感觉心火焚烧，

剧痛难忍，是呀，这从未修炼的身子，怎么承受这巨大的内力，纪双双将释莫离舍身救他的事告诉了寒寞，寒寞大惊，言自己何德何能，竟有此命际，当下身朝雪山高崖，长跪三拜以念莫离，纪双双又将自己和寒寞的际遇告诉独孤长风。

独孤长风怒气中烧，呵斥萧寒寞道："大丈夫，行正路为大义，密道出逃，你丢不丢人，可悲那寞离兄将一世功力传于你。"

寒寞听此羞愧难当，俯身向长风道："我心恋纪双双，奈何武功不及，望高人指点出路。"

独孤长风看了纪双双，又看了寒寞，心下念了释寞离，言道："我早瞧那锦衣倚仗朝廷势力，为祸江湖，看得不顺，你且与我回鸡鸣驿腰村，我教习你武艺，不出三月，叫你横扫北京锦衣卫，至于这位纪双双姑娘，你且暂回锦衣卫，待择日，我叫他去寻你。你二人，别负了释莫离之意。"

独孤长风言毕，抄起寒寞，直上鹤身，卷地掠起，直飞穿云。

那纪双双起初一惊，转瞬间又是笑眼千千，只听得那半空之中传来几声"双双"，纪双双双手拂去半凝半结的泪滴，竟是低头笑了起来，不知此情何待，不知明日何在，但此刻意暖心飞，纪双双感到无比的温暖和幸福。

纪双双受了残阳真气，体力旺盛，从密道回往锦衣卫，每日闺房歇息，或是出去演武，傍晚坐于锦衣卫溪畔高山之上，遥望鸡鸣驿的天，她心下欢愉无比，盼着那一天，会快一点。

但纪双双不知，此时此刻的她，虽不见寒寞，却正是她今生最幸福快乐的时候，谁知后尘之事，萧寒寞练就绝世武艺，金陵变一役横扫群侠，到那时，她心中便只剩如同刀割一般的伤痛。

难言情，人生之不如意十有八九，别小看当下，人能有所期盼的时候，能所有追求和等待的时候，往往，就已经是最美的时候了……

第十八回　花间负了佳人情，青锋有刃侠子意（上）

却说成都北郊一事后，花一晴、易羽等人去了洛阳。

花家乃是苏州大家，少问江湖争斗，但花家高手林立，帮主花一笑行踪诡秘，少于见人，花家事务都是人称管家的花一晴管理，江湖传说花一笑隐居洛阳，养花栽草，悠闲自在，是日，花一晴带童话等归了此处。

从洛阳城西门出来后，直行数十里，树木开始丛密，隐约不见行路，花一晴带着武童话等人纵深穿入林中，行得半刻，见众多楼阁亭台，原来正是花家在此建的居所，一晴见童话虚弱，定是受了内伤，又想得这童话身份非常，当下决定即刻将其送往花帮主处，但不知花帮主是否在这里。

一晴回房换了衣裳，给童话也换了一身，带了童话寻到帮主居去。

只见那帮主居外群花盛开，现在是初春时节，却是有各种不合时令的鲜花盛开，一晴上前推开门，煞是震惊，急忙关上了门，瞬间满脸通红，武童话一旁俯身，右手扶着门梁，满脸柔虚，嘴唇惨白，目光迷离，问道："怎么了，怎么如此惊慌？"

花一晴缓了一会儿，立时面上转怒："花一笑你个臭不要脸的，大白天不穿衣服在房间打坐，你是不是有病！赶紧给老娘穿上衣服，不然把你拔出来游街。"

武童话听得这也是笑了，尽管笑得很无力。

门里花一笑倒是面无反应，仍是调息打坐不敢怠慢，原来花一笑正在试图修炼花间神功，花一笑听此，谨慎调息，收功起身和衣。

花一笑缓慢睁开双眼，蒲扇的睫毛似乎比女子的还长，水灵的眼睛泛光，他说道："有什么事，进来吧。"

一晴带童话进了屋子，说道："这位是武童话，身中内伤，我与第五思在成都闲逛时候偶然救得了她，你医术那么好，快救救她吧。"

花一笑瞄向童话，眼见其身骨疲软，气虚异常，道："好，我花家虽不介入江湖争斗，但既然是苏州帮派的朋友，岂有不救之理，让她在我处调养吧。"

一晴身为花家管家，自是事务冗杂，安置好了童话，就又去忙东忙西。

帮主居内，花一笑给童话把脉，感觉到她的脉搏里似乎流溢着一股邪气，这种邪气会抑制伤势的恢复，花一笑一脸愁容。

童话见花一笑为难，说道："罢了，阁下不要为难了，救不得我就救不得了，我武童话，早就已经生无所恋了。"

花一笑听之诧异，如此年轻女子，怎么话讲得如此愁闷。

花一笑道："你且转过身去，我于你后背点开你手太阴肺经，冲出这些孽气，你即刻痊愈。"

童话见此人琴音秀丽，仪表堂堂，又是花家帮主，何况是为救自己，当下也没说什么，转过身去，搂下衣裳，留了后背给花一笑，二人盘坐于地。

花一笑见了童话后背大惊，只见童话背上三处刀伤，两处剑痕，甚至还有几处暗器印子，花一笑心想这童话究竟是个什么样的女子，不由得心下敬佩，不敢怠慢，使出全身内劲儿为童话疗伤，暂且不表。

"来，童话，翻过这昆仑山脉，就是西域境地了。"一人身着秀衣，跃步穿山。

童话心下欢喜，紧紧跟上，却逐渐感觉脚下无力，急忙叫向前方道："神话，你等等我。"

神话不理，顾自疾步，离得童话越来越远。

童话急了，使尽全身力气，却怎么也追不上神话，她竭力喊叫，神话却是头也不回，越跑越远，童话急得不行，但就是嗓子叫不出声，急了，急了，神话渐渐不见了，消失在一个又一个山巅后面，童话已经急哭了，突然，感觉自己跌了一下，看见天上满是锦绣的花。

"姑娘，做噩梦了吗？"花一笑倚身立于窗前，没回头，似乎在朝窗外之人说出此话。

童话回了回神，瞧了花一笑一眼，又是直直看着天花板上的花儿发呆，她双手扶于被子上，平躺着，却是眼也不眨，晶莹的泪水儿从两边眼角直直淌下，童话愣了一会儿，缓缓闭上眼睛。

花一笑转身看向童话，只见这女子身受重伤，醒了第一反应竟不是运气调伤，而是平白无故流泪，似乎她有什么难言的心事，花一笑是花家大公子，享尽世间荣华，无一事忧愁，在别人眼里，花一笑似乎从来都没为任何一件事、一个人流过眼泪，此时此刻冷漠的花一笑看着童话哭泣的情景，感觉奇异又不解。

"姑娘不要伤情，这样会加重你的伤情。"花一笑走近童话，不知自己说出的此话是一种关心，还是只是为了尽早医好她。

童话半晌不作声，也未睁眼，然后来了一句："谢公子了，依你看，我还能痊愈吗？"

花一笑回道："姑娘深中内伤，我已帮你疏通经脉，但伤及内脏，我可保你性命，至于能否恢复，就看天命了。"

童话听闻，又闭上眼睛，道："我若是好不了了，就不烦劳了，功力恢复不得，只保全性命，我再活于世上有何意思。"

花一笑神色凝重，说道："姑娘休要气馁，我少时曾学得医术，想必医好姑娘的把握，十之有七，只是不敢全保，姑娘可在我处安心养病，我本来也是在此修行，也不烦劳。"

童话看向花一笑，一笑竟然有些神色慌张，童话"呵"了一声，感觉身子无力，又是闭眼睡去了。

花一笑总是喜欢将园子里的花碾碎，捣成香料，抹在剑刃上，他是想，如果有一天，必须要杀人见血，这样可以减轻那熏人的血腥味，眼前他手里擦拭的这把单剑，是他早年在苏州找铁匠定制的。

花一笑不自觉停下了擦拭的动作，回头看去，见了童话倚在门前，面无神色。

童话看着花一笑，勉强讲出一句："公子，早。"

花一笑嘴角微扬，回道："姑娘恢复得不错，只不过身体气虚，还是少四下走动。"

童话咳嗽了一声，绵绵无力，道："这里可是洛阳？"

花一笑点头。

"那离西域很近，很近的。"童话低声自言自语。

一笑看着童话迷离的眼神，还有她那苍白的脸，心下觉得不太顺气。

"大哥！"一声震天的喊声打破了小园的静谧，只见一人身披黑纱，锁子鎏金衣，芒硝玉镶履，踏步走来，童话心下一震，惊得身子微颤，花一笑见此，撇了那人一眼。

花一笑低声问道："米原大师不专心修行禅功，来我这儿做什么。"

米原似乎并未理会花一笑，他此番前来，必然是有要事，不过此时看见门口的童话，身着睡衣，娇姿可人，又看向花一笑，米原聪明机智，当即领会。

"大哥，你把花间剑放哪了？"米原直截了当。

"花间剑？怎么了？"花一笑疑惑。

"借我使使，前些日子我伤了一个女子，后来乃知是御前守备将军的女儿，谁想到她竟然看上了我，近日她广邀英豪拿我逼婚，我米原一心向佛，早已抛开世间凡尘，且借花间剑一用，待我教训她们，以正佛道。"米原大义凛然地说道。

花一笑没吱声，在旁的童话倒是扑哧一声笑了，童话开口讲道："怕不是你看上人家姑娘，人家家父看不上你，你要借剑去抢亲吧。"花一笑面露喜感，但心中寻思道："御前守备将军，朝中还有这个官名？"

"怎的如此讲话，赶紧借剑休要闲谈。"米原恼怒，一笑见此，回屋取了剑，交付米原，米原拿剑，即刻离去。

童话回屋上座，时不时咳嗽几声，和花一笑说："看得你那兄弟的眼神，你这屋子是常有女子留住吧。"花一笑鼻吸一气，未言，只是心下思索，米原无故借剑，不管是福是祸，都必将有大事来临。

"一张机，一梭才去一梭痴。*丝丝缠乱犹不识*。菱窗院外，紫竹凝咽，曲

曲是相知。"又一日，花随风摇，影随风曳。

花一笑漫步厅园之中，童话也随了在身边。

童话气虚仍微，道："花公子，你说我这伤情，走走这花园，闻闻花香，心中愉悦，就能快得好转，可你这吟得愁思之诗，不是引人不快吗？"

花一笑听得这话，笑了几声，道："你怎知这是愁思之诗，而不是欢喜之诗？"

童话不解，摇了摇头，一步一微抖，走在花一笑身边。

一笑说道："我念的此诗，乃是北宋乐府的，只言情爱悲伤，这一梭一痴，说的就是那女子为情苦苦织做，就是人傻，岂不知越织越乱，那紫竹凝咽，曲曲是相知，说的就是那想求得知己之人，只不过是空谈一语，太过执着，只不过自己徒劳悲伤，我吟得这诗，自是笑那世间痴儿女，迷在红尘。"

武童话听得这话，也是心伤，但也不觉没道理，想自己苦苦为武神话的帮会殚精竭虑，出生入死，到头来却是那心爱之人寻都寻不见，一腔思念，一腔伤悲，不就是一腔痴吗？

童话心念悲伤，便感胸口疼痛难忍，拂了身旁阁柱依靠，花一笑回身见童话这般，兀自眨眼，感觉似乎做错了事情，又不知如何弥补，自己咳嗽了两声，想分分那童话心思，不过见那童话眼神迷离，花一笑又感自己颇为无趣，也眉目严峻，心里深深思量，对童话极尽了不解和好奇。

冬去春来，乍暖还寒，猜不出这早春的温凉，就像猜不透那故人的冷暖，武童话随着花一笑游步园中，虽是闻香闻艳，观花观草，可她那心中却是思绪万般，这样非但不会助她伤情好转，却是背道而驰，神气亏损。

花一笑自然看得出来，眉头微皱，凝目朝童话讲道："姑娘休要心急，你的这伤病，我半月即可让你痊愈。"

武童话手扶胸口，微声说道："花公子有什么……"

童话这话，说到一半停了，原是她瞧那厅边一角，几朵白梅绽开，心思也就跟了过去，童话又和花一笑说道："公子，此时可是初春？"

花一笑被她这话锋一带，突兀蒙了，"呃"了一声，童话接着说道："我见得那很多梅花，不过都是寒冬绽开，墙角数枝梅，凌寒独自开吗？怎么你家的梅花，在这春天开了。"

花一笑愣了一下，朝那几枝白梅花瞧去，又目光回转看向童话说道："遥知不是雪，为有暗香来，你既然吟得这句诗，怎么还弓腰低落，萎靡不振。"

童话不解，抬头看着花一笑，童话脸色苍白，不过仍是冰肌嫩容，楚楚动人。

花一笑回道："你吟得这句诗，乃是北宋名相王安石的名句，那王安石博通今古，见识非凡，不畏世人质疑，推行变法，虽然最后遭到名门望族保守派反对，败给了司马光等人，但他远见卓识，志向坚定，九死未悔的豪情被后人称颂，这《梅花》一诗，就是在王安石第二次被罢相期间作的，姑娘既念先贤之诗，为何不学先贤之志？"

武童话听得这句话，倒不是想那梅花怎样怎样，王安石怎样怎样，只是听得那败字，心中不快，那童话可是半生好强，平生最烦向人低头，今生最恨和人认败，不理一笑，顾自朝那厅脚梅花树边走去，花一笑看童话不言不语，自觉尴尬，却不知说错了什么话，手抻了抻衫子假装不在意，跟着童话过去。

待一会儿，那童话也是觉得花一笑为她疗伤，是恩人，如此这般脾气有失礼节，开口和花一笑说道："公子还没回答我，你这亭子怎么有春天开放的梅花？"

花一笑听了，不知说什么好了，开口一句："梅占先春，姑娘没听过？"

童话听了这句，心中一震，嘴中喃喃道："梅占先春，不知近水花先发，疑是经冬雪未消。"伸手摸向那白梅，也是不巧，摸得那朵白梅正是开得熟了，纤纤素手一触，那梅瓣竟应手飘落了两瓣，那朵白梅只剩三瓣残缺，春风细微，那三瓣在枝头摇曳，似乎是想也随那两瓣落下去，而看那两瓣飘零，随风旋舞，落下又飞起，飞起又落下，似是依依不舍，恋那枝上三瓣，谁道花时已熟，春风无情花有情，那童话见此不觉心驰神往。

此时童话之心，一心二人，忆起昔日往事，想得那旧时武神话见得童话功夫不高，怕其遇事不能自保，花了近百黄金，从苏州一豪绅的藏书屋买了适合她的剑法秘籍，一招一式教习童话，童话自那以后也是使得这套剑法自保，每每念及武神话帮务冗杂，百事缠身，却每晚日夕晚霞，细心教童话习武练剑，总是觉得心里一暖，就像此时，虽然神话人已不知去向，自己又是身受重伤，不过还是觉得心里一股暖流流遍全身。

花一笑见童话动作旖旎，竟是兀自露笑，脸颊微红，也是愣了，真不知这人到底心里藏的什么，一笑甚至有那么一刻感觉童话是伤之太重，头部受损了，也顾不得这些了，既然承诺了给她治伤，不能食言，朝童话讲道："姑娘随我来，我们治药医你之伤。"童话忆中惊醒，忙"嗯"了一声。

花一笑领童话离了园子，往药堂步去，与童话心想的正好是反的，花一笑带她来的并不是一处安静无人的地方，却是吵闹喧哗，人来人往，这里虽是药房，却是花家帮众受伤中毒难治时，要来的第一个地方，如今这江湖凶险，人人可畏，刀剑涂毒，暗器擦蛊已不新鲜，一些暗毒不会当时发作，所以帮众每次受伤，一般都会来让药堂的药师查验一下身子，更是时时有驻在苏州的帮众过来，这不，那吵闹人群之中，就见花一晴在指手画脚，花一笑没带这武童话去药堂，而是绕步到了药堂后面，这里杂草丛生，野花遍地，仰头看得见几座小山坡子。

花一笑对童话说："姑娘，抻着我的手腕。"

童话一愣，两眼看向花一笑，一笑嘴角微扬，左脚垫上那山坡子，右手伸向童话手背，弯打一下，童话一慌，忙还手握住一笑手腕，只见一笑右脚垫上左脚上边一点的山坡，紧接左脚又是踏上，右手抻拉童话，那武童话竟如只是衣物一样被抛上坡顶去了，一笑足下生风，左脚追右脚，右脚追左脚，几步踏上山坡，竟是赶在童话到那坡顶之前跃上了这个坡子，一笑衫子一甩，一把扶住童话，童话被这么一突兀搞得慌张，不过却是扶着一笑两步站住，童话朝花一笑无奈地笑了下，花一笑却没看童话，花一笑领着童话往这小山坡里走去，童话见遍地虽也是杂草、杂花，不过见得这里的花似乎和坡下大有不同，虽是野花，却有富贵之感，看那朵朵花儿粉、白、红、紫的都掺杂着，一朵花上数不清的瓣子，中间又是都点着一撮黄心。

童话闻得这花香沁人心脾，开口问道："这花，是牡丹吗？"

花一笑听了却没言语，领着童话往里走，童话见一笑没说话，便从那花丛里，折下一枝小的红花，心里念叨着："这花儿还不赖，反正也是野花，摘他一朵小的没什么不礼貌。"

那花一笑甚是神奇，不知道是背后长了眼睛还是怎么地，童话刚折下一花，那花一笑就转身抄手拔起一串子草，那草就一杆绿枝，上面长了像树叶一般的叶子，童话看着花一笑一袭白衣，长衫拂身，竟是弯腰抄出一杆草，觉得好笑，虽然身子无力，却也露了笑脸。

童话把玩着那朵红花，跟着花一笑往山坡子里走去，想来武童话也是童心未泯，自己明日后日能不能活得还是不定的呢，此时见了野花，却有那闲心思玩弄，但话说回来，人在江湖，又有几个人能料得明日后日还能不能活得下去呢。

此时童话和花一笑绕走在这里，闻着春草的嫩味儿，嗅着野花的清香，也是淡却了那江湖血腥，童话跟着花一笑，兀自冒了一句："公子，你今年多大了？"

花一笑听了这句，止住了脚步，脸上一僵，想不到竟会有人问他这种问题，花一笑也没转身，喃喃了一句："今年三十有五。"

童话扬声说了一句："骗人，你也就二十出头。还在这儿装深沉，我看得出来。"

花一笑觉得无奈，故意岔开话题："姑娘，你手里攥着的那朵花，就是救你命的。"一笑伸手把手里那杆子草枝递给童话："还有这个。"

童话看了看手中的花儿，又望向一笑递给他的嫩枝儿，抬头看了一眼花一笑，说道："这，怎么救我，你要拿这俩熬汤药吗？"

花一笑"哼"了一声，转身又是走，童话一心不耐烦，不过也是和这花一笑熟了点，开口说道："我说你哼什么哼，是就是，不是就不是呗，哼，哼……"

第十九回　花间负了佳人情，青锋有刃侠子意（中）

　　且说那洛阳古城，即河南府，悠悠帝都，牡丹花城，这洛阳城历来多为都城，但五代之后，却再没做得都城，金设洛阳为陪都，至后，这洛阳连陪都都没做过，史家有言，关中等地历经秦汉、三国魏晋，土地频遭破败，贫瘠不堪，待得隋唐，虽长安为都，却是仍以洛阳为命脉，洛阳失，长安败。隋大运河的开凿使得江南迅猛崛起，更是众星拱月，扶起南京，洛阳等地渐渐难跟步伐。

　　却说那洛阳，此时不陷战乱，粮食富足，百姓安生，更有西域频频通商，洛阳城郊一小村子，一屋居之中，床上躺着一人，正是花一晴，一把宝剑放在屋中桌上，正是花家的花间剑、花一晴遭人打伤昏迷，睁眼醒了便不知何处，又见米原推门而进，甚觉惊奇。

　　"米原？"花一晴手杵床半起了身子。

　　"哈哈，你可算醒了。"米原见此兴奋，扔了手里一只烤鸭放在桌上。

　　"我怎么会在这里？"花一晴心中诧异，拼命回想先前发生了什么事情，但只觉脑袋剧痛。

　　"我哪知你为何在此，我于道间游走，行到白马寺处，就见你躺在寺外一棵树下，看你昏迷，就带你寻近找了个村子。"米原撕扯烤鸭，一把掰了一只油腻的鸭腿。

　　"后来我便从村子寻了个郎中，他说你只是外伤，休息休息便好。"米原啃了一口鸭腿，但觉鸭肉油腻鲜嫩，米原表情顺畅，似是美味至极。

　　花一晴想起身下床，却是腿已酥麻，半点力气都没得，她便手攥了攥拳，却是怎么也攥不上了，花一晴立时明白，定是自己危难之际，运了"龟息功"，假死脱生，筋脉还未苏醒，以至此时浑身无力。

　　花一晴自知自己已然体力不多，忙示意米原递些食物给他。

　　米原见此，大笑开口："你平日嫌我贪吃，怎么这会儿又管我要吃的。"米原得意万分，拿那半啃的鸡腿挑逗花一晴。

　　花一晴听闻这话心中恼怒，开口道："赶紧给我，还有水！"

　　"啊，求人还这般口气，行了，你自己拿吧。"米原听此，便想调戏一番花一晴，竟是转身出门，头也没得回。

　　花一晴恼羞成怒："你丫的赶紧回来！"

　　"喂，米原！"花一晴使劲儿喊了声，但觉嗓子干哑，似乎再难发声。

　　花一晴面色苍白，想爬下床去拿些东西，却是全然无力，又感头部昏迷，

目眩神离，竟是缓缓失去知觉，又昏了过去。

却说米原又痴，怎么门外一去不回，开得如此玩笑。

却见那门口，走近一人，脸蒙着枭具，带着佩剑，剑尖擦地而走，染了一道鲜红，此人径直步向那把斜戳着的花间剑，周边一眼未看，提起花间剑，即便转身出门而去……

洛阳西畔，花一笑为武童话熬制了芍药甘草汤，童话被洛香凝重伤，所伤乃为"死卦"，这"死卦"的功夫虽是太极功夫，却是专损人要穴，渐灼经脉，童话因此精气受损，筋脉失濡，便至阴血不足，花一笑看得童话伤重，查阅药典，待翻得一本《金匮要略方论》时，脑洞大开，似乎寻得医疗之法，原来他看到了一个方子，名为"芍药甘草汤"，这汤药取芍药寒酸，养血敛阴，甘草甘温，温血益气止痛，二者相伍，酸甘化阴，便可柔筋止痛，以解孪伤，也是巧了，这季节正是那芍药花开之际，甘草又是易得，几服药后，童话但感身子好了许多。

却说童话伤势渐渐转好，便又是精神了，每日常和花一笑谈论帮会之事，也言武神话帮会种种，言她这些年的种种事，花一笑虽然没什么兴趣，不过心想自己逍遥自在，无拘无束，这童话非同凡人，和她多讨论世事，也是换换心神。

一日，花一笑园中与童话练剑，突然一人近了，是花家子弟。

"帮主，有朝廷文书。"那弟子双手递上。

花一笑收剑，步近身去，接了文书，但看那文书锦缎包裹，金丝缝边。

花一笑看了一眼童话，童话嘴角一扬，也觉这官文外表奇异，搞得和那绫锻锦绣一般。

一笑把佩剑放于地上，寻了一个近身的石椅，童话也跟了过来，一笑撕下那文书金丝，但见里面一张微黄纸张，拿出，阅看起来。

那文书上书：

"敬致花一笑，吾皇英明神武，天下安定太平，实乃万世难遇之圣君，为得武林和睦，吾皇乃钦点锦衣指挥使之女，嫁丐帮帮主之侄，定永乐七年七月初七金陵皇城大婚，因而广邀天下英豪，命吾人行事。

礼部尚书赵觇奉上。

仪制清吏司代书。"

花一笑看完，不觉勉强微笑，童话看得他这番反应也是好奇，一笑便把文书递给武童话看了。

童话看完，望向花一笑，两人四目相对。花一笑只觉好笑，又有热闹能看得，然而武童话却没这般想，似乎若有深思。

花一笑见童话这般，起身拿剑，又是练武，似乎没把这事安在心上。

童话手中拿着那纸文书思索，半晌，便喊住花一笑。

"公子能带我去吗？"武童话和花一笑讲道。

花一笑惊异，说道："去金陵？"

武童话点了点头。

花一笑言道："去便去啊，怎么不能带你？"

武童话但感花一笑似乎都没把这事看重，心中暗想："这花一笑怎么做的这帮主，如此痴儿一般，真是奇了，莫不是他假装的。"

花一笑听闻武童话要一便前往，心中想了一番。和童话说道："你且帮我一忙，我带你同去。"

童话听闻诧异，不知这花一笑有何诉求。

花一笑说道："我回那金陵，必要见得堂上父母，我年近三十，却未婚配，定又要被责骂，到时候我若拜堂上，你便言是吾妻便好，如何？"

武童话听得花一笑几句，言言真切，似乎全是真话，没说什么，还是点了点头。

花一笑见此，忽停了手中舞着的剑招，调转剑头，横身斜刺向童话手中文书，童话忙弃了那文书，抄出佩剑挡过，花一笑又是连招击来，童话尽皆出剑挡过，二人便又续练剑起来。

乃曰：潇洒此生顾何事，花家练剑意专情，富贵荣华更谁理，皇命一书草纸丢。

却说二人练剑之时，忽有人来报，说米原重伤，被花一晴背回。一笑急去。

议事厅前，花一笑正坐厅前大座之上，双手拂椅，神情异常严肃，那议事厅围了众人，众人也尽皆没得见过花一笑这般冷漠。

"你们有何废话快讲，愣着干吗？"花一笑怒目而道。

只见众人中，花一晴气喘吁吁，满脸泪痕，探身说道："应该即刻派人侦查那人踪迹。"

"查便查，你们叫我干吗？"花一笑猛然起身喊道。

花一笑亲身将那长袍一掸，转身步向侧门欲离开。

花一晴追道："一笑，你且冷静，当务之急乃是尽快探得……"

"够了！当务之急是救人！"花一笑打断一晴的话，又嘶喊一声。花一晴见花一笑这般态度，几欲恼怒。但毕竟此事与她有关，便平了平心神，不过也是鼻息热气。

花一笑这便走了，开始几步还是走的，后来便小跑起来，穿了几个院道，便推一屋子门而去。

但看那门中数人，围在床边，那床上一人昏迷，床边坐了一个人，那人给那昏迷之人身上多处要穴都插上银针，又是拿手捻按，细看那昏迷之人，正是米原。

"怎么样了？"花一笑开口问道。

"嘘，别扰了。"那屋中一人说道。

花一笑走近，还没等瞧看米原，便贴上一人，正是花一晴，花一晴见他来了，

不禁抱上低声啜泣，细声说道："都怪我。"

花一笑皱眉看了一眼花一晴，没得说的话，也便又是贴近那床边，轻轻坐下，手抚那米原腿部，满脸犹豫。

"思，怎么样了？"花一笑轻声问那捻银针之人。

"性命可保，不过腰椎骨被挫伤，恐怕得养得时日。"第五思边捻针，边说道。

花一笑满目愁容，问道："什么功夫有如此力道，能把米原伤成这般，想米原平时，便是大锤猛击，都能受得住。"

第五思回头看了一眼花一笑，又是回头兀自捻起一针，插在米原胸口正中玉堂穴，封了些痛位。

"是什么？"花一笑又是探问。

第五思捻针，低声说道："掌力所伤。"

花一笑听闻骇然，心中一凛，但此时身后突又一人哭出声来，正是花一晴，但看那花一晴跑出门外，屋中一女子便跟了出去。花一笑看了一眼，便又回头看那米原，只觉花一笑那眼中，尽皆是伤情和红丝，又是咬牙切齿，不禁攥手，手指甲已然扎破手掌。

花一笑如此切齿半晌，突然冒了一句："剑呢？"

第五思朝向他，说道："我只需些时日，以小刀划开米原后背，再以真火炼银化水，滴抹着米原腰椎挫处，那银凝住，在复原后背，带得伤口愈合，再施法子正骨，便可痊愈。"

"炼银接骨？"花一笑问道，"我内力颇厚，内力烧银，好些。"

"你现在的事情是找回花间剑！"第五思突然抬起音调，厉声说道。

花一笑听得这话，浑身不自在，心中杂乱。

"米原交给我，我保他安好，你且去吧。"第五思说道。

花一笑又是瞧看了几眼米原，便转身出去了。

一笑此时已经眼角微红，刚一出门，正撞上武童话在问一晴缘由，童话即刻说道："你且听一晴细说。"一晴便说在个村子，米原中伤，花一笑便急令一晴带路去那村落。

花一晴带路，三人穿林疾步，没多少时候，便到了一处村庄。

花一晴寻了寻，便走向一个屋子，那屋子庭院已被打扫，血迹都被洗了，这间屋子本就是一家富裕村民平时租赁之用，此刻没人，花一晴等便在庭院走动。

却见童话领花一笑到院中一棵桑树之下，童话便往那树干一指，花一笑跟上瞧看，见那桑树干上，有一掌印，开口和童话说道："此人真是用掌力伤的米原，功夫着实了得。"

"你仔细看看。"武童话道。

花一笑听了惊讶，便仔细端详那掌印，只见那掌深印那树干，并无异常，也辨不出是哪家功夫。

"怎么了？"花一笑问道。

武童话眉毛一扬，又是指了指那掌印边缘处。

花一笑定睛瞧去，但看那掌印边上却是异常，只觉这掌印边缘纹路有些怪异，花一笑又想了一会儿，又看了一会儿，十分费解。

这时，武童话便伸手往那树干上拍了一掌，也印了一个印儿。

"再看。"武童话讲道。

花一笑又看那掌印，和童话拍的掌印对比，只觉童话那掌印边缘清晰，不像那掌印模糊。这时武童话伸手，往自己拍的掌印上又拍一掌。花一笑此刻再瞧看，童话拍了两下的掌印，也是边缘模糊了。

花一笑猛然醒悟，怒目切齿。

"我长留与他们有何冤仇！"花一笑厉声说道。

"千叶手秘不外传。"武童话道。

"少林……"花一笑眼睛充血，伸手猛拍那桑树，那桑树应声而断，倒在院中。

这时，这院外突然传来一声喊叫："是谁？在干什么！"花一笑听得声音恼怒，向庭院门口看去，只见不多时便步来一人，村民打扮，那村民见桑树被推断，大叫道："搞什么？赔我树！"花一笑早已恼怒，两步飞上伸手抓住那人脖颈按在墙上，怒目而视，只见两眼瞪圆如同吊睛猛虎，那村民被掐得喘不上气，挣扎踢打花一笑，武童话见此，急忙上前拉住花一笑，道："你干什么！"花一笑熄灭怒火，放下那村民，只见那村民倒地咳了几声，便爬起跑出，边跑边喊："来人啊，有强盗杀人啊！"武童话见此，忙抻了抻花一笑，花一笑静了一会儿，便跟着武童话飞身翻出院中离去，花一晴随着。

武童话拉花一笑忙从那村子离开，花一晴身后跟着，三人步进林中，花一笑便停了脚步。

"我立时去少林，讨个明白，你且回去吧。"花一笑低头侧目，心乱如麻。

"你不要慌，我没看见什么和尚！"花一晴急道。

"还是先回去和众人商量一番吧。"武童话回道。花一笑向武童话看了一眼，看得她手中拿着一片树皮。

"你拿的什么？"花一笑问道。

"适才我用匕首削下那掌印树皮，留得个证据，也好和少林讨问，免得空口无凭。"武童话诺诺说道。

"给我。"花一笑朝童话说完，便伸手拿过，插在后腰绑带上。

"先回花家一趟，再做打算。"武童话说道。

"回什么！那群人瞻前顾后，能干得什么？"花一笑喊道，甩身欲走。

"你一个人回去吧。"花一笑说道。花一笑静了一下，又道："一晴，你速回苏州。"

武童话站在原地，看花一笑已是跑起离去，思量一会儿，便也跟上。

武童话跟上花一笑说道："你若想去，我们便去洛阳城中先弄得两匹快马。"

"不必了，少室山离此不远，脚下轻功，不时便到。"花一笑没看武童话，兀自跑动。

"我跟不上你啊。"武童话脚下疾步，显然吃力。

花一笑起初没理会，自己轻功掠地，健步如飞，花一笑只觉童话实是跟之不上，便猛然止步，武童话反应不来，眼看朝花一笑撞来，花一笑双手一拉，把武童话背上，童话面色一愣，只觉脚下一空，被花一笑背起，花一笑背了武童话，便脚下使力，林草之上滑了几步，便突然跃起，至于林上，从那树枝层上穿梭点跳，好似雀跳松枝，飞燕点叶，穿林而行，好不轻盈。

花一笑武童话往少室山而来暂不说了。却说那少室山下小村一大屋之中，一人身穿沙尼衣服，兀自砍柴，门口步进一人，灰布衣服，开口便道："你早晚得回少林有个交代。"

"方丈已逐我出寺，因何回去。"那人还是砍柴。

"那游刃情深义重，你又是那般伤她，还说什么已经皈依佛门，今生不理凡尘，一派胡言，你已经被赶出少林，自己也是不想回去，又拒人家女子与心外，真不知你想的什么。"那灰布衣服之人，正是顾莘，这砍柴之人，便是那西风烈。

"我便在这村子住下，不也挺好的么。"西风烈说道。

"那你住吧，明日我便往洛阳城了，这次可能要过年才回老家了，你且照顾好我父母吧。"顾莘说道。

西风烈听得顾莘要走了，寻思自己不能嘴上逞强，但也不知自己该去哪，便又不理顾莘，接着砍柴。

"我也是服得你了。"顾莘十分恼怒，过来一把拿掉西风烈手上斧头。

"走，和我去少林道个别，你就彻底出个师，忘了你那和尚事，忘了你那游刃，与我同去洛阳做生意，将来钱财多了，娶得个好姑娘，你也便值当了。"顾莘和西风烈说道。

"行吧，那就走，上山。"西风烈起了身，拍拍身上手上木屑。

"也是想不通你，游刃多好的姑娘，对你那般痴情，又身怀绝技，你也是个睁眼瞎子。"顾莘又骂道。

西风烈没理顾莘，只是回了屋子，带上自己的佛珠长棍，紧了紧绑腿，便欲随顾莘上山。

"我说你怎么还戴这珠子。"顾莘问道。

"一日不出师，一日是少林人。"西风烈边走边说，又是往顾莘背后猛拍一下，想赶紧地走。

顾莘喃喃又骂了一句，便跟上西风烈，二人上山而去。

正行在少室山南门，西风烈眼见一人西域打扮，虎卷发长胡子，走下山来，便觉奇异，兀自瞧看，西风烈瞧看他走进，嘴里念叨着什么，却是也听得不懂。

"你是谁？"西风烈和那西域人士说道。

那西域之人正下台阶，低着头，听得这句，吓了一跳，抬头看了西风烈一眼，只说了一句："浪得虚名。"便不理西风烈，走下山去。

西风烈一愣，没懂这意思，只见顾葶拉了拉他，说道："浪得虚名，走，快上山瞧瞧。"西风烈不解，顾葶便把他如何在村子见了游刃，又见这西域之人之事种种说了，西风烈也觉事有蹊跷，忙快步上少林寺。

西风烈进了少林寺大门，见周遭无弟子巡视，只有几人打扫，心感有事，便直往大雄宝殿而去，顾葶也跟上。

及至大雄宝殿，西风烈迈入门中，见方丈不在，又往后径往禅悟堂，推门而进，但觉无数眼睛一齐看向了他，西风烈环顾四周，但觉少林弟子似乎尽皆在此，各堂弟子，寺中执事长老无一不在，圆克大师坐在正中，西风烈想道："少林若非有大事，绝不会如此召集众弟子，记得上次这般，还是那洛阳白马寺方丈来此讲经的。"西风烈低头赔笑，忙寻了一个蒲团坐在后边，顾葶但看大家都看着他，忙双手抬起挥了挥，也跟西风烈坐下。

"我少林本就是敬达摩为祖师，不过日子长了，和那本宗断了联系。"那围坐众僧领头一人说道。

"那人根本就不是边藏之人！"只见围坐中间，一僧人说道，这僧人身披红袈裟，横着一杆禅杖。这话说出，只见围坐弟子议论纷纷。

"他虽然像那藏佛之人，头发卷曲，眼眶深邃，不过那边藏之人，乃是皮肤黝黑，少有白的，而他却是皮肤淡白，甚至泛红，像那偶来中原的远西域商人。"围坐中间的僧人又说道。

"这人是谁？"顾葶低声对西风烈说道，"护寺长老圆戒，少林武僧基本都是他管的。"西风烈低声说道。

正在此时，又有一人推门而入，开口便道："禀方丈，寺外一人，自称花家帮主，说要见圆克大师。"

只见圆克正中而坐，道："请进来。"这话说出，只见那报信和尚低头不语也不动。

"怎么了？"圆克问道。

"回禀方丈，他说，他说要方丈出去见他。"那和尚唯唯诺诺说出这句。

"岂有此理，尽欺我少林无人乎。"圆戒大怒，抄起地上禅杖，步将出去，那禅杖上金环"嗒嗒"作响。

"你休得恼怒，静方能为。"圆克和圆戒说道，只见圆戒并不理会，径自出门。

圆戒持禅杖而出，行至大雄宝殿前正见一人身着白衣未带兵刃，身后跟着一女子也是白衣服腰间横了一把佩剑。

"花帮主来我少林何事？"圆戒戳杖于地，厉声问道。

"你是圆戒？"花一笑面无表情，淡淡问道。

"正是。"圆戒回道。

花一笑走进几步，说道："听闻少林有一绝技，掌出凌厉，力道刚猛，如千手观音，名为观音手。"

"是的，我少林与你们花家也算近邻，有话直说便好。"圆戒回道。

"听闻这观音手绝技秘不外传，只有那少林阶位甚高的弟子才有机会学得，而且一学便是要几年功夫入门，几年功夫熟练，几年功夫精通，可是如此？"花一笑又是贴近圆戒几步问道。

"正是。"圆戒见花一笑几步贴近自己，又不知他想做的什么，心中疑惑。

"我有一兄弟，被人掌力所伤，腰椎骨尽被挫伤，恐怕因而瘫痪。"花一笑冷冷说道。

圆戒盯向花一笑，甚是疑惑。

只见花一笑突然猛推圆戒一把，厉声喊道："你且看看这是什么！"只见那圆戒被花一笑猛推一掌，踉跄退后几步，又见花一笑往他胸口又拍了一张残破的树皮，圆戒立时恼怒，但瞟看那树皮一眼，便伸手接住，愣在原地。

"这可是你少林观音手不是！"花一笑大声吼道。

只见圆戒又看花一笑一眼，又瞧看那树皮上掌印，且说这圆戒正巧是会少林观音手，那树皮之上掌印，他分辨无误。

不过圆戒心中疑惑，少林会观音手之人屈指可数，又是秘不外传，想得此事非同小可。便回花一笑道："花帮主休怒，待我查清此事，必给你个交代，我少林名门正派……"

"除去你们还有谁能学得观音手！"花一笑打断了圆戒的话，又是贴近，满腔怒火不知何处宣泄，只见武童话忙跟上拉拽花一笑，花一笑也觉得这般态度着实不好，便静了下来，朝圆戒连点了几个头赔了不是。

"且等我禀报方丈，观音手没几个人会的，此时必然立时查清。"圆戒和花一笑讲道，心中疑惑，快速数了一下他识得会观音手的人，想了半晌，能用那观音手拍出此等掌印的，便只有那降龙罗汉祖见，不过祖见早已和伏虎罗汉祖相闭关修炼，怎么会伤花家之人，便快步跑去禅悟堂找圆克去了。

花一笑立在大雄宝殿前，怒火难熄。

圆戒跑进禅悟堂，去圆克耳边说了此事，圆克即刻开口："可有弟子学了那观音手法的功夫。"圆克问道，同时眼睛往屋中一扫，看看是否有的人表现异常，却见大家有的茫然，有的摇头，并无异样之人。圆克见此，即刻起身，说道："达摩派若真是想与我寺建了联系，也是好事，若是想利用我寺，于这中原做些歹事，那我们断然不从。"言毕，寻门而去，挥手示意大家散了，众僧面面相觑，议论纷纷。

圆克往大雄宝殿走去，身后圆戒给他看了看那留有掌印的树皮，圆克看后摇了摇头。

及至大雄宝殿门前，花一笑正候着。

"花帮主别来无恙。"圆克手上捻着珠子，开口说道。

"圆克大师安好。"花一笑抱拳相敬。

"你兄弟之事，我实是惋惜，但我少林能打得这般观音手伤人的，只有我那降龙罗汉祖见，不过他早已闭关半年之久。"圆克说道。

"祖字辈是在您圆字辈之下，怎么您没闭关，他先闭关了？"花一笑追问道。

"口说无凭，看得这事，还得请祖见出来对质，没别的办法了。"圆克大师说道。

"你且随我来吧。"圆克和花一笑说道，花一笑便和武童话跟着圆克往里而去，花一笑来过这少林寺，看着方向，是要去那后山达摩洞了。

圆克领花一笑寻至少林后山之上，登了一个长台，到了半山腰上，圆克便提起禅杖，走向那山间栈道，圆戒紧随其后，花一笑武童话也跟了上来。

过了这栈道，便见一山洞。

"圆戒，你且留下，我和花帮主进去便可，莫要打扰了里面修行之人。"圆克说完，便走进去，花一笑跟了进去，武童话便和圆戒留在洞口。

花一笑一入这洞口，便感一阵凉意，只觉衣服穿得太少，这洞口潮湿不见光，又是如此阴凉，花一笑不禁吊起了心。

行了一会儿，花一笑便见这洞道两边画满壁画，又燃着油灯，且看那壁画之上，有和尚修行，练武，也有各种人体经络绘图，也见得几个壁画栩栩如生，面目狰狞，眼神凌厉，花一笑又见圆克持着禅杖不回头往洞口走去，心中不禁略觉惊吓。

"花帮主莫怕，这厉鬼般吓人的壁画，是吓得那违心作恶之人，若花帮主为人坦荡，问心无愧，便不会怕得这画了。"圆克边走边说。

花一笑不敢再看那壁画，兀自随着圆克走去。

只见这洞内多处分支道路，花一笑暗暗把来路记在心中，心想万一有变化，也不至于迷失在这洞中。

突然，只听一声水溅的声音，圆克突然往前一跌，花一笑心中一惊，但看圆克忙用禅杖戳住地面稳住脚步，又是继续前行，圆克道："踩空了，踏进了个小水窝。"花一笑但看圆克脚下，果然有个手大的水窝，自己也便小心看着地下，随那圆克走进，但感不时有水滴从洞壁上落下，自己的白衣已经是多处被水点打湿。

行得不久，二人便至一洞房之中，但看那洞内多处石器，有的是凳子，石床，还有蒲团。

"祖见，你且出来。"圆克轻声说道。

洞内阴影之中，微微颤动，花一笑不禁一身凉意。

只见那祖见步于烛光之下，袈裟披身，下半身只穿了一单裤，道："方丈何事？"

圆克把手中树皮递给祖见，祖见接过，瞧看那树皮之上有一掌印，便仔细端详一番，抬头而道："观音手。"

圆克又问道："何人打的？"花一笑站在圆克边上，只觉甚是寒冷。

祖见拿那树皮端详半天，又是思量，转身坐于一蒲团之上，低头瞧着不语，圆克花一笑在旁，尽皆没说话，花一笑本还想一见那祖见便真相大白，看那少林如何再辩解，但此刻这洞冷得他早已熄了怒火。

祖见轻轻放下那树皮，转头和圆克说道："发生了什么事情，这位白衣公子又是谁？"圆克便把那种种与祖见讲了，祖见皱眉深思，不言不语。

"这位公子，我实是不知是何人用得这观音手，但我敢断定，我少林门中，除我之外，再无一人精通这观音手，而我见这树皮之上掌印，但感这熟练精妙远在我之上，定是一高人。"祖见和花一笑讲道。

"这样吧，我且与你讲了这观音手，你也好日后寻得此人复仇，有得对付。"祖见讲道。

花一笑在这洞里寒冷一番，也是静了，又见祖见圆克俱是真诚，但感自己着实是错怪了这少林，又见祖见愿意和自己讲他得意绝技的破解之法，心中着实惭愧。花一笑便走近祖见，说道："谢指教。"

"我打一套这观音手，你且看好。"祖见说罢起身。

只见祖见突然双手按向花一笑，收身擒敌，单臂携摔花一笑，空中念叨："我本因地，以念佛心，入无生忍，今于此界，此招乃为南海礼佛！"祖见朗声说道，花一笑本来惊恐，但被祖见一拿但感祖见手上并未使力，自己也是轻轻被甩，信得过祖见，便没反应。

"觉悟世间无常，四大皆空，无阴无我，如是观，慈悲为怀。"祖见念道，花一笑刚起身，祖见便侧身推出一掌，花一笑被这绵绵气劲推开数步，祖见口中又念道："诸法寂灭，有何次第。"快速出掌一掌打向花一笑，花一笑忙双手格挡，但感这一掌又是绵力，自己若不脚下使力，又会被推出，"这招便是镜里观影。"祖见说道。

花一笑双手仍格挡着，只见祖见突然抽手，曲身推掌，一掌击开花一笑双臂，口中念道："这招是翻手降魔，你招架不得。"

花一笑双手被分开，忙退后几步，祖见并未跟上，而是原地圈掌，扬手出，厉掌击，竟是用气力生生把花一笑拉近自身，花一笑惊恐不已，但闻祖见说道："四象合一！"

花一笑刚被拉近，忙双手护住胸前，定睛看向祖见，但觉祖见身形模糊，花一笑以为自己眼睛花了，又是凝目看去，竟是越看越模糊。

花一笑但觉头晕目眩，祖见原地疾步，忽左忽右，口中说道："若见一切法，心不染着，是为无念。"

"这招便是分身化影。"祖见说道，花一笑听闻化影二字，却感那祖见早已人影重叠，只见众人影一起抬手挥舞，慢慢贴近花一笑，花一笑只感目眩神离，不知哪个是真。只看祖见重影，尽皆出手，口中念叨："大慈悲心，观察众生，而不舍离，思唯诸法，无有休息，行无上业，不求果报，了知境界，如幻如梦，如影如响，亦如变化。"言毕，那重影一齐出掌，好似百手袭来。

花一笑忙退步闪避，哪里能夺，只感四面八方千手打来，千手纷飞，花一笑惊慌之中，几欲运功镇开这众手。却见那千手贴近之时，又是突然消失，转瞬之间，只剩面前祖见一人，祖见还在原位，脚下位置都没动弹。

"这招便是无量千手，我与你打了一遍这观音手，破解之法，还须你合了自己武学思量。"祖见谓花一笑道。

花一笑只感胸口恶心，刚才着实晕眩，心中思量："天下武功出少林，果然不是空话，这掌法之精妙，今生再没见得有如此的了。"花一笑双手抱拳，谢过祖见。祖见不语，回到那蒲团之上坐下，闭目禅定了。

圆克见此，便不再打扰这降龙罗汉祖见，领花一笑出了这达摩洞。

花一笑刚出洞口，只觉温度骤变，便打了个喷嚏。武童话见花一笑，忙上前问候："如何？"花一笑道："错怪了少林，我们且另作打探。"圆戒在一旁，没言语。一旁圆克说道："花帮主不须急，善恶终有报，只争来早与来迟，你兄弟之事，必有交代。"

花一笑武童话二人离了少林寺，不知去往何处，童话建议先回花家，再做打算，花一笑仍是心中有气，不想回去，只觉丢了花家剑，是他一人之过，又是于众人面前恼火，拿不回花家剑，回去也没意思。

二人漫步而行，武童话见花一笑垂头不语，心中思量，说道："我们先去那金陵吧。"

花一笑愣住，看着武童话。

"你忘了前日收的那婚贴，说是什么金陵有圣上钦点婚礼，邀了天下群侠，我们且去看一看，江湖中人都在，也好寻出那伤米原之人一些踪迹。"武童话说道。

花一笑点了点头，但感童话之言甚是有理，二人便从少林寺山脚下太平村和村民换了两匹马，径往江南而去。

第二十回　花间负了佳人情，青锋有刃侠子意（下）

　　这洛阳至金陵，行程不算太远，花一笑两人到了开封，便换了两匹好马，一路至商丘、抵徐州，一路马行无水路，两人这一番走马，也是沿途见了那由中原到江南水乡的景，花一笑自离了金陵，自建花家，便一直身在洛阳，这番回来，不由得心中欣慰，闻着那泥土的芬芳味道都觉熟悉。

　　一路走马，花一笑倒是没得什么，武童话女孩子家，自然是受不住，但也不好和花一笑讲，一笑见童话面色渐渐泛白，便瞧出端倪，便说从徐州歇息一两日，及至第三日，武童话便说租个马车上路，却闻花一笑讲道："我听闻这徐州南有一处云龙山，景色颇好，既然来此，不若去瞧看一番。"武童话笑了笑回道："日子不急，可去玩一番。"二人便从那集市带得些干粮，问了道路，径往云龙山去。

　　二人南行不远，便见一山，蜿蜒起伏，定是那云龙山了，二人便寻石阶上山而去。

　　"云龙，你说，这世间真的有龙吗？"花一笑问道，脚下轻步登着石阶。

　　"有。"童话跟在身旁，说道。

　　"你怎知有龙。"花一笑问道。

　　"英雄，便是龙。"

　　花一笑默然。

　　半晌，花一笑问道："何谓英雄？"

　　武童话笑了笑，说道："花公子可知这云龙山名字由来？"

　　花一笑听闻，思量一会儿，说道："我观此山，蜿蜒如龙，又看得高处，已穿云气，是为以状而名，云龙山也。"

　　童话点了点头，道："这是其一，你可知还有五说。"

　　花一笑不解，问道："哪五说。"

　　只见童话几步蹿上，到了花一笑面前，背着身子退步往山上走，左手伸出，右手打两个手指在左手上，笑着说道："这其二，便说得是一个英雄。"

　　花一笑见童话在身前退步上山，怕她脚下踏空，便帮盯瞧着后面，问道："哪个英雄？"

　　"汉高祖，刘邦。"武童话道。

　　"这山和汉高祖有何联系。"

　　武童话道："传闻，千年之前，汉高祖在丰泽斩白蛇，举义旗抗秦，当时不过二十来人，势单力薄，便南下徐州，在这云龙山隐蔽，为了不被人找到，便从这山一天换个地方，那会儿吕雉每每来这山找刘邦，都很快寻得，高祖不解，便问吕雉，吕雉便说她每每来此，天上便会有个云气，形似祥龙，顺着找，便能找到高祖，后来人们就管这山叫云龙山。"武童话言毕，做了个鬼脸。

花一笑嘴角一扬，说道："汉高祖斩白蛇起义，抗暴秦，建大汉，着实是个大英雄，不过你这吕雉寻云气找高祖的事，也未免演义了些，不可信，不可信。"花一笑摇头说道。

"你且听其三。"武童话道，只见童话伸了三个手指比画。

"相传南北朝时期，刘裕皇帝来过这山，见多处云中有龙，四年后，刘裕便做了南宋朝的皇帝，做了人间的云龙，人们便把这山叫作云龙山。"武童话说道。

花一笑道："刘宋开国皇帝刘裕，神武英明，是为南朝第一帝，实在算得上人间一龙。"花一笑称赞道。

"你听其四。"武童话讲道，"相传很久以前，有一条恶龙占着黄河，危害徐州百姓，常吞黄河水，喷出作为水灾，后来徐州有一勇士，不惧恶龙，拿长剑将那恶龙刺死，那恶龙便化作此山。"童话道。

"敢持剑杀恶龙，为民除害，造福一方百姓，又不曾留得姓名传世，如此之人，也算得人间一条龙。"花一笑道，又盯着童话身后，恐怕她这倒步上山有什么闪失。

"又有一言说，这山乃是一条善龙，传说有一年，徐州大旱，一条水龙见百姓受苦，不忍，便背着天庭，行水法降雨，被玉帝知道，便以雷霆劈击此龙，这龙坠落徐州城，当地百姓纷纷想尽办法医救此龙，自发从那城中水池、井中，各家储水纷纷拿出浇灌此龙周身，此龙乃侥幸活命，感人间真情，便化为此山，长生观望徐州百姓。"武童话道。

"如此背了天条行善，济百姓于危难，又是被众人报恩救活，如此至情佳话，便是传说，我也愿意信得。"花一笑道。

只见武童话转过身，不再倒步而行，兀自上山。

"那剩下一说呢？"花一笑疑惑问道。

武童话低头不语，只顾寻路上山。

"那最后一说，是什么来由。"花一笑问道。

只听童话轻轻说道："这最后一说，便是一个神话。"

"什么神话？"花一笑问道。

"传说千年前，有一个男子名叫云龙，和一条鲤鱼精相爱，一年徐州大水，淹了那徐州农田，云龙的田都被淹了，那鲤鱼精不忍，便背着云龙，讨好那龙王第九个儿子，那龙九子说，要鲤鱼精嫁得他，才肯收手止徐州大水，鲤鱼精无奈，但又难忍云龙苦恼，便委屈嫁了那龙九子，后来鲤鱼精见徐州大水止住了，只感无颜再见云龙，便一头撞死在这山之上，云龙后来得知，忧伤而终，人们

便把他们合葬在这山上，名这山为云龙山。"武童话喃喃说道，有气无力。

花一笑但觉童话语气不对，跟着走了几步，便想伸手拉她一下，却见那童话猛然转身想说什么，此时花一笑正轻拉她手臂，随着这转身的巧劲儿，童话石阶之上打了半个圈，立时崴了脚，站之不稳往边侧倒去，花一笑忙去拉拽，不料竟被那童话腰间带尖的佩饰划了一下，微觉疼痛不禁缩手，童话跌将下去，待花一笑反应过来，忙飞身过去抱住。

武童话想站稳身子，但感脚下发麻，不禁"啊"了一声，眼见花一笑伸手抱住，才放了心，二人轻跌在一山石之上，花一笑忙蹲稳了，童话半躺石上，二人瞧着那石下山坡，杂石密密麻麻，草枝干条掺杂，若是这般跌了下去，可就惨了。

"担心什么来什么，我且盯着你那身后步子，唯恐你脚下不稳，竟然还是这般。"花一笑自责道。

只见童话呲嘴皱眉，道："脚疼……"

花一笑忙伸手抚住武童话脚踝，但觉弯曲之处微肿，按捏一下，只见童话立时说道："疼！"花一笑不敢再动。

"这便如何是好，你且歇息一会儿吧。"花一笑说道。

"好。"童话道。

童话"哼"了一声，横身子待好，花一笑也便盘坐石上，二人又是聊起那闲事，山中林鸟啼叫，夏花芬芳，又见云气绕于山巅，如此美景，实是不枉此行。

童话一聊起来，又忘了脚疼，又说又笑。

花一笑心念武童话如此博学多识，不由得心中佩服，又仔细瞧看童话一番，但看童话眉目清秀，粉桃腮红，目光如月，若不是忆得那童话平日性格身上伤疤，这般姿色，真是绝尘。

"仿佛兮若轻云之蔽日，飘飘兮如流风之回雪。"花一笑兀自念叨。

"你咋吟起了诗。"武童话一愣，问道。

花一笑嘴角微扬不语。

"曹植。"武童话道。

"没错，《洛神赋》。"花一笑道。

"你可知曹植最精妙之句是什么吗？"武童话道。

花一笑听闻这个，心中疑惑，想："这《洛神赋》岂非曹植最盛名之句？"思量一会儿恍然大悟，道："本自同根生，相煎何太急。"花一笑说完眉目扬起，自信满满。

"不是。"武童话道。

花一笑不解，问道："此句岂非曹植最妙之句？"

只见武童话两眼看向花一笑，目泛灵光，道："是《白马篇》中，'捐躯赴国难，视死忽如归'。"

花一笑听了这句，便领悟过来，口中念叨："捐躯赴国难，视死忽如归。"花一笑点了几下头，又是口中喃喃几句。

"哈哈，别呆了，我听那花家众人皆讲，你通晓诗赋，如此山中秀丽，你不吟上一首？"武童话调侃道。

花一笑听闻，即便腰间抽出折扇抖开，武童话见花一笑这般动作，"扑哧"笑了。

花一笑道："江南有丽人，颜姿美绝尘。"

"继续啊。"武童话道。

"得幸有此缘，同游云龙中。"花一笑道。

"呦，说的我啊。"武童话笑道。

"不与花争妍，一心向清风。"花一笑道，转了一番折扇。

"谁解寒凉心，只道英女侠。"花一笑又说道。

"破诗，也不押韵。"武童话道。

"诗是随情而言，你若被那韵律所套，即便输了。"花一笑收了扇子，说道。

童话勉强笑了笑，口中喃喃："不解我心凉，道我英女侠，我是女侠吗？"

"你愿做这女侠吗？"花一笑严肃问道。

武童话被这一问愣了，那平日坚毅和玩笑的眼神不再，反倒像是一番小女孩委屈的样子。却说花一笑也不再接着这话说了，二人聊了一会儿，花一笑便背着童话下山回了徐州城，二人又歇了两日，便租赁了马车，径往金陵而去，及至滁州，便乘船渡过长江，直去金陵城了。

第二十一回　杀气腾，刀上听阴雨，命难却（上）

　　话说寒寞在锦衣卫舍命将一行同伴推出，这一人借着轻功，命走微浅，却是脱出了锦衣卫，心想寒寞如此重情谊，着实难得，当下不知姜九曲去往何处了，又想了想这里离鸡鸣驿腰村不远，在那儿也有几个识得的武林高手，即盘算着前往那里，拜访求援，看能不能救得萧寒寞，燕京这边，虽已经是初春，不过天寒风响，天萧瑟，风萧瑟，人更萧瑟。

　　巍峨峥嵘，郁郁葱葱，鸡鸣山黑风口，这山被百姓传言为"塞外小泰山"。据《史记》记载，春秋末期，晋国诸侯赵简子死后，其子赵襄子继位。赵襄子趁机会约姐夫代国国王到夏屋会盟，在宴席上将其杀害，只有少数的随从得以逃脱回国禀报，由于晋国和代国隔着夏屋山和句注山，山高险陡，只能绕道而行。当来到飞来峰下时，代夫人才知道了她夫君被杀害的消息。而面对跟来的赵襄子，代夫人悲愤怒泣，喊道："以弟慢夫，非仁也；以夫怨弟，非义也。"当下拔掉头上的金笄，从石头上摩擦数下，自杀而死。后世百姓为了纪念代夫人的忠烈在山上为其建造祠堂，后来代夫人祠上不时就有雉鸡飞舞鸣叫，就把此山叫作鸡鸣山了。前尘故时留下的故事，其实也是在不停地重演，很多时候，人就不自觉地陷于两难的境地，有时候甚至，别无选择。

　　这被寒寞相救之人，从燕京买了一匹老马代步，行了不久，沿着大道到了鸡鸣驿，身下口渴，想寻些酒水，却见两边林木，没有人家，又见老马力疲，便下身牵马而行，眼见天色已晚又是路不见头儿，即在道边寻了一处空旷之地，折了些蒲叶，拾了柴火点起，林间弄了些果子充饥，想歇息一晚，明日赶路。

　　时至夜晚，孤星月明，夜空那么澄澈，让月光通林而亮，晚风吹得林叶沙沙，晚上是冷了，不过这夜晚很寂静，又好像危机四伏，因为寂静总是让人害怕，然而江湖也不一定总是那么凶险，这个夜晚，就很安宁，此人睡于草地，盖着蒲叶，似乎做了一个很美的梦。

　　第二天醒来，此人收拾收拾，抖抖衣服，却见那老马不见了，原来昨晚疏忽，也没拴在树上，不过也没关系，看起来他并不在乎，上了大道，溜溜达达沿着路前行。

　　不久，赶得中午了，见远处炊烟，想必腰村是到了，便加快脚步前去，这腰村却是不如往日一般宁静，家家闭户，街道无人，此人寻了一家客栈，和小二打听，原来是锦衣卫那边借口朝廷禁令，不得腰村之人收集武学残卷，如有发现，皆为叛逆，可这锦衣卫奈何不得腰村几大高手，于是搜抓百姓，逼迫他们自投罗网，这锦衣卫果然是只手遮天，欺压百姓。

此人和小二聊了几句，便付了酒水钱出店而去，似乎是常来此处，穿巷过街，径直到了村外一处草屋，当下登了台阶，轻轻敲门，毕恭毕敬地说道："晚辈卢绫剑，特来拜访。"

绫剑听得屋子里无人应答，轻轻推门而入，木门一开，鼻子一酸，感觉尘土味重，屋子里不见干柴，角落蜘蛛网萦绕，桌上一层黄尘，似已经荒废许久无人居住。绫剑心下诧异，出门四处寻绕，盼得能寻个一二，可事与愿违，他要找之人，恐怕早已消失无踪影。

村里突然喧嚣，绫剑转步过去瞧瞧，果不其然，只是那锦衣卫一队人马又来滋事，抓得年轻少女，搜刮民脂民膏，江湖侠士，遇见此事定应出手相救，可自己武功有限，斗锦衣卫未免托大，当下只是藏于屋檐瞧看。

江湖总有侠义，路见不平，拔刀相助，这锦衣卫弟子肆虐之时，一身材高大之人，手握镰刀，出来阻拦，众锦衣卫看见此人阻挡，又有些功夫，问道："你是何人？休坏我们好事。"

那人也无惧色，清漪飘洒："班猛，识相放下兵刃。"又气贯中堂，似乎有着极强的内力。

绫剑惊诧，他认得此人，乃人称"草菅妖镰"的猛士班猛，神功盖世，单看得锦衣弟子至少十几人众，怕是一拳难敌四手。

天下武功，唯快不破，班猛双手持镰，蓄力猛冲，狂乱斩割，那几名锦衣卫有伤有残，紧接着，班猛又旋身出招，锦衣卫弟子们已有防备，尽皆跃开，各抽兵刃，有的甚至抄出锁链。

绫剑心惊，心道："这班猛性命危矣，此人为百姓而斗朝廷，按着侠义应救，但锦衣卫人数众多，我若下去，泥菩萨过河自身难保。"绫剑不知所措，索性静观其变。

只见几名锦衣卫弟子甩出长钩，猎猎生风，几把钩子轮番席卷班猛，这钩法更像刀法而非暗器，班猛咬牙切齿，慌忙之中镰刀脱手，然而几个锦衣卫寒爪不停钩来，班猛毫无还手之力，又见一锦衣卫瞬间出手，甩出铁爪，鬼爪探幽，班猛被钩倒，众锦衣卫弟子一齐飞身向前，跳转翻腾，一齐挥舞铁爪，血雨腥风，班猛怒目，却毫无举措，惨败于此。

众百姓有的在路边瞧见，有的藏在屋后，见路人尚且如此勇气斗恶，个个惭愧，腰村之人也有骨气，只见几个百姓呐喊出头，拿起斧子锄头菜刀，要和锦衣卫弟子拼命，几名锦衣弟子冷笑，这一举措，在他们看来，无异于飞蛾扑火。

得道多助，失道寡助，班猛为民舍命，振奋了百姓们的心，但这也就是一腔热血空洒，几个锦衣卫挥刀砍杀，就像屠戮一样，寒风饮血，赶尽杀绝……

绫剑心下暗痛，想这善恶有报，这作恶多端的锦衣卫，如此煞极，怕是日子长不了，这平日里宁静祥和的腰村，此时便如人间炼狱一般，也是不敢怠慢，以免惹麻烦，悄然撤去，绫剑从腰村西行进不久，见一片荒山野岭，但却有一

石庙格外突出，心下好奇，寻路进去，这庙眼见不是当朝建筑，里面尘土封，桌木烂，庙厅中有一灵牌，牌前香断火熄，绫剑走进，擦拭灵牌上尘土，心下深思，原来这灵牌上书"罗将军燕云骁骑"，原是那隋末罗艺将军之庙，绫剑见英雄灵牌，毕恭毕敬，退身叩首三拜，抬头又见台桌墙后刻字，乃是："快如风，烈如火，所到之处，寸草不留。强弓弯刀，善骑善射，以一敌百，未尝一败。"绫剑读此诗词，心下不快。

燕云骁骑，正是那隋唐时期靖边侯罗艺将军组建的骑兵部队，流言传道他们由十几个高手组成，身穿麻衣，蒙面黑披，踏着胡人马靴，马靴插着铁匕首，十几人背着劲弓，也都带着清一色的圆月弯刀。活动在塞外大漠，极少踏足中原。但每次出现时，每每见其身影，都是异族一大噩梦。《新唐书》有载北突厥曾大举入侵中原，罗艺将军率"燕云骁骑"奇袭进攻，大败突厥，燕云骁骑乘胜追击，深入茫茫草原反击突厥居住地，屠杀百姓数万人，突厥异族自此视罗艺为"妖魔"，罗艺因而名震四海。绫剑观物思故，正谓一将功成万骨枯，若是他时，定当万般感叹英雄事，不过此时，刚看得锦衣卫杀戮，心下想到，若是在那古突厥百姓眼里，那燕云骁骑与锦衣卫又有何异，不过是带刀恶魔而已。

天色已晚，夕阳将近，卢绫剑此时在庙中，无物充饥，可也是累了，无心其他，即绕到石庙后堂，过了门阶，脚下一绊，险些跌了，低头细看，尘埋土掩，地上尽皆前朝兵刃，心里烦恼，四下看了看有没有容身之地，内堂侧，一排狭长木板，绫剑走进，手掸木板，突感松动，即用力一抽，木板微移，绫剑蹲下仔瞧这狭长之木，似是一木盒，看得像那西藏血刀门刀棺材，绫剑心想："罗艺将军死之非此处，这石庙应当不是罗将军之墓，但此处为何遍地兵刃，又有着狭长刀棺。不如想法子，开了瞧瞧，又不是人棺，瞻得先贤之物，也非不敬。"卢绫剑思过，抽佩剑斜划，割开道棺木板，双手推力，挪开木板，待回身再看那棺内，不觉心中一震。

寒光粼粼，冷气逼人，原来那刀棺之内斜并列着一齐铁刀，绫剑大惊，又是心下骇然，更是诧异非常，怎的？原来开刀棺之际，绫剑突觉一股寒气逼来，开始觉得是心中感觉，即伸手摸那把铁刀，皆是酥麻一般，如触寒冰，习武之人见宝器怎不心动，也不再犹豫，从阵列之中抄出一把铁刀，刀气凛冽，好似握着一杆白冰，细细想来，刀身轻盈不重，绫剑右手持刀，左手佩剑，相互击去，两铁相交划音，佩剑应声而断，"果然好刀！"绫剑不觉一呼。

卢绫剑虽遇此幸事，但身处荒野，无朋无友，明日不知安在，瞬间低沉，把玩了一会儿那铁刀，便放于地上，盖了刀棺斜躺上面，身子放松了，闭目欲睡，又是无眠，深夜映着月光，瞧见那石庙周壁之些许壁画，自是那隋末燕云骑兵杀戮征战之图，绫剑看了看他们使刀的手法，不时也觉得困倦，不知觉也就睡了过去。暂且不表。

且说箫寒寞，山海关别了双儿，随独孤长风往鸡鸣驿习武，闻鸡起舞，刻苦勤修，听得长风说，教他的这套刀法乃是江湖失传已久的胡家刀法，寒寞也别无他心，只要能练好武艺，身怀绝技，能让那锦衣都点检看得上，不让双双苦难，就心满意足了。双双在锦衣卫安心等待，此处又有名师，寒寞心下热忱，又心无旁骛，技艺突飞猛进。

一日晌午，寒寞练刀累了，想找处歇息，寻得一林阴，但见长风师父独坐溪边，刀插泥水之中，便走进过去。长风见寒寞来了，开口问道："古人有诗，谁道人生无再少，门前流水尚能西，然这流水，真的能西去吗？"寒寞看着师父神色严哀，不觉无言，侧身坐在溪水边，静看细水长流，擦了擦刀刃，隐隐约约似乎看到水中刀影里是双双的脸颊。

却说林子之中，传来一阵瑟瑟的脚步声，独孤长风似乎有所察觉，抄起了插在泥水中的释厄魔刀……

萧寒寞修为自是不及独孤长风，溪边歇息未觉危难之将至，但见师父无故抄起长刀，心中多少有些戒备，目光周边一扫，没看见什么异常，但又觉身子紧张，好像有什么东西在步步逼近，突然，长风煞煞一刀向寒寞头部挥来，寒寞大惊，急忙闪避，未及回眼探看，只听得两铁器相碰响音，寒寞地上翻滚擦过，转身瞧去，见那凭空一链铁锁缠着长风的刀，锁头一列铁爪，沿着索链望去，乃一人铁盔锦衣，低眉影目，与其同样着装的还有四人，这四人身后，还有一人，官帽秀衣，未带铁爪。寒寞思得在锦衣卫之时，曾见过此类人士，想是锦衣卫千户，怎么看出？金绣白绢妆花，飞鱼眼惊风雷，蟒袍钦赐修罗，摄魂腰间绣春。翎肩阶帽，踏云士履。寒寞本应极惧，但师父长风在此，心下冷静，拔出背后背刀，蓄势待发。

独孤长风甩开铁爪，朝那一行锦衣卫瞪过去，长风闯荡江湖半生，深知这锦衣卫之厉害，单个锦衣卫高手，尚能斗得，若是锦衣结队，定是神挡杀神，佛挡杀佛，况那为首一人身着飞鱼服，腰间绣春刀，便开口道："阁下何人？"

那为首锦衣卫千户缓缓抬头，四名随从也一齐扬面，帽檐阴影中的脸缓缓显露，几人脸色阴森，比这脸在阴影之中时，还更是阴森……

晴阳穿林洒，潭溪涓涓流，那一先手铁爪探击长风的锦衣卫拉回锁链，擦过地下石棱，将铁爪卷在身前，四下寂静，除了溪流，便是这铁链上铁环幽冷刺耳的摩擦音。

长风拂刀划进溪边泥土，淡然地瞧着那锦衣卫千户，脸色似乎是疲倦的神情，毕竟他的胡须已经黑白掺杂，鬓角也是显了些许白丝，但他的眼神仍凌厉异乎常人，长风侧目观刀，回那千户道："千户何必问我是谁，意欲何为，直说便是。"那锦衣卫千户听此，抖了一抖衫裙，回道："好，侠士爽快，我受锦衣指挥使之命，请你身边这位公子。"长风、寒寞二人听此句，想着恶战难免，寒寞望向师父，长风却是心惊而神色不现，长风回道："指挥使欲请我弟子，绝是无可推辞，不过还倒要问问，怎么个请法。"千户嘴角微翘，厉声回长风："请得就请，请不得就拿。"这千户言毕，急掠撤步，那戴着铁甲爪尖的右手一挥，哪由分说，四名随从一齐卷链，铁爪探出，幽冥追魂，不死不休，鬼爪探幽，

这四链飞爪未向长风，而是径直朝那萧寒寰甩去……

却说这鸡鸣驿日头已经中天，那卢绫剑自那荒林石庙中歇息一夜，缓缓睁眼，自觉醒了，两手揉了揉脸，坐起身来，这一醒，心里一想就想到了萧寒寰，想是心中有事牵挂，便就难忘了，环顾四周，地上尘封土掩，尽皆兵刃，比那夜晚见得更清晰，顺手拿起棺上铁弯刀，踩着这满地兵器，步出后堂，又朝那灵牌三拜，拂了拂台上灰尘，转身几步，走出石庙，不自觉眼睛一眯，原来已是正午，艳阳高照，不过也丝毫不觉热，这鸡鸣驿的初春，似乎比别处严冬还冷，绫剑穿过几处林堆，见一小路，想是定有所通，便寻路上去。

但行间，见此路不乏鞋印马蹄，绫剑寻思定是百姓常行之路，又见道旁杂草丛生，几扎林木皆是松树，行得不远，见前方十字道口有一插牌，上书道路指向，牌下有二人站立，绫剑瞧去，乃是一男一女，那女子粉布簪子蓝棉麻衣，男子也是蓝衣，不过平帽戴头，于帽顶子卷出一带蓝棉，敞胸露肚，手环腰环皆是银饰，显然不是中原人，绫剑欲问路，上前步去。

那二人瞧见绫剑背刀走来，退了几步，绫剑见此，笑面说道："二位朋友莫慌，在下初来此处，不知路途，只是问问道向，别无他意。"那一异族男子回道："原来是外地朋客，不知公子来此作甚？"绫剑走近回道："我原有朋友在那腰村，皆是习武之人，不料前日我去得腰村，寻之不见，现在也迷了路途，不知如何是好。"那异族男子见绫剑面善和气，也不避讳了，说道："若是故友朋友，我自当相助，你可是要寻那尹飞羽、陆飘云二位高人？"绫剑心下大喜，这人定是识得恩师，急忙说道："在下卢绫剑，正是寻二位恩师。"那异族男子低眉回道："实不相瞒，我名为阿踏木哈，是鄂伦春族，这位女子名为完颜雪，女真后裔，你现处位置乃是鸡鸣驿南部，东去北曲松林，南去北星松林，过了那北星松林，就是碧华谷，也是我鄂伦春族聚地，你要寻那二位高人，去碧华谷便是，不过……"那阿踏木哈言之未尽，凝目看着绫剑，不再讲了，绫剑心疑，此处若有外族不怪，不过怎么会有女真族人，不过心思在寻二位师父上，追问道："可是有何难言之隐？"阿踏木哈见绫剑追问，张嘴欲言，却是又闭了口，原来那完颜雪伸手抻了抻他衣袖，绫剑见此，也不便多问，当下抱拳谢过。那完颜雪和绫剑说道："你可从此路口南去，过北星松林，若是寻不得你朋友，你可在林子西边看见一个部族，你提我们俩名字，就便在那歇息，也好打听打听路子，我与阿踏木哈在此候人，不然也可带你前去。"绫剑见完颜雪汉文口音流顺，自是诧异，不过看那完颜雪柔面秀音，也不像有什么城府之人，反正自己也是迷路了，见了这两个陌生人，信也信，不信也得信了，谢别了阿踏木哈、完颜雪，寻小路向南走去。

绫剑沿着乡道前行，脚下步印稠密繁杂，但仔细瞧去，隐隐能看见一排深印，绫剑单腿跪下身子，瞧看那脚印，心想："这排印子印得很深，不像布履，看这纹路，倒是像那朝廷锦衣卫铁靴底。"绫剑数了数，约有五六人样子，便沿着那步印前去，看那一排靴印在路边叉进松林里面，那印子上泥土尚湿润，绫剑解开背绳，顺下背上弯刀，握在左手，右手拨开松枝杂灌，探到林子里面去了。

那独孤长风、萧寒寞二人溪边歇息却遭锦衣卫千户截击，但见那四名千户随从飞爪射出，直朝萧寒寞而去，寒寞见那四把铁爪尽皆朝自己袭来，心下惊恐，但转念一思，却是由忧转喜，寒寞心想："原来这锦衣卫不过如此，四人铁爪暗器齐攻我，却是尽皆朝我这点打来，我只一跃便躲，若是四人一人击我，三人击向我周边方位，那恐怕立时毙命。"寒寞也未出刀，只左闪一跳，躲过这一击，回身望见那四把铁爪一齐击向他原位，碎石裂地，激声震耳，四名随从又是抽回铁爪，欲行下一击，寒寞看此，想要开口嘲讽，不料独孤长风先出声音："千户既无意伤人，有何想法，但说无妨。"寒寞听得师父此言，心念一转，不觉惭愧，也怪得自己年轻不谙世事，便看向那锦衣卫千户，那千户右手横握腰间绣春刀，仰天笑了几声，直向长风说道："前辈果是高人，那我也就痛快了，我们指挥使叫我拿得此人，又嘱托不可伤他分毫，我敢断言，前辈尽可放心，依我多年侍奉指挥使的惯路子来看，不会拿他性命如何，定是有别的事情。"那锦衣卫千户身经百战，不知经过多少凶险，多少次死里逃生，敌人功夫高低，自是一看便知，他断定这斜坐溪边之人功夫绝对不在他之下，贸然激战，胜负难料，自己此行也就是个指挥使一言之托，若因此伤得自己性命，哪里值得，只见那千户右手直抽出绣春刀，手腕使劲，掷出佩刀，那刀朝长风掷去，却是直直插在长风身前，那把绣春刀没插泥土，愣是没入溪石之中，刀身微颤，嗡嗡响了一会儿，长风听得此音，回目朝那绣春刀望去，那刀紫柄金秀，刃身映影，锦衣卫千户继而说道："我们锦衣卫，有配此刀之人，视刀如命，今日此刀押此，我换你身边这位年轻人，我保他完全，择日带人来换刀。"长风听得此言，心里着实怀疑，不过这绣春刀定真无假，即便朝寒寞说道："此刀不假，你欲如何？"寒寞听得师父这话，显然自己只有一个答案了，寒寞卷起背刀绳，起身说道："走，我回锦衣卫，本就是不见你们，我也早晚定去，早一天，晚一天而已。"那千户也没言语，回身离去，朝那四名随从使了个手势，寒寞见状，这是要让这四人随从带自己回锦衣卫，想想不快，不过自己武功不及，别人看不起，也是应该，寒寞看向师父独孤长风，长风也没瞧他，兀自说道："寒寞，你我至此缘尽，你的路，早晚是你自己走的。"言毕，袍中抽出一丝黄绢，给了寒寞，寒寞心想师父如此情重，自是收下念物，师恩无以为报，滴了眼泪，随那锦衣卫离去，独孤长风推了推他那长刀，眉头微皱，缓缓抬眼望向穿林而来的艳阳黄光，眯起了眼睛，似是万般难言孤寂。

那四名锦衣随从和那寒寞寻乡下驿站回锦衣去，寒寞却并不是心慌，却是心喜非常，不为别的，不论终局如何，就要能见到双双了，于生于死，还有什么比这更令人欢喜。

却说那锦衣千户没去向道边，却是穿步进了松林，千户咳了一声，轻声说道："故友，还是宿敌？"未及说完，只见几枝松枝凭空而断，划空悬音，一

把弯刀斜横窜出，并在那千户脖颈，谁料那锦衣千户不但未惊，竟是嘴角微微扬起……

却说鸡鸣驿远在鸡鸣驿北曲松林，那平日只有林鸟鸣飞，风穿掠叶的树丛中此刻似乎没了那般宁静，不停飞出断折的松枝，片片松叶未干先落，原是有两人林中窜斗，两把利刀划空激鸣，折枝断木，突兀"嘭"响一声，又闻"嗡嗡"绕耳，仔细瞧去，只见一把短刀，珍木柄，绣金镶，一把铁刀刀身连刀柄，中身弯出，两刀相交之处摩擦微震，鸣声嗞嗞闹耳，从那两把刀身回望，只见二人四目，凌厉凝绝，其中一人纹绣官服，立冠飞帽，一人目光如炬，外披黑布子，里面青衣系带，束发簪子，两人使力推刀，不一会儿，见两刀向那弯刀方向微动，那黑布青衣之人见此，足下一攒，弓膝冲击对手，那身着官服之人见状，使力划开抽刀，侧身避开，只见那绣春刀从那圆月弯刀之上硬是划出，似乎是火花微现，这两刀一擦，声激刺耳，若是有孩童在此，恐怕听得这划声都难以忍受，那拿圆月弯刀之人回身也是躲去，两人原地持刀护在胸前，似攻似守。

"花一幕。"那使弯刀之人冷声说道。

"你是谁？"花一幕也没琢磨，回问道。

"你原中武举，怎么混了这久，还是千户。"那拿弯刀之人动了动刀身，把弯刀回收，侧身刀指花一幕。

花一幕见这人侧身刀指，自知是没想多得言语，也罢，花一幕见刀术一时难分高低，突然一手拿刀，一手朝腰后去，竟是瞬间甩出一把铁钩子，铁钩用细铁丝连着，拿那弯刀之人竟是没得反应，只能伸刀挥去，想击开这铁爪，可这刀爪将欲相交之际，那拿弯刀之人竟是出奇，也不知怎么地，竟然兀自慌忙收刀，可这铁爪已至，哪里躲得开，果不其然，花一幕这一击招不在爪在铁丝，那铁爪直穿又回绕，几转铁丝绕住刀身，拿弯刀之人自知中计，可斗战之际怎能弃刀，只能使力撕扯，花一幕顺势一拉，足下一蹬，贴近就欲挥砍，但两人激斗，谁能料清，只见危急之际，那把弯刀兀自一转向，好似飞虹离鞘，月旁星临，花一幕隐约之际见对手也是退步，似乎这刀只是内力激催，不见对方手握，但这激扬刀气却是真实不假，铁丝被瞬间划碎，自己被这刀气震得感觉脚下要浮空，急忙躬身回撤，撤后数米，花一幕这退步一招，也是江湖常见的雁行身法，不过他面对的这转刀激气之法，却是人之未见，只见那对面之人也是退后了几步，右手微颤，弯刀已经脱手而出，哪里悠闲，那人急忙上步追握，待得站稳，眉头微皱，看向花一幕。

花一幕见此，心里又是惊奇，又是惶恐，又是自觉好笑，那铁丝散碎在地，铁爪也短了几指，花一幕双手握住绣春宝刀，开口言道："你这招，步月登云，我儿时在武学古籍里见过。"那持弯刀之人仍是手部微颤，似是刚才内力空子激出难控，又是恍惚那弯刀仍是颤动。

花一幕紧接又道："圆月刀法，你既然师从西域，与我朝廷有何瓜葛，你半路拦我，又究竟是什么缘由？"

第二十二回　杀气腾，刀上听阴雨，命难却（中）

　　"瀚海为镡，天山为锷。"

　　此时正值明永乐七年，四十多年前太祖朱元璋派遣大将徐达领军攻陷元大都，元惠宗奔逃至漠北，史称"北元"，成祖即位后，外蒙古各部势力相互撕裂纠纷，慢慢化为鞑靼、瓦剌以及兀良哈三个部族，几部族均分布在准噶尔盆地一片区域，三部虽纷争不断，但也常常劫掠明边境地带，永乐皇帝即位之后，为安稳边疆，封册蒙王，赠金贴帛，但边疆仍是常常遭外族掳掠，蒙古各部似乎并没有对明朝拿出交好的态度。

　　燕京锦衣卫指挥使内堂，桌木肃清，绣刀挂立，都指挥使纪纲正坐堂前，右手攥着一纸文书搁在桌上，那文书黄布黑墨，看得出来不是圣旨，也是手谕无非了，纪纲神色凝重，却是身旁无人，想这纪纲之所以能统领锦衣卫，自是和手下兄弟事事连心，但此时独坐堂前，似乎是有什么要事难言，其实也不为别的事情，他前几日刚从金陵面圣归来，原是这朱棣皇帝派了郭骥去那鞑靼做使，要这纪纲出人保卫，纪纲地镇燕京，与那鞑靼擦火相识已久，早就料得那鞑靼必无合意，可是朱棣这般，诏令已下，怎能劝得，纪纲乃是也心知这一使一行人九死一生，派了低级弟子去了，难应皇命，派了心腹官人前去，他又怎忍做着背信弃义之事，正当这时，内堂门掩开了，纪纲回神立时将文书藏在衣袖中，朝门口一看，一人黑衣棉靴，迈了进来。

　　来的这人不是别人，乃是纪纲夫人，纪纲见妻子进来，也没避讳，心想这事难办，也只能和贤内一谈，纪纲让她坐了对面，和她三言两语，把事情挑明。

　　夫人听了，想了不久，就开口和那指挥使说道："尊使，此事不难办，相反，这还是一件好事。"

　　纪纲听了诧异，两眼微睁，回道："圣上令我择人护卫，我料此行九死一生，你看我门下弟子，我能令得谁去兀自送命。"

　　纪纲说着这话，竟是微怒，夫人也没慌了，探手抚到纪纲臂膀上，和他说道："尊使别急，你忘了这锦衣有一人，圣上看得他家族不顺目，你也厌恶几分，更还是得个品官。"

　　纪纲听闻愕然，侧目沉思，不一会儿，低声说道："不行，锦衣卫虽是刑刀冷法，但这几个个重情重义，我虽与人没得交情，不过兀自害自己人，难办。"

　　夫人见纪纲犹犹豫豫，起身说道："尊使当以大局为重，莫绊倒在这小节小事。"

纪纲仰头看了一眼夫人，又低头从衣袖子抖出那张文书，不自觉叹了一声气。

锦衣东行不远，鸡鸣驿北曲松林，那锦衣千户花一幕与卢绫剑斗之正酣，穿刀掠影，两刃相擦，一时间胜负难分，且说那千户花一幕，乃是朝廷留香阁阁主之子，至于他怎么来这锦衣，不在朝中入仕，他的事情，也是事起有因，倒说那洪武元年，也便是那朱元璋初建大明之时，设文、武科以"广求天下之贤"。但众所周知，朱元璋之所以得天下，乃是趁乱平元，明教马背上征战而得，天下初定，朝廷自然不希望有什么武功盖世的武状元入仕为官，洪武四年，文举应期而立，而武举一直无音无讯，直至洪武二十年，朝廷礼部上奏朱元璋"立武学，用武举"之时，朱元璋暴怒，喝责礼部，是析文武为二途，自轻天下无全才矣，因而明初实无武举，而昙花一现的便是建文帝（朱允炆）在京卫设立的武学，武举选拔也是虚有两期。

这花一幕幼从名师，又是用尽花家武学渊源，乃是当期武榜眼，然天之不佑，靖难之役后明成祖朱棣即位，朱棣从自己侄子手中篡下江山，自然更是不希望天下有武人入仕，便以"徒有其名而无其实"的因由，撤了京卫的武学，这武举花一幕，本是平步青云而上，经此一事，自是遭了冷落，好在父亲朝中位居要职，册令其往锦衣卫，封了千户，数年之久，却仍不见升迁，不见变动。

武举在明初，朝廷打压之下，只是安抚民心的一纸空文，花一幕这经历，也是应了那句话，时来风送滕王阁，运去雷轰荐福碑。花一幕心中不甘，但年轻气盛，在锦衣卫也是兢兢业业，实干奋进，这不，指挥使纪纲下问谁能搜抓到那萧寒寞，花一幕自告奋勇，在这燕京周围寻了半月，终在这鸡鸣驿拿了萧寒寞，又是搜拿之时听得林中有人，一幕自是自负了些，叫那随从压了寒寞回锦衣，自己探林来寻个明白，这次林中被劫，和绫剑恶战于此，还说那卢绫剑怎么拦这花一幕，这前文就有所言得了，那姜九曲，徐墨卿，萧寒寞和这绫剑四人前日为了生计，假扮华山弟子去锦衣想骗得些许银两，无奈败露，寒寞为救绫剑被困，绫剑虽脱身，不过这些日子来寻不得九曲、墨卿，也是找不着昔日恩师求救，近日溜步这北曲松林，见林中有人，便探去，正见四人带了一男子而走，瞧得见了，原是有一锦衣卫千户，绫剑曾见得过这千户，还记得名字，心道他功夫有底，便林中作声，诱进偷袭，谁想二人功夫相当，至此恶战起来。

且看二人相斗，一个弯刀初使，圆月劲扫，一个使得血杀刀法，轮回猛砍，气势汹汹，那花一幕被绫剑弯刀一甩震开，花一幕识的这圆月刀法，却是看不透这绫剑动作，岂不知那卢绫剑只是旧庙之中看上此刀带了身上，半夜瞧那旧庙石碑印画学得几招技巧，哪里会那圆月刀法，这时绫剑越战越乱，手上弯刀难控，不自觉虎口微痛，手腕颤抖，花一幕虽心中疑惑，但锦衣行事多年，又有何惧，刚被震开，就挥手一招格杀勿论，前身俯冲，利刃斩去，绫剑见右手握刀已虚，遂左手也握上刀鞘，见花一幕又是一式猛招，无奈挥刀横在胸前挡去，只听"嘭"的一声，花一幕刀带气劲儿斩在绫剑格挡的弯刀之上，这花一幕有着俯冲的劲儿，绫剑自是难抵得住，左脚后撤一步，顶了顶起劲，花一幕见绫剑脚下已然使力，自是难以再挡，当时提膝正蹬，一脚蹬在绫剑正胸下部，绫剑早已无处借力，弹身出去数米，撞在身后一根松树干上，霎时间树干微颤，枝叶沙沙作响，绫剑胸口疼痛，左手不自觉拂到胸口，右手握紧刀柄，皱眉凝目看向花一幕，料其必定又是趁势来击，果不其然，锦衣卫行事，赶尽杀绝不留后患，花一幕果然又是收招出招，转身蓄力，一刀直至绫剑插来，绫剑见花一幕持刀插来，但胸口阵痛，右手握刀颤，这一击定是难当，心中着实火烧火燎，这大难当头，竟是无一对策，想到自己乃是偷袭，周旋半晌却到了人为刀俎我为鱼肉的境地，万难之际，绫剑念中一闪，此刻如何金蝉脱壳，绫剑念得这金蝉脱壳，竟是猛然想到少时读过的那马致远的《任风子》："唬得我玉魂销；怎提防笑里刀。"

卢绫剑此刻生死攸关，想得活了真君子，死却空无名，那花一幕劲刀未至，绫剑竟强颜欢笑，一把圆月弯刀斜插进土，嘴角上扬道："阁下杀了我，阁下也必死。"

花一幕本欲一击了结绫剑，突看得绫剑至此濒死，竟收刀入土，更是言得一句杀他自己也要死，心中不觉一疑，那绣春刀气将近，花一幕疑惑甚重，心思："这人半路拦袭，我尚不知其身份，况他斗不过我，又是平白出此言语，且问他是谁。"

一幕收刀回转向左，那绣春刀从绫剑胸前衣衫划过，绫剑被刀风一划无奈闭眼，胸前被擦出一刀红条，花一幕藏刀两步立在那松木后，回头言出："你到底是谁？"

绫剑心中已惊，只觉胸前微凉，想是九死一生了，但又听得这花一幕言语，立时睁眼，绫剑也不知道该说些什么，危难之际，只得一句一编撰了，于是还是笑着说："花一幕，你还记得那一年秋末燕王府吗？"

花一幕始是一愣，心中一念："燕王府，燕王府乃是当今圣上即位之前的府所，晚秋？我那年晚秋在过燕王府。"

花一幕想不通，一言道："休得拐弯抹角，紧地报上姓名，若不然我一刀杀了你。"

那卢绫剑怎么认得花一幕，原来是早些年，绫剑在那燕王府上做过侍读，当时也巧花一幕随父拜访过朱棣，也是就见过两眼花一幕，后来花一幕实中武举，却被放到锦衣卫久久不得重用之事也是江湖流传，人人皆知的，此刻绫剑以此恍惚花一幕，一幕竟未察觉，绫剑心想："戳人戳心，讽人言憾。"

便出口说道："花千户昔日武举，怎的多年过后，还是千户不升。"花一幕听闻此话，心中一震，想得刚刚见这人之时，他就说了些什么千户，定是认得，此刻又被人戳到短处，心中怒火中烧，但仔细想想，事实又是如此，自己无能，又怎怪他人看低呢，花一幕静了静，和绫剑说道："你使得这套圆月刀法半熟半生，你师从何人？"绫剑看着花一幕问他师从何人，又是灵光一闪，绫剑虽武功不高，不过曾师从二位高人，岂不拿出一试，看能不能震得住他，遂笑着说道："不才，师从尹飞羽。"花一幕听得一惊，心想："怎的，见着同门了吗？"正当这时，花一幕身后一黑影似梭掠下，一幕无暇绫剑，回身一手抓住那黑影，定睛一看，乃是一黑鸽，脚绑铁环，夹着一带锦布……

但说那萧寒寰心下决然地跟了那几名锦衣卫折回燕京，虽说心里志忑无比，又有几丝冷静念想，一者他知道自己师从独孤长风学艺尚且不精，夺不得双双出京，二者他也心知肚明，这几十日的光阴，又怎么可能学得独孤长风半生的武功，现实不是传说，他虽然感觉得到释莫离给他传在体内的内劲，也从独孤长风身上学到了几手高深的刀法，但他不会使那内劲，也练不熟那刀法，总之一句话，如果之前他一个人能打俩低级的锦衣卫弟子，那么现在，能打三个了吧。

鸡鸣驿离那燕京锦衣卫所也是甚近，更是那千户的几名侍卫顺路，带着萧寒寰没一日半就到了，萧寒寰闻着这锦衣卫熟悉的腥气，也觉一阵恶心，可是也偏偏，他也就爱上了一个在这种地方长大的姑娘。

也是怪了，这次萧寒寰没被带到检点卫或是执刑司吏那里去，萧寒寰心想："那千户带人凭空拿我，师父本能保我，为何故意让我来此处送死？是师父觉得我天资愚钝，不要我了，还是他看出来了另有隐情。"寒寰不自觉手袖一擦，擦到了腰绑上的刀，寒寰凝目深思："为何我此次被带进这锦衣卫，竟没人缴我兵刃。"寒寰看了眼带他前行的那几名锦衣卫，个个脸色阴淡，有两个人还面上有疤，寒寰本欲开口询问，不过看这几人也不过是千户侍从，奉命行事，自是问不出什么来，寒寰又环顾这锦衣卫四周，场旷人稀，只有寥寥几位不停环绕的巡逻弟子。

寒寰看着寻路的道儿，甚是熟悉，从那前面那城墙大门口正道再走一会儿，就到锦衣卫内厅了，原来是他起初和那姜九曲等人来这锦衣卫行骗之时，就是走得这条路，时日不多，当时场景也是历历在目，寒寰想念故友，又是思念双双，念及此，不禁自觉生之难矣，感命途之多舛，寒寰不知九曲等人现下如何，想他们几名故友为谋生计，拉了一伙子人，做了个帮会，本来也是山林砍砍树木，挖挖矿石，按那兵器的图谱打打铁，贩贩兵刃，要不就接接镖局的活儿，也是能活得下去，说得明白，实际上他们做的都是一些不伤天害理的江湖事儿，但没得银两，也没识得州官，帮里人也都得不到太大好处，渐渐帮里兄弟走的走，去的去，他们企图来这锦衣卫行骗其实源起于刘墨卿的主意，墨卿其实并不太在乎别的事情，他心里就只有姜九曲，九曲一女流之辈，做得帮主，看得兄弟走走散散，心里不悦，但也没得法子，每日都是郁郁不快。

起初墨卿想出这法子的时候，寒寰和绫剑都没赞同，绫剑也曾说过："我们拉个帮会也就是几个兄弟一起混混，混得好，自然好，混得不好，也便大家凑个团，这江湖日子能过得下去。如此贸然走险，恐怕不妥。"但大家商讨，九曲定夺，最后还是定了这事儿，甚至姜九曲几人还没出行，大家就已经开始说道成功之后从哪里购置一片驻地，怎么发展下去的事情了，九曲看着帮里兄弟都满怀希望，自己也便鼓起勇气。寒寞其实不看好此行，谁道舍命陪君子，去便去吧，反正不去，日子也就这样过，这萧寒寞其实本是丐帮出身，据帮里长老说道，这寒寞父母曾是帮里一对英豪，不过在他婴孩时刻，就消失无踪，谁也不知道他俩去了哪里，寒寞也就被那几位长老抚养长大，束冠之年，便出来自闯江湖，但显然，他混得还不如在丐帮呢。

果不其然，寒寞直接被领到了内厅，不过这厅中无人，那锦衣侍从示意寒寞就在此等候，便关门而去，寒寞看了看这内厅，装饰摆设也是毫无变化，寒寞不禁瞧向那纪双双那天依爬的窗棂，触景生情，瞧了瞧腰间的刀，深感自是无能带得双双走了，十有八九今日又是丧命于此，也不知怎的，念及此处，突然想起了绫剑和他说过的一句古话："穷且益坚，不坠青云之志。"

寒寞静了静心，心想："我打都没打，拼都没拼，怎么能自先萎了，我这身子里有那莫离前辈的传功内劲，又是和长风师父学了精妙的刀法，没准一会儿我使个寸劲儿，就能了结几人。"寒寞给自己壮壮胆子，毕竟到了此时，也只能兵来将挡，水来土掩了。

不一会儿，定是锦衣侍从给了通报，内厅正面被一长声拉拽着推开，寒寞本是背对正门，身后门响，寒寞紧得转身，感觉自己不禁一惊。

来者正是纪纲，那锦衣卫指挥使，寒寞虽心惊慌忙，不过也注意到了，这纪纲没带兵刃，纪纲瞄了寒寞一眼，只见寒寞棕布棉鞋，缠发杂乱，便随口道了一句："这天气，你不热吗？"

寒寞瞪眼一愣，见那纪纲直入正厅内座，押了一下袖袍，横放而坐，随手又摘了顶上帽冠，掷放桌上。又是伸手拉过茶壶，搂过一个茶杯，想倒些水喝，不过茶壶一提起，里面是没水的，纪纲跳了一下眼眉，又放下茶壶，转脸看向萧寒寞。

"我女儿……"纪纲支吾一句，声音沙哑，便清了清嗓子。

"我女儿，要嫁人了。"他紧着说道，那深瞳瞧向萧寒寞。

萧寒寞听了这句，没得反应，也是意料之中，不过瞧不懂这纪纲和他说此话何意。

"你不难过吗？"纪纲又问道。

"不解尊使何意。"萧寒寞抿抿嘴，回道。

纪纲听了寒寞这句话，回道："昔日你伙同一群江湖无赖，企图骗我锦衣卫钱财，其后又勾搭我女儿，罪当死否？"

萧寒寞听得这话，甚是诧异，怎么纪纲和我问起罪过，想这锦衣卫拿人杀人，哪里讲过只言片语，皆是尽皆屠戮。寒寞心中打量，思索片刻。

"我与友人来此，虽假以华山之命不妥，不过乃为我帮数十众人之生计，因何有罪？我与尊使之女两情相悦，又何罪之有。"寒寞将了将这话语，也是临时人机灵，说的倒是头头是道。

"我锦衣卫素敬忠义，你胆敢说你来此行骗为得帮众，也是重情谊，也是

有胆子，况你也没得逞，我可既往不咎，至于我女儿，是我为父管教不严，也赖不得他人，今日你与锦衣种种纠葛尽皆了结，你速离去，莫再见我锦衣卫之人，可保性命。"纪纲背靠椅子，指点寒寰说道。

萧寒寰心中暗喜："莫非这指挥使要饶我性命。"

寒寰不敢怠慢，当即向纪纲回道："谢尊使，我即便离去。"言毕，转身欲走，且说这寒寰心下自是慌张，哪敢逗留，倘若这尊使一食言，性命即刻不保。

纪纲见萧寒寰转身欲走，便伸手去拿帽冠，且看那寒寰转身步到门前，还未及推门，竟是停了下来。

"我……"寒寰停在门口，低头吱声。

"不行，我不想走。"寒寰缓缓说出这句，心中慌乱画在了脸上，带在了口气上。

萧寒寰又侧身看向纪纲，只见纪纲手拂帽冠，蟒袍玉带，萧寒寰咽了一口气，说道："尊使之女要嫁谁？"

"你不必多问，你也管不着。"纪纲当下回道。

"可是……"萧寒寰欲语还休，"是……是嫁的一位好公子吗？"萧寒寰自己都不知自己想说什么。

"你还念及我女儿吗？我听说，你本与她约定，从名师数月，来我锦衣夺人，可有此事。"

纪纲追问道。

萧寒寰心下乱成一团麻，未恨纪纲，但恨自己功夫低微，进退不得，左右为难。刹那间，寒寰突然想到，这纪纲没带兵刃，身着官袍，这内厅一空，只有二人，又见自己腰间带刀，心想如若拼之一搏，擒这纪纲，拿以威胁，不定能寻得双双，寒寰值此关头，哪敢犹豫，全身面向纪纲，步进两步。

"尊使，我……"寒寰近身纪纲，弓身低拂，右手抄左腰之刀，旋身上前朝纪纲猛砍过去，"我失礼了。"寒寰之声随刀风齐至，纪纲瞪开眼睛，见萧寒寰左腰出刀，旋身右转，斜纵向劈来，刀风凛冽，纪纲遥身坐宾椅，左右有扶手难动，又是不能上前，忙出左脚猛踢堂桌，椅子带人右斜滑出，纪纲料定寒寰这一刀必劈在墙上，不禁嘴角微扬，起身想一把推抓寒寰，可纪纲竟是又惊，这寒寰的刀没劈向墙上，竟是下抄一转，自下而上挑向纪纲，纪纲心中暗暗赞许："好一招虚砍。"

纪纲脚下使劲儿，右手划出，做了一个爪型，径出而上，抓向寒寰脖颈，寒寰见这一招朝自己打来，不敢再挑刀，这刀如果挑之不中，自己必被纪纲一招毙命，如果这一挑挑得中，那纪纲依然侧身，也是伤之不中，当下随着旋劲儿翻身后撤，这纪纲使得这招，正是锦衣卫绝技鹰爪拳的鹰击长空，原来锦衣卫虽主使刀法，不过临战对敌之际，难免没得兵刃或是刀脱出手，初代锦衣掌门便创下这凌厉凶猛的鹰爪拳，招招击敌要害，招招毙人性命。

寒寰健步翻身下蹲，左手拄地，右手横刀，凝目看向纪纲，眼睛之中隐隐溢出些许黄光，纪纲见寒寞这身法动作，规矩至极，果然此间师从高手，纪纲弓步站立，身子微低，两手均作爪状，一手护在胸头之间，一手伸出向前。

寒寞见纪纲这手法类似鹰爪，静思对敌之策，凝心屏气，突感体内气流疏通，好像饮了一口冰水一般，萧寒寞灵光一现，想起独孤长风教他的一招鹞子翻身，以鹰对鹰，片刻之间，萧寒寞蓦地上前翻，刀划地面，席卷而来，纪纲见萧寒寞持刀擦地而来，又是低身，不知其意图，便双手伸出，猛抓向下，一招神鹰九夺钻背抓向寒寞，那寒寞似乎背后长了眼睛，持刀掠地，但闻刀划地面声裂耳，火光乍现似炎阳，翻身一刀又朝纪纲挑去，纪纲哪料这寒寞竟能凭空翻身来挑，又是招既出难收，两手对向刀身，抓住刀面，脚蹬地面，飞身跃到半空，翻到寒寞身后去了，纪纲既见如此，退了几步，右手向身后侧拿墙上挂刀，左手扶刀鞘，欲抽刀砍去，纪纲却突见那萧寒寞又是翻身突起，持刀即可砍来，纪纲惊了，心想萧寒寞这几招几式都是突转方向，起初还以为是虚刀挥砍，但适才爪击刀身，竟然是实劲儿，心下念及，莫不是武当派教他的太极拳法，他运在了刀上，纪纲又见萧寒寞刀砍凶猛，并无武当绵柔之际，心下更是诧异，看向寒寞，只见他棕色眼眸似乎已然变微黄之色。

纪纲心惊不已，见寒寞刀又砍来，定然不及抽刀出鞘，忙双手持刀鞘带柄，向前挡去……

紫禁皇城，富丽堂皇，金陵朝廷礼部。

"字写好看一点，潦潦草草，能不能多一点认真的态度。"只见礼部上书房，一人身披蟒服，头戴纱帽，训斥这一群桌前疾书的官吏。

"是，是，赵大人息怒，我马上重写，重写。"那名离赵大人最近的官吏忙回道。

"这是婚贴，你写得这么工整干吗，上书文书吗！没一点喜庆的感觉。"那赵大人溜达溜达，又是开口训斥。

"是，大人息怒，我们马上重写，重写。"几名官吏慌忙回应。

"重写，重写？就懂得重写，写到人家洞房，写到人家小孩子都长你们这么大岁数你们能写完吗？"那赵大人又是一番训斥，也是腻了，溜达溜达就出了这上书房，迈出门槛，步到门外，但见天蓝碧静，万里无云，金陵高阁耸立，一片盛世繁华之像，那赵大人却未因此而欢喜，倒是从袖口抻出一卷黄绸，上面墨文有字，那人低头看着这黄绸，目光呆滞，似乎有什么大事忧愁。

只见那黄绸之上，黑墨书行字。

"朕之爱卿，锦衣指挥使纪纲之女已然成年，朕乃钦点婚礼。

纪双双下嫁北方丐帮主事之侄萧寒寞，敕令礼部尚书赵犰撰写英雄帖，广邀皇亲国戚，朝廷命官，南北贤人，民间大绅，各派掌门，各路豪杰，共享喜庆。

宜速为之，不得迟缓。

永乐七年五月二十六日。"

第二十三回　杀气腾，刀上听阴雨，命难却（下）

　　"乘鹿以出入，北山旷野人。"说得便是那顺天府以北数远的"使鹿部"，据言这部本是女真部，从贝加尔湖以东迁入中原，俄国文献中，多次出现"俄罗春""俄伦吞"字词，原是那鄂伦二字，便是与那"驯鹿"的发音相似，中原之人，也便就称这个部族叫"鄂伦春族"，却说永乐初年，蒙古高原鞑靼部日益强盛，收编归附部落，驱逐异族，那鄂伦春部族没什么兵力，便被这鞑靼部赶入中原，到了中原，州县官吏上报朝廷，请求收编入户，可朝廷却是久久不发回文，地方无奈，又不敢收了异族，这鄂伦春族只得寻了山林，从那鸡鸣山旁建了些草屋木屋，苟以为生。在这儿，鄂伦春部又结识了一个和他们命运相似的部族，那是一个鲜卑族的小部落。

　　燕京东北，鸡鸣驿北星松林南部，碧华谷。

　　此山谷于那鸡鸣山下东北边下，谷内三面环山，不过高处，还是数那西南边鸡鸣山峰，山上有水流下，流到这谷便成了瀑布，林间动物均有，山果花木丛生，也是正于那正午过后几个时辰，天之最热时候，便有那鸡鸣峰挡住艳阳，此处也便是一处风水宝地。

　　这里本是居住着两个游牧部族的人，一个是鄂伦春部族，一个是鲜卑的部落，他们本是居在那内蒙内蒙古边境，近几年蒙古鞑靼势力突起，兵马战火不断，这两个部族没什么战斗力，便进了中原避难，无奈当朝官府不予入籍，只得寻得此处山野，暂居下来。

　　却看那排排木屋，临瀑布之旁有一屋偏大些，像是那族长待的地方。

　　果不其然，那屋子里面没得旁房，只是一空厅，地上铺着兽皮，上面摆满了鲜果，几人盘膝而坐，侃侃而谈。

　　"拓跋兄多日不见，面色更红彤了。"一人银饰灰衣，这是那鄂伦春族的阿塔木哈。

　　"休得闹了，我这一行可是不易。但却是无功而返。"那人上身红衣，下身白衣绑腿，腰间缠着一带棕布。

　　"拓跋兄此去东行，可探得什么。"一女子蓝棉麻衣，轻声问道。这屋子这种盘坐近十人，似乎只有这一女子。

　　"我早便说，东去高丽行不得，你去之前，我就劝你省得麻烦。那高丽怕极明廷，又是碍着鞑靼，定然不敢收得我们。"只见一人和那阿塔木哈着装相似，却是身材胖了些，此人名叫西克腾。

原说这屋中数人，居正中那人，正是这鄂伦春族族长安巴，其余各人尽皆是这鄂伦春部和那鲜卑小部的掌权之人，那"拓跋兄"其名"坡"，是那鲜卑部族的掌事，那鲜卑小部族长已老，基本事务都是他在领头，那个唯一的女子，乃是那族长安巴之女，完颜雪，其实这鄂伦春族，便是女真的一部。

"要我说得，我们便在这鸡鸣山上打猎，卖到那燕京城去，谋得些银两，何愁没得生计，如此投这投那，多没得志气。"但闻西克腾挥臂而谈，似是满怀激情。

"说得容易。"阿塔木哈拿手戳了他一下。

"要我说，也不是不可，那官府衙役贪婪得很，定是见我们没得给他们好处，便一直堵塞我们。"完颜雪接着那话说道。

完颜雪说完，便四下无音了，走投无路，又不能总是偏居这山谷一隅，拓本坡低目沉思，也不知说得些什么。

这时，屋门进来一人，也是鄂伦春打扮，身着蓝衣，说道："谷外有一汉人来了。手里拿着兵刃，不过我看就他一个人。"

那拓跋坡听了，问了一句："拿的什么兵刃？"

进屋之人回道："好似刀。"

拓跋坡心想："独自一人，若是游侠来此，八成是带剑的，若是带刀多为官府，不过官府之人怎会独行。"心中诧异。

那族长安巴正在厅中，开口一句："来便是客，请进来吧。"

进屋禀报之人说道："是，我看他若是朝我们这边过来，便请他过来。"言毕，低头弯身出门而去。

那完颜雪心想："莫不是从那腰村往北星松林路口见着之人。"

不一会儿，果有一人带一汉人进屋，那领来之人道："这便是我们族长，阁下若有诉求，可向他说。"

阿塔木哈、完颜雪瞧向门前，那人灰衣束发，腰间一把弯刀，正是从那腰村见得之人，当下微笑，阿塔木哈和那族长说道："此是客人，我与完颜雪拓跋兄归来之时，曾有一面之缘。"

族长见是客人，露笑点头。

那卢绫剑看了盘坐着的众人，又瞥了一眼四周，那门内旁摆了一排兵刃，有刀，有枪，有钩，还有几件看似狼牙棒的短兵，绫剑也会意得快，识得礼仪，便解下腰间弯刀放于门内，一步踏进屋内，但觉屋子虽广，但屋顶甚低，似乎伸手可触，微觉压抑。

绫剑开口道："族长有礼，我本路过，寻此处借宿一宿，不想贵部如此严谨。"绫剑嘴角微扬，笑着说道。

那完颜雪见绫剑笑着说，也是回笑。

"我鄂伦春族历来好客，既是客人，快坐下与我们品品这山间鲜果。"那西克腾竟是起身，一把把绫剑拉到身边坐下，哈哈一笑，绫剑见此人年纪不大，

胡须甚长，又是如此鲁莽，硬被生拉坐下，不禁难受，不过人家好客，无可厚非。

阿塔木哈戳了西克腾一下，朝他使了个眼色。原来这屋子本是几位掌事之人论部族大事，这西克腾竟是直接拉外人坐下，甚是莽撞，不过西克腾似乎是没理得他，看着绫剑束发的布条，甚是好奇。

众人看向西克腾，也便是不知怎么说了。

静了一会儿，族长安巴开口道："这位汉族宾客，可否介绍一番。"让我们大家识得，安巴说着，完颜雪拿了个山果，好似梨子，用手抹了一下，递给绫剑，绫剑见大家尽皆好客，也便伸手接了过来。

"我姓卢，名绫剑，与这阿塔木哈兄、完颜妹子有过一面之缘，听他们说这碧华谷有居处，便来看看。"绫剑说着，阿塔木哈朝绫剑点头示意。

拓跋坡对汉人可是没什么好感，没想理会，自己便也拿了个山果，吃了起来。

"我观阁下气宇轩昂，又是带刀，可是那官府之人。"安巴道。

"官府？我倒是刚和一官府品官道别了。"绫剑一笑。

"品官？"安巴疑惑。

绫剑见安巴不知何意，一挑眼眉，回道："就是阶级很高的意思，好像你们部族的在座各位。"不过绫剑却不知这安巴到底想聊些什么，但觉自己话之过多，心下谨慎了些，只便借宿吃些食物便好，莫节外生枝。

在坐众人听此，似乎提起兴致，拓跋坡也是抬眼看向绫剑。

安巴听此，心中理解绫剑的话语之意是比他部落于朝廷，那"品官"自是朝廷大员，心中微喜，莫不是天降贵人，助我部族。

安巴也是多年操心，又是拓跋坡从高丽边回却无好事，心中急忙，便直接开口和绫剑说道："实不相瞒，阁下无须笑我们，我部原牧野于北原，数年前鞑靼部侵略我部，杀得我部半数人，我们无奈奔逃，才来得这中原，然明廷却不接纳我们，数次上报官府乞求一地而不得，只得避此山谷之中。哎……"安巴言重情深，万般真诚，说着竟是不尽哽咽。

绫剑听闻，心中打量一番，这安巴何苦见我生人而诉苦真情，莫不是想求于我。绫剑心中顿时万般思索。

众人见族长至情而言，也尽皆掩面，郁郁不快。

绫剑不知所言，便随口一句："我曾背得一首诗词。"

西克腾似乎并没因为族长安巴的话而伤情，本就好奇这汉人种种，又听得这话，忙说："什么诗？"

绫剑轻声微唱：

"敕勒川，

阴山下，

天似穹庐，

笼盖四野。

天苍苍，

野茫茫，

风吹草低见牛羊。"

绫剑吟的这诗，及至"天苍苍"一句，拓跋坡竟是跟着吟唱起来，众人听得是情真意切，不禁有几人落泪，完颜雪更是目旋泪珠，掩面哽咽。奇了，那反应最强的，竟是那适才冷漠的拓跋坡，绫剑看他眼内充血，尽是红丝。

拓跋坡半眯眼，看了一眼绫剑，又是低头，微微说道："阁下所吟之诗，正是我游牧之诗，不过，这不是他们鄂伦春，乃是我鲜卑的，敕勒川，阴山下……"拓跋坡眼神迷离，似乎陷入无限的回忆梦境之中。

众人听向来冷漠的拓跋坡都跟之伤情，不禁个个潸然泪下。

西克腾见大家都这么深沉，也便不好意思，自己脸色严肃了些。

绫剑面无表情，还能有什么表情，他没想到这众人反应如此之强烈，竟然不知道接下来言语的什么，不过绫剑留意进这碧华谷之时，见这部族人数不少，进屋又见些许兵刃，当下灵光一闪，心想："既然这群人官府不收入户，何不带他们尽皆去寻姜九曲，那帮会岂不是加了这多少人力，经营某事，岂不美哉。"绫剑快想急思，下句言何。

绫剑在这异族之事暂且不提，却说那花一幕与绫剑在那松林斗战，怎么兀自谁也没伤，也是巧了，正所谓凡尘事事缘，谁能料天命，那花一幕和绫剑斗着斗着竟然双方不意发觉二人乃是师从同师，尽皆是那尹飞羽、陆飘云的徒弟，二人还怎敢相斗，即刻收手结友，却说那二人罢斗，便有一黑鸽寻到花一幕，这黑鸽乃是锦衣卫特训，能识得人踪，千里可传书。花一幕开了那飞鸽来信，上书指挥使号令："着令左执事千户花一幕，即刻回返，朝廷有特令，命你护送使者出蒙古。"那信角是一破口，花一幕知道，这是指挥使亲笔书写，指挥使亲笔写的号令，是不留名的，只用匕首尖扎一口，花一幕得此号令，心下十分欢喜，只觉得是建功立业的良机，即刻拜别绫剑，寻去腰村取了匹马，飞马回去锦衣卫。

那锦衣卫指挥使内厅，萧寒寰正与那纪纲恶斗，萧寒寰不知哪里来的猛劲，几招砍过，竟打得纪纲措手不及，纪纲征战半生，哪里碰见如此场景，被一毛孩打得没能还手，萧寒寰又是自上而下一招猛砍，纪纲抄下挂在墙上的铁刀，见这招打来，来不及抽刀出鞘，便举起刀身挡去，却看这萧寒寰刀风将至，纪纲咬牙切齿，怒目而视，准备挡开这招，便抽刀治他，不过也是笑了，那锦衣卫总是刀不离身，这会儿没得刀了，堂堂锦衣指挥使竟是被人打得还手都还不了，虽有那鹰爪拳防身，岂知那锦衣卫能有几次刀脱手之时，便是会的鹰爪拳也是万般生疏，哪里有战力，眼见萧寒寰刀风已至，纪纲脚下稳住，却感那刀风甚微，纪纲凝目心惊，但看那萧寒寰跃起砸刀，竟是凭空转身侧移，这一转身，惊了纪纲，萧寒寰身处空中，哪里能借力侧移，不禁惊出一身冷汗，那萧寒寰旋刀向上，借着转身的劲头，刀身竟是调转横向向那纪纲砍来，纪纲甚至没得反应，纪纲横刀去挡，萧寒寰横刀来砍，哪里能挡得住，纪纲一时间竟不知所措。

眼见萧寒寰目泛黄光，皱鼻切齿，横刀将及纪纲腰身，万分危急，这纪纲似是难躲得了，刹那间，纪纲见刀影闪过，不禁反应闭眼，心中惶急。又觉眼皮前红影一闪"哒哒"两声。

但过了一会儿，纪纲只听有人落地，未闻刀锋之响，心中惊奇，忙睁眼看，只见萧寒寰持刀向下，双脚着地，目光闪烁，一动不动，纪纲又看他身旁，只见纪纲夫人右手攥起，伸着二指，原是那危急十分，纪纲夫人从厅后跃出，两下点住萧寒寰，纪纲缓了缓神。

"爹……"那内厅又是踉踉跄跄跑出一人，正是纪双双。

双双及近，又喊"寒寰"，想摸向萧寒寰，却被夫人横臂拦住，夫人颜色冷峻道："别动他。"双双两眼看向萧寒寰，不禁已是流泪。

那纪纲定了定神，瞧了瞧夫人，又看向寒寰，见寒寰持刀的手不停微颤，眼中又是血丝掺杂，瞳孔闪烁着些许黄影。

"龙潭虎穴何足惧，剑戟丛中久鏖兵"这两句赞诗本是吟得那汉寿亭侯关羽镇守荆州期间，只身应那东吴鲁肃"鸿门宴"，单刀赴会，豪气干云，历朝历代被那英雄豪杰传诵敬仰，那"剑戟丛中久鏖兵"便说得是那东吴本派甘宁领了一百名刀斧手，这百名壮汉一齐扑上，那关羽真是武圣下凡，也是应付不得，但事之临头，关羽雄雄气势之下，那百名敢死壮汉竟是无人敢动，竟让那关羽全身而退，真乃蹚了龙潭，出了虎穴。

却说那花一幕得了指挥使黑鸽传令，心下欢喜，又是昂昂斗志，即便寻了一匹快马，飞马加鞭奔回燕京锦衣卫，及至阴冥山脚下，花一幕抬头看向山峰高处，猎鹰盘飞，撕空鸣叫，但觉心中热血沸腾，勒了马头，狠抽一鞭，快马跃进那阴冥山口。

锦衣卫指挥使内厅，双双本是担心萧寒寰一刀会砍着纪纲，这会儿但看父亲没事，便瞧向萧寒寰，多日未见，双双只觉隔了好些年，看萧寒寰脸上苍苍，胡须也没弄得干净，又见他衣着脏乱，不禁心疼不已，这会儿萧寒寰是被那纪纲夫人二指点了穴位，动弹不得，纪纲夫人瞧了纪纲一眼，纪纲也会意了，当下打下那寒寰手中之刀，又是一指点向那寒寰脖后风池穴，那风池穴本属足少阳阳维脉之会，乃胆经送气至头部之要穴，此穴被点，见寒寰眼光逐渐无神，缓缓闭眼，身子也是软了，趴倒下去，双双见此，忙扶住寒寰，可双双身形弱小，哪里撑得动，不禁"嗯"了一声，纪纲拉住萧寒寰手臂，一个旋拽，使萧寒寰坐下，纪纲轻推开双双，盘身坐在萧寒寰身后，但看萧寒寰弯身垂头，嘴唇发白，那纪纲双手划十字，又是双手张开，推向寒寰背后，双双自知父亲要调理寒寰内息，便退了两步，伸手用袖子抹了抹眼睛。

纪纲也是闭眼，气运中庭，从手臂运于掌上，但见那掌碰寒寰后背之处，微现热烟，他运的这内劲儿，乃是锦衣卫玄元经心法，这玄元经乃是玄为天、元为气，以玄元之力，纳于丹田，可通气顺脉，调理内息，纪纲此番运气通进本是只想化那"参合指"二点之劲，但气至寒寰脉络，却是动弹不得，心中甚疑，只得丹田运气，加力通寒寰经脉，却是怎么使力也不通，但觉气之难运，好似那寒寰体内有一番气劲儿抵挡，纪纲无奈，只得翻过寒寰身子，双手通点寒寰胸膛气穴，又是封了几处流向四肢的气血，把那胸口正脉封住，通开逆脉，使寒寰周身经气尽皆流向胸前，以解那"指劲"。纪纲看寒寰面色渐缓，心中释然。

"扶她去歇息片刻便没事了。"纪纲开口说道。

夫人见此，扶住寒寰手臂，弓身将他背起，双双也是跟了上来，扶着寒寰身子，那母女二人便出门而去，寻双双居所照料寒寰歇息。

但看那厅中纪纲，仍是盘坐地上，闭着眼。

他心中思索，那股充在寒寰脉中的内劲到底是何物。

良久，他兀自笑了一声，自言自语道："若此贤婿。"

是时，一人过门而入。

他即便睁眼侧头瞧向门口，见一人飞鱼官服、纱帽立冠，腰配绣春、足踏锦靴，正是花一幕。

花一幕看纪纲盘坐地上，觉得惊奇，但见上司有礼，花一幕即便进门单膝跪下："拜见尊使。"

纪纲手拉蟒袍，站起身来，回身寻那内厅正座坐下。

"你且过来。"纪纲和花一幕说道。

花一幕抬头起身，贴近纪纲几步。

"前日圣上有意旨，要我锦衣择人护使出蒙古。我思考良久，此事危机四伏，非勇者不可担当。"纪纲神色严峻，看向花一幕。

花一幕听得此言似是在夸赞他，便未开口，待纪纲下言。

"我与众参要商讨，此时，舍你其谁，不过此次行事，宜万分小心。"纪纲轻声轻语。

"定全功而返，不负尊使厚望。"花一幕低头抱拳，拜向纪纲。

纪纲瞧花一幕，面露喜色，心中暗想："年轻气盛，真乃初生牛犊不怕虎。"但纪纲虽然听了夫人建议，让花一幕前去，但终觉负了义气，心中纠结。

纪纲起身和花一幕说道："随我来。"言毕，出了厅门，一幕也跟了上去。

二人先是去了那指挥使居所，纪纲令花一幕门前等候，不时纪纲便带着几张泛黄牛皮纸出来，接着便带花一幕径往校场。

及至校场，一幕见此处乃是平时习武操练之地。

"你到那北原而去，便不同了中原，那里大多擅长马战，你能在马上挥得你的绣春刀么？"指挥使问一幕道。

"绣春刀刀身不足三尺，马上恐怕难以及敌。"一幕回道。

"我也想了这点，恐怕你此次前去，如有意外，八成须马背上交战。"指挥使攥了攥手中的纸张，但看那纸陈旧残破。

"我也想了良久，想起我早年在追杀一名逃犯时候，曾无意得了几张内功残卷，待我仔细钻研之后，乃见这内功极其凶残霸道，能将短兵运气做长兵杀

伐六道。"纪纲言毕，便将这几张残破纸张递给花一幕，一幕不敢怠慢即便接下。

"看好了。"纪纲话音未落，伸手便抄出花一幕腰间佩刀，退了几步，舞起短刀，横纵乱砍，一幕离那纪纲有至少三米之远，却感刀气逼人，不得不退后几步。

纪纲没挥得几下，便横过刀身，手背一打刀柄，那绣春刀直飞入一幕腰间刀鞘之中，精准无误令人惊诧，弄得花一幕一惊，瞪大眼睛。

"我且命名这内功为锦衣武经，你须在寻往北原蒙古道上，好生研习，那上面有部分贻误，留意我写的小字批注便好。"纪纲言真义切。

花一幕瞧看了几眼那手中残卷，但看上面本是工笔书写，偶尔显出几个潦草的小字，一幕又抬头看向纪纲，但见纪纲年近半百，却是气宇轩昂，不禁几番敬仰，又感纪纲如此真诚待自己，心中万分感激，当下便双膝跪地，拜服纪纲："尊使恩遇，一幕此生不忘。"

纪纲见此，忙扶起花一幕，纪纲心中虽然纠结，心想："命途难测，此番虽无奈叫他去闯那虎穴，也不见得便是坏事。"

"你明日便启程去那金陵，寻朝廷使者，到那金陵之后，你先去金陵镖局拜访一番，我素闻金陵镖局善使枪法，你且说我名号，从那学得一招半式，再往蒙古。"指挥使又叮嘱那花一幕说道。"定要万分小心。"纪纲命手下行事，向来都是一道号令，此番唯唯诺诺，也即便是觉得心中不顺，有负义气。

但一幕却丝毫没想得这一去北原，有何险阻，他心中，似乎已是充斥了股股热血豪气。

风儿在动，云儿在飞，阴冥山锦衣卫翻手为云，覆手为雨，或许，凭的就是一番情义，凭的一腔热血，凭的一身胆气。

却说金陵皇城，此刻正是烈日当空，风暖缓吹，礼部尚书府内，两人相坐而谈。

那其中一人，身着绣花蟒袍，头顶乌纱两羽甚长，显是朝廷大员。一人旁边而坐，也是着的官服。

"阁下此番出使蒙古，可是凶多吉少。"那大员凝眉而言。

"此话怎讲。"旁边那人说道。

"我察边疆形势，鞑靼屡次侵扰我边疆百姓，近几年又听闻那鞑靼太师阿鲁台废了一汗王，另迎本雅失里为蒙古大汗，如此气盛，恐怕不愿向我朝称臣。"那大员细细讲道。

"赵大人，我郭骥本随太祖征战天下，出身行伍，及至天下太平，便从文官，今日太祖已去，已更二圣，此番当今圣上肯用得我，能有机会报太祖恩遇，已是感激涕零，便是葬身漠北，又有何憾。"那郭骥起身，厉声言道。

那赵大人见郭骥如此忠义，不禁敬仰，端起桌上酒杯，言道："阁下忠义，令人钦佩，且容我敬上一杯。"

郭骥见此，也没言语，拿过那酒杯，里面一杯酒一饮而尽。

"我有一言，我料得我大明与鞑靼必有一战，当今圣上初登皇位，正是得意气盛，难免轻敌，阁下此次前去，可将沿途路径，鞑靼军中之事，风土人情，或绘或写，尽皆录下，以便他日征战，供得参谋。"那赵大人一言一语，显是念及家国。

"朝廷有人奏请圣上，着令锦衣卫出一队高手护你前往，但阁下不可掉以轻心，万万谨慎。"那赵大人又是叮嘱。

郭骥将那赵大人之言一一记下，心中也是暗暗思量，此番前去，也不是单单一腔热血，自己也身兼要务，名为使者，实为斥候。

却说那赵大人是谁，乃是礼部尚书赵羾，单看这赵羾、郭骥二位明臣，一个心思缜密，天下局势洞若观火，一个誓死报国，忠义无双，想这管中窥豹，若大明朝中尽皆此等官员，那鞑靼若真敢与这大明交战，又哪里有得一丝一毫的胜算啊。

但说那萧寒寞在那阴冥山锦衣卫，正与纪双双山中漫步，双双挽寒寞而走，二人好不浪漫。

双双道："我父亲可与你说了何日启程去金陵。"

寒寞说道："这几日了。"寒寞瞧看纪双双，见双双脸蛋红嫩，目光水灵，好似一个孩童一般，心中思量："我萧寒寞是前生做了什么好事，能有如此大幸，先是来这锦衣行骗，得这双双深爱，又是突兀被那皇上钦点婚礼，我这般运气，和那市井乞丐一把高中状元有何差别。"

寒寞二人行在路上，远见纪纲夫人走来，双双笑着说道："娘。"

纪纲夫人步近，也是笑颜盈盈，这夫人虽然已是过了中年，却是能看得出那年轻时姿色，差不得那纪双双，夫人朝二人点了点头，开口说道："寒寞，我一直不懂，你有如此这般功夫，为什么起初拿你之时，你又是不堪一击。"

寒寞挠了挠头，道："我离开的那时日，和一师父学得。"

"才不到数月，便能有如此精进？"纪纲夫人疑惑而道。

"我们寒寞聪明，别说几月，几天都能学好功夫。"那纪双双在旁笑着说道。

萧寒寞勉强一笑，道："确实是近来学得，没虚言。"纪纲夫人一笑，不再提这事，三人便一同漫步。

"等你们往金陵，我便不去了。"纪纲夫人说道。

"娘！我结婚，你不去？"纪双双一脸惊诧，问道。

"我不想见得的人太多了。"纪纲夫人说道，夫人贴近双双，抬手拂着双双脸蛋，只感那双双嘴已经噘起，"乖女儿，最懂事了。"夫人说道。

双双十分烦恼，道："不行，必须要去，娘不陪我，我怎么嫁人？"

"你与寒寞出逃之时，也没想得娘准不准得啊。"夫人一侧头，说道。纪双双心中不快，但也没说了，只觉母亲准是有她的理由，自己也劝不得，双双便又挽着夫人，另一个手挽着寒寞，三人一道而行，双双自幼便无朋无伴，在这腥风味道的锦衣卫长大，此刻有了寒寞，还有爱她的娘亲，还能出这阴冥山，

去那江南玩耍，只觉此生可待，心中尽皆是那对外面世界的期盼和幻想。

锦衣卫指挥使议事厅，几人围坐，尽皆飞鱼服着身，正中一人，正是纪纲。那纪纲谓众人道："我锦衣与那武林众人素来不合，多有冲突，此番行去金陵，宜时刻戒备，小心行事。"

"鬼差，你带你手下亲卫，先去金陵，各大客栈酒家，皇城居所，尽皆暗查一番。"纪纲道。

只见围坐一人，面目凌厉，腰间一刀甚大，鬼差道："领命。"

"钟九首，你领你手下亲卫，时刻暗跟我女儿，保她安好。"纪纲又说道。

只见一人，着赤色飞鱼服，腰间长刀，乃是司刑校尉钟九首，也是点头领命。

"其余众人尽皆随我，一来随机应变，二来时刻留意圣上身旁。"纪纲手拂桌面，朗声说道。

此时早已入夏，金陵皇城大婚之日，近在咫尺。

第二十四回　相见晚，莫心与；
留无术，空余恨（上）

要说江湖上轻功最高的是谁，当先说江湖轻功秘术"神行无踪"，说起这神行无踪，不得不说这秘术轻功的源头，三百多年前，时值北宋末年，那江湖好汉戴宗，绰号神行太保，是那水泊梁山总探声息头领，有那神行法的功夫，据传徒步日行八百里，八百里是个什么距离，古人有言，马之千里，便是良驹，良马一日尚行千里，这人一日跑得八百里，那可是何等的功夫，却说这神行无踪的轻功法子没载在功夫秘籍上，也没人习得没人传承，但那江湖之中，代代都总有人会这门轻功，也许是偶然学得，也许是自夸，也许也只不过是轻功了得的人，江湖虚传的名号，不过当今这世代，江湖之中，却真有一人，那轻功了得，天下无双，又是使得一手玲珑暗器，人人闻其名而骇，没人知道她的名字，不过，这江湖流传的，就给她传了一个名字——游刃。

那山海关外寒天雪山之上，把那萧寒寞掷飞石击成重伤的人便是她，有人说她是个疯子，有人喊她为天下第一杀手，怎的？原来这人行事怪异，从来没人知道她想做些什么，没人知道她会去哪，还经常接仇杀的买卖。

且说这会儿，这游刃又到了洛阳西邻，此处山脉横纵，东西横卧，对了，此处正是"天地之中"中岳嵩山，《史记·封禅书》有载："昔三代之君，皆在河洛之间，故嵩高为中岳，而四岳各如其方。"此处乃中原大地之中，古《诗经》有言："崧高维岳，骏极于天。"嵩山位居中华之心，自是有俯瞰天下、环顾九州的气势，且不说这嵩山之重，但看这风水，自古道青山秀水多才子、方居正地多俊杰，也不是言得虚的，这嵩山里，乃有一山，名曰少室山，对了，正是那"天下武宗"，少林寺位处。

自古道天下武功出少林，其实那"自古"二字，也是没多久远，原是那隋唐时期，乱世英雄李世民和那王世充交战，李世民出师洛阳兵败，被王世充擒捕，少林寺当时十三棍僧借着盖世的功夫护了李世民，后来李世民称帝建唐，便亲自在少林寺大雄宝殿前书赞诗，少林寺也是自那时开始名扬天下、名震江湖。

且说游刃行到了那嵩山之上，见一处山色清秀，绿水环绕，又是临坡瀑布，桃花缤纷，便探着走了过去，细看是一座村落，游刃看此处农夫桑田，驿站客栈皆有，虽是处在这山林之中，却不像个隐居之村，这村子也走走去去一些奇异之人，看来此处是个重要的村子。

游刃顺着道路往那村子里面走去，见了一茶肆，便走了过去坐在门口桌椅上，小二过来招呼，给上了茶水，看那游刃，一袭亚麻紫衣，黑纱巾缠头，饮了几口水，环顾四周，看了看这周身形形色色的人，果真有一人格外出众，他坐在游刃对面，只看得一后背，黄绸子大衣，白絮领子，白环布帽，游刃心想此人必是异族，又看衣着华丽，必然不是但等闲之人，乍一看好像和原来契丹人装束相似，但仔细想想又觉得不是。巧了，没等游刃多想此人，倒是一声尖锐的声音激了过来。

"哎哟，你们这茶水是拿糟糠泡的嘛？能喝吗？"只见一女子身着红衣，倒也不像多好的绸子，不过这女子身边站着一个侍役，那游刃久历人世，一看这人便是那嫁了富贵人家的新贵妇，娇嗔不知所以，游刃也没理会，顾自喝茶歇息了。

"客官别急，定是这口味不合您胃口，我为您换一壶。"那小二慌慌张张跑了过来，想想事宁人。

"换什么啊，老娘不喝了，走。"说罢，那贵妇人撩起袖子转身要走，不料一起身子，长衣袖子撩到了茶壶，那茶壶被撩飞了起来，壶里的茶水一洒，竟是洒到了身边一个中年男子身上，也有几滴溅向那黄大衣的异族客，那中年男子见此，本不想掺和，见自己被溅了水，恼怒异常，抖了抖他那深棕袄上的茶水，破口大骂："小贱人，这茶水值得几个钱，你还演上了戏，想不付银子便走嘛？"

那男子言毕，也是悔了一点，毕竟她这袖子撩到茶壶也不是故意的，此事本与他无关，意外之事避避就好，干吗自找麻烦，那小贵妇人被这一骂也是恼了，竟是直接抻起木椅朝那男子砸去，游刃看得此时不禁一笑，想这百姓也是有趣，这一笑，竟是笑出声来，那小贵妇也不知哪来的毛病，听得游刃一笑，更是烦恼，见游刃女流装束，那贵妇猖狂，竟是直直朝游刃过来，伸手就想扇打游刃，游刃见那贵妇人过来，没留得情面，一脚横踢，正中那人小腹，那妇人凡俗之辈，哪里受得了游刃一击，但游刃意也不在杀她，不过那贵妇人被这劲力击飞，砸跌到那木桌之上，那木头也是不结实，直接裂了，那贵妇剧痛难忍，抱着肚子直"哎哟哎哟"地叫唤，只见那贵妇侍役竟是识得点道理，见此状况，从口袋掏出几许银子递给那小二，又是连忙和游刃道歉赔礼，便扶起那小贵妇人紧得离开了，游刃也懒得理他们。

那中年男子见游刃如此武艺，走过身来拜问："在下是这乡里乡民顾尊，这茶肆就是我开的，方才女侠武艺高强治了那刁蛮女子，敢问女侠尊名？"

游刃瞥了一眼，见这人一片真诚，也不好不理，回道："游刃。"

那男子一惊，不自觉后退两步，茶驿众人听闻此名，尽皆想起身而走，又是谁也不敢动弹。

那黄衣异族男子听闻，也是半空停住了端着茶杯的手。

游刃见众人这般反应，"哈哈"一笑，扬目说道："慌得什么？我来这儿是要寻那少林寺，谁知道去处么。”

游刃轻轻放下茶壶，四下寂静，那茶壶碰那木桌之声清脆至极，游刃见竟然没人敢张口，起身欲走，但闻一道深沉声音：“女侠要去少林寺吗，我们可结伴同行。”

游刃听得这声音，竟是听不出这人口语是何，像那边藏的调，又不像，游刃看向那身着黄绸大衣之人，心下诧异。

只见那人紧紧腰带站了起来，冲顾荸说道：“这位贵人，我来此也是寻那少林寺，如若能得您指点路途，必是万分感激。”顾荸听此，忙指点路途，告诉了那异族之人少林寺的路径，那异族之人往桌上扔下一枚黯淡陈旧的金币，便上路去了，这茶驿仍是无人敢吱声。

游刃见此，便跟上那异族之人一同离去。

茶驿众人看游刃渐行渐远，便喧闹起来，纷纷议论，还是顾荸喊了一声，大家静了下来。

顾荸说道：“游刃杀人不眨眼，恶贯满盈，今日我等虽幸保性命，不过那人寻去少林定然是不善之事，少林寺名门正派，普度恩施，于我们都有恩，我们不能当目之不见。”

“少林寺乃天下武宗，护寺武僧个个武功高强，想那游刃放肆不得。”只见一店内厨子朝外面说着。

“非也，游刃可不是一般的武人，听闻她使得涂毒暗器，而且来必有备，看那异族之人更是诡异，应当至少先行一步前往少林通了信，也让他们有所准备。”顾荸面色凝重地讲道。

众人面面相觑，私下论述，均觉有理。

顾荸见此，心下定了，从那村子驿站要了匹马，飞马奔向少室山门。

说那顾荸是何人？原是个四处跑商的，少林寺名扬天下，前来拜访者络绎不绝，顾荸便看准时机，在少林寺山下乡村中建了许多驿站茶所，供游人歇脚，也是多年来攒了不少积蓄，算得上个乡绅了，来这少林寺的人也是形形色色，顾荸也结识了不少诗人侠士望族名士，自是也有些涵养，这次又是飞马通风少林，可见颇有些侠气。

再说游刃跟上了那异族之人，游刃本以为那异族之人会怕她，没想到那人竟然是头也不回地走，游刃有些恼怒，一句话喊了过去。

“喂，大胡子，你是哪个地方来中原的？”游刃厉声喊过去，但心中也有些虚荡。

“我不叫‘喂’，你叫我阿凡提就好。”那黄衣异族男子转身和游刃说道。

“阿凡提？你是阿凡提？”游刃瞪大眼睛，疑惑追问道。游刃心想此人异族装束，像那西域的人，莫非真是那民间传言的神人阿凡提。

“我不是你说的那个阿凡提。”只见那阿凡提朝游刃使了个鬼脸。游刃看此不禁一笑，那阿凡提四十多岁年纪的样子，一脸胡须，竟是和孩子一样做了

个鬼脸，游刃心想，莫不是那异族习俗吧。

"我听说过阿凡提，传闻两百年前，蒙古大汉蒙哥派遣他弟弟旭烈兀领十万铁骑远征西域，就是受阻那西域神人阿凡提，闻得那神人通天彻地，兵学医术，天文地理，无所不通，竟是领军大破蒙古西征军，蒙古西征军无奈全部撤军，那阿凡提被誉为神人。"游刃也是被阿凡提鬼脸一惹，孩子气了，竟然和别人说起了故事。

"哈哈。东土中原人士，有不少人知此名号，我便使此为名。"阿凡提拂须一笑。

"看女侠身手不凡，又是懂我西域人事，我也不瞒，我是那西域大奥斯曼帝国皇室，几年前，你们中土以西的西突厥人向我们发起侵略，那突厥首领帖木儿颇有才能，我们战之不敌，在安卡拉大败，我表哥，也就是我们国王巴耶塞特都被抓了去了，现在我们国土沦入敌手，我表哥那四个儿子不思团结，不顾家国危难，竟是还在互相争权夺势，人民叛乱四起，国已不国，我便来这中土圣国，行了数年，看这中原可有何物能助我们灭得那帖木儿，也好雪得皇室之耻。"那阿凡提长篇一论，不禁思念家国，抿抿嘴唇，眼眶微红。

实际上游刃并没有听得太懂，甚至听不清他说的话，尤其是那些名字，但总是明白这人来自西域，远来中国是想寻什么东西助他收复被敌人侵占的国土，"大概就是这样子吧。"游刃心想。

游刃追问那阿凡提："那你来寻少林寺是什么缘由。"

"天下武功出少林。"阿凡提又是一笑，露出洁白的大牙，几颗竟是金子镶嵌的。

游刃觉得这人也挺有意思，便与他一道同往少林。

前尘姻缘孽债，岂几年香火能消。

余情心间难去，哪里道青灯能灭。

西风烈本以为能隐在这少室丛山，终此余生，怎知凡尘未了，怎入空门。

正应了那句话，躲不得，逃不得，凡尘世事缘领头，曲终未必人散，有情自会重逢。

去年今日此门中，
人面桃花相映红。
人面不知何处去，
桃花依旧笑春风。

那是一张陈旧泛黄的白绢，上面画着这小湖莲花，又有这两句用朱砂墨写的诗，西风烈每天傍晚，都来这塔林修行，很多的僧人此刻都去日常作息或者禅房诵经了，也总是有师兄弟问起他，他便说爱武成痴，喜欢修炼功夫，西风烈在这地方，每天都是见那众塔的夕影慢慢被黑夜笼罩，每天都是看那西边落日终垂，而他总是在此持棍挥舞，烈烈生风，似乎是与那众塔为伴。

许多人都曾听闻这少林寺的塔林，塔林以外是那少林武僧的习武之地，没几人知道这塔的真面目，其实，要说西风烈每日傍晚在此，有那塔林相伴，也是没得错的，那少林寺塔林原是历代和尚的坟墓，当然，只是那些有名望的和尚死后，才能在此立塔，这会儿西风烈舞棍舞得累了，便径跃上那"照公和尚塔"塔顶，因这塔瞧上去似新立坚固，西风烈总是爱在这个塔顶休息，其实西风烈想得没错，这塔确实建了没几十年，却说这塔还和那东瀛武士有得一说呢，西风烈把棍子横在塔楞上，便从腰口袋取出这一棉白绢，他浑身都是汗，却没用这绢擦拭。

　　"菩提自性，本来清净。"那塔底传来一句闷响的声音。西风烈打了个冷战，低头朝塔底看去。

　　"但用此心，直了成佛。"只见塔底一僧人，红黄袈裟，白须拂胸。

　　"弟子失礼。"西风烈忙藏起手绢，拿起长棍，从那塔顶一跃而下，落地打了两个缓步，面向那僧人。

　　"方丈怎么来这地方。"西风烈忙问道，此时夕阳将尽，两人的影子已是渐渐没进夜色，不过袈裟映光泛红，面孔被照得也是格外清晰。

　　"你应该问你怎么来这地方。"那方丈从袖口抖出一串念珠，把玩起来。

　　"弟子见此处塔林纵立，四下无人，便在此修习轻功，演练棍法。"西风烈回禀那方丈。

　　"只道习武，那你对着一块白布发什么呆。"那僧人手捏念珠，向西风烈说道。

　　西风烈心中一愣，这方丈于我背后，况我在塔顶，怎么见得我手中之物，西风烈不知所言，便回道："弟子，修行……"

　　"你心即是佛，正如菩提，何苦修行。"那僧人边说这句话，边朝那"照公"塔步去。

　　西风烈见方丈走近了他，以为要拿他所藏之物，忙回道："弟子不知何意。"

　　"你不该在此处修行，收拾收拾，离去吧。"那方丈走到塔底，看着那塔上壁画。

　　西风烈本想得是这方丈恼怒他还恋凡物，要惩罚于他，但听那方丈言语，似乎不是这般滋味，西风烈低头看着长棍杵着的地方，心中迷茫。

　　"我离了此处，还能去哪？"西风烈看着那方丈夕暮下的背影，回问道。

　　那方丈便没理会他了，顾自朝向那塔上壁画，西风烈正要走近一点瞧瞧方丈在看什么，哪道那方丈便转身朝向西风烈了。

　　"人面桃花。"方丈笑着看了一眼西风烈。

　　"物是人非。"那方丈贴近西风烈，右手一抖将念珠套上臂腕，伸手从西风烈腰间抻出那块白绢。

　　"方丈……"西风烈想躲开护那白绢，又怕碍了礼节，也没敢动。

　　方丈瞧着那块白绢，瞧了一会儿。

"你可知此诗是何人所作？"方丈问向西风烈。

西风烈愣了，两眼瞧看着方丈。

"人面不知何处去。世人尽皆道这是一首悲情之诗而脍炙人口，却不知其中隐情。"那方丈捏着白绢一角，小心翼翼又塞进西风烈腰口。

"弟子无知，但请方丈指点。"西风烈见方丈归还那白绢，心下欢喜，又忙问道。

"此诗乃唐朝大和年间京兆尹、御史大夫崔护所作。"那方丈这会儿又是轻声脆语，不像适才诵吟佛文之时。

"弟子有所听闻。那崔护勤学诗文，为官清廉，诗文广为流传，着实领了一代风骚。"西风烈跟着方丈言语。

"哈哈，绛娘不日便来寻你了，我先代她问候问候你。"这方丈说罢，竟是弓身夺过西风烈手中长棍，提棍挑纵，棍头直刺向西风烈胸口，西风烈没得反应，只是大惊，忙侧身筋斗，夺开这一击。

只见那方丈埋身退步，棍斜指天，身似十字，袈裟随棍风飘起，似乎洒了满地夕影。西风烈瞧这方丈架势，不知头绪。

只见那方丈右脚踏地，跃上去，双手持棍横扫，好似以尺量天，西风烈见这一棍横扫而来，难以闪避，无奈双膝弯曲，双臂挡去，只见那长棍弹在西风烈手臂之上，但西风烈却未退步，好似以棍击石，西风烈凝目看向方丈，心中诧异。

"标龙出手如风箭，进步连环吞吐枪。"那方丈口中念叨，旋身舞棍，连环乱打，棍棍砸向西风烈，西风烈脚下难当，自觉这棍犹如千斤之力，但无从躲避，只得运全身内力于双臂，边格挡，边退步。

这方丈一连环打完，又是左手撩起袈裟缠在身后，右手插棍挂地，飞起一脚，踢飞那长棍，只见那长棍划空旋转，向西风烈砸去，西风烈刚受了一套猛击，手臂发麻，又见长棍旋飞击来，自是难挡，忙贴地翻滚，避开那长棍，未及西风烈使力起身，那方丈竟是两步蹿地，急蹿而来，一把抽住空中长棍，又是双手握棍，直插向地，瞬间将自身弹起，棍在下，人在上，那袈裟一展，好似一枝头兰花，"缠枪抽魂，金龙摆尾。"西风烈但听那方丈又念了一句，不过这会儿哪里有心思听这话，那方丈长棍杵地片刻，便挑起长棍，借着身子下落的劲儿，竟是拨起了数捧尘土，西风烈眼中的方丈瞬间被那扬起的尘土隐藏，自己不知所措，只知退步闪躲。

一杆长棍扣向西风烈肩膀，西风烈受了这力，脚下难以支撑，竟然立时跪下，西风烈但觉这棍从身后打来，但这方丈明明在身前尘土后面。"麒麟落步，覆手扣龙。这一套七招五郎八卦棍法你可记好了吧。"西风烈肩上剧痛，膝盖又是硬磕到地上，三处疼痛难忍，隐约中听得方丈言语了几句……

时近六月，天渐炎热，少室山门，游刃与阿凡提按那乡绅顾萼的指点，寻路到了此处，只见这里横斜向上一长排石梯，少说有百米之长。

"少林，到了。"游刃伸手拂下几滴额头的汗珠。

"你来这少林有何求？"游刃侧身问向阿凡提。

"我要见他们统领。"阿凡提早就已经脱了大衣，甩在身后背上。

"那是少林方丈，听人说现在少林的方丈是圆字辈的圆克大师，你进了少林寺直接找接引弟子便好。"游刃抻了抻被汗粘上身子的纱衣。

"那你要去往何处？"阿凡提听得出来，游刃要与他告别。

"我不走正门，我们就此别过，有缘再会。"游刃说完这句，飞身窜走，跑向山林之中。

阿凡提看游刃健步飞身，刹那间不见踪影，自是佩服，捋了捋胡须，拂了拂头发，登那山阶而去。艳阳高照，分光射在那阶上。

却说游刃窜进丛林，却是没行得几步，就停了下来，春之渐去，这林子之中甚是闷热，游刃紫衣黑纱，倒是穿戴不多，这会儿不知为何来这少林，又不循正路，游刃四顾这丛林，似乎隐约见东边尽处有一小河，便寻步过去。

不一会儿，果然到一河边，游刃在这河边寻了一块凉石坐下，无意在河水中瞧见自己，但见自己头发已然汗渍打缕，脸也是没得荣光，便拿下缠发布，使手挑水濯洗一番。游刃洗着，见洗得不净，便跃下那凉石，甩发进河水濯涤，这一甩，腰间滚出几颗白珠，仔细瞧见，乃是几枚骰子，游刃忙抬头，伸手去拿那骰子，但依然不及，还是有两枚骰子滚落入河水中，游刃手里攥着几颗骰子，望着那骰子落水之处，两点水波交互波荡开来，一圈接一圈，游刃见此，把骰子藏回腰间，紧了紧缠带，便接着濯洗那黑发。实际上，说那头发是黑色依然不妥，游刃虽然二十来岁的年纪，可那头上已然白丝掺杂了。

游刃不一会儿就洗完了，缠起头发想离去，却看那河面之上，发现了两个红点，正是她那落水的骰子，但见那洁白的骰子尽皆有洞，里面各有一颗红珠，那红珠，其实就是红豆，游刃自小在南方水乡长大，水上功夫也学过，见这两颗骰子浮出水面，便退后几步，又急掠步上前去，"心如止水化风轻，波澜不惊点涟漪。"竟是脚尖点向河面，凌风踏浪，烟波掠水疾行，正是一招江湖轻功绝学"踏波行"，游刃近了那两颗骰子，便抄手拿起，也是溅起了一波散水，游刃心中欢喜，点水越气，翻身跃回河边，甩了甩骰子上的水，这甩出的几滴水，竟是微微泛红。其实，她身后河水落骰之处，也是微现殷红。

却说那骰子入水，岂有浮起之理，其实不然，游刃这骰子不同那赌所的，寻常的骰子乃是用石玉所作，用朱砂丹墨点上点数。而这两颗骰子，乃是用那菩提树子制成方块，又是钻孔放入红豆，那菩提子乃属木质，红豆又是轻盈，放入水中自然不时便浮起，这类骰子，被江南雅客称为"玲珑"，也就是"玲珑骰"。晚唐诗人温庭筠有词言之："井底点灯深烛伊，共郎长行莫围棋。玲珑骰子安红豆，入骨相思知不知。"

是呀，骰子本无义，六点，难测，尽命数；红豆点玲珑，入骨，相思，君不知。

第二十五回　相见晚，莫心与；
留无术，空余恨（中）

　　人人尽知这温庭筠的名诗《南歌子》，岂不知那四句之前，还有四句。道："一尺深红胜曲尘，天生旧物不如新。合欢桃核终堪恨，里许元来别有人。"但为何这四句却没后面那四句流传的广，思之便知了，那后四句寄托相思，但这前四句却是骂的负心之人，这首《南歌子》乃是先有负心，后有相思。那句里许元来别有人，便是说那合欢核桃，已另有人。

　　那游刃先丢骰子，又见骰子浮到水面，意外捡了回来，略有小喜，即便弄弄缠好的头发，捋捋衣裳，从山林中窜近那少林寺，这会儿其实是奔向了少林寺东侧，见这少林寺墙不高，游刃几个步子跃上，就翻了过去。

　　游刃进了内墙里面，环顾四周，未见有僧人，又是侧面静听，也没听到脚步，隐隐蔽蔽，寻进去了。

　　也是巧了，游刃在这寺中没走多久，便远远看见两个和尚在一禅房后削木，游刃侧身潜行过去，隐隐之中似乎听得他们口中说到"西风烈"的名字，游刃潜近过去，藏在一立石灯后面，见那二人削木，似是在做棍。

　　"昨天我听达摩堂的人说，西风烈被方丈逐出少林了。"一个小和尚拿着一柄寸刀，削着一杆长木。

　　"我也听说了，据说是犯了戒。"另一个和尚也是削着长木，回对面那人一句。

　　"哎，真可惜，除去西风烈师兄，达摩堂就是一群莽夫。"那小和尚皱眉叹息，手上不停削着长木。

　　游刃听得这几句，清清楚楚，心中暗骂："好个人，遁了空门还不消停。"心中却是略为欢喜，但她也不知道为何欢喜一番，从那话中听得那西风烈在达摩堂，便抽身走了，寻那西北而去，原来游刃行事缜密，来这少林之前，早已经向人打听好了这寺中构造，其实他寻这少室山也是心中早有路径，只不过这山路难寻，才在那山下腰村与人问道。

　　游刃往寺西北寻去，见僧人渐多，难以躲避，便跃上房顶，伏着房檐前行，脚踏砖瓦，"哒"声难隐，行得一房顶上，见那寺中道上一人白须红面，身披长身袈裟，手持鎏金禅杖，游刃一眼便知此人不是一般辈分，多看了两眼，见那僧人竟突然停下步来，游刃见此，心中谨慎，立时停下脚步，屏住气息，纹丝不动，那僧人停步些许时候，才持杖继续前行，游刃松了一口气，心想这白天行不得步，见挨着她这屋顶有一阁楼，可见里面尽皆藏书，目测无人，游刃见那僧人走远，便几个翻身，从那阁楼二层楼窗跃进，飞身直如，未抚窗框，及到屋内，一个翻滚，稳住了脚步，缓起审视这屋子，原是排排书柜，随眼看去，尽皆佛经，又是走了几排，瞧了几眼，看得全是经文，游刃也没兴趣，不过既然来此，便随手抄了一本，看那上书四字《六祖坛经》，游刃见此，"呵"了一声，喃喃道："还真听说过。"游刃手拿这经书，绕了这屋子一圈，见没得什么，便顺那梯子上了一层，看这三层和那二层一样，便又上了一层。

　　游刃见这四层却没经书了，乃是一厅堂，环壁列了几幅画像，像前都燃着长香，见此处竟然点着香火，定是常有僧人前来照料，不宜久留，不过心下好奇，便近身瞧看那壁画，游刃近了一幅，瞧看那画中之人，红衣披身，黑须虬支，见那画上书"慧可"二字，游刃自是不识得此画，便又看向边上一幅，见此画中之人，袈裟上身，也是红披下身，但看却是胡须卷曲，眼眶深陷，实是异于常人，这画上，写着"菩提达摩"四字，游刃口中说道："一苇渡江，菩提达摩。"原来这就是达摩祖师，这画像栩栩如生，她不禁伸手去抚，竟是瞧着那画像愣了一会儿，游刃不知怎么地，突然心中难熬，便开口对那画像说道："达摩祖师，你门中，可能容得负心恶人。"游刃凝目看着那画像面孔，又说道："您悟大乘佛法，定是知这恶人当除，不然还要作害他人。"游刃这话越说越尖，但觉胸口微堵。"您看呢，您那门中弟子西风烈，来这少林之前便做骗子，来这佛门之地，又是犯戒被逐，如此恶人，是不是就该下了地府。"游刃句句切齿，但觉胸口甚堵，眼眶不觉微红。"您定要助我杀了这恶贼，省得为祸人间。"游刃胸口闷堵，只觉眼角已湿，心中不快，不再看那画像，低头静了一会儿，让自己心中想别的什么事情，低头看那香火，青烟袅袅而起，似幻似梦，愣了一会儿，摇了摇头，瞧那香烧之处，不见火星，也不见那香短，又看向那香炉之上，竟是有些许尘土，游刃惊奇，莫非无人照料，又盯着那香瞧了一会儿，那香仍是不见短，游刃心念："莫非是某种奇香，烧的时候甚长。"游刃便在此歇息了一会儿，料定无人前来，便抻来一个蒲团垫头，侧身躺下休息，待日落夜至，再寻那西风烈。

　　烟雨江南，水乡流道，河碧浣花黄，垂柳春色青，褐石桥边，已然是苔藓漫生，这是一座古桥了，而那桥上，却是立着两个新人。

　　"你给我这几颗杏仁是什么意思？"一女子白衣袭身，折伞收曲左手轻持，右手伸出摊开，掌中是几颗洁白的果子。

　　"这是菩提子。"只见一人国士华服，白簪束冠，那衣服之上，绣着栩栩如生的丹鹤，此人眉清目秀，声音朗朗。

　　"这是我从大理寻来，你气虚常咳，听闻此物补中益气，我便与你了。"那男子文声文气，侃侃而道。

　　游刃但觉心中好似野火灼烧，两个步子翻上桥头，抽剑出鞘，横在那白衣

女子脖颈。那女子面露惊恐，瞪大眼睛，不敢动弹。

"游刃，你。"那男子一下慌张不已，伸手想去抓剑，又怕游刃剑身一抖，伤到那女子。

游刃"呵"了一声，面容奇异，不知是哭是笑，见她缓翻剑身，从那女子脖颈之上移开，那女子已经吓得不得了，往后退了两步，身子便磕到桥阶，随手丢下折伞，双手反扶桥阶，但见那折伞从桥上滑落，落至半空，兜风吹开伞身，斜着张开了伞，斜旋进水，一半洇湿，一半飘在水上，但那风向是逆这流水的，水劲儿也不大，风吹得那折伞在水中斜旋，竟是没随流水而去。

游刃缓缓指剑点向那男子胸前，"她不死，那便你死。"缓声几语。

那男子凝目瞧向那剑身，又仰头看向游刃，四目相对，但觉游刃眼中泛红。

"那你插剑吧。"说罢，那男子竟自闭了双眼。

游刃见状，噘嘴皱眉，心中如片刀绞刮，长音"啊"一声，剑尖上挑，那男子胸前之衣立时削开，胸口摸了一丝殷红，那男子竟是从容冷静，面无表情。游刃挑起单剑，边半斜转身，抬剑弯臂，收剑柄于后肩，又是向前猛刺，直插那白衣女子正腹，那女子见剑来，伸手想挡，不禁自然反应想要闭眼，却是转瞬被那剑插，伴那剑裂丝绸之声，被气力推翻下桥，跌入水中，那水中盘旋的白折伞，瞬间被撒上几缕鲜红。

那男子听得此声，急忙睁眼。

这一睁眼，即便醒了，游刃眼中尚且蒙眬，见那身边香浮青烟，扶地起身，斜靠在墙边，看那窗外天泛霞光，日之将落了。

她便站起身来，适才正午时分睡的，此时已然傍晚，步向窗前，但见天阴风不暖，疏雨夕阳中，外面滴起了小雨，她便取出衣中黑纱，披在头上，寻了出去。

她向院西行了一会儿，见这寺中游荡的弟子已然不多，自是多半回禅房或诵经，或歇息了，游刃竟朝那达摩堂走去，行得院中，突见一和尚持着一盏未点的石灯独自靠墙走过，她便贴过去，趁那和尚没留意，一手捂住那和尚的嘴，一手锁住他的咽喉，把他拉到一尊石像下隐蔽。

"我不杀你，你只需告诉我西风烈身在何处。"那和尚兀自挣扎，游刃却是堵了他的嘴，欲喊不出。

"再动，我一把掐死你。"游刃威胁道。

那和尚也是识趣，见这人无意加害，便不动了，伸手挥了挥，示意回应。

游刃放开堵他嘴的手，但仍是一手锁住他的喉咙。

那和尚轻声咳了两声，开口说道："我听闻那达摩堂西风烈临晚上就常去那西边塔林习武，不过又听说近日在那被方丈责罚过，不知此刻他身在何处。"那和尚甚是慌张，不过说话不敢大声，他只觉得他声音只要大一点，锁他喉咙的手就会更紧。

"我记得你面孔了，现在放你，你不许和别人说见过我，否则定要你身死。"游刃和那和尚轻声说道。

"不敢不敢，我不说，我什么都不知道。"那和尚慌里慌张，但觉脖子被人放开了，便忙站起身，提着那灯头也没回地跑了。

　　游刃也没理会那和尚，往西边一看，走了没多少时候，便见一挺高的院墙，自是到了寺界，她脚下使力，小跑几步，左脚点地，右脚踏墙，身子上跃，紧接着左脚跟上，踏到墙上，又跃一番，伸手摸到墙头，手腕使力，身子便翻将上去，游刃在那墙上，但看远处山下，排排矮塔，又见山林带雨，木色苍翠。

　　真乃高城满夕阳，何事欲沾裳，游刃随头戴黑纱，却是早被细雨洗面，游刃本是行得累了，于那楼阁睡了一下午，眼睛泛红，又是心中纠结，此番那面上雨水就好似泪水一般，游刃"哒哒"点着雨水走在墙檐，那紫衣已经被细雨殷湿，她寻了一处墙微低之处，纵身跃下，弯了下腿便站住了，径身沿小路朝那塔林寻去。

第二十六回　相见晚，莫心与；
留无术，空余恨（下）

　　春雨细如酥，芜草苍翡翠，洛阳城西一百六十里，少室山塔林，游刃纱衣带雨滴，健步来回，企望寻得那西风烈。

　　这塔林本就丛丛塔立，绕得迷糊，又是小雨蒙头，雾气微重，游刃迷迷蒙蒙不知路径，自以为寻不见西风烈了。

　　但伤悲时，忽见远处一塔夕阳斜影似乎是一人影，一时惊喜，径直步了过去。

　　游刃寻那影子探去，及至近了，看影子略显崎岖，便心中不快，等到了那影子旁，仔细一瞧，乃是一块石堆，霞光斜照之下颇具人形，心中郁郁，但看这石头还算有型，便在那石上斜躺下，正好那塔檐挡了些细雨，她这一趟，又是觉得身子疲倦，又略感微凉，不知不觉闭目睡了过去。

　　游刃闭眼而睡，却不知这天正变季，乍暖乍凉，适才晌午之时便是烈日炎炎，她从那林间穿梭，便是一身的汗，此刻又是临了夜晚，下起小雨，风儿转凉，又竟是淋着这雨睡去，岂不知这人一睡，就易受风寒，这天又是暖急转凉，只看得那游刃睡着之时不停抖索眼皮，身子蜷缩起来。

　　不时，夜色已至，雨又大了起来，但却闻着空气之中不仅是那雨滴索索之声，更添几番萧萧风声，游刃却是蜷在那石堆边，仍是没醒，似乎做了什么梦魇。

　　但觉这风雨之声异常，那断断风吹之声似乎被不停截断，果不其然，正是一人在这风雨之中翻身健步，挥棍扫雨，但看那人棍风凛冽，横扫连环，不时又以棍戳地，拄棍弹身，不时又凌空挑刺，看这套路，柔中带刚，凶中带和，招招看似太极套路，却是力道阳刚，又是招招点的单个位置，却是棍带柔劲儿横扫，似乎是阵中厮杀，这风雨越来越大，此人便棍越舞越急，但觉嘶嘶劲风，雨滴遭裂四溅。

　　这般动静儿也是大了，游刃兀自惊醒，眼中尚且蒙眬，只觉这风雨甚是寒凉，但又觉身子闷热，她便缓了缓劲儿，想站起身来。

　　那舞棍之人竟打了一个翻身扫棍之后，突然停身，戳棍于地，没得动静。

　　游刃虽然尚且蒙蒙，但也觉那塔后动静异常，忙手拂腰间，按住几颗玲珑骰。

　　"什么人！鬼鬼祟祟。"那人拔出地上长棍，几步寻向游刃所在那塔处。

　　游刃心中一丝寒意，自己只不过醒来微动一番，如何有人于这风雨之中便就察觉，不敢怠慢，攥出四枚玲珑骰，自己仍是半趟那石堆旁，却膝擦草地，足蹬石，一个翻身半绕那塔，从那塔侧一瞬闪出，隐约之中果然见一人持棍步来，这一翻身，她这人还没着地，已是四枚红白珠子从那腰间激射甩出……

那游刃一个翻身，从那塔后一闪而出，纱衣席卷周身雨滴激射，西风烈持棍健步而来，见游刃腰间几个极大的雨滴甩出，心中惊异。

"不好！"西风烈突然惊醒，那甩出的几枚大的竟不是雨滴，乃是几颗白玉色泽的暗器。

只见游刃腰间四枚玲珑骰掷出，先前两枚齐射，一枚斜向打去，一枚缓缓而出。

但西风烈这边，哪能看得出那骰子缓急，只见四枚暗器飞出，忙舞棍挡去，只听"叮叮"两声，二枚骰子没入棍身，后来一枚骰子没打向正身，而是朝向西风烈左臂而去，西风烈忙又闪，却见有一枚骰子缓飞而来，此刻西风烈依然使得向右的劲儿，转瞬之间哪能回力，那最后一枚骰子击中西风烈右肩，但力道不大，西风烈一沉肩，那骰子从肩上划去，豁出一道鲜红的口子。

游刃翻身垫步立起，又是单腿离地，向后一翻，掌中犹可重，手下莫言轻，使出玲珑骰"板凳"一招，掷出一枚骰子，西风烈见这动作虚实难辨，自然挡不得，侧身躲过，定眼瞧向游刃，但看她身子纤细，动作敏捷，又是使得暗器，自己哪里能近身，不容迟疑，西风烈收棍一转，手腕使力，一下子掷出长棍，只见那长棍在空中急旋朝游刃打来，游刃急忙闪避，这一翻身闪避，就给了西风烈空隙，只见西风烈疾步冲上，竟然比那飞起的长棍还快。

游刃一时间惊慌失措，那人比棍快，转瞬间到了自己身前。

西风烈一脚踢出，正蹬在游刃胸肩。

但看游刃面容痛楚，立时往后倒地摔去，生生跌在雨水打湿的泥土上，霎时浑身泥水混杂草，那纱衣也被碎石划破几处。

西风烈这一脚踢过，随手接住空中长棍，手腕翻转，棍尖指向游刃脖颈。

"你究竟是谁？"西风烈厉声问道。

"藏我塔林之处，又使暗器攻我，我和你可有冤仇？"西风烈又接一句。

此时夜风劲吹又夹杂着细雨，那雨滴打在人身上，又潮，又湿，又冷。

游刃眨了眨眼睛，睫毛打下几滴雨水，定了定神瞧向西风烈，看得西风烈灰衣，脖子胸前套着佛珠，两眼看向自己，棍尖就抵在自己喉咙。

也不知怎么了，游刃看见这西风烈，一眼便瞧了出来，不过却只是瞳孔露了几分喜悦，便缓闭上眼。

西风烈见游刃闭眼昏迷，身子躺了下去，忙抽回长棍，但那棍还是擦了一下游刃脸庞。

西风烈愣了一会儿，转身便走，行了几步，见那游刃并没有起身暗算，便又转头回看。

蒙蒙雨夜中，那倒地的身影倍显凄凉。

西风烈走了过去，蹲下身子，棍插入泥，想看看这暗算他的人究竟是谁。

这一看，西风烈那因雨打而微皱的眼睛瞪得巨大。

他待了一会儿，忙双手抱起游刃，回身想探入旁边林中避雨。

抱着游刃起身走步之时竟是自己绊到了插在泥中的长棍，险些摔倒，西风烈一个垫步稳住身子，跑去林子中。

西风烈找了一棵叶片浓密的树，扶游刃靠下，扯下灰布上衣披在游刃身上，右手从裤子上蹭了蹭，便去抹下那游刃脸上雨水。

但看那脸，

娇滴兮如朝露润花蕾，

晶莹兮似出水芙蓉莲，

唇角微扬兮正如心中喜，

画眉轻佻兮好闭目传情。

西风烈看得游刃这般，心中万般难言万般苦，又是万般难言万般欢喜，自己不禁笑了，又是不禁眼眶转了几滴泪珠。

西风烈正扶住游刃凝望间，只见那双眼睛缓缓睁开，又是嘴唇张起。

"风烈，你不认得我了吗？"游刃那眼缓缓睁开一半，又闭上，喃喃出这句话。

西风烈只是瞧着游刃，没吱声。

"你拿棍点我脖子，你是想叫我去死吗？"游刃仍是闭着眼睛，她说这话断断续续，似乎半点力气也没得，却是提起纤手，摸向前面。

西风烈见她伸手，也便一手扶住游刃，一手接上游刃那手，攥了起来。

游刃感觉到了西风烈握住了她，脸上一笑，就又是低头，似乎是昏过去了。

西风烈见游刃两番昏迷，便把她那手放下，去摸了摸游刃额头。

果然，游刃额头和那刚出笼的馒头一般烫人。

西风烈四下张望一番，心中思索："少林寺不许女人留住，这又是高烧得病，如何是好。"不一会儿，西风烈便抱起游刃，探出林子，寻了一条小路，径往塔林西处而去。

少室山风波不定，夜雨朦胧，西风烈怀抱着游刃急步走在乡道之上，西风烈心想就算留得这游刃，待她醒后，若是一番闹腾，自己便怎么在师兄弟前解释，便顺路下山寻去一村落而去。

不一时，便到了山下，见一村子，零星几个木屋闪烁着烛光，西风烈甚至都没四下探看，径直寻了一户人家，用脚踢门，大叫道："快开门，我是西风烈！"

西风烈见里面没人反应，又是几脚踹门："赶紧开门。"

西风烈大喊大叫，不多时从一旁窗口见里面闪起了光。

"等会儿，猴急个啥！淋会儿雨你就死得了啊？"只闻屋内传来这句。

一会儿，这门便开了，开门之人是个男子，披着布衣，用斗笠盖着头，赤着双脚。

"磨叽！"西风烈怒斥一声，夺门跑进屋子里。

那开门男子被西风烈一撞，一脸呆蒙，只见西风烈怀中抱着一人，便也锁好房门，步进屋子里去。

西风烈走进屋子，把那游刃缓缓放于床边，又从房里拿了毛巾擦干游刃周身雨水，盖上了被子。

"呦，可以啊，酒肉和尚这会儿成了酒肉加色大和尚了。"那男子一脸傻笑，朝西风烈讥讽道。

"你怎么那么多废话，她似是受了风寒，你可有驱寒的药，拿些与我。"西风烈一脸正经，皱眉看着游刃。

那男子见西风烈这般正经，又去看那游刃一眼，只觉她面色苍白，唇无血色，眼皮不停跳动，当下和西风烈说道："我看只是这天气骤寒，又打了些雨水，没得大碍，我去煲些汤药，你别急。"说完此话，这男子便寻药去了，可不一会儿，这人又回来了，带了一件亚麻布衣丢给西风烈，讲道："别耍帅了，穿上上衣吧。"西风烈听得这句话，才看了看自己上身光着，又已是全身雨水打湿。

西风烈在那游刃床边坐下，自己拿那布衣擦了擦身子，便丢到一边，双手握着游刃一手，凝目看着，脸上写满了焦急。

西风烈等了一会儿，见这屋子主人还没拿药过来，就便急了，起身出门寻出，去了另一间屋子，只见那男子正在柴火前煲药。

"还没好吗？"西风烈问道。

"快了，别急。"那男子回身望了一眼西风烈，又是兀自用蒲扇扇火，这屋子也是简陋，不停有雨滴渗进滴在那柴火上"嗞嗞"地响。

西风烈走近那男子，盘身坐在柴火边。

柴火烧得挺旺，煲锅里的汤也是缕缕烟起。

"你带来之人是谁。"那男子问西风烈道。

"故人。"西风烈缓缓回那男子。

"我晌午时分去了一趟山上。"那男子说道。

"你去山上，少林寺？"西风烈一脸疑惑。

"原来那女子真的是寻你的。"那男子见汤药已经煲好，直接用瓢抄了一捧沙子，灭了柴火，弄好煲锅，倒在壶中，提起欲出门给那游刃送去。

西风烈此时还是没懂这话意思，但见药已弄好，也起身回游刃那屋子。

却说这男子是谁，怎么识的游刃，原来此人正是顾蓴，西风烈自投了少林，却是凡心未了，每每背着出寺外饮酒吃肉，也与这顾蓴相识，二人臭味相投，便结为好友。

二人进了游刃屋子，顾蓴便拿了个杯子，倒出壶中些许汤药，西风烈顺手拿过，往床边给游刃喝下。

"盖好被子，灭了烛灯，让她休息一晚，明日一早便没事了。"顾蓴和西风烈讲道。

西风烈"嗯"了一声，给游刃又掖掖被子，看得没事，便灭了屋中烛火，与顾蓴一同出门。

二人去了旁边一屋，顾蓦点了房间蜡烛，便坐在桌前椅子上，西风烈也跟着坐下。

"这少林，我看是待不下去了。"西风烈伸手抹了抹头上雨水。

"哈哈，秃驴做够了啊。"顾蓦又是笑。

"不过，依我之见，你最好还是回去少林。"顾蓦突然一脸正经，和西风烈讲道。

"此话怎讲？"西风烈瞧着顾蓦，不解其意。

"今日我看到番邦一人，寻上了少室山，此人绝非善类，少林寺恐怕有大难临头。"顾蓦两眼睁睁说道。

"少林常有西域达摩派僧人来访，何足怪哉？"西风烈靠在椅子上，没把顾蓦这话当回事。

"依我多年从商见识来看，此人不是个一般货色，定是背景不凡，来到此处，必然重重有求于少林。"顾蓦又讲道。

"既是有求于我少林，又怎么说少林寺有难临头？"西风烈质问道。

顾蓦皱了皱眉："但我总感此事颇蹊跷。"

"顾老兄多心了。"西风烈笑着讲道。

却说此时夜色已深，风雨未去，一股乍暖还寒的凉劲儿渐渐充溢了整个少室山。

第二日西风烈上山最后拜别了少林寺，回来之时发现游刃已走。

只听顾蓦对他说道："游刃姑娘可能误会你上山又做和尚去了，悄悄走了，反正我醒了之后就没看见她，也没看见你，算了，还是没缘分。"

西风烈和顾蓦说带他出去转转，顾蓦在此地很久了，也想出去走走，二人收拾收拾，踏上行程。

少室山下，西风烈、顾蓦二人并行。

"此番离去，不知何时能再来这少林。"西风烈背着长棍，斜挎一布袋说道。

"回什么回，你在这做和尚，吃不得肉，喝不得酒，有什么意思。"顾蓦说道。

西风烈默然不语。

"哦，也是，你这些年在这少林也没少吃酒。"顾蓦笑道。

"我二人去那洛阳城中？"西风烈问道。

"我有一建议。"顾蓦道。

西风烈不解。

"今日我听闻金陵要搞一个大婚礼，据说乃是皇上钦点的，广邀天下英豪，不如去探看一番，倘若认得个大人物，跟着混一番，也比自己折腾强。"顾蓦边走边道。

二人商量一番，便欲启程去往金陵，先去了洛阳城中整备一番，听闻当今圣上派兵讨伐鞑靼，百姓尽说这世道又要不得安宁了，二人从洛阳寻了个去金陵的走镖的队伍，一道同去。

　　各位看官，且说前文已提过西风烈上山拜别之事，为何又叙到此，乃是走了西风烈和花一笑两个线儿说，那花一笑曾听那少林僧人提及善恶有报之说，果真不假，为何？

　　且说花一笑与武童话已到金陵。

　　但观金陵城集市之上，一女子衣着华丽，一看便非凡人，在集市边上把玩首饰。

　　"别看了，快走了。"只见一人，华服绣衣，正是名震江湖的花一笑。

　　武童话跟着花一笑走了，二人行至一家大客栈，只见上书"惜花客栈"，花一笑便走了进去，问了掌柜的一些事情，径往三楼而去。

　　花一笑寻了一个屋子，推门而入。

　　二人聊了一会儿，便尽皆歇息了。却说此刻金陵城中，英雄豪侠可不止这二人，各家大客栈几乎尽皆满员，各处酒楼灯起，街边商贩夜里也不归。鱼龙混杂，且说那花一笑进店，便有一人蒙面，跟着进店，见他进了屋子，便就离去。

　　这酒家，在那外屋之中有一大床，花一笑二人躺下，已然入睡。突然，那花一笑便睁开眼睛，但感窗外有人影晃了一下，便朝窗外看了一番，瞧得一番没人，便又入睡了。

　　花一笑但觉自己又入梦乡，只觉听得一声穿纸之声，惊起睁眼，但看一人手臂横在自己眼前，又听"啊"的一声，花一笑但见一箭射来，直中那手臂，又瞬间想起适才窗外影动，定是有人暗害，忙起身，但见武童话手臂中箭，不由分说，花一笑立时抄起出枕边单剑飞身跃出窗去，寻那贼人。

　　花一笑已从窗外出屋，跳至一树之上，但看下面街道，不见人影，仔细瞧看一路旁草上有跌压之迹象，便忙飞身跳下，从那路追去。

　　花一笑轻功了得，追得不久，便见一人，花一笑大喊："贼人休走。"

　　那人听得这句，忙欲翻身上墙，却早被花一笑接近一把抓住手臂，只见那人挣脱开来，从背后抄出长枪，翻滚轮打花一笑，花一笑忙出剑挡开。

　　"你是何人？"花一笑问道。

　　只见那人不言语，长枪横过，呼啸而至，猛砍花一笑来，花一笑忙出荡漾平推一剑，化了那长枪气劲儿。

　　"霸王枪法，你是金陵镖局的。"花一笑问道。

　　那人不语，又是纠缠。

　　"我花家与你金陵镖局素无冤仇，怎么这般害我。"花一笑厉声问道。

　　花一笑正问间，只觉身后风声呼呼，忙往前一个翻身，猛然转身，但见三人挥枪劈来，有一人没收住枪劲，劈向地面，"嘣"的一声，地面被劈了一枪裂痕。

　　花一笑道："个个使得霸王枪，你们金陵镖局意欲何为！"不等花一笑言语，两边房檐又是二人跳下，刚落地，便在地上翻滚，掠影追风，枪势汹汹，刹那

间，花一笑后一人，前三人，左右两人，共六人十二把长枪向花一笑煞煞砍来，凶险异常。

只见花一笑面目凌厉，眼神凝集，出剑周身一划，另一手也作剑状，激荡内力，周身气流可见，好似飞花意境，皓雪飘零，又是持剑乱划，风花起舞，雪月回旋，正是那一招花间剑法里"风花雪月"一招。那剑好似分影一般，一一挡开砍来的众枪。

花一笑又是回身一剑，飘逸挑击，使出一招"飞燕返"，一剑挑上身后之人腿部，紧接着缤纷剑气，左右挑刺，一剑中人胸口，一剑划人手腕，左右二人尽皆伤了，只见花一笑人未落地，又是划出一式剑招，向那身前三人击去，柔剑恢恢，绵而不绝，一瞬间，好似化了千把单剑，凌乱挑刺，那身前三人忙退步，却是手腕均被挑刺流血，不由得放下兵刃。

花一笑打了这六人，厉声问道："到底何人，可敢言语！"

"好一招镜花水月，不亏是江南第一剑。"只闻一人拍手而道，从那巷子里面走出，那人穿着怪异，满头白发，中年岁数。

"你是谁？"花一笑问道。

"金陵镖局，龙师父。"龙师父道。

"呵，我便晓得，不过不解，我与你镖局有何怨恨。"花一笑道。

"武林败类，人人得而诛之。"龙师父道。

"此话怎讲，你可不要血口喷人。"花一笑道。

"奸诈小人，害我门人！"龙师父讥讽道。

花一笑恼怒，持剑点向龙师父，厉声而道："我与你一句话，解释缘由，否则我一剑了结了你。"

"我镖局前日接了重镖押送，却被人所截，镖师个个重伤！"龙师父道。

花一笑听闻这话，便晓得了那龙师父意图，说道："那与我何干？"

"我金陵镖局名门正派，走镖素来无江湖之人敢截，但我瞧那镖师伤口，乃你花间剑法所致。"龙师父道，又伸手拂开花一笑单剑。

花一笑不敢妄自为祸，便道："我实在不解此事，你且待我查看你那兄弟伤情，若是花家子弟所为，我必给你交代。"

"好，有得花帮主这句，我便暂且离去，明日你来我金陵镖局，可别忘了今日言语。"龙师父说道。

"我花一笑说话，无半句虚言。"花一笑朗声说道。

"花帮主告辞，适才多有得罪。"龙师父道，又扔了一个小瓶子给那花一笑，说道："这是解毒之药，屋中有人中器，已然中毒，你若晚得些时候回去，恐怕她性命堪忧了。"龙师父说罢，便飞身离去，几名弟子也没捡地上长枪，尽皆跟着跑了。

花一笑大惊，忙快步回去客栈，到了那客栈处，左脚点地，右脚蹬树，一个跃步跃上二楼位置，又是手上使力抓了一枝借力跃上，直从三楼窗口跃进，确见那屋中众人，武童话躺在床上，面色发白，嘴唇发黑，只见那屋中掌柜的说道："别急别急，我已经喊人去叫郎中了。"

花一笑跃进，打开瓶盖倾倒，只见是三粒黑药丸，又把了把武童话经脉，但觉脉搏凌乱，着实中毒不浅，又想那龙师父也不至于敢害自己，令两家结下血仇，便当即把那三粒药丸放入武童话口中，又点了武童话几处经脉。

"你抓了那贼人了吗？"武童话问道。

花一笑思量一番，道："没，没赶上。"

"气煞人了，待我查得那暗害之人，必一剑抹了他。"武童话切齿而道。

当晚，武童话吃了解药，也便无事了，武童话心中慌乱，担心不已，一夜未眠瞧着，花一笑也是坐在椅子之上，心中万般思量。

次日辰时，花一笑见童话仍睡，便起身前往金陵镖局，与龙师父一齐查验伤口。

花一笑瞧看过后，谓龙师父道："此非花间剑法所致，却是使花间剑所伤。"

龙师父不解，花一笑又道："花间剑乃我佩剑，尺寸重量，皆依花间剑法所锻，近日不幸遗失，不知被何人盗取了。"

龙师父道："既如此，我们去寻那花间剑。"

花一笑无奈道："我也正寻，无奈无果。"

龙师父道："寻一剑，又是奇异之剑，又有何难？"

花一笑道："龙师父有何高法？"

龙师父道："我金陵镖局镖师，遍行天下，又与丐帮交好，可令镖师大道小路去寻，乞丐大街小巷去找，此有何难？"

花一笑欢喜，即刻绘了花间剑模样，龙师父找画师多作此图，传了各个镖队，又委托丐帮帮主，传了大小分舵。花一笑静候消息。

金陵镖局果然灵通，不过三日，既有人报，说有人在金陵见着此剑，被一异族之人戴着，花一笑闻言，问了位置，即刻前去，龙师父欲随，花一笑道："乃我私事不必劳烦。"遂只与童话共去。

花一笑童话行间，童话道："那盗剑之人在何处。"

花一笑道："据说在黑市见着。"

武童话道："城西北侧？"

花一笑点头道："速去！"

花一笑二人至金陵城西北部，此处正开一易物集市，摊位地摆，百物琳琅，花一笑忙进市搜看，一眼便见一剑，摆于一摊之上，一笑冲将过去，一把拿起，果是花间剑。但听那摊位主道："阁下好眼力，这是把好剑，你给我五十白银，我便卖你。"一笑听闻怒拔出剑，横在那摊主脖颈，那摊主急道："喂，大侠，你这是为何？"武童话跟了上来，抚住花一笑手腕，道："你从何处拿的此剑？"那摊主颤颤巍巍道："大侠饶命，适才有一异族男子，以二十两纹银卖我此剑。"

花一笑急道："那人何往？"那摊主慌忙道："朝北出城去了。"一笑听此，收剑转身，往北追去，武童话看了那摊主一眼，从腰间取出些许碎银，扔在摊位，而后跟着花一笑去了。

花一笑沿路打听，知确有一异族男子，从金川门出城去了。一笑急出金川门，一路搜查，果见一人，着装奇异，一笑拦了上去，道："你可认得此剑？"

那异族男子笑道："啊，不错，我刚将其卖在摊位。"

武童话追问道："你从何处拿得此剑。"

那异族男子道："呦！姑娘识货，此剑乃叫花间剑，我曾听人吹嘘，此剑吹毛断发，削铁如泥，我想一见真假，那人便去取剑，不料我后来又遇一女子，与先前那人着装甚像，我便询问剑事，哪知她立时恼怒，和我动武，我也一怒将其击晕，后来又见那先前之人，我也毫不留情，将其重伤，拿了此剑泄气，谁道我把玩良久，此剑华而不实，并无用处……"

那异族男子正说间，花一笑早已震怒，出剑削去，那异族男子惊惧，急忙接招，使的是掌法。武童话见这套路，乃是少林掌法不假，心下也知，定是此人。

那异族男子边斗边叫："看你着装，与那些人是一伙儿的！"

花一笑怒道："装傻充愣，受死吧！"武童话也抄剑相助。

童话斗间，开口问道："你是何人？"

那异族男子道："我叫阿凡提。"

花一笑听了一愣，仗开宝剑，阿凡提也一掌击开，三人停斗，立在原地。

花一笑皱眉凝视，道："你为何来此？"

阿凡提道："我观阁下衣着，定是大贵之人，但为何如此性急，我话未完，就出剑相斗。"

花一笑道："你伤我兄弟，盗我宝剑，又有何话可说！"

阿凡提道："今日风和日丽，我不想伤人，我劝你有些度量，莫要自讨苦吃。"

花一笑听了，急出一剑，那阿凡提猛回一掌，打开剑身，正着花一笑胸膛。

花一笑被震开数步，童话急上前扶着，一笑一手拿剑，一手捂胸，道："你怎么会少林千叶手的功夫。"

阿凡提道："这世上，你不知的事情多了，我怎会此功夫，与你何干？"

花一笑怒火中烧，但觉难敌此人，没有言语。

阿凡提又道："阁下乃是好命之人，当知求稳忍进，珍惜好景，若是再这般任性易怒，胡作非为，小心玉石俱焚，一无所有。"

阿凡提言罢，转身离去。花一笑立在原地，被童话扶着，心中疑虑，这异族之人音调不整，却是言语谈吐不凡。

武童话道："一笑，我看这人并无恶意，应有误会，况且花间剑已然寻回，此事就罢了吧。"

花一笑闻言，瞧了瞧花间剑，又瞧了瞧童话，心中也有所思："这人功夫不凡，我若与之死拼，恐怕真乃玉石俱焚，便不值得了。"

第二十七回　遇金兰，共讨英雄戎功（上）

但说那徐墨卿带了姜九曲自锦衣卫逃出，奔向北京，天色已晚，寻了一处店家住下。是夜，九曲哭诉，她觉得寒寰、绫剑二人必死无疑，她心灰意冷，觉得自己是一个失败的人，父亲一手创建的帮会，就快被她一手毁了，墨卿眼里只有她，根本无心帮会，九曲越想越沉，一夜未眠。及至深夜，墨卿突听得楼下脚步声，想得必是有远行游侠投店，他见九曲心中只有帮会，也是气馁，便合衣下楼瞧看，只见一行四人，皆配剑带刀。

那为首一人，扬眉青目，正是穆峰，墨卿行走江湖多年，自是认得此人。

且说这客店外，一人漫步走在街上。

这人也是行得累了，便找了一处酒家歇息，不巧，刚一进门，就看见一队人马，俱带兵刃，自是江湖人士，不自主手握单刀。

这队人马不是他人，正是穆峰一行，穆峰见深夜竟有人投店，还是进门就握刀，当下惊诧，即刻抽剑，两边紧张，江湖不问是非，两边擦火似乎在所难免。突然，二楼阁排跳下一人，戳步立于厅前，正是墨卿，墨卿道："轩辕熊，穆峰，两边是友，怎么见刃了？"

轩辕熊和穆峰听闻，自是欢喜，原来都是江湖豪侠，这二人相见，各有利处，则是当下认友，豪饮了一夜，墨卿不知心里打了什么算盘，但也是念及楼上姜九曲，不知道她当夜是否睡得安稳。

姜九曲自锦衣卫骗财败落，与徐墨卿暂避北京，在客栈巧遇轩辕熊和穆峰，依墨卿之意，本是想和轩辕熊、穆峰联合，哪想姜九曲脾气甚是倔，不愿寄人篱下，和墨卿闹了一场，便寻路往江南去了，墨卿没得办法，只得跟着九曲一路，二人行了许久，两人商量一番，便奔江南苏州而去，盼得能有一番生计可寻。

是日，二人走得迷糊，和路人打探苏州去路，路人没讲的是苏州，只说此处已然接近金陵地界，姜九曲想了一番："金陵是当今帝都，且去瞧看瞧看，况那金陵镖局也有故交。"便和墨卿讲了想法，二人便顺路朝金陵城处步去。

提及"金陵镖局"大名，普天之下无人不知无人不晓。从贩夫走卒、平民百姓，乃至富商巨贾、达官贵人，凡是须得押运财物、捎带书信的，尽皆劳烦过金陵镖局。金陵镖局便从个名不见经传的小镖局，渐渐做到天下第一的运镖镖局，这和那总镖头龙师父拼搏经营分不开关系。

龙师父，乃是那金陵镖局的老主人，武功冠绝天下，曾以一杆单枪挑尽幽

云十六州，横扫大小势力无数。为人一身正气，昔日曾因投宿的农家遭山贼劫掠，一人一枪独斗恶贼百人，也因此一战名扬天下。这龙师父使得枪法，乃是那南宋末年红袄军将领李全妻子杨妙真所作，后又合得诸家枪法，便又自创一套霸王枪诀，那霸王枪诀，大开大合，刚猛凌厉，迅疾如风，锐不可当。

创了金陵镖局后，龙师父镖行九州，结交了不少友人，其中一人便是萧寒寰的伯父，丐帮掌门，二人比试一番后，又豪饮一夜，成了莫逆之交，这金陵镖局，也便和丐帮有了莫大的联系。

这金陵镖局，总舵位于金陵，各地均有分舵，唯北京、苏州二分舵最大。北京分舵舵主夏云雪，苏州分舵舵主郭诀，也尽皆都是那正气之人，孟子有言："仰不愧于天，俯不怍于人。"便是正巧应了这镖局，或许正是凭着这番侠义，镖局方有今日。

但看这金陵城，诗云：

"江南佳丽地，金陵帝王州。

逶迤带绿水，迢递起朱楼。

飞甍夹驰道，垂杨荫御沟。

凝笳翼高盖，叠鼓送华辀。

献纳云台表，功名良可收。"

这诗乃是南朝诗人谢朓所作，这谢朓乃是康乐公谢灵运后辈，谢朓作此诗之时年仅二十七岁，又是官途运好，又是居得京师，日子安逸，常和文人朋友吟花诵月，便满眼看得金陵繁华，人世欢喜便作此诗。

却说姜九曲、徐墨卿，本欲往苏州，近了金陵，便寻路来到皇城，二人自金陵城正门而入，远见帝都城墙蜿蜒，隔墙便见里面层层高楼，鳞次栉比，富丽堂皇，果然是"王者之城"。

当日已是下午，九曲、墨卿被那守城军士搜查一番，便进了城去。二人但看街边商贩小摊，百货炫目，不禁流连。琉璃飞甍，葱葱杨柳，绿水朱楼，气宇轩昂，这般繁华哪是北京能比，也怪不得那燕王朱棣坐不住椅子，来了个"清君侧"篡位夺了金陵。

二人边走边瞧，九曲怎么也是女流，见得那街边杂物、首饰，便起了心，奈何腰中没货，无奈只得寻路往金陵镖局总舵而去，她识得镖局之人，也便在这金陵安住下来。

那镖局离得金陵城门不远，若非如此，二人行这金陵城，就算日落西山，都不一定寻得到。

姜九曲与墨卿到了镖局总舵，但看门庭若市，人流络绎不绝，讨镖的、运镖的鱼龙混杂，什么人都有，正想走进镖局，但听得杂乱之中传来几声马蹄疾步，九曲还没缓过神，便被墨卿一把拉动，九曲但感左臂被什么撞了一下，甚是疼痛。

"不长眼睛嘛！"一人飞马奔来，撞上姜九曲。

九曲听得这话立时恼怒，回身想骂那人，却被墨卿扶住。

九曲回头一看，但见那人棕马饰银鞍，身着飞鱼官服，乃是一锦衣卫，九曲瞥了他一眼，揉了揉被撞的手臂，和墨卿说道："锦衣卫如此飞扬跋扈，闹市奔马而行，没王法了。"

"别理他，我们进镖局去。"墨卿虽然对姜九曲又拉又拽，乃是怕她惹了不必要的麻烦，其实墨卿左手，早已二指作形，几欲出手。

姜九曲甚是不快，但无奈，于那镖局门前守卫指点一番，说副总镖头王大勇是故友，镖局不敢怠慢，即便带了进去，通报镖头。

姜九曲二人进了镖局，但看此处庭院宽阔，练武场数众，又是处处马棚，满目四下皆能见得黄旗绑在长枪之上，上书"金陵镖局"四字，那接引的弟子把九曲墨卿二人带往一处会客厅。

"二位贵宾且在此歇息等候，我去通报王镖头。"那弟子拜别而去。

九曲二人找了椅子坐下，环看着屋子内饰华丽，姜九曲便心下思量："这金陵镖局日渐兴盛，不如我便和我帮众人一同投奔，做个镖师也是不错。"但九曲转念又一想，能为镖师乃有三件凭借，缺一不可，一是内通官府，二是交得各地绿林之人，三是有得一番武艺护身，九九思想一番，三者皆无，便罢了这个念头。

不一会儿，一人敲门而进。

"王镖头请各位书房一叙，请随我来。"那进来的镖局弟子说道。

九曲看了一眼墨卿，二人随那弟子出门而去。

"你要带帮众们投这金陵镖局嘛？"墨卿问姜九曲道。

九曲斜看一眼墨卿，说道："有此意，但这镖局行事危险，恐难以做事。"墨卿点了点头。

那弟子领了姜九曲、墨卿行至一屋前。

"王镖头，我已带二位贵人前来。"领路弟子报上。

但看那书房房门骤然打开，跃出一人，短须束发，黄麻布衣，年纪虽看似不大，却脸上老成，铜锈肤色，显然是常年走镖风吹日晒所致。

"九曲，别来无恙，快请进来。"那王大勇和姜九曲说道。

"王大哥近来安好？"九曲便和墨卿一同进屋。

"快请坐。"王镖头安排二人坐下。

"听闻九曲妹子自立帮会，有得一番作为，昔日也是小瞧你了。"王镖头笑着说道，自己也推拉了一把椅子，和那九曲二人一并坐下。

"休得提了，我虽立了帮会，可赖我无能，小帮小派，没什么作为啊。"姜九曲叹息道。

王大勇看那九曲、墨卿二人尽皆穿着青衣，腰配单剑，他行镖多年，认得这乃是华山弟子装束，便开口问道："九曲妹子拜了华山派嘛？"

姜九曲听王镖头这番问道，想自己身着华山衣着锦衣卫行骗之事实在是难以启齿，便婉转回道："哈哈，没得没得，我和朋友路过华山，便和那华山讨

学了几招剑法，那天正巧山蒙大雨，衣服尽湿，便又借了两件衣服，这不，穿着合身，便穿了出来。"九曲边说，眼珠边转，一句接一句地编撰。

"原来如此，想那华山派素来侠义著称，赠送些衣物于侠士也是情理之中。"王镖头和姜九曲说道。

"这位侠士气宇不凡，九曲妹子，这可是你的相好？"王镖头拂了拂短须，笑着和九曲说道。

"不不不，我还没成亲呢。"姜九曲神色紧张，结巴了一句。

"哈哈。"王镖头笑了一声。

"九曲可是个好姑娘，你这福气不小。"王镖头和徐墨卿说道。

墨卿勉强回笑。

"没什么相求，你也不找我，说吧，你又遇着什么麻烦了。"王镖头比画了个小拇指的手势，和九曲讲道。

姜九曲看王大勇如此数落自己，心中不快，但又没法子，只得开口说道："别提了，我自打立了个小帮会，拉了数十人众，怪我没能耐，现在别说带了大伙过好日子，连饭钱都费劲，眼看着就要投奔丐帮了。"九曲低眉垂目，喃喃而言。

"哈哈，姜九曲武功盖世，经天纬地，怎么带个小帮会都带不动了。"王镖头又是一番羞辱。

"你有没有正经话了。"姜九曲无奈。徐墨卿在旁瞧着，也是侧目笑了起来。

这时候，书房步进一镖局弟子。

"王镖头，龙总镖头召见。"那镖局弟子和王大勇说道。

王大勇随即起身，和九曲说道："失陪一会儿，总舵主召见，二位可在书房歇息，这里是我行镖多年藏下的各门各派武学典籍，你且看上一看，哈哈，我去去就来。"王大勇言毕，便寻门而出，临走还用小拇指指了指九曲，惹得九曲又是一番恼怒。

却说王大勇走了，九曲、墨卿便环顾书房书架，但看排排典籍，这书房确实是不小的一番典藏。九曲略有生气，靠在椅子上闭眼眯了，墨卿起身至书架旁，想瞧瞧可有什么有用之书。

王大勇寻路往总镖头居所而去，及至，推门而进，但看龙师父正坐待客厅椅坐前，他对面一人身披官服，又是腰间佩刀，王大勇见这打扮，一眼便看得出是锦衣卫的人。

王大勇毕恭毕敬，上前作揖而道："总镖头传唤何事？"

"你且过来，看这公子是谁？"龙师父似乎已经上了年纪，两鬓斑白，却是神气凛凛，言语清厉。

王大勇便仔细瞧看那锦衣卫，琢磨半晌，"啊"了一声。

"花一幕！"王大勇突然面露欢喜，步上前来。

"哈哈，我还寻思王大哥忘却我了呢。"花一幕紧着起身，二人相抱，又是双手扶着双手，回身找了椅子一并坐下。

"听闻一幕兄弟去那锦衣卫走了官场，今日一见一幕兄官服披身，神气非凡啊！"王大勇脸上欢笑不止。

"哪里，我这多年，还是混得一个千户，哪比得上王大哥，做了这金陵镖局总镖头。"花一幕见了故友，也是兴奋异常。

"一幕兄弟这话不对，古语有云：贫不与富斗，富不与官争，我便是在这镖局挣些钱财，也是远远不及一幕兄那铁打的千户的地位俸禄啊！"王大勇说罢大笑，随即又是起身。

"一幕兄弟，且等我吩咐手下，烹羊宰牛，你便与我饮上一夜的酒，今日你是逃不得了。"王大勇出门而去，吩咐了弟子种种。

花一幕也是欣喜非凡，想自己在那锦衣卫打拼多年，少有此等欢快的时候，又朝那龙总镖头点了点头，龙师父也便冲他一笑。

正所谓茕茕白兔，东走西顾，衣不如新，人不如故，花一幕、王大勇，本是自幼长大的伴儿，一同考了武举，成祖即位后，压制那几批武举人，王大勇见仕途难走，便下海做了镖师，没想到凭着一番武艺，硬是做了副总镖头，这一日二人故友相见，那欢喜之情哪里能言语，也便只得对酒饮个痛快,方泄豪情。

姜九曲在那书房等了良久，却不见王大勇回来，心中烦了，瞧看徐墨卿，正从那书架上翻来覆去地探看。

"你在瞧什么，何时如此好学了。"九曲和墨卿讲道。

"素闻金陵镖局枪法冠绝天下，我且瞧瞧此间可有端倪。"墨卿仍是翻看书籍。

"可有什么枪法练谱？"九曲问道。

"没得，尽是一些旁门别派杂七杂八的功夫,还有些医药典籍、史料书本。"墨卿蹲下身子，看那底下几排。

"绝技定是秘传，怎么会放于书架之上。"姜九曲靠着椅子，心中烦躁。

这时，一人敲门而进，正是那镖局弟子。

"镖头请两位侠客赴宴，请随我来。"那镖局子弟身着黄衣，无纹无绣，应是个见习。

九曲二人出门，但见天色未晚，心中悬疑。

随那镖局弟子行了不久，便至一房前。

九曲二人走进，但看屋中圆桌，坐着数人，几人镖局衣着，特别一人纹绣花衣，又是暗黄深沉，四十多岁的年纪，正是那长风永镇龙师父，又一人坐在身旁，乃是王大勇，二人再看，见一人飞鱼绣春，头顶纱帽，九曲心中一想，正是那从门前驾马撞他的锦衣卫。瞧看一眼，但觉那锦衣卫却没注意到她。

王大勇见九曲墨卿来了，便起身说道："缘起难挡，今日两位好友一齐来此，且听我说给大家认识。"

王大勇指花一幕说道："这位官人乃是锦衣缉事千户花一幕，朝廷留香阁阁主之子，自幼习得一番武艺，弱冠之年中武举，当今圣上即位后，封在锦衣

卫做事。"花一幕听王大勇这番夸赞，便向九曲点头示意，九曲心想："这锦衣卫之人果然目中无人，飞马撞了我，此刻竟然是丝毫不记得。"

王大勇又指九曲说道："这女侠姓姜名九曲，原长留护法，近年自立帮会，为人侠义，乃是江湖中少有的女中豪杰。"花一幕听得这话，回道："素问朝天阙帮主乃一女中豪侠，幸会。"

姜九曲听了这话心中欢喜，想竟然还认得自己，也是纳闷。

王大勇安排九曲二人坐下。

镖局侍奉纷纷上酒上菜。

龙师父和九曲说道："我听闻你帮里兄弟数众，若不尽皆入我金陵镖局，一起为事岂不美哉。"九曲听闻一愣，墨卿倒是心中一番思量："不愧是龙总镖头，九曲还没开口，已有意图。"

九曲忙回道："行镖之事，没一番武艺可是难的，我兄弟尽皆不善武，如何能走镖。"

龙师父大笑，说道："哪有人生来便会武艺，你看我金陵镖局弟子，哪个不是勤学苦练，学得功夫。"

九曲此刻心中万般思索，龙师父既然开口，如何回复。

花一幕不愧是混迹官场，眼看姜九曲须得时间思量，便即刻开口解围，和龙师父说道："龙前辈，无事不登三宝殿，既然说到武艺，我来此确有一事相求。"

龙师父闻此，说道："一幕兄弟客气，有事但说无妨。"

"我此行金陵，乃是应了朝廷号令，护送使者出漠北，临行前，指挥使嘱托漠北善马上作战，绣春刀刀身不足四尺，恐怕难以为战，吩咐我来金陵之际，寻金陵镖局学得一招半式的枪法，不至于到时候危急时兵刃难使。"花一幕言真意切，和龙师父讲道。

龙师父思索半分，回道："纵阁下聪明，也难以短时学得精湛的枪法。"

龙师父又说道："我镖局枪法主使两套，一套入门岳家枪法，一套便是霸王枪诀。"

花一幕思量："向来听说霸王枪诀纵横江湖，可说是那当朝第一枪诀，那岳家枪法乃是枪法入门套路，在锦衣卫校场之时也见得有教官教习这套枪法。"

花一幕思量一番，说道："不若镖头传我几招岳家枪法，聊胜于无。"

龙师父听闻大笑，双手拍了两下。

龙师父两拍手掌，但看门外应声走进一人，身着镖局黄麻衣服，手执一杆长枪，相貌英俊，器宇轩昂。

姜九曲回身看去，只觉似曾相识，寻思了一会儿，低声和墨卿说道："雪洛寒。"

王大勇看到雪洛寒持枪而入，不禁一笑，说道："你这出场还带兵刃，快放下入座。"

雪洛寒略觉尴尬，放下长枪，坐了下来。

花一幕心中诧异道："这位仁兄是谁？龙总镖头这一番拍手，我怎么有种相如见卓文之感。"

在座众人听得这话不禁一笑，尽道那龙总镖头还如年轻一般耍帅。

雪洛寒低头不语，但觉颜面丢尽。

王大勇见龙师父没言语，便开口说道："镖局早已接了朝廷文书，择一功夫高深的镖师护你同去漠北，纪纲尊使之忧，朝廷依然忧之。"

花一幕心中欢喜，但看那雪洛寒眉目凌厉，又看向门旁长枪，锋芒毕露，令人不寒而栗，此刻如获至宝一般，当下端起酒杯敬雪落寒，桌上众人尽皆镖局掌事，皆豪饮一番。

九曲从那酒桌之上，多有思量，想要不要带人投这镖局。

是夜，九曲二人便在镖局歇息，花一幕、雪落寒便皆骑了马匹，奔向皇城。

骑马行间，花一幕瞧看雪洛寒控马有术，又是横托长枪犹如无物，不禁佩服，便和洛寒论马术枪术，想学得几招。江湖皆说那锦衣卫狂妄自大，目中无人，但看此时，花一幕这番见贤思齐，却是实之少见。

不久，二人便已至皇城，此时已是后半夜。

"且先去吏部报名？"花一幕问向雪洛寒。

"不必了，我们直接去那郭大人府上便好。"雪洛寒回花一幕道。

二人便策马扬鞭，径往郭府。却看二人行去之后，一房檐之上，一人腰间单剑，身披黑白道袍，见得花一幕二人，便几个垫步飞檐走壁穿在数房顶之上。

那穿着黑白道袍之人，十几个跃步，便跳至一间大屋顶上，翻身下来，从那窗口跃入，落在屋内。

"魏大人，花一幕已到金陵。"那人直便开口说道，但看那屋中坐着一人，戴着乌纱，身旁烛光闪烁。

"你看他身手如何。"那魏大人回道。

"腰间戴一短刀，看不出功力如何，不过他身边同行一人，手托长枪，马术精湛可见。"那人回魏大人道。

"你且去吧，记住，若有紧急，万分要护住情报，自己脱身要紧。"那魏大人目光闪烁，虽已然半夜，却不见他眉目之间有何疲倦之意。

"是。"言毕，那黑白道袍之人翻身从窗外飞出，一身轻功了得，直赶花一幕二人而去。

但看那魏大人见那人一走，自己兀自点墨，不知书写着什么。

却说那飞檐走壁之人是谁，竟是从房上穿梭飞走，眼看便要赶上两匹快马，此人不是他人，正是那武当纯阳子莫知秋，受张三丰真人传授，习得一身护体纯阳无极功，此刻只需丹田使力，阴阳调运，脚下生风，追那快马实是易事，各位看官定然怀疑，那张三丰南宋时人，怎么此刻明朝历经三朝仍有亲传弟子，原来那三丰真人创了一套太极神功，这功夫养心护体，又加之三丰属道教善养生，此刻仍是活在世间，不过早已闭关，弟子甚少，史料有载，明成祖朱棣也

是数番寻三丰真人，寻长生之术，却是每每落空，找之不见。

　　但看莫知秋，房檐穿梭靠近花一幕，便翻身下来，落在路上奔走，又是故意把步子踏实。

　　花一幕和雪落寒正行间，花一幕突感异常，勒住马头停下，雪洛寒见此，也勒住马身，不解其意。

　　只见花一幕环顾四周，说道："身后有人。"雪落寒望向左右，不见动静，但不自觉已是握紧枪柄。

　　二人正愣间，但看那莫知秋飞步赶上，脚下急步，左右难辨，黑白道袍间杂，甚至难看人影。

　　花一幕雪洛寒自知此人功夫，不敢怠慢，花一幕更是翻身下马，抽出绣春刀，但看那绣春宝刀寒光凛冽，月影之下，阴森非凡。

　　莫知秋已然接近，脚下一点，飞身抽剑，大喊一声："素问花千户功夫了得，今日特来领教。"

　　花一幕听得这话，和雪洛寒说道："他既奔我而来，且教我与他会会，仁兄切莫插手。"雪洛寒听此，勒了勒马步，插枪入地，但看那枪尾小尖立时如霹雳一般窜在石板地面之中。

　　花一幕此刻手拂宝刀，旋身几步上前，出刀挑向莫知秋。

　　莫知秋"哈哈"一笑，未及落地，持剑横扫，凌厉剑气切向花一幕。

　　花一幕一眼便辨出这剑法，乃是武当"清风剑法"，花一幕知这剑法虽然气势甚足，但力道微弱，自己便还是持刀上挑，及至刀触剑气，花一幕突感那剑气甚重，自己上挑刀乃是手腕使力，立时便感没法对招，忙左脚一点，向右一个雁行躲开，又觉那剑气压制之下，脚腕压得生疼。

　　花一幕惊呼："阁下何人，清风剑法怎有如此威力？"

　　"武当正阳子，莫知秋。"莫知秋已然落地，和一幕说道，没等花一幕站稳，回手又是一剑，连绵剑气汇聚一线，几欲重创花一幕，正是那一招清风剑法"源清流洁"，花一幕不敢疏忽，又是忙向后一个雁行功躲开，双手持刀护于面前，但看那剑气纵横劈来，刀身"铛"的一声，一幕人被推开，官帽掀飞，长风随气而起，花一幕惊出一身冷汗，定眼看去，莫知秋这一剑之后，并未追击，而是持剑背后，立于原地，那剑气也是拂得他头发凌乱，黑白长袍飘飘，但看一幕身前，扬尘地裂，这般威力，决然不是清风剑法。

　　雪洛寒在一旁瞧看，几欲出手，却看莫知秋收剑背在身后，没想追击，便翻身下马，双手抱拳而道："纯阳子果然武功了得，不过这半夜拦路，到底有何指教？"花一幕手中回力，持刀站起身来。

　　"哈哈，我与你二人同去郭府。"莫知秋大笑而道。

　　"此话怎讲？"花一幕起身收刀入鞘，问道。

　　"锦衣千户花一幕忠心报国，不惧危机护使出漠北，在下万分敬佩，盼能舍命陪君子，一道同行。"莫知秋言声凌厉，目光如炬，和花一幕说道。

花一幕听闻大喜，忙探步上去握住莫知秋左手，又拉了雪洛寒，三人便一手挽一手，相顾而笑，后一同往郭府。

后人有诗云：

丹心一片青云志，

月下刀剑化作情。

飞马长嘶人长啸，

扬尘漠北不忍还。

杀敌临阵卷铁甲，

断戟折枪立英魂。

胡虏闻名望风寒，

却殒金陵内家人。

中原大地多俊杰，自古英雄出少年，长江南有将星起，黄河北者莫后尘，远在北京城中沐都尉府，一场风波，也是悄然将近。

第二十八回　遇金兰，共讨英雄戒功（中）

"花有重开日，人无再少年。"

春已逝，夏将至，且说此时。

这一日沐昕带侍卫在北京街边闲走，但看街边一处百姓堆积围观，似是有何大事。

沐昕便停下步子，吩咐侍卫探看，那侍卫不时便回，禀报道："前面有几人卖艺杂耍，惹得众多百姓围观。"

沐昕见那百姓众多，堵塞街路，哪里是寻常的卖艺，和侍卫们开口说道："寻常卖艺哪有如此众人，定是贼人煽动，与我速去探看一番。"说罢，便领侍卫们走前瞧看。

且看那人群围绕之中，确是几人卖艺杂耍，沐昕数着，共有五人，四人皆漠北异族打扮，树一长杆上面缠了一块大布，上书"蒙古绝技，圆月弯刀"八个字，沐昕乃扒开人群，挤进探看，众百姓见沐昕身后尽是带刀侍卫，谁敢拦路，纷纷让开。

沐昕瞧看那五人中，有一人束发布衣，着装看是中原打扮，卖力吆喝道："蒙古秘传绝技圆月刀法，全套教习只需五十两官银，初来此地，也卖刀数把，尽皆蒙古打铁秘术制作，居家旅行防身必备。"只看那人身旁一女子，蓝衣白帽，手抱数把铁刀，身后乃是一人摆摊而坐，又一人护着大批兵刃，又一人身形魁梧，坐在那白布杆子下瞧着那众多百姓报名学刀。

沐昕看罢，心中大怒，想道："定是那鞑靼贼人，来此蛊惑民心。"便想指挥侍卫，一齐拿了他们，但转念一想："此时百姓意图学刀买刀者众，我若兀自拿了他们，百姓必然不服我，不如我会他们一番，以正视听，是非昭雪。"

但看沐昕步上前去，侍卫尽皆跟从，沐昕又是挥手示意侍从止步。

那吆喝卖刀之人见沐昕腰间佩剑，身披战服，又带了一众侍从，便停了吆喝，和沐昕说道："阁下来买刀，还是学刀？"这卖刀众人，正是那完颜雪、阿塔木哈、拓跋坡、西克腾，和那卢绫剑，原来那鄂伦春族长听了绫剑建议，便照着绫剑弯刀锻造了不少，拿来燕京集市，借以卖刀教刀，敛些银两，多年来华北这边多受北方游牧掠袭，百姓对那异族虽是惧怕，但也敬畏他们的技艺，不出所料，绫剑一伙人摆摊卖刀授艺，惹了不少百姓前来。

"我非买刀，也非学刀。"沐昕走近绫剑，讲道。

绫剑既然已敢市井摆摊，自是想了后果，如此这般借人们畏惧漠北异族的心理卖刀授艺，也已想到必惹官府捣乱，官府也无非索些好处，但绫剑看这沐昕衣着似武官，又是带了带刀侍从，这般前来，似乎不是那寻好处而来找麻烦。

"既不买刀，也不学刀，那便是来捧场的啊。"绫剑回沐昕道。

"我听闻蒙古鞑子早被我太祖皇帝逐出中原，阁下又以败者兵刃来我中原售卖，岂非笑话？"沐昕接着说道。

绫剑听了这几句话，便知端倪，心想："这定是军中人士，以为我等为那鞑虏之人来此图谋不轨。"绫剑心中思索，想如何对答。

"我们可不是蒙古鞑子。"此刻却突闻这一句，乃是那西克腾起身说道，这西克腾膀大腰圆，身材比沐昕高大太多，沐昕身后侍从见他起身，尽皆手握向腰间刀柄。

"既非鞑子，何以又卖鞑子的兵刃。"沐昕见那西克腾言语不客气，便厉声说道，此刻沐昕身后侍从尽皆抽刀，但看沐昕又是挥手止住，众侍从刀抽一半而停住。周边百姓见此无不惊骇，哑口无言，谁也不敢动弹。

那阿塔木哈、完颜雪见此均紧张不已，唯那拓跋坡仍是没有反应，静看沐昕。

"你是来找麻烦的吗？"西克腾步上前去，绫剑出手拦住西克腾步子，那西克腾瞪着双眼，盯着沐昕。

"古人有句话说得好，不以成败论英雄，刀打得好，刀法精妙，便值得售卖，便值得传世而用，这位仁兄硬拉太祖和那蒙古鞑子，未免牵强。"绫剑掷地有声，和沐昕讲道，没有半点惧意。

沐昕领会这话，便回道："好，那你我二人单独较量一番，且看你这刀如何，我今日带的是令军佩剑，剑身纤细无力，只为华丽而做，你若连我这剑都敌不过，也便休得在此蛊惑百姓，还是拿你那刀回漠北卖吧。"沐昕言毕，抄出佩剑，但看那剑金柄琉璃，剑身细长有四尺，但剑上无锋，文着狻猊，显然是将领指挥所用。

"那只好受教了。"绫剑从完颜雪背后拿下一把弯刀，那柄弯刀显然陈旧，刀身上不少磕痕。

眼见二人几欲出手相斗，在旁静观的拓跋坡打量沐昕多时，身法动作，未出手便知不是等闲之辈，绫剑也虽身有武艺，但恐非敌手。

拓跋坡起身而道："二位且慢。"绫剑回头一看，拓跋坡走上前来。

拓跋坡朗声说道："这位官爷虽说以细剑斗弯刀是牵强之举，我看不是。"

沐昕看拓跋坡身着番邦服饰，腿上绑着灰布，又是这番言语，开口便道："你什么意思？"

拓跋坡开口道："这弯刀乃是马上兵刃，你以细剑直戳，弯刀哪里能挡。"

沐昕回道："你既自知弯刀敌不过我大明单剑，还来此卖什么刀？"

"我们卖刀，不是用来敌你明剑，乃是狩猎防身之用。"拓跋坡讲道，又是走近沐昕。

沐昕见拓跋坡贴近自身，心中不快，手腕欲抬剑，却被拓跋坡伸手攥住手腕，

沐昕但感手腕吃力，回敬力道，又感手腕被指力抓住，十分疼痛。

沐昕心想："这异族是何人，竟然指头上有如此力道，且听他言语。"便收手回剑，开口讲道："这位兄台不像鞑靼人，你是哪族的？"

拓跋坡拿沐昕手腕之时，也感到一股内力集聚，又见此人已收手，便说道："鞑靼，我与那鞑靼有不共戴天之仇。"

"此话怎讲？"沐昕听闻疑惑，挥手示意身后侍卫收刀入鞘。

"我乃是鲜卑人，那鞑靼恶贼如草原的凶狼，掠我牲畜，杀我族人，占我家园，若非鞑靼那群恶贼，我又何以沦落流亡到此地。"拓跋坡咬牙切齿讲道。

沐昕左右思量："这人功夫如此高强，这身边众人也都该差不了，又是被鞑靼残害家族流亡来我大明，何不尽皆收入，必有作为。"

沐昕"哈哈"两声，收剑入鞘。

"官爷这是嘲笑我们么？"拓跋坡见沐昕突然发笑，心中不解。

沐昕从腰间掏出一打银票，一把拍给绫剑，绫剑看得这银票绝非小数，也是不解，那沐昕抖抖披风，说道："你这弯刀，我全数买了，银票没数多少，但肯定够了。"

那怀抱弯刀的完颜雪和那一旁的阿塔木哈都愣住了，唯西克腾朝沐昕讲道："你这几张白纸换我们的刀？"

绫剑听闻西克腾这话一笑，开口和沐昕说："阁下一会儿说我这刀不好，一会儿又要尽数买了，实在费解。"

但看沐昕又是"哈哈"一笑，朗声讲道："这刀既然有助狩猎防身，实在是民之所需，我且买下，给在场众人尽数发了，就算我送的了。"

那众人听得这话，便议论纷纷，有的不解这突然变故，有的夸赞沐昕心系百姓，有的论沐昕果然仗义疏财。

完颜雪瞧看绫剑一眼，不知该如何是好，绫剑便和完颜雪说道："把这刀尽数发了吧。"完颜雪点了点头，把弯刀分给百姓，又从阿塔木哈身后袋子中倾出一堆弯刀发了，一旁的西克腾两眼瞪大，但没言语，众百姓争先恐后领了刀，有的怕有变故立时散去，也有数人仍是围在此处。

"敢问英雄尊名？"绫剑毕恭毕敬，和沐昕说道。

"燕京沐都尉府，沐昕。"言毕，沐昕转身便走，侍卫尽数跟随。

众百姓看沐昕走了，也便稀稀拉拉地散去，只留得几个一心想学刀法的年轻人留了下来。

"绫剑兄弟，他给了多少银两。"拓跋坡和绫剑说道。

绫剑听闻，便点了一下那沓银票，张张上书"大明通行宝钞"，写着"十贯"字样，粗略一看，约有三十来张，这便是三百贯，且说那一贯便是一千铜钱，这三百贯钱，即是三百来两官银，此时永乐年间，朝廷一品大员年俸不过千石，也就是个二百来两，知府一级月俸不过二十石，这三百贯钱，可不是个小数。

绫剑回拓跋坡道："这些银子，能换万斤米。"绫剑说罢，众人惊愕，西克腾更是叫道："一万斤大米？"事实上，远非如此，三十斤为钧，四钧为石，这绫剑此刻乃是算的错了，这三百贯钱，少说换得八九万斤米。

"哈哈，那甚好，真是遇得贵人啊。"拓跋坡心中欢喜露于言表。

绫剑见众人觉这银子甚多，心中思量一番，便把那一沓银票递给完颜雪，说道："完颜妹子心细，且收好这银票。"完颜雪接过银票，藏于衣服怀中。

西克腾、阿塔木哈也是欢喜，阿塔木哈走过来说道："天色不早了，我们在这燕京找个地方歇息吧，明日再回碧华谷。"

"寻个客栈便可。"绫剑说道。

这时，那几名想学刀的年轻人中走出一人，穿着短裤，上身赤露只披肩一个手巾，说道："我家正巧是做客栈的，今晚大伙可去我那歇一晚，算我请了。"

绫剑听此，点头说道："如此甚好，谢过小兄弟了。"

众人便寻那客栈而去，这晚便欲在燕京留住。

此时已是入夏，燕京这地方，冬天冷，夏天热，沐昕回了沐都尉府，便忙脱下衣服，吼了一声："与我更衣。"只见身边窜出几个下人忙给沐昕换上清凉的衣服，沐昕又吩咐道："把这衣服收了，明日穿夏服，你们这群奴才是想热死我的。"

"都尉，今日是我吩咐他们没给你换夏服的，天气骤热便换凉装，容易伤风。"只见房间端雅走出一人，粉簪绣衣，眉目清秀，似水温柔。

那女子这般言语，想必是沐昕内人，沐昕更了衣服，便和那女子说了一声："饭菜备好了吗，好生饿了。"

"备好了。"那女子柔声说道。

沐昕便走进内房，但看桌上饭菜，一盘炒芹菜，一盘拌田七，剩下便是两碗干饭，沐昕看得又是没肉，便说道："今日还是只有青菜吗？"说着便坐了下来。

那女子也对着坐下，回沐昕道："算着还须两日便好。"

沐昕端起碗筷，便夹菜吃了起来，那女子坐在对面看着，没动碗筷。

"怎么，你怎么不吃？"沐昕停下了手，问道。

"委屈都尉了，已经半月没荤了。"那女子这般说着，便拿起筷子。

沐昕往那女子碗中夹了几片田七叶，弄了弄筷子，示意那女子快些吃饭，自己也继续吃了起来。

沐昕边吃，边和那女子讲道："那剩下两页残卷还能拼得上嘛。"

那女子听闻，抬起头回道："剩下两页残破不堪，只能辨得几字，想搞懂太难了。"

沐昕低头不语，兀自吃饭。

"你怎么不给自己做些荤菜吃？"沐昕又是问道。

"都尉吃什么，我便吃什么，岂有另做一盘的道理。"那女子笑着说道。

"也是委屈你了。"沐昕回道，不久二人便吃完，那女子便收拾了碗筷，吩咐下人拿了去。

沐昕便走到台桌前坐下，点了蜡烛，此时天色虽已昏暗却没全黑，点的这烛光和这黄昏好似一个色。

沐昕见桌子上布满纸张，上面有的涂抹作画，有的是几行草字，便使胳膊扫开，剔出两张残破的旧黄纸。

但看那黄纸似乎已被冲洗过，又是漏洞残角，简直两张秋叶般的残片。

那女子见沐昕拿着那两张残片端详，满目愁容，便开口说道："金陵城不是要那纪纲嫁女给丐帮掌门侄子吗，都尉到时候见了那丐帮掌门，讨教一番便是，何苦如此琢磨那两张残卷。"

"你懂得什么，那萧天放岂会教我。"沐昕言毕，放下那两张残卷，翻身上床，就想睡了。

那女子便走近床前桌台，想吹了烛灯，却没等低头，沐昕又是从床上翻身下来，坐那椅子上，那女子一愣。

"婉儿，你可认得那金陵领侍卫内大臣宇文轩的内子？"沐昕坐那椅子上，瞧看那女子说道。

原来这女子名叫婉儿，婉儿听沐昕这一问，挑了挑眼眉，想了一番，回道："好像见过，嗯，没什么印象了，不认得，都尉何事？"

"那便算了吧，我和你讲，我今日在绕燕京城时，见得一伙卖艺之人，里面有人功夫着实不错。"沐昕嘴角扬起，目露喜色。

"都尉每每见得有才能之人，便若和我成亲之日一样欢喜。"婉儿一噘嘴，便低头吹灭烛火。

婉儿也更了睡袍，就睡了，沐昕坐那椅子之上，若有思量。

"我出门一会儿。"沐昕突然冒出这句，然后便起身想离去。

婉儿见沐昕这般，不禁一笑，柔声说道："快去快回。"且说这婉儿此时自知是猜透了沐昕心思，又念得所见的侠客，想拉来沐府，真是求贤若渴，起身从墙上取下挂着的一夜色披风，给沐昕披上。

沐昕和婉儿含蓄几句，便出门离去。

想这沐昕必是寻绫剑几人而去？

此刻已然夜色将至，天渐冷了，沐昕微感身子凉了，幸好披了披风，沐昕出了屋子，便往后院而去，这沐府前院甚大，门客不少，便也是屋子林立，但沐昕所住居所，便离后门很近了，这沐府后院，除去种了些药草，有些石凳外，便有一棵松树，沐昕奔那松树而去，伸手拂开枝叶，从那树干枝子上取下一截木棍，这木棍短不足三尺，好像某类木材削制，然后又打蜡做成，沐昕拿了这短棍，便从后门步出，后门两名侍卫见沐昕来此，想开口问候，却被沐昕挥手止住。

这沐府在燕京城义庄附近，有一护城河流穿了进来，沿着那河流便能出城墙，此时天色已晚，河水映着晚霞波光粼粼，沐昕不时便走到河边，两个点水跳跃过这河，到了那内围城墙地下，但见此处芦苇杂草丛生，那城墙地下尽皆苔藓。

沐昕贴近城墙，用那木棍戳了戳墙，那墙上便掉了些灰尘。

沐昕又是手腕回转，向前一个弓步，戳出木棍，打向那城墙，只听一声碰击，那城墙是石头所筑，被这木棍一戳，除了磕去些苔藓皮子，没得半点损害。

沐昕皱眉，右脚蹬下城墙，左脚又是跟上，左手抬起向前，又是横向向后，连步蹬在那城墙之上，只不过四五步，身子依然蹬离城墙，够不着墙壁，便翻身落在地上。

沐昕以棍戳地缓了下落的劲儿，眉头皱得更紧，拔出那木棍，狠狠往城墙上一打，但看那城墙之上尘土随着几滴绿色激飞，沐昕似乎甚是烦恼，不过这般使力打那城墙，木棍竟是没断。

沐昕静了静，心中思量："婉儿之言也并非没道理，我且去那金陵之时，见见丐帮掌门，虽没法子令他教我些什么，不过若能找机会对上两招，或许便能解得那两片残卷之意，学得几招这玉奴棒法。"沐昕沿着河边，往那燕京城义庄而去。

义庄，便是江湖救急的医所，也成了江湖侠客落脚之地，这义庄外围围了一层院墙，里面四座房子，靠山一侧一座，靠水一侧一座，门前一座，门后一座，沐昕便进了义庄，和那里面的人寻问绫剑几人是否来了这里，这里众人皆说没瞧见，沐昕无奈，转身想走，

却有一衣着破烂的小乞丐，喊住沐昕道："你是说下午卖刀的那几人吗？"

"正是，兄弟可知他们去处？"沐昕惊喜，问道。

"你且给我十文，我便告诉你。"小乞丐说道。

沐昕听此一笑，从腰间口袋拿出一些碎银，丢给那乞丐。

小乞丐看见这碎银，忙爬起身来捡，周边几个人也是着急，想拿一些，却被那小乞丐尽数护住。

"你且从此处往南而去，有家客栈，哦，就是那燕京建房吏的府边上。"小乞丐一边护着碎银，一边说道，又是不停推开那凑上来想抢些银子的人。

"北原客栈？"沐昕问道。

"对对，北原客栈。"小乞丐急忙回道，"滚开，你们这群杂碎。"小乞丐又骂那几个想抢他银子的人。

"谢了。"沐昕转身便走，几个人跟了上来，想喊那沐昕也施舍点，沐昕没理会，径直出了义庄，往那北原客栈寻去。

这义庄离那客栈不远，不时便到了，沐昕推门而进，但看一长须老者在柜台前摆弄算盘。

那长须老者见沐昕进来，忙放下算盘讲道："沐都尉怎么来我小店了。"那老者忙赔笑，绕出柜台迎接，又是端了茶壶想伺候沐昕。

沐昕开口问那老者道："这儿可有几个外族人入住？"沐昕领军习惯了，言语之间便带有一番压人的语气。

那老者惊慌，忙回道："回沐都尉，小儿今日带了几个外族人来店住，说是朋友，我瞧看像那漠北的人。"那老者忙倒了茶水给沐昕端过去，又是说道："莫非小儿惹了什么麻烦，我这就叫他，都尉请待。"

"不必，他们住在哪间屋子？"沐昕问道。

"二楼靠楼梯右侧三间屋子全是。"那老者惊愕，不由得手臂发抖。

沐昕"哈哈"笑了一声，道："别紧张，他们是我朋友，你且见他们一行人，哪个是领头的。"

那老者听此，心中镇定了，想了一番，和沐昕说道："我瞧那些人，虽是外族，不过有一汉人，似乎都是听他的。"

"他住哪个屋子？"沐昕问道。

"和一个胖子，二楼右侧第一间便是。"

"谢了。"沐昕说罢便寻楼梯而上。

那老店家喊沐昕说道："我就在此，有事喊我便是。"

沐昕回头一笑，叫那老者不要紧张。

及至二楼，沐昕便敲了敲那右侧第一间的门。

"谁敲门？"只听屋里传来一句喊声，这声音粗犷，语气怪诞。

"沐昕前来拜访。"沐昕说道。

只看那门便打开，开门之人正是卢绫剑。

"沐大哥，怎么找到此处，快请进来。"绫剑说道，绫剑和那屋中西克腾均脱了外衣鞋履，几欲休息了。

沐昕见绫剑叫得自己沐大哥，也便进屋回道："二位兄弟好。"

"哈哈，你甚是豪气，我喜欢，我们那些刀哪里值一万斤大米。"西克腾忙起身，大声说道。

"一万斤？大米？"沐昕听得这话，一头雾水。

绫剑笑了一声，问沐昕道："不知沐大哥半夜寻来此处有什么事情。"

沐昕也脱了鞋履，说道："我适才回府，猛然醒悟，竟然没问得几位少侠姓名。"

绫剑嘴角微扬，说道："在下卢绫剑。"

"我叫西克腾。"西克腾也是跟着说道。

"卢兄弟可有门派？"沐昕问道。

"无门派。"绫剑即刻朗声回道。

"这可是个好门派啊。"沐昕调侃道。

绫剑听闻一愣，紧接着又是"哈哈"一笑，沐昕也笑了起来，唯那西克腾在一旁，听得这两句，竟是蒙了，不懂这二位为何发笑。

三人便围坐下来，沐昕问了许多，绫剑也便把他如何偶去碧华谷，使得那鄂伦春族众，又如何答应领他们想法子从这城中赚些银两之事种种说了。

沐昕听绫剑诉说完，心中思量："这燕京官府，着实愚昧，如此众多的外族，又和那靼靻有仇，竟是不给上户籍又不许入城，可将那族众男的尽皆收编入沐家军，妇幼老者便安排居所，岂不是好事，选那几人功夫高的，做门客也不是不可。"

沐昕便和绫剑二人聊了起来，这沐昕本就善交，那西克腾又是粗爽豪迈，三人聊得更欢了。

正聊着，只见一人推门而入，正是拓跋坡，拓跋坡见那下午出手豪气的沐昕，也便问候一番，坐下闲聊。

言语动作之间，沐昕见这拓跋坡、绫剑皆有功夫，那西克腾又是膀大腰圆，心中思量，开口说道："酒逢知己饮，众位如此相投，不若我们就下楼喝上一番。"

"喝酒就去外面喝，我这个人喝多了容易醉，我怕我一醉便砸了这家客栈。"那西克腾脸上欢喜，大声说道。

于是这四人便起身欲下楼。

"待我叫上阿塔木哈。"拓跋坡说道。

"完颜雪也喊来。"西克腾和拓跋坡说道。

拓跋坡出门叫了阿塔木哈，那完颜雪本不想去，又不想脱了群，便也跟着。

几人从那老店家拿了几坛酒，西克腾又是拿了些下酒菜，完颜雪抱了几张毯子，沐昕便带他们出店径往那内穿的护城河边上。

此时依然是日落西山，夜色已至，河边水流作响，草里虫儿乱音，几人到了河边，才想起没带篝火，不过月之已立，映在那河水之上，河面也便泛着幽光，还是什么都能辨，不碍事。

沐都尉和卢绫剑几人至河边，完颜雪铺下毯子，几人便围坐，饮酒吃肉，好生快活。

沐昕饮得痛快，开口和众人说道："情投意合，不如我们几人拜为兄弟如何？"沐昕说完，便起身而立，环顾众人。

绫剑心思："这人也是官家，又是仗义疏财，和他交拜，便是惹得麻烦，也有益处。"便起身抱拳，和沐昕讲道："沐大哥英雄豪气，能和你拜为兄弟，实乃吾之荣幸。"那剩下四人见绫剑起身，也起身抱拳，西克腾拎着酒坛子站起，大声说道："我也愿认你做大哥。"

"好。"沐昕应答，便拎起酒坛走向河边跪下，"今日，我们便朝这明月拜为兄弟。"沐昕抬头望月，但看皎月辉辉，星星稀疏。

绫剑几人也跟着过去跪下，唯独那完颜雪，听得沐昕一口一个兄弟，略显尴尬，沐昕瞥了一眼看完颜雪没过来，便回头朝她说："妹子也来一起。"完颜雪嘴角一扬，几个步子跑到河边，也是跪下。

"我今年三十有九，不知各位年岁？"沐昕问众人道。

"二十有六。"绫剑说道。

"三十二。"拓跋坡说道。

"二十三。"阿塔木哈说道。

"二十岁！"西克腾听得众人都比他岁数大，便心中不快，大声喊道。

"我比西克腾晚半年生的。"完颜雪也跟着说道。

"那好，我们便以年岁排，我年纪最大，便做大哥，这位拓跋兄弟便做二哥。"沐昕挥手扬扬说道。

"还是绫剑兄弟做二哥吧，我虽年纪大些，不过还是亏得听他意见，方能遇见贵人，见得沐大哥。"那拓跋坡瞧看一眼绫剑，和大家说道。

沐昕看向卢绫剑，想看他意思。

那西克腾本就因为自己小心中不快，更不想让拓跋坡大自己三个位子，便说道："那就卢哥做老二，你做老三，阿塔木哈老四，我老五。"西克腾朗朗说道，"不要磨叽，就这么定了。"西克腾又说道。完颜雪一旁听得西克腾也没提她，微微尴尬。

众人听此，也没得说得。

"好，那便如此。"沐昕说道，

眼见沐昕拎起坛子，饮了一大口，便狠狠摔下，酒坛炸裂而碎。

另五人也跟着饮了酒，砸了酒坛。

沐昕拜向明月，朗声说道："今日我沐昕、卢绫剑、拓跋坡、阿塔木哈、西克腾、完颜雪拜为异姓兄弟，不求同年同月同日生，但求同年同月同日死，碎坛立誓，明月为证，此心昭然，拜月三拜！"言毕，便俯身拜了三下，众人也跟着拜。

那西克腾、拓跋坡、阿塔木哈俱是欢喜，完颜雪也笑着跟着拜，唯独绫剑一旁只拜未笑，怎么？原来绫剑心思："沐昕这话，说得俗套，又是顺口而道，想必是常与人拜交，这般深夜不归家，却寻得我们，到底是何念头。"

几人拜完，便又是一番闲聊，此刻那完颜雪已然是脸颊红通，显然不胜酒力。

"今日我要启程去金陵参加一个圣上钦点的婚事，不知几位兄弟可有意向同去玩耍一番。"沐昕谓众人道。

"去金陵玩，好啊。"西克腾一脸欢喜。

"恐怕去不得，我们有族人在碧华谷，还依靠着我们呢。"阿塔木哈讲道。

沐昕听此，便把如何安排那鄂伦春族人，以及那鲜卑小部的事情种种说了。

阿塔木哈见能安排得差事，又有居所，当下同意。拓跋坡也是欢喜。

绫剑听得沐昕这话，心想："原是想收那族众编入行伍，不过若能给那族人搞得居所，这事也不亏。"便没吱声。

绫剑便问道："是谁成婚，竟是圣上钦点？"

"丐帮帮主侄子，锦衣指挥使纪纲之女。"沐昕看向绫剑说道。

绫剑听了，原是淡然，不过半响，瞠目结舌，忙问道："什么？"

沐昕见绫剑反应如此激烈，不禁诧异，说道："啊，怎么了？"

绫剑先是愣了一会儿，然后又是笑了，和那沐昕讲道："我和沐大哥一同去那金陵玩一番，不知何日启程。"

绫剑反应如此之激，完颜雪一旁瞧见也是心中疑惑，不过大家都没太在意。

"我也去，完颜妹子也去。"西克腾讲道，又打了一下完颜雪。原来西克腾和完颜雪从小玩大，游牧部族，还没分开过，完颜雪推了一下西克腾，抖了抖衣裳。

"我便不去了，我留下还要统领族人。"阿塔木哈讲道。

"拓跋兄弟呢？"沐昕问道。

"大哥能否给我在明军安排个一官半职，我想杀尽那鞑靼狗贼。"拓跋坡目光凌厉，本身欢快的情调立时变得幽寒。

沐昕见拓跋坡如此，思索一番，回道："拓跋兄弟可信，待我修书一封，荐你去做山海关守军。"

"沐大哥之恩，永世不忘。"拓跋坡抱拳而谢。

沐都尉豪情江湖，着实难得，这六人之事暂且不表。

第二十九回　遇金兰，共讨英雄戎功（下）

却说那金陵城中，花一幕和莫知秋、雪洛寒三人拜到郭府，与那郭骥见了面，郭骥见朝廷竟然派了高手保护，又有江湖义士同来，不禁感皇恩浩荡，自己也是振奋了志气，便忙着收拾行李，准备启程前往漠北，郭骥和手下商量，直坐馆驿到北京，再从北京找几匹好马，出长城奔鞑靼。

但说这金陵城，已是多处挂了红灯笼，拉了红布，贴了剪彩，百姓们只道是那皇上又要大婚娶妃子了。

金陵皇城里，乃是这大明应天府皇宫，洪武二十五年建成，这皇城坐北朝南，西边有一西安门，北到后宰门，南至瑞金路，便看见四座大门，南午门、东华门、西华门，北玄武门。进了午门便是奉天门，内是正殿奉天殿，殿前左右为文楼、武楼。后边华盖、谨身两殿。内廷有乾清宫、坤宁宫，加上那东西六宫。皇城东边便到金陵东郊，南走即是护城河。

且说此时，那奉天殿内，群臣上朝，那殿上龙椅空着，只是边上坐了一人，也是身着黄袍，乃是皇太子朱高炽，成祖此时正北巡之中，便命皇太子朱高炽监国理政。

皇太子见众臣参拜完了，便谓众臣道：“有事启奏，无事退朝。”说罢，朱高炽大手一挥，示意众臣。

只见那武官列站出一人，却未穿武官服，乃是身披绣花蟒袍，头戴长翎乌纱，面色淡白，持笏参拜完，便朗声说道：“臣郑和有成祖赐书要宣与殿下。”

朱高炽见是父皇圣谕，忙起身跪下，高呼万岁，百官也尽皆膜拜应声。

但看那郑和提了提帽子，抖开手中卷轴，清了清嗓子，大声宣道：“我命你监国，凡事务必宽大，严戒躁急。大臣有小过，不要遽加折辱；亦不可偏听以为好恶，育德养望，正在此时。天下机务之重，悉宜审察而行，稍有疏忽，怡害无穷。优容群臣，勿任好恶。凡功臣犯罪、调发将士，必须奏决。”郑和读罢，便下跪一拜。

朱高炽听闻面色羞愧，原来是早些时候，他在朝堂之上训斥臣子，准是被父皇听得，这才赐书责备他。

朱高炽起身谓众臣道：“圣上责我，令我着实羞愧，我当一言一句刻在心间，我性格鲁莽，难免疏漏百出，还望众位臣家与我共勉，不负皇恩。”众臣皆应声遵命。朱高炽被这朱棣一训，谦逊了好多，朝堂之上便和那众臣探讨家国大事，断了不少事务。

却说散了朝了，郑和便步出奉天殿，径往文楼而去，却听得身后脚步声急。

"郑大人留步！"郑和只听身后一声高呼，便转身看去，乃是那礼部尚书赵弨。

郑和便停了步子，待那赵弨跟上，开口问道："赵尚书何事？"

"听闻大人又要出使西洋，可是近日之事？"赵弨大口喘气，问道。

"是，即便要走了。"郑和手扶赵弨肩膀。

"可能告知我详细日子，下月？下下月？"赵弨忙问道。

"下月初便走。"郑和回道。

"能否晚些日子，拖得一两个月。"赵弨气息顺了，问那郑和道。

"有事但说无妨。"郑和诧异，问赵弨道。

赵弨没言语，只是看着郑和，郑和见此，环顾四周，只见朝堂刚散，百官零散，便和赵弨讲道："且与我同去文楼。"赵弨听闻点头。

二人径往文楼而去，赵弨跟着郑和走了几步，又说道："今日我请郑大人喝些酒，我们出皇城，寻个酒家。"郑和听了这话，心中更是疑惑，不过见赵尚书如此，必然有缘由，便应了，二人便找了马匹，出皇城去那街市。

却说郑和二人穿过金陵城，虽是上午，已是繁华流龙，二人行至一家酒楼下，但听楼上歌声唱起，声音婉转，沁人心脾，二人不禁留步。

但听那歌唱：

"风流金陵秦淮河，寂寞空楼把歌吟。琵琶无心人有心，长琴已故弦声旧。莫伤情，莫伤情，柔情一水更谁惹。兀自笑颜堂前客，无奈谁人料我意。"

郑和不禁问赵弨道："这是什么词。"

赵弨也不解，只知这词牌名为"鹧鸪天"，便回道："没曾读过。"

"择日不如撞日，我们便就在这家吃酒。"郑和大笑而道。

赵弨听闻郑和这一句文言用得着实不当，碍于面子，也不好说什么，只得点头，二人齐进店家。

及至进店，这郑和二人退朝便来此，也没换衣服，这一进去，众人惊愕，店家更是掌柜的出来接待，郑和赵弨相对而笑，寻了楼顶而去，那楼顶众人见此，哪个不识相，尽皆膜拜一番，便离开下楼去，郑和二人也略感尴尬，但也没得办法。

那掌柜的忙问："二位贵人要吃些什么菜？"

赵弨想开口点些酒菜，却被郑和先开了口，郑和说道："我适才楼下听闻你们这传出阵阵歌声，唱得着实不错，可能让我见见真容。"赵弨瞥了郑和一眼，心中思量道："这个死太监，还惦记上歌女。"郑和见赵弨瞥了他一眼，便说道："你懂什么？"赵弨一愣，心中又是思量："鬼了，莫非这太监还会读我心中之话，见鬼。"郑和也没理会那赵弨了。

那掌柜忙说："贵人请候。"便忙跑下了楼。

不一会儿，便有一女子抱琴而上，穿着姿色，俱是一般，没什么出众。

那女子上前跪拜，问道："官人想听什么曲子？"

郑和挥手问道："我刚才进店之前，你唱得那曲子，是什么来由。"

"禀官人，我只知这曲子是'鹧鸪天'，别的不知。"那女子说道。

"寂寞空楼把歌唱，琴老弦声旧，莫伤情，兀自笑颜堂前客，无奈谁人料我心。"郑和抬头眯眼，喃喃而道，心中又是思那朱棣皇帝，又是脑海中一片汪洋大海，一望无际。

赵弜一旁瞥着郑和，心中思量："咋还为这歌女伤情，入戏太深啊，这死太监这般演得着实不赖。"

郑和料那歌女也是不识得这曲子，便叫他走了，又吩咐要了些酒菜，让那歌女转告掌柜。

不一会儿，酒菜便上来了，那掌柜的亲自给端了上来，又是赔笑，又是恭维。

"你找我到底何事？"郑和边喝酒，边和那赵尚书说道。

赵弜瞧看周遭无人，讲道："你可知圣上钦点了一门婚事，要在这金陵城大办。"

郑和微微一笑，讲道："你担心个什么，圣上只不过是想借此开个群英会，笼络那江湖侠士之心。"

"郑大人可曾想过一事？"赵弜抬起手中酒杯比画问道。

"有话但请直言。"郑和回道。

"你可知这圣上北巡之意在何？"赵弜问郑和。

"圣上欲迁都北京，以控漠北。"郑和回道。

"郑大人可知那武林侠士，豪族望门，江湖帮会，多在江南？"赵弜道。

郑和还是不解其意，摇了摇头。

"此番召集江湖众人往金陵一聚，好的来看，是尽皆招安朝廷，反之，也是变相地合了绿林势力。"赵弜又说道。

"你们文人如此畏首畏尾，便什么也不做便好了，当真百无一用是书生。"郑和不屑而道。

"不出几年，圣上必迁都，郑大人若在还好，武林众人，没得一个不服郑大人的，但郑大人频繁下西洋，如何靠得你？"赵弜又是追问。

郑和若有所思。

"到时候，朝廷在北京，留下金陵苏杭富足之地，群侠集聚，好了顺着朝廷，倘若被贼人所惑，拧成一股绳，到时便是大患！"赵弜神情激动，厉声说道。

郑和瞪大眼睛，恍然领悟。

郑和放下酒杯，愣了半晌，随即起身，向那赵弜俯身一拜。

赵弜惊慌，哪里受得起这郑和一拜，怎么了，郑和为内官监太监，官位四品，那赵弜乃是礼部尚书，官位正二品，怎么对这郑和又怕又敬，这郑和，哪能用官位论地位，他乃是朱棣第一心腹，功高权重，只不过身为太监，不好封得太大的官，这赵弜忙也跪下，和郑和对拜。

"吾皇有赵尚书这般忠臣，又审时度势，洞若观火，但感苍天佑我大明，我如何能不拜敬与你。"郑和神色严肃，字字真切。

"郑大人言重了。"赵狟扶起郑和，但扶间，细看那郑和脖颈，便有两处深深的刀疤。

两人起身而坐，对饮了一杯。

"郑大人可有应对之策。"赵狟问道。

郑和思索一番，回道："我不在之日，可便叫那锦衣卫纪纲领事，纪纲功夫高深，定能令群侠折服，然后朝廷再严令禁止，整顿吏治，削弱江湖帮派实力。"

赵狟听得纪纲名号，只知纪纲乃是执刑的，武功高深路人皆知，眉头微皱，却没说什么。

一会儿，赵狟又是问道："倘若那纪纲欲行不轨呢？"

郑和听闻"哈哈"大笑，质问赵狟："若是我郑和欲行不轨呢？"

赵狟听闻，勉强一笑，随手端起酒杯便敬郑和，二人对饮吃菜，暂且不表。

成也萧何，败也萧何，赵狟此时尚且不知，自己本欲安定群侠，稳大明江山，却是不知不觉适得其反，赵狟也看不见，那几日金陵一变，群侠乱战，会有多少性情殒命，有多少红染血流，有多少离恨冤仇，有多少余生苦等……

但说那郭骥心急难耐要出漠北，觉得官驿太慢，便重金从那金陵寻了几匹千里马，弃了家奴，只带些金银珠宝，郭骥只带两个侍卫，与花一幕、莫知秋、雪洛寒三人，昼夜奔马，谁道这是哪来的一腔热血，如此报国心切，建功心急。还道那金陵长风镖局之中，姜九曲后来还是定了不投镖局，便和徐墨卿拜别王大勇，想回洛阳老家找帮里兄弟，又听百姓传言道金陵将有大婚有得看头，便从这金陵租了一处住所，二人也是想瞧瞧热闹。

第三十回　忠魂老臣舍命去，英豪长驱尽是胆

郭骥等人快马加鞭，直奔北京，没歇息几日，便又行路，至逐鹿，又寻到乌兰察布城。

到那乌兰察布城中，郭骥心想此处已然是蒙古城了，便停了下来，和人打听那鞑靼首领身在何处，却是均言还要北进，郭骥等人便在城中绕步。

郭骥忽然见到街边几人，牵了好些马匹，又见地上躺着一匹马，已是被那几人砍杀死了，那马通体乌黑，鬃毛密密，乃是一匹骏马，不解，便寻上前去。

郭骥向那几人问道："各位何以杀这骏马？"

只见那为首一人，乃是汉人，说道："阁下有所不知，我这乃是为民除害。"

郭骥不解，身旁花一幕也是不解，花一幕问道："如此骏马，人间至宝，如何是害种了？"

那为首汉人叹息而道："众位有所不知，我本在这华北经商，赚得些许钱财，日子过得算好的了，无奈那鞑靼狗贼，掠夺我地，杀我妻儿，如此深仇大恨难解，我便倾尽家财，换了那鞑靼几匹骏马，宰杀之后，我便和我随从一齐去那北京从军。"

郭骥道："鞑靼人杀你妻儿，着实可恨，但你以钱换马，又杀之，何以？"

"阁下岂知此马是什么马？"那汉人说道。

郭骥端详一番那汉人身后众马，但看体型不大，皮厚毛粗，又是强健英俊，郭骥思量一番道："此马乃是蒙古马。"

只见郭骥身旁雪洛寒轻声和花一幕说道："这不是乌孙马么？"，花一幕回道："呆子，乌孙马在伊犁那边。"雪洛寒略觉尴尬，不再言语。

但说一番这蒙古马，《汉书·匈奴传》记载：尧舜以前"居乎北边，随水草而转移，其畜之所多，则牛马羊"。实际上，早在汉高祖刘邦进击冒顿单于之时，便被匈奴三十万骑兵围困七日之久，汉武帝时期，便曾任命匈奴金日磾做大汉马监，司全国马匹，《唐会要》曾记载："突厥马技艺绝伦，筋骨适度，其能致远，田猎之用无比。"蒙古之所以军事强盛，便是靠那"弓马之力取天下"。

但讲那成吉思汗西征，公元 1219 年九月，成吉思汗两位悍将速不台、哲别打那花剌子模国讹答剌城时，因那城墙防御坚固，久攻不下，哲别便带军退了五百里休整，那花剌子模国得知哲别退军五百里了，便放下心来，放松了戒备，蒙古军歇息了几日后，哲别便突然下令，骑兵迅猛突击，蒙古军夜行五百里便至城下，城中毫无防备，被哲别一举攻下，蒙古军马从此名声大振。

及至蒙古攻略东欧之时，也受得那欧洲链甲骑士和那皇家精锐骑兵阻击，然而蒙古兵势如破竹，席卷西亚东欧，蒙古战马，真乃可畏可惧。

郭骥眼前这汉人，莫非是惧怕这马了，但见那汉人说道："鞑靼之所以强盛，半者靠得这马，我且杀他几匹，以解吾恨。"

花一幕道："你讲的是，你杀这马，便好似杀那鞑靼军士？"

那汉人点头道："正是。"说罢又是命人牵来一马，欲杀之。那马皆是蒙面蒙耳，若非如此，众马见一马死了，便早挣脱奔逃了。

只见花一幕身后莫知秋站出，拦住那牵马之人，道："你们这般便不对了，你应养得此马，来日战场之上，用以脚力，杀敌雪耻。"

郭骥听得此话，略有不解，但看花一幕忙拉拽莫知秋到身后，道："你杀马泄恨，着实无意义，正所谓见贤思齐，鞑靼虽凶恶，但必有凶恶之依，以恶除恶，以暴制暴，方能御敌，这般吧，你这几匹马，我们买了，借以脚力，来日战场多杀几个鞑子，岂不是更解你心中之恨。"

那汉人思量一会儿，道："阁下所言有理，不必买了，这些马，便送给你们了。"

郭骥闻此大喜，忙抱拳以谢。

却说花一幕瞧看那众马，尽皆身形矮小，唯有一马，腿长身巨，但鬃毛极短，周身黝黑油亮，花一幕思量一会儿，断定此马不是蒙古马。便上前去，摘了那马眼罩，又见此马乃是一匹母马，仔细端详，这马通体油黑，窄面、长颈、阔肩、平背，玛瑙般的眼珠红光晶莹，花一幕翻身上去，但感喜欢，便和众人道："此马归了我了。"众人"哈哈"一笑，那花一幕却觉此马有些异常，马腿上粗健，却见那马眼疲倦，半眯半睁，着实难解。

郭骥等人换了马匹，便一路北进寻那鞑靼部族，此时已至草原，初夏季节，虽然阳光直射，但草原风拂，也没觉得闷热，众人踏马青草之上，又观地上野花丛生，远处一望无际，不禁心驰神往，感叹此番美景。

花一幕骑那黑马走在前面，道："若有一日功成名就，我便与我妻子，纵马这草原之上，想想都好生快活。"

雪洛寒笑道："你都这般岁数，还没娶亲吗。"

花一幕笑了笑道："一直贪恋功名，没曾想过婚娶，不过指挥使也曾给我挑得过几个，不过尽皆也是锦衣卫，个个性格蛮横，我爱温柔那种。"

雪洛寒嘲讽道："哪个温柔的嫁得你啊，瞧你那呆样。"

花一幕回道："说得好似你娶得好女子一般，你那家中，想必也是个走镖镖师吧。嗯？"

雪洛寒笑道："不巧了，我娶了个贤惠之妻。"

花一幕道："这般啊，哪天瞧看瞧看。"

雪洛寒道："我且不与你瞧看，怕你眼红。"

花一幕又和雪洛寒一番互嘲。一行人行得也是没事，各自闲聊，那郭骥年

岁已大，眼见身边年轻人谈笑风生，不禁想起自己年轻之时。

郭骥心想："我此番出使，从金陵至此，也真是算得上是老骥伏枥，志在千里了，了了此事，我也便告老还乡，和老婆子终老去了，往后之事，还是留给这班年轻人吧。"

众人行间，远见许多蒙古衣装之人，大约七八个，那几个蒙古人见了郭骥等人，也便纵马奔来。

那几个蒙古人飞马过来，领头一人问道："你是汉人，来我鞑靼作甚。"这一口汉语说得着实牵强，不过也能听得懂。

郭骥道："我乃大明使臣，应吾皇之命，见你鞑靼王。"

那几个蒙古人面面相觑，领头一人和那几个人商量了几句，回道："好，既是大明使臣，当欢迎，你们且随我，我领你们见我大王。"

郭骥等人便随那蒙古人而去，沿途深入草原，又见一河蜿蜒如蛇，郭骥便问那蒙古队领头之人说道："这是什么河？"那蒙古人回道："胪朐河。"郭骥便思索曾阅书籍，想得《金史》中曾有记载一河，也是这般，不过那河叫"龙驹河"，郭骥此时尚且不知，过不了多久，成祖朱棣便会亲临此河畔，率军饮马此处，赐名此河，这河，便是那后来闻名遐迩的"饮马河"。

郭骥随那队蒙古人行了两天，便到了一处人众聚集之所，那地蒙古包林立，大帐四建，番旗飘荡，牛羊遍地，郭骥等人便随着进去，那郭骥心细，仔细瞧看众多蒙古包、大帐，虽然布皆陈旧，但看插入地面的尖刺，但感这些大帐均是建立不久的。

那队蒙古队领头之人，给郭骥安排了一间居所，便道："你且等我通报大王，必以宾客之礼相迎。"郭骥等人安了马匹，整理行李，便在此住下，及至傍晚，又有一蒙古人通报："大汗今日和国师狩猎晚归，今日暂且休息，明日晨起，便见诸位。"郭骥等人也便就此歇息，及至晚上，郭骥点了烛光，拿了笔墨，把这一路所见所闻尽皆书写，又是横牛皮纸作图，把这一路如何从北京至此，尽皆画出，重要地位，又是以朱砂点出，郭骥如此，一夜未眠。

次日清晨，鞑靼大汗便召见郭骥，郭骥及至大汗帐外，门外守卫手持长兵，要郭骥等人放下兵刃进去，郭骥见此笑了笑道："我郭骥乃一文臣，带剑不带剑没得区别。"便放下腰间佩剑，身后侍从也放下了武器，花一幕见那鞑靼守卫面目凶狠，那长兵枪尖寒光凛凛，不禁提防，低声谓雪洛寒、莫知秋道："你们二人谁徒手功夫强些？"莫知秋道："我正思量此事，我武当绵掌精通，你二人且留在门外，我进去，若有闪失，你们二人门外接应。"莫知秋说罢解下背后长剑掷在门前，弯身走进大帐，花一幕、雪洛寒一人腰间带刀，一人持枪立在帐外。

郭骥进了帐内，只见那帐中一人正坐，衣着华丽，衣服红绿蓝相间，头戴蓝帽，显然是鞑靼大汗，身旁一人，披着黄衣，想得也是一个人物。

只见那鞑靼大汗身旁侍卫见郭骥进来，大喊道："见我大汗，怎不下跪？"

郭骥听此，朗声说道："我乃大明皇帝钦命来此出使，行事言语，如同皇命，身份非常，恕不能下跪。"

只见那鞑靼大汗训斥那侍卫道："大明使臣，是客，休得无礼。"

只见那大汗身边一人说道："不知尊使姓名。"

郭骥道："姓郭名骥。"

那人说道："我乃鞑靼国师阿鲁台，这是我们大汗孛儿只斤·本雅失里。"

"见过有礼。"郭骥抱拳而道。

那阿鲁台道："尊使既然来此，何以带了这众多侍从？但请这些兄弟暂且出帐，也好静谈。"

莫知秋瞧看那阿鲁台，但看那眼珠转看，不禁提防。

郭骥便命众位侍从出帐，花一幕见这侍从尽皆出来，心中思量，和那侍从低声说道："麻、前、速。"那侍从们起初一愣，后便有一人领悟，带了众侍从离去。

且说那帐中，莫知秋瞧看之际，偶和那阿鲁台对上一眼，阿鲁台看到莫知秋，但感此人非同一般，心中忌惮，便问郭骥道："这位侍从何以不出帐。"

郭骥欲言，却被莫知秋打断："我乃郭大人副官，无须出去了。"

阿鲁台问道："既然是副官，何以不穿官袍，而穿道服。"

没等莫知秋言语，那鞑靼大汗本雅失里便开口道："我鞑靼素敬道家，既是道人，一同论事，也是好的。"阿鲁台一旁不语，瞪了莫知秋一眼。

"不知大明尊使来此，有何要事要讲？"本雅失里道。

"我大明北部，与贵部接壤，本欲和平处之，但贵部屡屡劫掠，我大明皇帝且让我代为相劝，昔日洪武皇帝逐蒙古人出中原，你们遂来此处续建北元，我大明皇帝恩泽天下，容得北元之于此地游牧，但若贵部不知是非，妄自为事，恐怕会招致祸端。"郭骥朗声说道。

"我鞑靼人，游牧草原之上，无心你中原之事。"本雅失里旁的阿鲁台道。

"既然无心我中原，何以频频劫掠我边疆之地。"郭骥问道。

"阁下且听我讲。"阿鲁台道。

"你讲。"郭骥回道。

"你可曾听过草原狼群，我鞑靼，便是那草原狼群，在这儿猎食以求生，有何不妥？"阿鲁台问道。

"你且在你草原掠食，侵扰我边疆作甚？"郭骥厉声问道。

那阿鲁台"呵"了一声，说道："阁下边疆之地，兵马老弱，防备虚无，好似羔羊一般，我鞑靼狼见羔羊，如何有不食的道理。"

郭骥听闻大怒，厉声骂道："鞑靼狗贼，如此猖狂，真乃不识天高地厚！"

本雅失里听闻郭骥辱骂，也是大怒，喊道："如此狂徒，我本礼遇，竟恶口相对，着实气人，来人，将这狂徒推出大帐斩了！"

郭骥听闻，"哈哈"大笑，厉声说道："我来此之前，便知九死一生，岂

会怕了不成，不过我有一言奉劝，你们鞑靼虽然此时强盛，雄霸这草原之上，但若惹得我大明震怒，到时候我中原大军讨伐，令你鞑靼横尸遍野，覆亡此地，便追悔莫及。"

本雅失里听闻大怒，抄了旁边长刀，直直朝郭骥捅插过来，莫知秋大惊，飞身上前，然双手难敌这长刀，只得打他长刀刀柄，但见那长刀偏了一点，但仍是从郭骥右胸边上划过，立时流出鲜血，莫知秋忙一把抱住郭骥，往帐外跑去，阿鲁台大喊："速来人拿了他们！"

只见帐中诸位武士尽皆出身相拒，兵刃一起砍去，莫知秋还没出帐，身后数人赶上，又是带着重伤的郭骥，不知所以，正慌乱间，见那大帐门帘被挑开，横出一把长枪，那长枪又是挥舞，横扫莫知秋身后之人，这持枪的正是雪洛寒，"你且带郭大人先走，马在帐外！"雪洛寒大声嘶吼，又是一枪横过，一人挡了数人。

莫知秋带郭骥出帐，眼见花一幕已是骑马候于帐外，郭骥侍从已然和那帐外武士交战起来，乱战之际，莫知秋忙一提郭骥送到花一幕马上，花一幕把郭骥抱在胸前马上，左右调了调马头，跃马便走。

莫知秋回头望了一眼雪洛寒，见他已经渐渐被逼出帐外，莫知秋忙拾起那放在帐外的长剑，回身击剑劈去，解了雪洛寒之危，又是大声喊道："诸位快上马。"只见那数位侍从尽皆骑上马匹，那帐中本雅失里也是大惊，本以为杀那郭骥易如反掌，便没布设太多的武士，没想到这等人竟是如此难对付。

本雅失里大怒，和阿鲁台说道："速调人马，与我拿了这些狂徒。"阿鲁台领命而去。

那鞑靼本无防备，花一幕携郭骥飞马奔出之际，便也顺畅，二人一马先行奔逃。

但那莫知秋等人便难得了，及至几人上马奔逃，鞑靼早已戒备，数名武士追赶，又有数队铁骑已出，手持长钩、长枪、铁刀、链子追赶，这几个汉人马上功夫哪里比得过这鞑靼之人，莫知秋吼道："我们分两路，雪洛寒你往西南，我往东南。"只见众人分路而行，那侍从有的随了雪洛寒，有的跟着莫知秋。

先说那雪洛寒几人，往西南奔去，这边虽是出鞑靼聚地，却是多处崎岖难行，奔逃之际，便有落后几人被那鞑靼骑兵追上截杀，跑得一会儿，雪洛寒便感只剩自己一人，又见鞑靼追来，不禁心中惊慌，快马加鞭，又感背后一阵寒风，猛然回头，见一长刀横扫而来，雪洛寒忙掉马回身一枪，将那人刺于马下，这一转身，便被鞑靼一队骑兵追上，雪洛寒纵马枪挑，又是连挑二人，转瞬之间，雪洛寒已被重重围住，雪洛寒见无处可逃，便心想和这鞑靼拼了，跃马冲枪，穿了二人，与鞑靼骑兵厮杀，正打间，但感马身颤抖，雪洛寒忙低头看去，但见此马后腿已被铁链绕住，雪洛寒大惊，欲跳下马去，却早已来不及了，那马突兀往前栽去，雪洛寒直直坠地，长枪脱手而出，惊慌间，雪洛寒但见数把长刀横在自己身上，已然不能动弹，几个武士下马，便将他绑了。

那莫知秋一拨，纵马东南而去，狂奔不久，便觉身后并无追兵，莫知秋忙回头看去，只见跟随了三人，几人望去身后，遥遥不见追兵，也是心中诧异，莫知秋道："休得掉以轻心，我们速速离去。"说罢，众人便随莫知秋径往南行。

　　却说这鞑靼分了三拨骑兵，为何不追那莫知秋，原来那本雅失里又是下令不得伤了道家之人，怎么说，原来那昔日全真教与这蒙古之人有恩，本雅失里自幼便知，此番便未追击莫知秋，却说雪洛寒被擒拿，尽数鞑靼铁骑便追花一幕而去，花一幕虽然纵马疾驰，但身上毕竟带得一人，二人一马哪里能逃，郭骥见此，便从胸口拿出一张牛皮纸、一卷书册，塞在花一幕胸口衣裳之中，说道："此乃是我昨晚连夜将那鞑靼军中之情尽皆记录，又是把我们此行之路尽皆绘制成图，你务必带回金陵，也不枉我们此行。"郭骥言罢，便使力一挣，跌下马去，花一幕大惊，欲勒马停步，却见那郭骥早已被身后追杀的铁骑踏过，花一幕"啊"了一声，左手紧了紧胸前衣裳，右手猛得一鞭，飞马奔逃而去。

　　花一幕正奔逃间，但感此马脚下已然无力，着实惊慌，那铁骑也是有几人赶上，花一幕便抄出腰间绣春刀，将贴身的敌人尽皆砍下，又是挑开几个飞来的铁链，且说花一幕出身锦衣卫，素以铁链长钩伤人，那铁索勾人之法，他再熟悉不过，那铁链声出，他便知这铁链要打向何处。

　　眼见花一幕坐下黑马已然无力，鞑靼铁骑已然近身，乃心中无奈，口中喊道："且了结你们，我再行金陵。"花一幕这话，说得英气非凡，但也不过是给自己一番壮胆，单人单骑如何敌得过这众多铁骑。

　　花一幕急勒马头，回马一刀，砍下一人，只见那铁骑尽皆冲过，来不及止步，有几个骑兵竟是勒马的劲过了头，向前跌马落下，花一幕大惊，突然察觉坐下之马竟然是疾奔之中勒了一下便立时停住，令人惊异。

　　花一幕欲持刀相斗，但感此时马间相距甚远，自己手中那把绣春宝刀实是无用武之地，果然应了那指挥使纪纲之言，悔恨自己没得精心准备此行，学得一番长柄武艺再来，此刻花一幕用短刀和众长兵、铁索、链锤相斗，着实吃力。

　　但和周身众敌斗了几番，花一幕但感那敌人只要兵刃袭来，坐下马匹便侧过闪避，自己只要一出刀劈砍，那坐下之马便贴身过去，花一幕心中略喜，想道："有得如此良驹，实乃天不亡我。"

　　花一幕正斗见，但感马身后部微起，惊慌不已，回头一看只见一人赤祖上身，手持大锤向那花一幕马后腿砸去，但见那马后腿双双抬起，一个猛蹬，踢向那大锤之中，竟然是蹄子击铁锤，也是惊异，那铁锤竟被踢飞，砸回那鞑靼人身上，那人受了铁锤一砸，立时跌将下去。

　　只见那马后腿落地又是往前疾奔，并无异样。花一幕正奇怪间，但感身前风响，急忙回看，但见一长刀已然横到面前，慌忙弯下身子躲过，便出手一刀砍下那人，花一幕心想："原来这马后腿落地便疾奔，是要让我贴近此人，我却分神，着实惭愧。"花一幕思量有良马如此，自己又有何惧，镇定精神，持刀劈砍，渐渐几招便熟悉了这马上之战。

花一幕心想："此时若是在地上，我且使得一招锦衣刀法的血战八方，便立时能够脱战，如此马上，如何能施展。"花一幕纵马斗了一会，突然那坐下之马前腿抬起，躲了那横扫马腿的一枪，花一幕立时有所领悟，夺过那人长枪，猛然向身前砸去，枪轰击地面，震倒数人。

花一幕马战立时进了状态，使出那锦衣刀法招招"血染红尘"，但见那绣春宝刀窥敌血脉，刀刀血战，刀刀切敌要脉，那周身敌众有的只便轻受一刀，便跌下马去。

花一幕心想："我如此这般死斗，也不是办法，擒贼先擒王，我且看这队人哪个是领头的。"便四下看去，只见一人身披重甲，头戴白蓝帽子，显然是个头头，便纵马跃去，及至那人身前，花一幕跳起身来，绣春回旋，踢翻那人，落刀绞杀，正是锦衣卫刀法绝技"寒锋饮血"，砍了那人花一幕落下空中，坐于那黑马之上，众敌见此人被杀，尽皆惊慌，花一幕不敢怠慢，又是几刀砍出一个突破，跃马飞奔逃去。

但感此时，那坐下之马脚下力道健劲，不像适才一般，花一幕便长驱如电，飞马奔逃。奔了不久，便觉已脱了追兵，停下马步，走马而行，却觉得马身摇晃，花一幕只觉马累了，便翻身下马，欲牵马歇息，却偶见那黑马后腿之上，尽皆鲜血流淌，大惊。

第三十一回　纵归来、问君可奈何，乱千篇（上）

花一幕翻身下马，见那马后腿之上尽淌鲜血，大惊，忙探看，那马也是通人性，便跪腿躺下，花一幕近过身去，但见那马后体之上戳一黑红之物，他心想必是中了兵刃，便伸手把去，但感那兵刃酥软，便用力一拉，只见那马嘶鸣一声，一幕但见拽出一摊血肉，仔细瞧看，乃是一匹小马。

那匹黑马鸣了几声，便起身转向，看向地上小马，那黑马准是见得那小马已死，悲鸣不已，花一幕震惊，此等良马已有身孕，竟是能这般奔袭，世间少有，一幕便伸手拂摸那黑马鬃毛，但感那鬃毛短密，瞧见那马眼神疲倦，便知它定悲伤不已，花一幕又是瞧了一眼地上已死的小马，便当下用刀在地上剜出一个坑，把那小马埋了，那黑马徘徊良久，便载花一幕离去。

花一幕乘马往南而行，已不知身在何处，正迷茫间，忽然想起郭骥所给地图，便从怀中取出探看，但见那图绘得翔实，路向无不标出，花一幕叹息一声道："郭骥如此忠诚，实乃我大明之幸。"便寻着这地图出草原而去。

花一幕心想，郭骥已死，莫知秋等人不知下落，此事非同小可，应速去北京锦衣卫，用黑鸽紧急传信朝廷，也好早做支援，那黑马先是疲倦两日，后便精力恢复，载着花一幕一路疾奔直奔北京城。

话说成祖朱棣此时北巡中，正欲离北京回金陵，念及故友情谊，便直去那沐王府看一番，沐王见皇上来了，慌忙不知如何招待，欲烹羊宰牛大宴，却被朱棣止住，朱棣讲道："昔日靖难之役时，吾等乱战于中原，多次在沙场中站起，那时只便能吃得上饭，军士吃得饱饭，便已是快事，如今我做了皇帝，于那金陵，什么东西没得，我倒是独念昔日戎马，醉里挑灯看剑，梦回吹角连营，此番来此，你且与我瞧看你那沐家军校场，我追忆一番便好。"沐昕领皇命，便点了兵将，列阵与那朱棣。

却说花一幕及至北京，快马奔至阴冥山，见了指挥使纪纲忙诉说了一番，纪纲大惊，花一幕欲修书飞鸽传去金陵，却被纪纲阻了，纪纲道："圣上如今就在北京，且容我立时去城中禀告，你此番行程甚远，且在锦衣卫多调养几日，如有需求，我直接黑鸽传令与你。"花一幕领命，于这阴冥山歇息了，纪纲立时换上飞鱼服，带上绣春刀，领一众亲卫直奔北京，及至北京，打探得那朱棣身在沐府，便直去沐府。

纪纲领亲卫至沐王府门前，下马跪地，大声喊叫："臣锦衣指挥使纪纲，有要事禀报，十万火急。"只见那沐王府门开，走出两人，乃是禁卫军士，见

得纪纲便开口道："指挥使莫急，我马上禀报圣上。"纪纲门前候了一会儿，便有人出门领纪纲进了沐府。

及至沐王府正厅，纪纲快步走进，见朱棣正坐堂前，龙袍金靴，身旁沐都尉侍立。

纪纲遂进门跪下，呼："吾皇万岁。"

朱棣命其起身，道："爱卿如此慌忙，有何要事。"

"圣上可记得郭骥，郭大人。"纪纲起身而道。

"当然记得，朕命他出使鞑靼。"朱棣道。此时沐昕站立一旁，见纪纲如此慌忙，已经心中有数了。

"郭大人已经被那鞑靼贼人害死了。"纪纲道。

"你是说，鞑靼杀了朕大明使臣？"朱棣听闻，起身而道。

纪纲默然不语。

"大胆贼人，竟杀朕使臣，纵两军交战，尚且不动使者，如此这般禽兽，实在猖狂！"朱棣大怒道。

朱棣在堂中踱步不停，又朝纪纲大骂道："朕命你差高手保护郭骥，你的高手呢？天天跟朕说什么锦衣卫高手如云，你的高手呢！"

纪纲叩头道："微臣死罪。"

朱棣又道："今年已是永乐七年，七年了，江湖势力你肃清了吗！"

纪纲不敢言语，跪地不起。

朱棣瞪了一眼纪纲，又道："江湖势力尽在你手了吧！你不派高手护卫郭骥，是怕损了你的贴身人手，减了你的势力不成？"

纪纲听此大惊，忙道："微臣绝无此意。"纪纲此时心慌不已，鞑靼杀了郭骥，他本万万不能料到，况且他所派花一幕，已然是锦衣卫一等一的好手了。皇上此时盛怒，言语之中，对他极为不满。

朱棣接着又骂道："你救过朕的性命，受朕器重，把锦衣卫交给你，是看你忠心，你却狂妄非常，现在朕身边的人都在说你纪指挥使权倾朝野，不怕朕的，都要怕一怕你纪纲指挥使！"

朱棣转来转去，盛怒不止，又道："我再给你半年时间，待明年，朕若再听得什么帮会，什么武林武者，什么江湖人士还在民间作乱，你便自行了断吧！"

纪纲已然吓出一身冷汗，纪纲心中明白，朱棣已经不信任他了，他苦心经营，想尽除江湖势力，而如今看来，似乎他便是最大的江湖势力，朱棣那句朝臣不怕皇上，怕指挥使，已然把他抬到皇上上面，隐隐中，有斥责纪纲有谋反野心的意思，纪纲心中慌乱，思绪万千。

朱棣在堂中走步，道："沐昕，你且与你兵马给我，我便从这北京，起兵亲征鞑靼，直插他腹地，尽屠了那群走兽。"

纪纲、沐昕听闻朱棣欲亲征，尽皆骇然，纪纲忙跪下而道："圣上息怒。"沐昕见此，也便跪下道："吾皇三思。"

"朕意已决，休要再谈！"朱棣厉声而道，叫了随将、禁卫领头进屋商议。

朱棣随将闻此，尽皆跪下相劝。

但那朱棣已然决意，众人劝得不得，正紧张间，那此番随朱棣北巡的，有一人，乃是淇国公丘福，见此无奈，便起身而道："禀吾皇，中国自古有言，杀鸡焉用牛刀，郭大人只身前往，未带兵马，没想得那鞑靼竟然如此态度，方至殉国，鞑靼北元残部，不堪一击，哪里用得着圣上亲征。"朱棣听闻，瞧看丘福。

"且让我领一军，直讨鞑靼，圣上可安心候我捷报。"丘福说罢身下，请战。

朱棣听此，瞧看了沐昕一眼，沐昕也便点头，朱棣静了静，便寻那堂中正座坐下，闭目思量，众人见此尽皆跪着不敢起身吱声。

良久，朱棣开口道："丘福领旨。"

"臣在。"丘福道。

"我且命你为征北总兵官，佩征虏大将军印，你且自行传旨，领那武城侯王聪、同安侯火真、靖安侯王忠、安平侯李远诛伐贼寇，我算了算你们本部兵马，我再抽调些铁骑，少说有十万之众，即刻点兵出征，将那北元鞑靼一击踏平。"朱棣言道。

"臣领命。"丘福道，却说那安平侯李远此时也在堂中，便也应声领旨。

沐昕见朱棣没点他的将，心中不解，道："圣上为何不点我出征。"朱棣回道："你且待命，我自有调度。"沐昕俯身领命，沐昕又道："此番出征鞑靼，于草原之上交战，与游牧骑兵相斗，兀自前去，恐怕难料天时地利，我有二位门客，可举荐从军。"

朱棣道："且说。"沐昕道："我前几日拜了几个兄弟，一者鲜卑族的一位领头拓跋坡，此人部族被那鞑靼所掠，无奈流亡此处，他功夫极强，可当一将，二者吾有一兄弟卢绫剑，他竟是一汉人做了那鄂伦春族领头，那鄂伦春部族也是被那鞑靼所驱逐，与那贼人深仇大恨，又是从草原而来，此二人定能晓北元风俗地理，带得行军，必然有益。"

朱棣道："此行作战，平安侯素以奇兵克敌，可任先锋，这拓跋坡既然武功高深，可与你做得一将。"平安侯李远应声领命。

朱棣又道："王聪将军年事已高，恐有疏忽，可命那鄂伦春族人跟随王将军左右。"

"丘福，你此战不同于中原，乃是进人家而斗，万万谨慎，不可固执己见，盲目轻敌。"朱棣嘱托道。

丘福道："谨遵圣上叮嘱，定谨慎行军，一举而胜。"丘福领命便安排人传信各侯，选将点兵，恨不得立时拿了那鞑靼大汗本雅失里项上人头。

却说那拓跋坡得知自己被皇上点将，欣喜不已，也忙见得卢绫剑众人，却知跟的不是一路军，但也无妨，几人小聚一番，几人商议，留那阿塔木哈于北京领部众，卢绫剑和西克腾、完颜雪去寻那武城侯王聪、拓跋坡径入了李远帐下。

却说拓跋坡及见平安侯李远，李远问道："阁下有何功夫，能为何事？"

拓跋坡道："小有武艺，我观你身后将士，无一能敌我。"

李远道："好大的口气。"李远便叫身后一人试探，那人手持长刀，也不留情，长刀直接横砍而来。

拓跋坡见此一笑，闪身飞步，一指点向那长刀刀身，凌虚一点，但感并无劲力，便闪身避开那长刀，李远见此笑道："阁下身手不错，能躲得过这一刀。"

拓跋坡又是一笑，只见那长刀被点之处，先是微颤，然后裂开一纹，转瞬之间便纹裂开来，兀自轻柔而断，那持刀之人大惊，李远也是目瞪口呆不知所言。

却说拓跋坡这招，正是那北元指"凌虚点指"一招，李远呆了半晌，便抱拳说道："阁下果然好功夫，着实钦佩。"李远便命拓跋坡做了护军将，暂且不表。

朱棣安排了这一番军事，便动身往金陵去了，临别与沐昕惺惺相惜，嘱托沐昕要时时演武操练，不得安逸懒兵。

却说莫知秋和那侥幸逃命的三名侍从奔得安全地点，却不知路向，几人从那草原之上行走，及至天暗，肚中饥饿，又不见可食之物，几人无奈，但也疲倦，便就地寻了个石堆之处歇息而睡，明日一早再寻食，及深夜，莫知秋睡梦之中忽觉着周身有声，不禁睁眼瞧看，便见远处数点火光似的东西闪亮，便叫醒其余三人，定睛瞧看，但见那一群光点之后又是黑影重重，不禁心中惊怕，莫知秋忙抄起地上长剑，其余三人也尽皆拾起兵刃，正惊慌间，只见身后一声尖啸，一黑影蹿出，直接扑倒一个侍从，莫知秋大惊，见乃是一匹狼直直撕咬了那人后脖颈，莫知秋忙一剑刺去，正中那狼身，将其挑开，那被咬之人已死，此时马儿已醒，嘶鸣不已，如此，莫知秋和剩下二人心中不寒而栗，只见身前群狼扑至，哪里能敌？但又何处可退，莫知秋横过长剑，一把向前扫去，吓那群狼，又是大喊："快点火。"一侍从立时反应，脱下上衣，浇上酒袋中酒，拿出火硝一把点着，那莫知秋用剑挑起，一把甩入狼群之中，那狼群见火便退步，莫知秋道："快上马。"只见那两名侍从翻身上马，莫知秋又是拍了一马，往马身一跳，那马惊了，便跑出，群狼见一马奔出，便出了几匹追赶，那莫知秋又是身后一扫，翻身上马，和那两名侍从快马而奔，狼群追了会儿，但赶不上这三匹蒙古快马，便不追了，莫知秋等人心中惊愕，哪里敢止步，纵马狂奔，恨不得立时出这草原。

流言疯传似星火燎原，郭骥出使鞑靼被杀一事霎时间传遍江湖，武林纷纷切齿，如此家国耻辱，哪里能忍。

第三十二回　纵归来、问君可奈何，乱千篇（中）

且说苏州有一富商，名为石大海，乃是礼部尚书赵弧的表舅，这石大海祖上便世代经商为官，家世显赫，自由好收藏武学秘籍，也练得几招，但终究商务冗杂无心练武，流言那十年之前，他走商之际施舍乞丐，竟然是一高人，那高人传他一本刀法，石大海通晓武学秘籍，当时便知这刀法不是一般刀法，便带回苏州家中，令门客研习，众门客研究之后，断定这刀法便是那江湖失传已久的"王霸刀法"。

石大海大喜，他偶得"王霸刀法"秘籍之事也传遍了江湖，众人纷纷觊觎不已，石大海灵光一闪，发掘商机，便派人拓印这"王霸刀法"秘籍，印刷成书，那拓印的门客姓王，石大海为了避嫌，便说自己把这刀法多有批注，改名为"霸王刀法"并以九十九两黄金一本的天价售卖，想这高价，谁人买得起，但事实恰如石大海所料，这本书畅销无比，无数豪绅侠客、帮会门派购置，有的人甚至愿意倾尽家财来和他换这秘籍。

有一人，姓胡，名聪，也是个商贾之家，刚成婚不久，经营着父亲传下来的染坊，日子还算舒坦，他也是爱好武学，尤其对刀法更是痴迷，听闻石大海得那王霸刀法，便欲讨教，爱武成痴的他早已按捺不住，无奈那秘籍售卖九十九两黄金，便和妻子商量卖了这染坊，说道自己学了刀法，功夫盖世，何愁生计，妻子定然不从，万般阻拦，无奈胡聪一意孤行，硬是卖了数代传下的染坊，换了秘籍，自己寻了个小砖屋，每日便只去那苏州城门外，和众人研习那"霸王刀法"。他妻子也是无奈，刚开始还盼着胡聪能学得这刀法，有一番作为，没想到一个月过去了，三个月过去了，半年过去了，已然一年了，那胡聪只道每日练刀成瘾，不理其他，终日便吃得咸菜干饭，有的时候甚至夜夜不归，日子早已过不下去了。

一日，胡聪半夜练刀归来，进门便问："饭菜好了吗，今日我与白恒切磋了一番刀法，想我这身手，越来越精练了。"便把刀挂在墙上，在椅子上坐下。

胡聪见妻子躺在床上不动也不理他，便问："怎么不与我饭菜。"

只见胡聪妻子起身拿了一个盘子，一个磕破角的空碗，往桌子上一丢。

胡聪诧异，问道："怎么给我空盘空碗？"

胡聪妻子道："家里早就没米面了，如何做得饭。"

"为何不去集市上买一些？"胡聪问道。

"家里分文不剩，买不得了。"胡聪妻子转身，从屋中拎起一个小布袋。

　　"如此深夜，你拎着这布袋，欲行何事？"胡聪问道，自己摸摸胸前口袋，想摸些碎银子，却发觉囊中空涩。

　　"我今日是与你告别的。"胡聪妻子到了门前，穿上鞋子，欲出门，"我不与你过了，这便回我娘家，你好自为之吧。"

　　胡聪听闻妻子要走，心中恼怒，说道："你这妇人，且没良心，哪有弃夫之理，待我练成神功，自有你荣华可享，你如此便走，着实愚昧。"

　　"奴家没这般福气。"胡聪妻子说道，眼中已然泛起泪花。

　　胡聪见妻子委屈，心中不忍，安慰道："我明日和朋友借些钱财，我们买些米面便可，怎么能说走便走。"

　　胡聪妻子听此，泪涌而出，回身至胡聪面前，把手腕上玉镯子、耳上银耳环尽皆摘下掷在桌上，言道："夫妻一场是缘，我也于心何忍，但我离意已决，你且安好吧，这些首饰是我娘带给我的，今日与你，你找个当铺当了，还能换些钱财，且安生几日，听我的劝，寻个好差事，别终日痴了。"胡聪妻子言毕，奔出屋子，带上了门。

　　胡聪见妻子如此，心知留不住了，便兀自换了衣服，躺下欲睡，却是翻来覆去，一夜不眠。

　　胡聪思量一夜，想那刀法秘籍，是不是假的，却是想不通，又想自己这般一年来，有何所获，不禁左思右想，不时便至天明，胡聪起身换了衣服，又去院中井口洗了洗脸，心想："我且去那石大海府上，这刀法我也练得一年，有些功夫，试试看能不能做个门客，也好不叫那旁人看不起我。"说罢便寻去石府。

　　及至石府，果然有人接应，那人和胡聪说要做门客，须身怀武艺，胡聪便说自己会精湛的"胡家刀法"，那接应之人便领胡聪进来。

　　胡聪及至石府大院之中，但见此处假山流水，好一番园林，想得自己有一个出人头地，也要弄一番这般的庭院，叫那弃她而去的妻子悔青肠。

　　但事与愿违，胡聪和那石府门客比画几下，被打得落花流水，那门客还百般嘲弄，说他这般三脚猫功夫，还想来做门客，让人笑掉大牙。

　　胡聪心想："此处不留爷，自有留爷处。"便寻了各家武官、镖局、帮派，却是每每碰壁，好生被人羞辱，胡聪无奈，便当了那妻子首饰，活得月来，却是发愁日后如何，无奈只得沦落街头乞讨，数日之后，胡聪已然恼怒异常，想自己祖上辛辛苦苦创得家业，被自己卖掉换得一本假刀法，妻子也离去，自己流落市井，怎么遭得这般罪，那几日也是冬天，天寒雪封，胡聪买不起衣着，也无人收留，冻在街边，凄惨可怜，胡聪心中愤怒，万般恼恨，只便恨得那奸商，恨不得扒其皮，生啖其肉，饥寒交迫，怨恨堆积，正无奈间，突有一路人经过，那人身披红衣蒙面，见胡聪沦落街头背后背刀，便走过来。

　　"你可有冤仇。"那红衣之人说道。

　　"吾有一仇人，好比夺妻之恨、杀父之仇。"胡聪怒道，但觉周身寒冷，不知自己还能活几日。

那红衣之人说道："你可想入我锦衣卫？"

胡聪惊诧，锦衣卫素来只收孤儿。

"你可能令我报仇雪恨？"胡聪切齿道。

"你入我锦衣卫行事习武，何时能报了你的仇，便看你本事了。"那红衣之人说道。

胡聪心中思量，要么冻死这街头，做个饿殍，要么入那锦衣卫，手刃恨仇，哪里有得选，胡聪便随那红衣之人而去，江湖又有传闻，胡聪走的那天，从那石府墙上用刀刻了几个大字："胡聪已入锦衣，十年后，誓戮贼人命！"那刀刻之字凌厉骇人，刀刀入墙甚深，那石大海也是惊恐，命人拆了墙，重建了一番，但心中着实忌惮。

适才所讲之事，均是十年之前的流言，人人不知真假，却是此时已然是永乐七年，十年之期已至，石大海心中惊恐，又有一日偶得一封浸了血般的红信，上面只书"胡聪"二字，石大海按捺不住，和门客商量，便在江南一带广发英雄帖，重金聘侠客，盼能护卫。

却说那临近的金陵城中，姜九曲偶得这般消息，便和徐墨卿商量。

"那石大海可说是苏州大绅，家财无数，我们若能帮他，定然少不了好处。"姜九曲说道。

"但那胡聪牵扯锦衣卫，恐怕不好对付。"徐墨卿回道。

"富贵险中求，有此良机，何不一试。"姜九曲说道。

徐墨卿见九曲已然决定，便说："若是胡聪单独一人，我便有把握敌他，若是他领锦衣卫一队弟子前来，恐怕难挡。"墨卿说道。

"没关系，我们见机行事，敌得过，便打，敌不过，我们脚下抹油，溜之大吉。"九曲说道。

"事不宜迟，我们早些去苏州看看。"墨卿说道，九曲默然，便和墨卿寻了一家官驿，往苏州而去。

想去那苏州石府的人，可不止姜九曲一波，何以见得？念得那钱财的侠客不少，和那锦衣卫本就有仇的人，也不少，不敢拿锦衣卫报仇，但胡聪若是单个寻仇，恐怕锦衣不管，一时间，江湖侠士骤然应约往金陵皇城大婚，又是人流如涌，人们径往苏州护卫石大海，武林群侠齐聚江南二城，这江湖，似乎是一场风雨将兴了。

却说那金陵礼部尚书赵犴，听闻此事，便修书一封给那苏州卫指挥使顾谨年，这卫指挥使是什么，原来此时，大明朝廷设立中军都督府、左军都督府、右军都督府、前军都督府、后军都督府五府，领全国军事，五府也在各地设立卫所，那苏州府虽然属南直隶的广德州府，但苏州城商贾流通，鱼米富足，实是一城堪比一州，也便在此设卫（此卫不同于县卫的卫），那苏州卫的指挥使，便是正三品，下设佐贰官，指挥同知和指挥佥事，卫下分设千户所，一千户便是一千一百二十军士，那锦衣卫花一幕，便是封得千户，千户之下，又是百户，

百户为一百一十二人，这苏州卫指挥使顾瑾年，也便手中握得不少兵权，而且是受那金陵五府节制，苏州知府不得干涉，顾瑾年也明白，赵疘这般修书，便是叫他暗调手中兵力，护得那石大海安好，顾瑾年与赵疘私交甚重，又看得赵疘大部为官，便调动人马加紧苏州各城门监察，一遇带刀出入之人，即刻扣下盘问，又挑得卫队日夜巡城，在那石府日夜有人墙外留守，又把那石府看门下人换掉，上了军士把门，顾瑾年不敢有得丝毫闪失。

但说近七月后，朝廷并无动静，沿街也无摆设，受邀来了金陵的群侠不知缘故，待得七月初七，朝廷礼部尚书发文致群侠，上书："鞑虏杀我大明使臣，淇国公统军北讨，圣驾留北京，锦衣卫指挥使家中婚事，缓至明年。"群侠见了文书，虽是颇有失望，但北方战事已起，还是忧国为先。

且说金陵没婚事了，很多人便去苏州绕逛，正巧那苏州石大海怕今年那胡聪当真回来寻仇，每夜都宴请几个侠士，并留宿他们，要得便是若那胡聪当真来了，好有高手保他性命，毕竟赵疘虽修书顾瑾年，苏州指挥使也不能日日夜夜派军士守着，只是每晚都留一两个军士于门内守着，那守门的军士见夜夜无事，也都放松了心神，每晚都是靠门大睡。

这年冬，一日夜晚，石大海依旧宴请了两人，一男一女，正是姜九曲与徐墨卿，单说那姜九曲上锦衣卫行骗，为何还敢使真名在这江南游荡，原来那萧寒寞已为纪纲女婿，他们几个行骗之事，纪纲也不计较了。

且说酒席间，姜九曲开口和石大海说道："我料想那胡聪早已不知生死了，根本不会前来寻仇。"

徐墨卿打断他说："这可难说，还是谨慎为好。"

石大海道："徐大侠所言极是，还是谨慎好。"

但听姜九曲说道："既然传闻胡聪去了锦衣卫，我与那锦衣卫指挥使女婿萧寒寞认得，可让他打听一番，这锦衣卫可有胡聪，若是寻着，让萧寒寞劝劝，十年已过，恩怨早已轻薄了，比如此夜夜担惊受怕好啊。"

但听石大海叹道："我早买通了锦衣卫官员，查这胡聪，但真真切切在锦衣卫找不见此人。"

姜九曲听此道："莫非胡聪去了别处。"

石大海道："我也不知啊。"

姜九曲说道："石员外不必担忧，我料那胡聪早就流落江湖，落魄死去了。"

石大海道："如此便好，如此便好。"

酒席已毕，姜九曲便和徐墨卿去了石家后院，二人漫步庭中，闲聊起来。

但听九曲道："萧寒寞做了纪纲女婿算是混得好了，那卢绫剑也去了沐驸马家做了门客，看来我们帮会之事，这二人是不管了。"

徐墨卿道："我们在锦衣卫失手，本以为会从此隐姓埋名流落江湖，哪想到那萧寒寞因祸得福，这萧寒寞得的那福分，倒是也救了我们。"

九曲说道："咱们帮众都在洛阳，明日我们便回去吧。"

徐墨卿道："回去洛阳，慢慢经营，寻得机会，我们再图发达。"

但看九曲面色忧郁，低声道："我们不是经营不下去了，才无奈铤而走险去那锦衣行骗的么。"

徐墨卿听此，看着九曲，也不说话。

姜九曲又道："我倒盼今夜，那胡聪真来寻仇，我们截了他，那石大海必然重金相谢。"

姜九曲说罢，抬起头来，望向明月，只觉天气阴冷，将手臂抱在胸前。徐墨卿立在一旁，刚想脱下衣裳披给九曲，却眼珠一转计上心来。

是夜，石大海浅睡之际，忽闻窗外声响，惊醒看去，只见一人持刀，翻进屋中，这人蒙面喊道："石大海，我乃胡聪，今日要你性命！"石大海大惊而起，吓出冷汗，抄出床边短剑防身，胡聪贴上石大海，危难之际，但见一人破门而入，手持单剑，胡聪见此一愣，乃是姜九曲，但听九曲大喝道："胡聪！石员外早托我守护，我于园中巡视，见你身影，追将过来！"姜九曲长剑直指，一手捏起剑诀，一声喊道："看剑！"胡聪不敢怠慢，接招相抵，二人在屋中缠斗来回，石大海躲在墙边，不敢近前，只是大声喊道："来人啊，有刺客！"

片刻之后，几个家丁持械闪入，胡聪见此，退到窗边，翻身遁去，九曲跟上，追了出去。家丁见此，都欲出门追赶，却听石大海叫道："你们在此守护！切莫离开！"家丁听命，护在屋中。

半炷香后，姜九曲剑上带血，走进屋中，石大海颤颤巍巍的声音问道："可曾抓着胡聪！"

但见姜九曲回道："我从窗跃出之后，穷追不舍，至一河边，终于逮着，与之死斗，一剑穿胸，又将其踢入河中，定是死了。"

石大海听闻大喜，起身谢道："姜女侠果然英武！如此大恩，我诚不知何以相谢！"

姜九曲道："区区小事，石员外言重了。"

石大海又道："姜女侠可先去休息，明日我为姜女侠设宴相谢。"

九曲抱拳一揖，回到屋中，心中欢喜。

姜九曲回屋之后，便坐床边，过了一段时间，一人从窗外跃进，手提一只死鸡，鸡血仍流。九曲见了，道："哈哈，你将这带回作甚？"那跃进之人，正是徐墨卿，但听其道："白白扔了，怪可惜的，留着炖了，多好。"姜九曲嫣然一笑，二人睡去不提。

次日，石大海设宴庆贺，席间夸赞九曲，又是连连致谢，言从今往后，终能安睡踏实了，又备了黄金钱财，赠了相谢，宴毕，九曲与墨卿带了金钱，辞别石府。

二人走间，九曲欢快，但又感心有丝忧，便问墨卿道："我二人虽得钱财，但毕竟乃不义之财。"

徐墨卿听此回道："昔日我们上锦衣卫，那锦衣卫人心狠手辣，作恶多端，为江湖之人切齿相恨，我们若是从那拿来钱财，也是除恶之举；昨日在石府一举，虽看似不义，但那石大海家财万贯，给我们这点钱财，他不痛不痒，况且那胡聪乃是他一心病，我们替人去病，收人酬谢，有何不义？"

九曲皱眉道："但那胡聪若是日后真来寻仇呢？"

徐墨卿道："哪有什么胡聪，我料那胡聪，早便死了。若是活着，何以这么多年不闻其名，就算真活到如今，也是有了赖以生活之技，何苦前来行凶，惹得官府追捕，搭上性命。"

九曲道："可是那胡聪若是衔恨难消……"

徐墨卿道："唉，有何仇深，十年不消。"

九曲半晌不语，而后道："如今手头富裕，不知那萧寒寞与卢绫剑现今如何。"

徐墨卿道："寒寞那厮因祸得福，要娶纪纲之女，自然不用我们担忧，却不知绫剑如今何状。"

九曲道："去寻寻他，看他愿不愿齐回帮会。"

墨卿道："曲终人不见，江上数峰青。"

九曲闻言，郁郁不快，却说此时苏州，薄雪微披，晶白亮洁，雪路之上，一白兔跳步，九曲见了，开口念道："茕茕白兔，东走西顾。衣不如新，人不如故。"

第三十三回　纵归来、问君可奈何，乱千篇（下）

遥望中原，荒烟外，许多城郭。想当年、花遮柳护，凤楼龙阁。万岁山前珠翠绕，蓬壶殿里笙歌作。到而今，钱骑满效几，风尘恶。兵安在，膏锋锷。民安在，填沟壑。叹江山如故，千村寥落。何日请缨提锐旅，一鞭直渡清河洛。却归来、再续汉阳游，骑黄鹤。

"壮志饥餐胡虏肉，笑谈渴饮匈奴血"，豪情大气，壮人心志。但此诗更道真情，曰："兵安在，膏锋锷。民安在，填沟壑。"岳武穆精忠报国，岳武穆镇江山之北，与金相斗，那蒙古借以宋、金相斗，坐收渔翁之利，用得中华兵法"远交近攻"，联宋灭金，后一举捣灭南宋，华夏江山沦为异族草原游牧铁骑之中百年之久，往事难评，但言张养浩《山坡羊·潼关怀古》一句："兴，百姓苦；亡，百姓苦！"

但说此时，永乐帝朱棣军令已下，各路官侯点兵而聚，刹那间便感狼烟四起，江山北望。

北京城中，大军集结，淇国公丘福点了兵马，有十万之众，此番行军，尽皆精骑，丘福遂建校场整军誓师，命平安侯李远选了五千精锐为先锋，武城侯王聪领后军两万兵马，左右两翼为同安侯火真、靖安侯王忠，各领一万兵马，丘福自领中军五万五千兵马，丘福麾下有参军建曰："总兵如此这般调度，兵马尽皆堆积中军，恐怕不妥。"丘福谓众将道："平安侯李远素来骁勇，手下干将无数，可当先锋，武城侯年事已高，为将谨慎，领后军为妙，一入草原腹地，不比中原，茫茫平坦，打得是骑兵对冲，大军不易分散。"四侯领命，众将皆听调度。

淇国公丘福乃是中军都督府左都督、太子太师，靖难功臣第一，身经百战，自是不把那鞑靼之人放在眼里，整备了兵马，便立时出征，北京粮仓之粮带去大半，大军气势汹汹。

鞑靼大汗本雅失里听闻大明派十万精骑讨伐，慌忙不已，忙问国师阿鲁台如何处置，却说此时乃是永乐七年，年初之时，那阿鲁台和本雅失里刚刚领兵打过瓦剌，却被瓦剌马哈木等大败，乃退守胪朐河，此番又遇明军讨伐，甚是危难。

本雅失里和阿鲁台道："杀那明使之后，我便日夜苦恼悔恨，如此这般，如何是好。"

阿鲁台回道："大汗不必多虑，我料此战，明军必败。"

本雅失里惊异，问道："大明十万精锐骑，如何抵挡。"

阿鲁台道："我听闻此番大明皇帝军令一出，大军集结便往北来，不做准备，来得我草原作战，竟然尽是骑兵，明军虽强盛，但光论骑兵，哪里是我鞑靼对手，又是孤军深入我草原之中，我军熟悉地形，必胜。"

本雅失里听闻大喜，忙命国师阿鲁台统军备战。

却说明军李远为先锋，五千精骑飞马奔袭，没得半月，便至鞑靼之地，李远见此地荒芜，尽皆野草，不见牧民，不见牲畜，不见敌军，奇异非常。

李远便问身边拓跋坡道："你乃鲜卑之人，此处原是你族之地，怎么我大明征讨鞑靼，那鞑靼竟无防备。"

拓跋坡道："我听得中原兵法有句说，避其锋芒，我想那鞑靼之人定是北撤，想让我军从这草原之上多行几日，到时候深入草原，我军疲倦，鞑靼便设埋伏围剿。"

李远思量一番，但觉有理，又问道："你可有何建议？"

拓跋坡道："如今，且等大军来此，我们五千骑兵，深入草原，恐怕十分危险。"

李远听从，便安营扎寨，待大军到。

不出十几日，丘福便率大军而至，见李远军，不解，问李远："为何停军不前？"李远便把缘由种种说了，丘福便召集众将商议。

众将至大帐前，只见那四侯立于帐中，身后皆立着数将，丘福铁甲披身，头戴银盔，顶上花穗，坐于正中，问众将道："我军已至鞑靼境地，却不见敌军，如何是好。"

"禀丘总兵，依我之见，可令大军横排一字长蛇阵，横向扫掠，若一处见敌军，两边齐聚援助，定能破敌。"只见一人身披战甲，胡须已然发白，正是那武城侯王聪，此时王聪五十八岁，仍身披战甲威风凛凛。

丘福思索一番，道："武城侯所言极是，我军宜横排而进，扫荡那鞑靼贼人。"

丘福正欲下令，一人匆忙入大帐之中，跪在帐内，乃是一斥候。

那斥候说道："禀丘总兵，我军探子于东北之处见鞑靼一部游骑兵。"

丘福问道："多少人？"

那斥候说道："不明，但观马蹄走过，尘烟四起，少说有数千之众。"

丘福又问道："他们往哪里去了？"

那斥候回道："本是迎我军而来，近了我军，又掉头往北奔逃而去。"

丘福听闻大喜，谓众将道："此番必是那鞑靼欲出兵抵抗，见我大军而至，落荒而逃，此时宜乘胜追击，剿灭鞑靼贼人。"

四侯听此，面面相觑，那王聪给李远使了个眼色，李远领会，便道："且让我领我前锋追击，大军随后。"

丘福听闻这句，心想："鞑靼已然落荒而逃，此战胜局已定，岂能让那李远兀自拿了功劳。"

丘福立时起身，拿起身后长枪出帐，众将惊异。只见那丘福一言不发，便整备兵马，欲追击鞑靼游骑，四侯跟出，李远问道："总兵这是何意？"

丘福大笑而道："自靖难之役后，便无战事，我的长枪都渴了，且容我杀敌，以泄热血豪情。"

李远听闻大笑，说道："如此甚好，你我二人便再并肩作战一番。"那同安侯火真、靖安侯王忠见此，哪里肯消停，也不想此行一战，无功而返，尽皆跟上，欲同行追击。

唯那王聪皱眉，欲语还休，丘福见三侯都欲跟上，便和那王聪说道："武城侯且领中军，我与三侯领兵追杀，你于后随行接应。"王聪见丘福已然决意，无奈，便领命。

临行前，丘福又给了王聪一卷书册、一牛皮纸，说道："此乃郭骥所作，尽书此地地形，你领大军于后，如有不便，且看图而行。"

"轻骑奔袭，还是丘总兵带着吧。"王聪道。

丘福仰天一笑，扔给王聪，道："鞑靼未战，见我军便落荒而逃，且待我直捣黄龙，灭他本部，抓他汗王。"说罢，丘福便领三侯，率五千余精锐轻骑，往北追击而去。

王聪见丘福远去，叹息一声，把那书册纸张递给身后一人，王聪便整备军马，把后军、左右二翼合了，大军行进，自然赶不上轻骑，不过那王聪恐丘福冒进失利，也是急行军跟着。

"且看看那郭大人所绘之图，我们现今在何处。"王聪骑马行军中，和身旁一人说道。

那人未穿战甲，灰布衣服，正是卢绫剑，绫剑便将那图打开，回忆一番此行道路，难解此图，便递给身旁完颜雪，完颜雪接过看了半晌，道："再行不久，便至胪胊河河畔。"

绫剑听此笑道："这河与我同姓。"西克腾一旁听闻打了一下绫剑，使了个鬼脸。

王聪见那完颜雪能解地图，便问道："为何仍不见鞑靼军众。"

完颜雪思索半晌，道："恐有诈。"

绫剑跟着说道："鞑靼素来勇猛，岂会见我军便落荒而逃，必是假意败逃，诱我军冒进。"

王聪听此，叹了一口气，说道："无奈那丘福自恃靖难第一功臣，实在自大了，如此轻骑直插草原腹地，倘若遇着埋伏，如何是好，我们宜加快行军，也好接应丘总兵。"

正行军间，前军探子报王聪遇见三人，乃是汉人，王聪大惊，便让军士带来那三人。

王聪见那三人至，一人身着道袍，二人普通衣裳，尽皆破烂，三人面黄肌瘦，王聪还没言语，只见身旁卢绫剑飞身下马，至于那道人面前。

那道人见卢绫剑到了面前，立时眼眶淌泪，扑将上来，绫剑忙扶持。

那道人说道："掌门。"绫剑见此人如此落魄，痛惜之情露于言表。

王聪问道："你三人因何来此，又是这般落魄。"原来那道人不是旁人，正是莫知秋，莫知秋和那侍从二人在这草原迷路，便寻了一处石堆聚集之地，每日若能猎得野物，便吃得，若是寻不得吃的，便食草度日，那莫知秋便把这种种都和王聪、绫剑说了。

王聪听闻也是心中难受，又念及郭骥葬身这鞑靼异地，竟是尸首难寻，王聪又问莫知秋道："我军有先锋军在前，为何待到我们。"

莫知秋道："我三人前几日见得大军，不过尽皆轻骑，兀自奔袭，没理会我们。"

王聪听闻恼怒，心中骂道："丘福如此冒进，必然大败！"王聪便严令加急，大军疾行追赶丘福。莫知秋等领了马匹行粮而去。

且说王聪行军数里，忽见前面一军骑兵飞来，忙令所部军士停下，准备迎战，待那队骑兵近了，王聪见一大旗，上写"李"字，知是李远，遥遥望去，又见李远身后，鞑靼骑兵铺天盖地而来，王聪忙令军队结阵，接应李远。

正此时，王聪身后奔来三骑。

当先一人下马跪道："禀将军，后军急报有敌军追来。"

第二个下马的军士跪下说道："禀将军，军左侧遥见鞑靼游骑袭来。"

第三人道："禀将军，右侧有敌军游晃。"

王聪听闻大惊，道："中计也，快结兵阵，准备突围！"

待李远策马到近了王聪，便大喊道："丘福已战死，我等快率军突围！"

王聪骂道："丘福糊涂，却害我等受难！"但听王聪说道："鞑靼若埋伏我们，定料我们从南突围！"

又听王聪说道："李远，你领军从西突围，我挥大军压住南北两侧，待得你杀出缺口，我再引军随你！"

李远听了王聪的话，引骑兵调转往西，身边跟着一人，手持斩马大刀，不是汉人打扮，正是拓跋坡，此时他瞧看一眼王聪身边卢绫剑、完颜雪、西克腾三人一眼，心中想道："我等四人，不知今日会不会丧命于此。"

李远疾驰往西之后，但听王聪又说道："卢绫剑，你等身负武艺，快去助那李远突围！"

绫剑犹豫道："皇上命我等护卫王将军，况且王将军年岁已高，临阵激战，恐有闪失。"

王聪听人说他年岁已高，微有怒气，喊道："这是军令，休要违抗。"

绫剑便领了命，带人冲西直奔而去。

却说李远手持长刀，引骑兵冲杀，已与那西边鞑靼军士短兵相接，绫剑不时便赶上，贴近拓跋坡见绫剑等人赶到，喊道："绫剑兄弟，你看我们今日还能逃生吗？"

绫剑大笑道："生死有命，你且斗战便是！"

拓跋坡正欲回话，忽觉身侧一箭射来，忙闪身躲开，定了神后，心中大惊，回头看去，见身侧李远已然中箭落马，那箭正中面门，李远立时毙命。

拓跋坡见此惊呼，又见李远执旗官就在身旁，忙一把夺过大旗，大声喊道："随我冲杀！"

但见拓跋坡左手将大旗旗柄按在肩上，右手单擎战马大刀，双腿夹马疾奔，绫剑等人与李远部下骑兵，尽皆跟随。

拓跋坡轮刀左右挥砍，所向披靡，绫剑等人紧跟随后，竭力奋战。

拓跋坡领这一队骑兵，透出重围，又疾奔不止，行了数里，回头望去，已然脱战，绫剑等三人均在，身边只随了五个骑兵。

《明史·纪事本末》有载，永乐七年秋八月，丘福出塞，大败，全军皆没。事闻，帝大怒，决意亲征。八年三月帝出塞，明军得胜，师次擒胡山，上令勒铭曰："瀚海为镡，天山为锷，一扫胡尘，永清沙漠。"次清流泉，又勒铭曰："于铄六师，禁暴止侮。山高水清，永彰我武。"七月，还次开平。此战无江湖之士参与，便不细提，却说一事，乃是那朱棣于漠北军营，有靖难行军旧感，夜梦之中，忽现起多年以前，险些遭刺之景，惊恐而醒，仍心有余悸，即命人修诏令一封，传至金陵，着令纪纲、沐昕二人，诛尽花一笑全族。得令，纪纲寻沐昕商议，见沐昕似心有不忍，不欲共事，纪纲便许独揽事宜。

却说那锦衣指挥使纪纲接了皇命，哪敢怠慢，当下点了锦衣数众亲卫，逾二十来人，尽皆高手，打点行李欲飞马奔苏州。

纪纲于指挥使内厅脱下蟒袍，披上飞鱼服，带了佩剑，正欲与那众亲卫起行，却见一人推门而入，乃是纪纲夫人。

"尊使此番行事，宜当谨慎。"纪纲夫人步近纪纲柔声说道。

纪纲瞧看了夫人一眼，没说话。

"皇上此番急令，恐怕回师之后，便要尽除武林势力。"纪纲夫人又说道。

"我晓得，为之便好。"纪纲带好了佩剑，立身和夫人讲道。

"沐昕为何不随行？"夫人追问。

"沐昕胆小怕事，哪敢同行！"纪纲本就心烦，此刻听闻沐昕之名，更加不快，便寻门而去。

"纪纲！"夫人厉声喊道。

纪纲没理会，径自出门。

"你若有不测，你可曾想你有妻有女？"纪纲夫人又是追问。

纪纲听得一愣，立在门前。

"你如今权势熏天，皇上早知，只是还赖你压着武林，武林之势若除尽了，皇上岂能任你依旧。"纪纲夫人音色低了。

"你有何高见？"纪纲说道，但仍是没回身。

　　"不如奏请皇上，到个闲部司职，抑或带些钱财，隐去姓名，流落民间，你于皇上有舍命救驾之功，皇上念及旧情，必不至追究做绝。"纪纲夫人步近门前，贴身纪纲。

　　"话虽如此，无奈已势成骑虎。"纪纲低头侧目，似乎有所深思。

第三十四回　佩弯刀，直至皇城下

花一笑竭力疾奔，出阊门，至虎丘山，寻花家府邸去，到门前，见两个家奴躺地，血未干。

一笑大惊，忙迈进门去，但见庭院四处，尽是死尸，慌忙跑进正厅，双眼圆瞪，双手微颤。

但见正厅之中，桌椅碎，血染墙，此处似是经了一番死斗，十几人死，或躺地上，或靠墙边，一笑环顾，但见花一晴趴在地上，忙快步上前。

花一笑扶起花一晴，伸指探了探气息，已然死去，花一笑眼泪难忍，沿颊直流，又瞧见地上，血迹似字，乃是扶起一晴之时，一晴右手所放位置，花一笑抬起花一晴右手，但见食指已破，定是一晴临死之际，咬破手指，写下字迹。

花一笑仔细瞧看，隐隐约约可见一个"剑"字。

花一笑慢慢扶一晴躺下，把花家所有地方都瞧看一番，尽是死人，无一生还。

花一笑回到正厅，横抱起一晴，出了正厅，出了花家大门。

花一笑出门之后，心痛难忍，泪如泉涌，身子无力，自觉抱不动花一晴了，便将她慢慢放于花家门前，自己又转身跪下，趴伏在地，良久不起。

待血泪干，涕泣缓，心冷静，花一笑徐徐站起，呆望花家大门，突兀抄腰间花间剑出鞘，飞身几个起落，擦击门前梁栋，门上牌匾，但见单剑擦出，立时火花燃起，花一笑落回门前，挥剑旋舞，花家大门立时燃起火焰，花一笑收剑入鞘，运起内力，出手推掌，掌风呼出，那火势直冲进门，花家府邸顿时大火雄起，噼啪灼烧。

火光影子在花一笑眼中闪烁肆虐，花一笑只瞧看了片刻，便转过身去，抱起花一晴，朝一小山阳面走去，寻了一处花开繁茂之地，一笑放下一晴，拔剑插地，使剑鞘挖土，将一晴葬入，恐仇家瞧见，又将土地推平，未留坟冢。一笑俯身跪下，叩了三叩，以念兄妹之情，又开口道："贤妹可心安离去，兄必报血仇。"言罢，花一笑又念及这世上亲故，唯有花一幕一人，纵兄弟志有隔阂，但毕竟同胞血脉，此时甚是想念，又不知是何人如此狠心，使花家遭此毒手，恐花一幕也有难，出了虎丘山，径往金陵去了。

花一笑至金陵，道听途说，尽言这当今皇帝亲征大胜，欲谒孝陵，谢先皇龙魂保了明军，不日便要归来皇城了，朝廷大备礼仪，以待迎驾。又值七月七日丐帮帮主之侄与那锦衣指挥使之女大婚之际，天下群侠皆受邀来此，使得这金陵城中，好不热闹。

花一笑行于金陵街上，定然被侠客认出，一笑虽心下悲痛，但也勉强与旧人饮酒叙谈，花一笑名声威震江湖，一连几日，顿顿有人招待，一笑席间也侧面谈及江湖中人谁的名中带有"剑"字，众人皆道这名中带"剑"之人，最有名的便是那从武当山上自废武功下来的卢绫剑，现在是驸马沐昕府上门客。原来，花一笑心中暗记那一晴临死之时写下的字，又反复琢磨"剑"字指何，若指的是行凶之人所使兵器为剑，那这天下使剑之人不可胜数，应是那行凶之人，以"剑"字为名。

花一笑左思右想。驸马沐昕喜好结交江湖人士，又深受当今皇上器重。花家与卢绫剑定无怨仇，按理说与沐昕也无怨仇，莫不是皇上想灭了花家，但若真是花家碍了皇上的眼，也是找个措辞，罪责满门，怎么如此差人上门屠戮，花一笑渐渐忆起往事，多少年前，靖难之役末期，自己曾拦过当今皇上亲卫，莫不是那时之事所致，不过纵然是，何以延了八年方报。

且说武童话等一直身在金陵，听闻花一笑来了，便寻去见面，花一笑见了武童话众人，把花家之事说了，众人皆震惊不已。唯易羽叹息道："花帮主为何烧了花家府邸，若是留个踪迹，我前去查看，以我多年悬赏捕快的经验，定能查出个头绪。"一笑听此也是心有悔意。

花一笑又把花一晴以血临死写下"剑"字之事讲了，几个鲁莽的兄弟立时要去找卢绫剑寻仇，但听武童话说道："此事尚无定论，单凭一个'剑'字，不能就说行凶之人是卢绫剑带的队，况且即便是，卢绫剑现在身在沐昕府中，驸马沐昕势力甚重，此时金陵城中，江湖好手一半以上都与沐昕结识，妄自行事，恐怕仇难报却，倒是引火烧身。"

武童话又问花一笑可曾与花一幕讲此事，花一笑立时想起，在这金陵几日，徒自思索谁是行凶之人，却忘了一幕，花一笑打听了一番，听闻花一幕在锦衣卫所中，便寻去。

及至花一笑到锦衣卫所门前，和那看门的说了自己名号，又说是找花一幕，看门的立马进去通报，不时便又出来请花一笑进去了，那两个看门的锦衣卫引花一笑进了一个屋子，但见花一幕正坐其中。

一笑走至屋中不语，花一幕当先说道："花大帮主，来我锦衣卫何事？"

花一笑听此话口气，虽心有怒气，但想到苏州花家尽数遭屠，心神疲软，只是一五一十把事情都讲了。

花一幕先是愣愣听着，及待花一笑说到一晴已死，花一幕突站起身了，一把攥住花一笑衣领，想一拳挥上，可花一笑并无反应，眼光迷离。花一幕怒视花一笑片刻，却又缓缓撒手，叹息一声，但觉心中悲痛，盘坐地上。

花一笑又是道出一晴写了"剑"字之事，花一幕怒火中烧，说道："沐昕素来与锦衣卫指挥使纪纲不合，莫不是沐昕以为我在锦衣卫，便把花家视为锦衣势力，暗中差人除灭。"

花一笑听此，呆呆不语。

但听花一幕又道:"这卢绫剑,曾持刀想袭杀我,但见斗不过我,又花言巧语,我一时蒙蔽,放了他的性命。我曾听那武当正阳子莫知秋讲过,纪纲指挥使曾带人逼上武当,卢绫剑之所以从武当自废功力下山,全是被指挥使罪责逼迫。我还听那指挥使贤婿讲过,卢绫剑还曾假扮华山弟子,欲到锦衣卫行骗。"

花一笑仔细听着,说道:"我记得这卢绫剑早先有个帮会。"

一幕回道:"不错,我听闻他早先创立帮会,是受你资助,可有此事?"

花一笑忆起多年前曾帮一人签过名册,后来又是听闻江湖上有个他相助建立的帮会,那帮会声名不大,他多年来也没在意,如此想来,定然是卢绫剑不假。但听花一笑回道:"我曾与他有过一面之缘,记得其口齿伶俐,思维敏捷。"

花一幕怒道:"听说那卢绫剑建了帮会不久,便弃了兄弟,去武当学艺。"

花一幕堂中踱步,含怒难消,拿起墙边倚着的宝刀,刀不出鞘,持柄猛砸木桌,但见木桌应声而碎,裂成两半左右飞出,花一幕又转身道:"那卢绫剑曾被沐昕举荐,随武城侯王聪出征鞑靼,王聪将军战死沙场,尸毁骨未收,全军覆没,而那卢绫剑却全身而退,返回金陵!"

花一笑仔细思索,心道这卢绫剑如此这般,定然不是什么善人,屠戮花家之事,自然干得出来。

这会儿,花一笑突然想到那封信件,便从腰间拿出,道:"我在金陵之时,一晚有人从窗外递此信给我。"花一笑扯开那信纸,递给一幕。

一幕拿过瞧看,但见六字"苏州花家危急",一幕看罢,瞧看花一笑,却躬身一拜,道:"尊使。"

花一笑不解,但感身后有人,转身看去,一人鲜袍乌纱,正是锦衣指挥使纪纲。

纪纲见花一笑在此,心中一惊,欲拔刀,但看得花一幕毕恭毕敬,便定了心神,道:"花一笑?"

花一笑起初见纪纲神色异常,颇觉奇异,纪纲权倾朝野,又是武林统领,怎么见了他却显得慌张,但听纪纲叫了自己名字,忙回道:"在下花一笑,尊使有礼。"

纪纲见花一笑并无杀气,心放了下来,又见花一幕手中拿着信纸,便问道:"这纸上写的什么?"

花一幕见此,毕竟花一笑在江湖颇有势力,兄弟相见,恐纪纲多心误会,便将那纸递给纪纲。

纪纲看罢,心中震惊,但佯装镇定,道:"花家为何危机?"

花一幕听此,便将苏州花家之事给指挥使讲了,纪纲假装聆听,但感这花家两兄弟并不知屠戮花家之事,是自己所为,便装作悲伤,又听得他们怀疑卢绫剑,便道:"那卢绫剑乃是阴险之徒!"

花一幕怒火中烧,花一笑悲伤难止,此时两兄弟都不太清醒,没有心思注意那纪纲细微言行,但听花一幕叙述完毕,纪纲装作大怒道:"定是那贼人沐昕,

猖狂狡诈，想除了与锦衣有关的江湖势力，好与我在朝争权夺势。"

纪纲又朝花一笑道："花帮主，若是那沐昕照着锦衣卫下的狠手，此事于我有责，我定差人彻查此事，若是真是那沐昕枉法行凶，我先斩后奏，定还你公道！"

花一笑见纪纲言辞恳切，甚是感动，虽是明面上已然默认是卢绫剑下的毒手，但隐隐之中，似有疑虑，当下回到童话等人处，议论一番，众人皆一口认定，定是卢绫剑。

不日，皇师回朝，朝堂之上，尽是歌功颂德之言，朱棣与群臣商议，定了七月初八去孝陵祭祖。

朝会散后，但见二人跟上圣驾，正是纪纲与沐昕。

朱棣见此，停下问道："二位爱卿何事？"

但见纪纲左顾右盼，道："事关机密，不可在此处言语。"

朱棣会意，领二臣进了寝宫，退下奴婢、太监、护卫等职人。

但听纪纲当先说道："明日，即刻尽除江湖势力。"

朱棣听闻，笑道："明日乃是七月初七，你女儿大婚之日，怎么要除去江湖势力？"

纪纲回道："这次大婚，尽邀了天下门派、帮派管事，可谓江湖狼蛇，齐聚于此，值大婚当晚，酒菜下毒，再遣兵围住，纵毒不死的，乱箭齐发，纵武功再高之人，也难逃一死。那些个所谓的豪侠死净，再下一道法令，严管门派，解散帮会，民间禁武，江湖便太平了。"

朱棣听闻，大喜，道："如此甚好，不过如此行为，岂非不义之举，恐怕难服人心啊。"

纪纲道："微臣已想好办法，只需择一替罪之羊便可。"

朱棣不解，问道："此言何意？"

纪纲道："待得尽灭江湖人士，便可择其中一名望高者，便说其纠结人士，意图犯上叛乱，朝廷便清剿之。"

朱棣听此大笑道："妙招。"

此时朱棣看沐昕一旁不语，便问道："沐驸马来此，莫非也是为了此事？"

沐昕听此说道："微臣以为，金陵如此群豪毕至，恐有意图不轨者，担忧皇上安危，还请皇上加强防卫，亲卫军队，时刻不能离身，初八出城祭拜先皇，更要带军将随行，以保安全。"

朱棣听此不快，道："笑话，朕征鞑靼，扫荡漠北，大胜而归，于金陵皇城，还怕那江湖草莽不成？"

沐昕道："皇上不可掉以轻心啊！"

朱棣道："祭拜先皇，乃是礼仪之事，怎能带军队前往，沐驸马多心了！况朕初八出城祭祖，初七夜晚，纪纲已将江湖草莽尽除，何忧之有？"

沐昕听了这般言语，俯身跪下，说道："皇上如若这般，出城祭祖之时，当令纪纲指挥使贴身护卫，以保周全。"

朱棣看沐昕竟是跪下，又提及贴身带着纪纲，转念心中想道："纪纲说初七夜晚将江湖草莽聚在一起，尽数除之，倘若纪纲聚众，逼宫反叛，那江湖草莽个个武艺非凡，若是这般，如何是好。沐昕又提醒朕带着纪纲，莫非已知纪纲有反意？"

纪纲见朱棣沉思不语，忙说道："沐驸马所言极是，若是除灭那江湖人士之时，逃了一二，欲行刺皇上……"

朱棣听此，大惊，突然想到那镇江一事，不由得后怕不已。

纪纲又道："沐驸马武艺绝伦，出城祭祖之时，应令沐驸马也贴身护卫，以保圣驾平安。"

朱棣听了纪纲这话，顿时心中沉闷，想道："这沐昕想让纪纲贴身护朕，纪纲也想令沐昕贴身护朕，这二人都是在赶对方出城？这沐昕自从常宁公主死后，行为便越来越诡异，朝中尽道他结了不少江湖人士，反观这纪纲，自将锦衣卫交与他，又命他铲除江湖势力，多少年了，毫无功绩，倒是在这朝中越来越飞扬跋扈，这二人之中，莫非有一人要弑君反叛，抑或他们二人均心怀不轨？"

朱棣良久不语，又是转身走步，坐到寝宫床上，纪纲站在原地，沐昕跪在地上，二人均不敢动，也没有言语。

但听朱棣缓缓说道："纪纲，你可知朕当初为何将这锦衣卫指挥使之职位交付与你？"

纪纲听此跪下，叩头不语。

朱棣道："朕是见你一片赤胆忠心。"

纪纲听了大惊，忙道："皇上，微臣之忠心，天地可鉴啊！"

沐昕在一旁听着，心中想道："莫非皇上已然怀疑纪纲？"

但听朱棣又道："沐昕，你可知朕为何将常宁公主下嫁于你，你以为只是以为你是沐英之子吗？"

沐昕心中还在想纪纲的事情，听此惊道："皇上！"沐昕不知说些什么，叩头伏地。

但听朱棣道："沐昕，朕且问你，纪纲欲初七夜晚尽除江湖草莽之举，你可认同。"

沐昕道："江湖人士，有善有恶，恶者当除，善者当抚。"

朱棣道："何谓善者？与你交好的便是善者吗？"

沐昕惊道："微臣绝无此意。"

朱棣起身，道："听旨！"

纪纲、沐昕二人听此，伏腰埋头。

朱棣道："传令五军营，今明两天无论何人下令，均不可调动一兵一卒。纪纲，朕将神机营交付与你，助你剿蛇。沐昕，朕将三千营交付与你，若纪纲

剿灭不利，你便领军助战。初八清晨祭祖，你二人都不随我，若是初七逃了一人，你二人一并请罪吧。"朱棣说完，将腰间两个虎符分别给了纪纲和沐昕。

纪纲、沐昕二人齐声道："领旨。"但听朱棣又说一声"去吧"。二人便起身，离了寝宫。

出了寝宫门口，纪纲在沐昕耳边低声道了一句："你没种。"说罢大笑一声扬长离去。

沐昕站在原地，惊想道："纪纲果真意图叛乱！"为何？原来纪纲那句，令沐昕想到了那"王侯将相宁有种乎"，此时，纪纲定是误以为沐昕也想弑君叛乱，方才说出此话，沐昕心道："我虽知他阴谋，但皇上又怎能相信，如此危难之际，皇上又将神机营交付于他，那神机营都是装备火器，威猛异常，如何是好？"沐昕又想到，那纪纲定然是想趁大婚之夜，聚众叛乱，事到如今，只能尽己所能，多拉些江湖侠客，护卫皇上。

沐昕出了皇宫，带虎符直去三千营，这三千营皆是骑兵，若于城中作战，恐怕难敌神机营，沐昕领了三千营部将，尽回金陵沐昕居所，和门客们一并商议护驾之事，沐昕更把那朝堂之上纪纲言语，都尽数讲了

但听门客卢绫剑分析道："纪纲势力，当先是锦衣卫，而后便是穆峰，又有不可胜数的江湖武者，帮会组织，都听纪纲号令，纪纲如今又是武林统领，大门派也得听他的指令，但若是弑君犯上，恐怕名门正派绝不助他，如今皇上又将神机营交付于他，初八清晨若动手弑君，恐怕朱棣难以抵抗。"

沐昕道："所在金陵的江湖势力，与我交好的也是不少，我可拉拢一半，又有皇上交付的三千营，但总的来说，决战纪纲，恐怕有困难。"

绫剑道："比起沐驸马，皇上还是信纪纲多一点。"

沐昕道："此话怎讲？"

绫剑道："如今你二人，尽被皇上怀疑，皇上不知信谁，又怕你二人一齐谋反，便分别交给你们兵力，令你们都手握重兵，如此一来，即便你们之前想要一并谋反，但各握兵力之后，各有势力，又是实力相当，便都想剿灭对方，再行不轨，皇上有命五军营不动，无论你二人谁谋反，或是都欲谋反，一番厮杀后，皇上再命五军营收拾残局，此事便了了。但三千营皆是骑兵，城中作战，阵脚难以施展控制。"

沐昕问道："既然皇上对我二人都起了疑心，那为何不将我二人软禁，却是放了我们手脚。"

绫剑道："此时非比寻常，江湖群侠齐聚金陵，你与纪纲手掌不少江湖势力，若是被拘禁了，群侠中出几个忠义的刺客，皇上纵有亲卫，怎能预料这金陵城中如今藏了多少绝世高手。"

沐昕自言自语道："皇上令我二人都不随去谒孝陵，莫非是留我二人在城中绝杀。"

绫剑又道:"这次武当弟子来了不少,那些人我都认识,可拉他们随沐驸马,武当若随沐驸马,想必少林定然看武当的站位,少林站了位,武林大派便也会跟着站位。"

沐昕笑道:"好,绫剑兄弟速去办此事。"

且说绫剑出了沐昕居所,沿街奔往武当弟子所居之地,却在路边瞧见一义庄,便突兀慢下脚步,站了一会儿,又回过身去,迈门走进那家义庄,进去之后,便见一人在庭院扫地,绫剑瞧了一眼不认识,义庄中又来往不少江湖人士,绫剑均不认识,便在这义庄四处走动,又到正厅窗边,绫剑站于窗前,瞧里望去,但见一女子,一手使算盘,一手执笔,似是在算账目,绫剑瞧看一会儿,便离去,又到别处瞧看,在一拐角见一人正与众人交谈,绫剑忙藏身墙后,但听那人说道:"这金陵大婚,倒是给我们带了不少生意,各位加把劲,好好干,这两天多挣些钱,入秋后我们再弄点别的生意做,帮会一定越做越好。"绫剑听得这声音,低声道:"徐梦珏有头脑,清浅又豪气肯吃苦,帮里如今定然不错。"绫剑也没露面,悄悄又出去了。

绫剑径直往武当弟子居所去了,及至见面,武当弟子还都认得绫剑,寒暄一番,便去见这番领队来的长老玄阴子慕云裳,慕云裳道白恒留在武当,她引了二十弟子前来赴婚礼,绫剑便把护驾之事悄悄和慕云裳说了,慕云裳只道尽听绫剑调令。绫剑便聚了二十弟子,看得尽是武当学艺精湛之人,便问慕云裳缘由,慕云裳说纯阳子白恒料得金陵聚集群侠,恐生变故,便择了武当功夫好手随己前来。绫剑心中略有欢喜,又问慕云裳少林派谁来了,慕云裳便说是西风烈带人前来的,绫剑听闻诧异,当即去寻西风烈。

第三十五回　手足兄弟泪落尽

七月初七晚，群侠皆至应天府外，大婚庆典，便要在那城中南北大街，应天府与承恩寺间举行。

但见张灯结彩，拦路铺桌，鼓乐奏响，人声喧杂，不少百姓也奔热闹前来，金陵高官贵族，民间商贾大户，也都一并前来。

这应天府，还是第一次承办婚事，眼见大家北边，一队红色车马行来，当先一人骑白马，系红球，戴庆冠，正是萧寒寞，后面花轿八人抬着，乐队随后，又有侍女不停撒花，沿路群侠与百姓站立瞧看，只见似一道红河绵绵而来，好不壮观。

却说萧寒寞骑白马到了应天府府衙前，便下了马，请出了新娘子，走到府衙内，行了礼仪，成了婚。

只见纪纲身穿红袍，走到府衙外，朝席间群侠揖了一下，便开口说道："今日是我纪纲之女成婚的大喜之日，众位能赏脸前来，我纪纲甚是欢喜。"

但听得席间一丐帮弟子站起说道："纪指挥使乃是武林统领，武林统领爱女成婚，武林中人谁敢不来庆贺？"

此话音刚落，又有一人站起说道："正是如此，我们武林人士，尽听纪统领号令。"

花一笑与武童话等人坐在席间，花一笑听得众人如此奉承，倒也未感觉奇异，毕竟大喜之日，就该尽说好话。

又见一女子，站起说道："峨嵋派全派恭贺纪统领大喜，纪统领神勇无敌，是当今第一豪杰！"

花一笑瞥看了那女子一眼，低声和童话说道："此人不是峨眉弟子。"武童话不解，瞧看过去，那女子所在几席，都是女子，衣装打扮，好像是峨眉弟子无误，不知一笑为何说不是峨眉弟子。

又见一道士起身说道："全真派恭贺纪统领，纪统领神功盖世，威震天下，普天之下，无人能及！"

话音刚落，又有一人起身道："我有一事不解，还望诸位赐教。"众人听此，都瞧看过去，那讲话之人，身背宽剑，正是穆峰。

穆峰接着说道："人人尽知那燕王朱棣，以靖难为名，兴兵叛乱，致使天下受了四载战乱，朱棣又是残暴无道，视人命如草芥，靖难四年，无数百姓惨死，白骨露野，生灵涂炭。"

众人听此，无人再敢言语，皆静静听着穆峰言语。

穆峰又道："先皇朱元璋，将皇位传给皇孙朱允炆，那朱棣因而不满，竟然违背我大明洪武皇帝旨意，杀侄篡位。如此不忠不孝之人，怎能做我中原天子？"

穆峰说着，取下背上宽剑，喊道："都知道那朱棣命纪统领执掌锦衣，就是想除了我们这些江湖中人，幸纪统领深明大义，已然八载，江湖人士哪个被除，这是纪统领胸怀侠义之心，庇护我等，才令我等多活这八年！"

穆峰此话一出，席间议论纷纷，话也不是没有道理，纪纲执掌锦衣八年，明着说是锦衣限制着武林，但实际上锦衣并未灭过一帮一派。

但听穆峰持剑喊道："依我看来，纪统领英明神武，仁德崇高，当为我中原天子。"

穆峰此话一出，又有一人站起说道："穆大哥说得极是，朱棣乃是叛乱得的天下，我中原汉族，崇尚忠义，怎能让如此贼人执掌江山！"

这人话未说完，又有一人站起道："那贼人朱棣就在皇城之中，如今这婚宴上集了天下豪杰，个个身负绝技，杀那朱棣岂不是易如反掌！"

此时席间众人多数已然站起附和，纪纲立于应天府门前，瞧着众人，却不言语。

花一笑瞧见这般景象，已然看出那纪纲早已蓄谋反叛，那些说话的人，定然是早已安排好的，花一笑环顾四周，见江湖各路人等都来了，唯独不见少林、武当两大派人士，心中不解，但听武童话道："花一笑，我们跟着造反吗？"

花一笑心惊，道："你也想造反？"

武童话愣住，片刻之后，又回道："这个……我看今日，大势所趋，那朱棣的命似乎保不住了。"

花一笑听此，沉默不语。

但见纪纲徐徐举起佩剑，众人见此，渐渐安静。

纪纲环顾四周，朗声说道："不瞒众位侠士，皇上命我安排这次大婚，邀天下群侠来此，便是想将你们聚在一起，一齐封杀，诸位周围，早已埋伏了神机营与锦衣卫弓弩好手，只待我一声令下……"

众人听此大惊，环看四周，隐隐之中，似乎见弓箭、火铳晃动。

纪纲又道："诸位莫慌，各位皆是侠义之人，我纪纲怎忍下手，不过那朱棣皇帝给我下了令旨，若是我今晚不能尽数剿灭你们，我明日便要以死谢罪，我纪纲早已想好，今日待我女儿婚成，我人父职责尽到，便自刎辞世。"纪纲言辞恳切，眼眶湿润。

众人见此，有掩面随泣者。

这会儿，只见一红影扑到纪纲身前，正是纪纲之女纪双双，但听纪双双哭道："父亲，你不要离开女儿，父亲你神功无敌，又有这些江湖侠士帮忙，我们冲进皇城，杀了那暴君吧！父亲！"纪双双失声痛哭，席间众人看得这般情景，又是敬佩那纪纲宁自刎而死也不肯下令掩杀武林众人，有随声哭泣者，有砸桌怒吼者，更有几个侠士，已然抄出兵刃。

"岳父，我苦练刀法，已然能控，只要你决下心意，我便随你杀入皇城！"萧寒寞过来扶住纪双双，对纪纲说道。

纪纲手扶萧寒寞道："我有贤婿如此，乃三生幸事。"

纪纲正说这话，只见众锦衣卫已然尽皆走到纪纲身前，齐齐跪下，又齐声喊道："誓死追随尊使！"又有当先一人，正是锦衣卫指挥同知钟九首，朝纪纲喊道："尊使，下令吧，只要你一声令下，锦衣卫与这些江湖侠士，一齐杀入皇城，那朱棣亲卫，哪里能挡？况且我们还有神机营助战，如此良机，乃上天所赐，莫要迟疑啊！"

纪纲听此，放开了纪双双与萧寒寞，手握佩剑，向前走了几步，又环顾四周，但见他众多酒席，有不少都是空的，心中想道定是那沐昕拉走了一部分人。

但见纪纲拔出佩剑，朗声说道："今日我纪纲，杀那朱棣，并非犯上作乱，而是天命所致，待我入主皇宫之后，第一件事，便是封赏各位群侠，你们都是功臣。"

众人听此，尽皆应和，不少人又念及纪纲要封赏功臣，自然都能落得个一官半职。

但听纪纲又道："诸位，这朱棣命我剿灭你们之时，虽把神机营给了我，却把那三千营骑兵给了驸马都尉沐昕，你们看看你们周围，凡是空着的座位，便是与那沐昕交好的，那些与沐昕为伍的小人们，弃了你们不顾，却不告诉你们，这些人等，算得上是侠士吗？"

众人听此，尽皆环顾，果不其然，平日里与沐昕交好的，尽皆不在。

纪纲又道："大伙且看看，武当、少林人士，有一个在场么！"众人瞧看，果然无一少林、武当人士，纷纷切齿怒骂，尽道这两个门派还以名门大派自称，值此时候，竟然与奸人为伍，要加害武林群侠。

武童话此时朝花一笑说道："我们怎么办？"

花一笑不语，一旁易羽说道："我料想那沐昕三千骑兵，已在城外候着了，只待这里行动，立马冲杀进来，这里虽是不少江湖好手，但恐怕难敌军阵骑兵。"

花一笑突兀道："你们可曾瞧见花一幕？"众人听此，尽皆摇头。

纪纲这边暂且不提。

且说金陵城北，金川门外，马踏尘飞，三千营三千骑兵已然集结，沐昕于阵前骑一白马，周边又有不少江湖人士以及沐昕府上门客。

此时，但见一人飞马奔出城门，到了沐昕面前，勒了马头，正是拓跋坡，但听拓跋坡说道："那纪纲果真要弑君了，他女儿婚礼司仪完毕，席间便有数人起哄说让他趁势杀入皇宫，定是他早先安排好的，估计这会儿那在场众人，都想跟他一并造反了。"

沐昕道："意料之中，城中纪纲如何布阵的。"

拓跋坡道："我身着便服，城中骑马速度不快，他们定认不出我，我瞧那锦衣卫精英与步军，尽在应天府周围，神机营部队分散在那应天府以东，承恩寺周围，城北司天台与鼓楼附近，好几队锦衣骑兵，再往北便是五军营了，那五军营官兵似平常一般，并无举动。"

沐昕思索片刻，说道："卢绫剑何在？"

绫剑在沐昕一旁几骑距离，听此回道："沐驸马有何吩咐？"

沐昕道："你领一千骑兵，东边神策门进，直抄司天台东部，诱锦衣骑兵与你交战，交战之后，便发穿云箭，我再领军从金川门直冲司天台西侧，包抄他们，迅速解决他们。你令武当高手随你，毕竟城中作战，骑兵行动受限。"

沐昕又道："那位少林长老，你且领群侠沿城墙东行，再南下，从太平门进，那太平门离皇宫已近，到了皇宫脚下，直去西华门，守住门口。那应天府位置正东便是皇宫西华门，如若他们急攻皇宫，定然首选西华门入。"

且说绫剑点了部将，领了一千骑兵，迅速东移，到神策门，直冲进去，直取司天台位置，但见马蹄声急，尘沙飞扬，一千骑兵冲入城中，这骑兵虽快，但那二十武当好手，脚下使着轻功，却是跑在骑兵之前，真乃个个轻功非凡。

西风烈带了十八少林武僧，又引着那平日里与沐昕交好的江湖人士，沿城墙先往东，再往南，沿后湖，直奔皇宫以北的太平门。

沐昕领着两千骑兵，静待那绫剑信号，但不一会儿，只见金川门中行出队队骑兵，那些骑兵，尽皆身披锦衣，头戴纱帽，腰间佩刀，沐昕大惊，正是锦衣骑兵。

那锦衣骑兵队当先一人，飞鱼鸾带，腰间绣春宝刀，后背又背着一杆长枪，领军出城，威风凛凛，正是花一幕。

不一会儿，那队队骑兵尽皆出门，分四排列在金川门前，有二百余人。

沐昕见此笑道："花千户要领你这些个锦衣卫，与十倍于你的三千营精骑冲杀么？"

花一幕也笑道："沐驸马什么时候还会统帅骑兵了，依我看来，这三千营骑兵，没你统帅，便是虎骑，你领着冲杀，便是一群弱子！"

沐昕听此大怒，谓身边三千营部将道："出一千人，列四排冲上去，把这些锦衣卫斩下马去！"

且说沐昕一声领下，两个部将即刻各将自己所属骑兵分成两排，共四排向前冲锋，这些个骑兵尽数头戴铁盔，身披甲胄，手执眉尖刀，这些个骑兵，都是蒙古人，个个马上功夫强悍，眨眼的工夫，便要冲至那些锦衣卫骑兵阵前了。

但见花一幕并未慌张，挥了挥手，只见那第一排锦衣骑兵，又有五十人众，一字分散开来，猛冲过去，沐昕遥遥望见锦衣卫这般举动，竟是以五十人对冲千人，心中甚觉奇异。

但见那两阵骑兵相距不过十步之遥时，那五十锦衣卫突然双手左右各扔出一只飞爪，那爪上缠着绳索，每个相邻锦衣卫飞爪又在空中旋绕勾上，转瞬间似乎这五十骑兵被一条绳索连上，但见那五十锦衣卫又俯身趴在马背上，手上

使力，将这连上的绳索扯底，压到马腿位置。

沐昕见此大惊，但看那两阵骑兵对撞之际，那当先一排的三千营骑兵马腿尽被绳索绊倒，第一排骑兵便纷纷栽下马去，又见那五十锦衣卫尽数从马背上跃起，飞离马身，那三千营第一排军马倒地之后，尽在地上胡乱蹬腿，想站立起来，可军马这一挣扎，便乱了起来，又绊倒了第二排三千营骑兵，此时已有两排骑兵栽倒，那后两排骑兵便生生撞上那倒下的前两排骑兵，对撞之际，乱蹄踩死的，军马压死的，不计其数。

那跌倒站起的三千营骑兵，还没缓过神来，就被那落地的锦衣卫尽数砍死，三千营中，身手好的，起来和那锦衣卫相斗一番，但手中拿着长柄马刀，身上又重披甲胄，哪里能敌那个个锦衣高手的屠戮。转瞬之间，五十锦衣卫，便将这一千精骑杀尽。

沐昕大惊，忙问三千营部将："如何是好？"但见一老将说道："沐驸马暂后撤百步，腾出地方，待锦衣卫离近，放箭射之。"

沐昕忙道："我等尽皆骑兵，若是后撤，岂不乱了阵脚。"

但听那老将说道："我等训练有素，纵是后撤，也不会乱了阵形。"

沐昕听此，下令后撤百步。

花一幕见那沐昕后撤，心中欢喜，想沐昕定是怕了，忙喊道："且随我冲杀。"言毕，花一幕飞马当先，冲上前去，余下那一百五十骑兵分了两队，左右绕过那阵前三千营乱尸。直冲沐昕，那当中五十锦衣卫，更是足下生风一般，持刀直冲沐昕，霎时间，左中右三路锦衣卫直取沐昕，中间又是混了不少倒地未死挣扎起身的惊马。

沐昕此时正徐徐后撤，却见众锦衣卫冲杀过来，相距不过百步，此时搭弓射箭恐怕难以拦住这急冲而来的锦衣卫，但看那一名三千营部将，未得沐昕指令，口中喊了一句蒙语，便飞马冲上，但见他身后骑兵尽皆跟上。只听沐昕身边那老将说道："他领了他所部五百骑兵，与其对冲。"沐昕此时已惊，手脚颤抖。

但见两阵对冲，三千营骑兵长柄先劈，锦衣骑兵持刀格挡，又没挡住的，立时被砍下了马，及至近了点身，锦衣卫横刀劈砍，无数三千营骑兵跌下马来，及至两边相撞，瞬时共有百人跌下马来，那锦衣卫纵然各个高手，可这三千营重骑兵的冲阵也是凶狠异常，没跌下马的骑兵，挥眉尖刀劈砍，不少锦衣卫立时死命，地上的锦衣卫，挥砍马腿，还在马上的锦衣卫，眼见马上功夫敌不过三千营重骑，尽皆下马，持刀死斗，两边瞬时恶战起来。

但见花一幕，先是飞马冲阵，擎枪乱刺，枪所刺处，尽皆跌落，陷入敌阵，又是挥枪扫杀，数人立时毙命，花一幕于乱军之中，见一人腰间佩剑，似是将军打扮，便奔马过去，挺枪直刺，不料那人已有反应，掷出手中眉尖刀，正中花一幕马前胸，花一幕立时栽下马去，四周尘沙飞扬，那将军拔出长剑，朝烟尘中去，想搜杀花一幕，但见那烟尘中白光一闪，正是花一幕持刀飞身斩来，那将军不及出剑，身子便被斜劈成两半，花一幕持刀左右挥砍，刀身起落之处无一生还。

沐昕远远瞧着，不知所措，但听得身边老将说道："沐驸马速速下令，乱箭齐发！"

沐昕惊道："两军已然混成一体，若是放箭，岂不是会一并伤了我军？"

老将急回道："如此紧急，岂能妇人之仁，再不放箭，那群锦衣冲杀过来，我等只剩五百人了，恐难敌了。"

沐昕听此震惊，心想这蒙古老将，竟然知道"妇人之仁"一词，心中思量一番，道："放箭。"

但见那老将听此，大吼一句蒙语，这三千营骑兵，本身便尽带弓箭，这一声令下，五百人尽皆搭弓放箭，只见乱箭齐发，直直在那冲阵之中落下。

只见乱箭落处，三千营众骑兵与锦衣卫众人死却无数，一波箭落，另一波又下，共放了四波箭雨，沐昕在后观望，还待第五波箭下，却见那老将抬起右手止住，身后骑兵尽皆收了弓箭。

沐昕望向冲阵之中，一片死尸，无一动处。

正是：

金川门外军列阵，

二百锦衣战三千。

奋勇陷阵谁惧死，

索爪相连勒敌栽。

马踏人亡血刀斩，

嘶鸣惨叫地陈尸。

驸马心惊忙退步，

一幕飞身捣铁骑。

长枪刺处贯胸透，

宝刀起落夺命魂。

寒光闪烁月上观，

不解此番为谁拼。

但见乱矢如雨下，

纵是英豪又如何？

且说金陵城中，花一笑和锦衣卫打听，得知那花一幕奉了纪纲之命，率锦衣骑兵拦截沐昕三千营，于那司天台边列阵，一笑便和众人直往北去，寻那司天台位置。

及至司天台，未见花一幕，却瞧见无数蒙古铁骑，领头一人却是汉人，身边还围着一众道士。

花一笑但听身边之人说道，那领头之人，便是卢绫剑。

花一笑心中盛怒，持剑便欲上前，被众人拦住。

第三十六回　遥见漫天星陨空

　　且说那些跟着纪纲叛乱的江湖人士，果然聚众直奔西华门，纪纲下了令，谁若是杀得朱棣，便封王封侯。

　　这日本是乞巧节，街上十分热闹，但这一糟乱，家家闭门闭户，江湖众人虽是反叛，但是也都循道义，不伤百姓，那些个人各执兵刃，杂乱无序，混冲向东，直去皇宫。

　　纪纲心知那些锦衣骑兵难敌三千营，早令神机营官兵埋伏城中各处，只待那沐昕以为自己乘胜奔入城中之时，再下手攻击。

　　且说沐昕灭了花一幕的锦衣骑兵，带五百铁骑入城时，正巧遇上绫剑带了千骑回至金川门。原来绫剑未在司天台碰见锦衣骑兵队，不敢轻举妄动，便寻道西北，反了回来。

　　两军会合，尚有一千五百铁骑，沐昕问身边那名老将道："这一千五百铁骑，若奔入城中，能否敌得过神机营。"

　　但听那老将说道："金陵城中神机营军士只有一千，但个个装备神机火铳，不可轻敌。"

　　沐昕思索片刻，道："这三千营骑兵的弓箭，比那神机营火铳如何？"

　　但听那老将说道："末将听说，神机火铳若是近身炸到则威力巨大，但其论精准、射程则不能及我军劲弓，况且那火铳一发之后，要花时间装填，才能射出另一发，而我骑兵弓箭，一发射出，转瞬之间便能搭弓射出第二箭。"

　　沐昕凝目深思，但听那老将又道："沐驸马进城后，只要不将骑兵带入街巷之中，而是在略为空旷的地上交战，铁骑可飞奔疾射，那神机营射不中我们，又胯下无马，手上无盾，我军箭矢射出，他们既不能逃，也不能挡，定然斗不过我们。"

　　沐昕想了想，道："如此甚好！"

　　沐昕又下令道："奔入城中，在鼓楼附近列阵！"

　　但听沐昕一声令下，上千骑兵拥入城中。

　　纪纲在应天府外，遥见北边尘沙扬起，知是那沐昕已然带人冲进了，当下领着身边众锦衣卫，往城北行去。

　　及至纪纲行到鼓楼以南，正见鼓楼以北铁骑无数蜂拥而至。

　　纪纲面无惧色，佩剑出鞘，令周边锦衣大喊"东华门已破，朱棣已死"，沐昕领骑兵至此，见了鼓楼以南锦衣众人，又听得他们齐声大喊，心中慌了，忙和左右说道："那西华门大门紧闭，宫墙高耸不能翻越，怎么破的西华门。"

沐昕纳闷间，但听得对面传来声音，正是纪纲使了内力催喊，但听纪纲说道："沐驸马，我早已买通了那西华门守将，此刻江湖群侠早已进了皇宫，搜杀朱棣去了。你是想与我在此纠缠，还是进宫护驾？"

沐昕大惊，问左右道："那少林武僧带的江湖侠士们，打得过那跟着纪纲叛乱的人众吗？"

只听卢绫剑回道："西风烈所带只有少林十八武僧，还有二十人众，而那应天府外的江湖人士，少说有二三百人，这些个人，个个身手不凡，恶战起来，四倍人数，西风烈恐怕力战难敌。"

沐昕大惊："宫中还有亲卫军士，御前侍卫，护不住皇上吗？"沐昕说着，又是回头望了望身后五军营大营，但见那军营之中，仍如往日一般平静，心中叹道："皇上怎么如此糊涂，还不叫这五军营将士进宫护驾？"

绫剑回道："难说。"

沐昕心中已然慌了，忙说道："速速解决这些个锦衣卫，进宫护驾！"

但看沐昕挥剑直指，上千铁骑横出眉尖刀，奔袭直冲。

但看纪纲领众锦衣卫站在鼓楼南边房屋街巷之前，严阵以待，眼见骑兵冲来，均无惧色，这纪纲本是想佯装撤退，把这些个骑兵引入街巷之中。但看那三千营骑兵距离锦衣卫不过百步时，便各个将手中眉尖刀刀柄夹在腋下，抄弓搭箭，一排飞矢疾射而出。

纪纲见此，忙喊道："撤！"纪纲一声令下，锦衣卫众人皆闪身后撤，躲入屋巷之中，但有不少闪得慢的，当场被乱箭射死。三千营骑兵射出箭后，便勒马止住，但最前面一排已然近了那排排屋巷口。

正此时，但听无数"嘭"声，震耳欲聋，正是神机营官兵从那屋巷之中闪出，炸射火铳，当先的骑兵，炸到人的，立时落下马去，炸到马身的，便立时栽下。

沐昕身在军中，大喊道："快放箭！"沐昕话音未落，排排箭雨已然朝那神机营落下，眼见那箭雨直下，落入前几排屋房屋之中，不少神机营官兵来不及掩避，中箭身亡。

谁料此时沐昕又是大喊："停！不许放箭，快停手！"沐昕身边那老将听此，虽是不解其意，但也用蒙古语喊叫，三千营官兵便止住了箭。

原来，那排排箭雨，落入民居之中，从窗口穿入，此时家家闭户，百姓都躲在屋中，定然误杀了不少百姓。

果不其然，只听那各个民居之中，都传来惨叫哭喊之声。

正此时，却见那前排骑兵又是乱了阵脚，喊声震天，战马嘶鸣。

沐昕定睛瞧去，只见那屋巷之中，杀出一队锦衣卫，当先一人，手擎大刀，左右劈砍，横冲直撞，挡者披靡。

沐昕忙问左右道："此人是谁？"

但听卢绫剑说道："此人正是那纪纲女婿萧寒寰！"

正说间，又见闪出不少神机营官兵，炸射一波，沐昕又折了不少骑兵。

沐昕不知所措，忙问身边那老将道："此时是战是撤？"

但听那老将说道："此时若调转马头回撤，那些个锦衣卫和神机营官兵定然冲出掩杀，若是前冲进城，又恐神机营有埋伏，是撤是进各有利弊，虎符在驸马爷身上，我等尽听驸马爷吩咐，进或撤，还请驸马爷斟酌。"

沐昕听此，心中想道："那纪纲这般诱我进攻，早已把神机营布在城中，若是骑兵穿街走巷，还不被尽数狙杀。"

沐昕乃下令前排军队掩护，后排军队后撤。

沐昕后撤之际，却感身后愈发嘈杂，回头望去，只见东南方向，骑兵逐个躺下，仔细一看，乃是一人一路杀来，直奔自己，沐昕大惊，忙说道："绫剑！快领武当高手拿下此人。"

未及那沐昕下令，绫剑周边慕云裳早已引了武当众人飞身上去。

那袭来之人，正是萧寒寰：

未进新房入杀阵，

大红鲜袍庆纱冠。

手中长刀赤白色，

衣上人马血难分。

但见慕云裳领了二十武当弟子拦截萧寒寰，二十围一刀，众剑压逼，萧寒寰毫无惧色，挥刀旋身猛砍，刀风凌厉，势不可挡。

二十武当弟子持剑与那萧寒寰缠斗，萧寒寰长刀狂砍，不一会儿便死伤了三名武当弟子。

沐昕慌忙后撤，又听身后"嘭"声乱响，原是那神机营官兵当先，锦衣卫在后，一齐冲出追杀。

此时，但听那老将说道："沐驸马，再撤下去，阵脚尽乱了啊！"

沐昕不知所措，但听身边拓跋坡说道："沐大哥，掉头冲杀吧。"

沐昕听此，忙大喊："掉头冲杀！掉头冲杀！"

但看拓跋坡手持弯刀，掉了马头，飞马杀去，众三千营铁骑，得令之后，便均回马冲锋。这金川门外，本是沐昕三千营骑兵撤退，锦衣卫与神机营追杀，霎时间又变成了那三千营骑兵回头猛冲，两军相交，立时陷入血战。

但看萧寒寰缠斗之处，竟是在两军杀阵之中斗出了一片空地，慕云裳领着武当弟子，结下了九宫八卦阵，十几个武当弟子绕成九宫八卦，将萧寒寰围在中间，旋灯般厮杀。正斗着，萧寒寰眼睛渐渐血丝充盈，目泛黄光，刀风越劈越烈，长刀斩处，断了不少武当单剑。

慕云裳眼见斗不过这人，又见他一路奔袭，是奔着沐昕去的，心中便想道："我先放他一放，待他奔向沐昕，我们再从后面袭杀。"慕云裳当下虚晃一剑，萧寒寰持刀格挡，这一挡，慕云裳假装脚下失衡，向右倒去，右边弟子见此急忙拉他一下，这两人出差，阵法已无，萧寒寰便立时挥刀旋身，从那慕云裳处的缺口突出，直奔沐昕。

武当众弟子欲飞身拦截，却被慕云裳止住，但听慕云裳说道："放他一放，我们再出其不意攻其不备。"武当弟子听令，徐徐跟着萧寒寰。

但见萧寒寰疾奔乱砍，立时便见一条血路从三千营骑兵阵中直取沐昕而去。

眼见这血路就快顶到沐昕之处，周围众多骑兵开始拥上，堵住萧寒寰去路。

绫剑本不想与萧寒寰交战，但事已至此，也是无奈，当下和沐昕说道："沐大哥，我去会会此人。"说罢，抄出腰间弯刀，策马奔上，身后完颜雪、西克腾也跟上去了。

萧寒寰冲杀之际，但听身前有人唤他名字，便抬头看去，正见卢绫剑。

萧寒寰愣了片刻，说道："你快让开！"

但见卢绫剑一手持弯刀，一手勒马缰，那战马左右荡漾，绫剑不停调正马头，原来那战马见萧寒寰目泛黄光，已有些惊了，那萧寒寰又是身穿大红婚袍，身上鲜血淋淋，那马怎能不怯战惊恐。

绫剑说道："寒寰，苦海无边，回头是岸，你想跟着纪纲弑君叛乱，不仅身死此地，更是留下反贼骂名。"

寒寰又旋身，斩了两个骑兵，抬头和绫剑说道："纪纲是双双父亲，我不忍双双难过，舍了命了，也要助纪纲事成，你我兄弟一场，我不想伤你，你快让开！"寒寰话音未落，飞身上前，挥刀正劈。

绫剑没有避让，而是催马直冲，撞向萧寒寰，近了萧寒寰，但见绫剑战马往前一跃，前腿抬起，后腿又蹬了一下地，前马腿直踢向萧寒寰，萧寒寰见此，足下使力，猛地跃起，朝那战马前胸猛劈去。马嘶鸣而死，萧寒寰从地上擦过，绫剑跌下马来，翻滚两下，站起身来，双手持柄，把弯刀横在身前。

萧寒寰斩马之后，还没回头看卢绫剑，又见二人催马袭来，一女子左右手各持一把弯刀，一名壮汉双手擎着一把斩马大刀，来势凶猛，但见那壮汉大刀拦腰斩向萧寒寰，萧寒寰避让不及，躺下身去，那壮汉见此，忙压低刀身，那刀锋从萧寒寰鼻前划过，萧寒寰躺下之后，挥刀斩马腿，那壮汉便朝前跌去，萧寒寰一个打挺站起身来，又见两弯刀劈来，来不及格挡，便迎了上去，一手伸出，直抓那女子手腕，手上运功，一把将她拽下马去。萧寒寰站稳步子后，回头欲看卢绫剑，刚一回头，便见一剑直朝自己脸膛刺来，萧寒寰忙侧身躲避，不料脸上被划了一道血痕，萧寒寰躲过这剑，便抓住那偷袭之人手臂，顺势一拽，扔了出去。不由分说，这一剑之后，众剑相随，正是武当弟子赶了上来，萧寒寰不敢怠慢，持刀乱舞，以一当十。

萧寒寰缠斗之际，心中略惊，原来他本带了十几个锦衣卫陷阵杀敌，此时回身斗战，却发觉自己身后尽是敌军，无一锦衣，又遥遥看向鼓楼，才知自己已然深陷敌阵，据那鼓楼处锦衣卫与神机营官兵，已然相距甚远。

但听萧寒寰大喝一声，抢刀旋砍，刀起刀落，毫无章法，就似狂人一般，

原来他知自己已是单人，又是深陷敌阵，无所顾虑，便杀得开了，凶猛异常，就似猛兽一般。

绫剑瞧看萧寒寞如此功夫，不禁叹道："萧寒寞这是得了什么高人指点，竟似天神下凡一般。"

绫剑思索一番，抢上前去，朗声说道："萧寒寞，你娘子与你新婚伊始，你便想令他守活寡吗！"

萧寒寞听得这话，突然想起纪双双，不禁心神分散，但听他喊道："既然我今日定然难逃此地，便誓要杀了沐昕！"

完颜雪听了绫剑这般言语，立时会意，朝萧寒寞喊道："你新婚当晚，便将娘子弃了，若是你今日战死这里，你娘子也未必守寡，没准再嫁了别人！"

萧寒寞听此，心中慌乱，手上刀法不定，自言自语道："双双不会嫁别人的，她只喜欢我。"萧寒寞念道之时，慕云裳飞身一剑，划伤萧寒寞右臂，萧寒寞见右臂中伤，便将使刀的力道偏向左臂，仍是双手抢刀乱舞。

此时，但听西克腾大喊道："哈哈，洞房花烛，你还没过，便身死阵中，罢了罢了，我且做个善事，待你死后，我便替你去入那洞房！免得你那娘子，新婚之夜，寂寞难忍！"

萧寒寞听此盛怒，此时正有一骑兵横眉尖刀劈来，萧寒寞一把抓住刀身，使力一拧，将那眉尖刀刀头折下，又出手将刀头掷出，疾取西克腾飞去，西克腾见那眉尖刀头疾飞而来，慌忙闪过，但见那眉尖刀头直飞出去，洞穿了两个骑兵马身，插在第三个骑兵马身之上。西克腾大惊无比，双眼瞪大，喘息不止。

寒寞乱斗之际，又感身后一阵凉意，猛回过头去，是一箭朝眼前射来，寒寞忙抬刀挡箭，却只削到了箭羽，萧寒寞只觉头上一空，冠帽已被射下。

寒寞此时披头散发，心中慌乱，一来他不忍离双双而去，二来又是深陷敌阵如何脱险。

但听绫剑道："寒寞，你若此时夺一匹马，你与那双双便尘缘未终。"

寒寞心中道："什么沐昕，什么朱棣，什么纪纲，我只在乎我那双双，我若死于此处，岂不是令双双痛苦一生。"寒寞念及此处，当即飞身揪下一个骑兵，掉马回冲。

众人欲上前拦击，但听绫剑喊道："切莫拦他，妄自送命！"绫剑此话一出，身边众人，均未上手，寒寞飞马回奔，脱身而去。

寒寞退到神机营与锦衣卫阵中，本欲继续厮杀，但心中担心双双，便策马南奔，朝应天府而去。

但看鼓楼周边，两阵实力相当，拼死厮杀，却说那纪纲去了何处，原来那纪纲早已带了十几个精英奔西华门去了，沐昕也是恐那皇上危险，便命绫剑速速带人奔马直去西华门。

正是：

金川门外尸未收，

金陵城中又厮杀。
铁骑刀劈劲弓射，
神机枪炮甲胄碎。
释厄魔刀搅兵阵，
名师高徒果不凡。
新郎官人撒沙场，
只因难负女儿心。

且说这鼓楼之处血战，倒有一干人等，一直在一旁瞧看，正是那花一笑等人，花一笑此时正伺机待动，想一有机会，立时出手，报了花家上上下下几十口人命的血仇。

此时，花一笑见卢绫剑引了一小群人，绕后往东而行，便领众人，疾步追上。

第三十七回　人道金陵变

上弦凉月，西华门外，刀剑乱挥戈。
七夕佳夜，怨恨交织，心念荡悠悠。
武者有情仇不灭，温血渗衣裳。
好似红绳成冥索，皇城冷，烁寒光。

八年金陵事渐忘，多少人魂葬宫中。
且忆当年火惨烈，燎烧三日诛旧臣。

燕王靖难乱天下，精兵猛将荡中原。
皆道兴亡百姓苦，西家雁难尽遭殃。

镖头仇深何处寻，罪魁祸首认燕王。
奋勇潜入镇江府，直捣森严亲卫营。

纪纲舍身挡突袭，自此得了燕王信。
造祸却令人来福，位列权臣掌锦衣。

马和初定安武策，哪里想到人心易。
身负绝艺却身忙，虎头蛇尾无暇顾。

永乐元起江湖乱，江湖乱了金陵乱。
至今演罢多少事，一纸难言儿女情。

风烈意空遁佛门，谁知游刃迷倾心。
必是人间缘未了，可是真心易主难。

清清浅浅登门来，比心教君匆匆去。
悟高学勤真人授，谁知终来道行空。

双双若是天姻定，一面钟情誓相留。
男儿热血女儿痴，好福好运好梦常。

童话原是年幼讲，青梅竹马能长否？
一日寻见花一笑，不解往事不知情。

金兰情谊世间珍，不带绵柔不带愁。
弯刀一把代长剑，手足兄弟可当功。

漠北鞑靼三辗转，天子回师祀先皇。
七夕大婚应天府，侠客豪杰齐聚合。

驸马暗揭纪纲谋，朱棣反疑沐昕欺。
俱是腾云乘风人，哪个忠臣哪个奸？

武者纷纷两阵立，又加三千与神机。
八年今日寒月夜，白光暖血满金陵。

西华门北，一人快马奔来，一手擎弯刀，一手拽缰绳，左侧一女子，腰悬两把弯刀，右侧一壮汉，横拿斩马大刀，身后跟着数个骑兵，个个手持眉尖刀，约有八九骑，后面又跟着十几个道袍人士，这几个道士虽是步行，却丝毫不落后。

且说沐昕在鼓楼与锦衣卫死战之际，恐皇上有险，便令卢绫剑速去皇宫西华门拦截，绫剑战马已死，便从周边寻了一匹骑上，带人直去西华门。

绫剑已近西华门，遥见门前众人大战，大门已开，门口有几个人，个个神勇，拼死奋战，拦住众人。

绫剑不解，稍缓行速，仔细瞧去，但见门前人堆之后，十几个锦衣卫站立观战，领头一人，正是纪纲，宫门口死战拦路之人，未穿军服，好似不是西华门守将，但为何大门已开，绫剑心下疑惑，又见门前群豪拥攻，身后又是纪纲领着锦衣卫，心中惧怕，不敢上前。绫剑转念一想，又念起西风烈已然带少林众武僧和与沐昕交好的群侠来守西华门，便定睛瞧看，可有和尚身影，但寻了一会儿，未见一个武僧，心中更加疑惑，对身边人说道："西风烈已领众人来此守门，此时却不在此处，而那守门之人，既不是官兵，也不是我们的人，我们寥寥几人，又怎能挡得住这门前群豪猛攻。"

但听身边慕云裳道："掌门，门前拦路那女子我认得，叫独孤七夕，乃是江湖豪侠独孤长风手下之人，不知为何在此。"

绫剑心想："独孤七夕，莫非独孤长风也来到此处？"

绫剑道："独孤长风与谁交好？"

慕云裳道："不清楚，我只听江湖传闻，他与武神话曾在苏州恶斗，两帮帮众，在苏州斗了许多年，后来独孤长风行踪飘忽不定，帮会便散了，武神话独霸苏州，但奇怪的是，后来武神话也不知去向。"

绫剑道："但愿独孤长风能助我们。"

此时西克腾道："卢老大，我们上不上？"

绫剑道："莫急，再看看。"

"坐山观虎斗？"

绫剑忽听右侧声来，转头看去。

但见几个人影闪出，个个手执兵刃，一人精绣青衣，开口说道。

绫剑见是花一笑，开口道："花帮主值此大事之际，不选一边吗？"

花一笑道："纪纲犯上作乱，沐昕奸诈小人，你说帮哪个？"

绫剑道："花帮主这是要作壁上观？"

"绫剑，快看宫门。"绫剑身边完颜雪喊道，众人均瞧看过去，只见门前群豪已然拥入西华门中。

绫剑道："花帮主，这纪纲引众人谋反，你身为江南大侠，是不是应当出手阻拦，匡扶正义。"

花一笑道："匡扶正义？朱棣何尝不是篡位得的江山。"

绫剑回道："妄江湖对你颇为敬重，今日看来，原是惜命自私之徒。"绫剑说罢，驾马直驱宫门，身边众人相随。

花一笑身边武童话见此，抄出单剑，急道："追不追？"

一笑身边众人，尽是看着他，一笑双眉紧皱，道："先寻一幕。"

绫剑引人到宫门附近，忽听门内喊声震天，人群渐渐外涌，绫剑左右探看，喊道："先杀纪纲！"

门前众人听了这声，方才知道左侧有人来了，纪纲听了这句话，猛然转头看去，看见有道士，又看见那当先骑马之人面孔，"哼"了一声，说道："速速攻进皇宫！"

纪纲言毕，众锦衣卫一齐涌上，在宫门处死斗。

原来，那西风烈早已令人到了西华门，又遇见了一批前来守门的侠客，便令几人在宫门引战，众人在宫门后埋伏，此时纪纲引的群豪拥入，众人便一齐掩杀，硬是将其逼得缓缓后退。

西华门处，喊声震天，已然传至朱棣寝宫中。

朱棣忙呼左右，传羽林前卫指挥使。

不一会儿，羽林前卫指挥使进寝宫拜见。

朱棣忙问："西面为何如此嘈杂？"

那指挥使道："恐是西面城中，反贼破入。"

朱棣惊道："西华门紧闭，如何能破？"

羽林前卫指挥使道："西华门由金吾右卫卫戍。"

朱棣道："金吾右卫乃朕原先的燕山右护卫，精武善战，把持门防，城中那江湖众人，又没攻城器具，岂能被破？"

指挥使道："恐有人内通。"

朱棣大惊，正此时，寝宫又入一将，乃是府军前卫指挥使，这府军前卫，又称带刀舍人，乃是朱棣近身侍卫。这将开口便道："皇上，金吾右卫指挥使恐已反叛。"

朱棣忙问："其余皇宫各卫呢？"

府军前卫指挥使道："唯有西门祸乱，其余各卫均无动静，要不要调令各卫，支援西华门？"

朱棣心想："西华门守将乃我旧部，随我出生入死，而今却已叛乱，其他各卫若另有叛乱者，我将其引到身边，岂不是引火烧身。皇宫各卫，若齐聚西华门，慌乱之中，难分敌我，若是有已反叛的卫军，以护驾之名掉头杀我，没人阻拦，如何是好？"

朱棣思量片刻，道："传令下去，各卫严守本部，相邻各卫，若见邻卫行动，定是反贼，立刻诛杀。"

两个指挥使欲出门而去，朱棣瞧看两人背影，心想："这二人已然进我寝宫，若是欲行不轨，我早已丧命，定是忠臣。"但听朱棣道："二位指挥使且慢。"

两个指挥使听了，忙转过身，跪下齐道："皇上有何吩咐？"

朱棣道："府军前卫于寝宫周遭护卫，择精英入寝宫，羽林前卫集结于寝宫门前待命。"

二将领命而去。

朱棣又朝左右道："传令下去，通告朝臣，天色一亮，便随朕出宫祭祖！"

且说西华门处，绫剑一干人等直取纪纲，到百步之内，绫剑身旁骑兵搭弓疾射，数箭飞出，纪纲本没上心北面，此时身边众锦衣卫见状，忙抢到纪纲身前挥刀挡箭，纪纲见此，看向那边，喊道："拿下他们！"

纪纲话落，众锦衣卫后撤出来，拦向卢绫剑等人。

眼见绫剑将至纪纲身前，却见其勒马掉头，直奔西华门。

但见西克腾抢到绫剑身前，一马当先，挥斩马大刀左右挥砍，绫剑领骑兵随后，武当弟子结成长枪阵，这一干人等从乱斗人群之中直插进西华门。

西华门前，一队武僧操棍拦门，当中一人，身披袈裟，手持铁棍，正是西风烈，西风烈见绫剑飞马欲进，忙引人掩护，接了进来。

绫剑飞马之际喊道："西华门为何大开？"

西风烈道："西华门守将与纪纲是一伙的。"

绫剑又道："西华门守军现在何处？"

西风烈道："不知去向。"

绫剑引人进来后，环顾四周，心中想道："这门外众人，数倍于门内，又加之纪纲领的锦衣卫精英，恐怕难敌，城中那边，沐昕毫无优势，恐怕再斗一会儿，神机营与那城中锦衣卫便要来了，此时西华门守军又不知去向，不知在何处埋伏。"绫剑掉马探看宫中，安静无声，心中诧异，不知朱棣亲卫军为何不来守门。

绫剑冲西风烈喊道："此门守军去向不明，恐有埋伏，我带人去宫门楼上

看看。"

西风烈于门前死斗，没空理会绫剑，但看绫剑带了完颜雪、西克腾二人上了宫门楼，其余众人皆留下守门。

绫剑挺着弯刀，直上宫门楼，及至楼顶，大惊，原来此处尽是死尸，个个官甲打扮，身上或心位流血，或头部溢血，似是刚死不久，绫剑道："西华门乃是金吾右卫所守，这些个人，都是精兵好手，怎会佩刀未拔，尽数死了。"

绫剑忙左右探看，又望宫墙南北，各看一眼，未见人影。

此时完颜雪说道："绫剑大哥，这些个人衣服一样，好像领头的走了。"

绫剑听此，忙看了一番，没人穿着将官衣服。

绫剑寻思片刻，道："走，沿宫墙往北，去元武门。"

皇城西面宫墙之上，三个人影往北快步行去。

且说此时，萧寒寰已在应天府寻见了纪双双，却见纪双双正失声哭泣，寒寰忙道："双双莫哭，我回来了。"

纪双双听此大喜，瞧看萧寒寰，又见他一身是血，多处伤痕，心中怜惜，但转念又问道："我父亲呢？"

萧寒寰说道："岳父大人此刻应该已经攻入西华门。"

纪双双惊道："我听说皇宫之中，有亲军守卫，父亲恐有闪失。"

萧寒寰听此，忙道："我这便去助他，你且放心，在此等候，不许哭泣。"

纪双双道："若是杀不了朱棣，你便将他救出，我们一家离开金陵，隐去姓名，流落民间吧。"

萧寒寰道："岳父大人定能成功。"萧寒寰转身便走，却听身后有人喊他，回头看去，正是纪纲夫人。

但听纪纲夫人说道："我夫君此次谋反，也是无奈之举，皇上早已对他不再信任，不过以他实力，恐怕难斗宫中亲卫，你入皇宫去，若是有机会，便杀了朱棣，若是势头不好，定要拿个名气大的侠士抵罪。"

萧寒寰问道："如何抵罪？"

纪纲夫人说道："便说是他联合众人，意图谋反，我夫君将计就计，一举灭了这些个江湖势力。"

萧寒寰点头道："我明白了。"说罢，提长刀上马飞奔西华门。

萧寒寰到了西华门，眼见神机营也在门前，心中想道："莫非鼓楼那边，沐昕已死。"心中大快，但转念一想，心中又道："绫剑兄弟在那阵中，不知此刻是否平安。"

萧寒寰心中想时，只觉眼睛上部余光晃动，抬头望去，只见宫墙之上，四个白影晃动，寒寰仔细瞧去，当先一人身材，极似绫剑，心中略喜，又见西华门外，人群渐渐拥入，似乎这宫门是守不住了，便飞马向宫门冲去。

萧寒寰冲到门前，正见纪纲在后督战，大喊一声："岳父！"

纪纲见萧寒寞，大喜道："贤婿来得正是时候，快随我杀将进去！"瞬时，纪纲拔剑直冲，身后锦衣尽数跟着，神机营虽然已至，但宫门乱斗，早已难分敌我，无法用铳。

纪纲带锦衣卫一冲，立时冲破宫门，门内西风烈领的众人不得不节节退后，双方于门内厮杀，却仍不见任何宫内亲卫来此。

却说纪纲虽带人冲锋，但身在锦衣卫护卫中，毕竟刀剑无眼，恐有闪失。

萧寒寞冲入宫门后，但见一武僧，持铁棍乱舞，磕着便死，擦着便倒，英武不凡，正是西风烈，与西风烈缠斗之人，手持一把宽剑，刚猛力道，也是出众，乃是穆峰，萧寒寞又见一处，一人持刀猛砍，所守之处，无一人能过，此人是独孤破浪，寒寞当即快步上前，横刀劈他。

独孤破浪见寒寞刀势凶悍，忙出手格挡，二人过了几招，便立时缠斗起来，只觉刀法、气力都不相上下。二人死战之时，又觉对方套路与自己甚为相似，但如此紧急时刻，无暇多想，二人拼尽全力，却谁也拿不下谁。

这般乱斗，直至天明不休。

翌日，天色已亮，群臣已于洪武门前集结，又听得西北喊声阵阵，各个心中惊慌。

眼见洪武门缓缓打开，府军前卫与羽林前卫两指挥使领人护卫朱棣出门。

但听朱棣朗声道："赵虺何在？"

赵虺听此忙上前拜俯道："微臣在此。"

朱棣道："祭祀之事，可备好了？"

赵虺忙道："一切备好。"

朱棣道："走，去孝陵祭祖。"说罢朱棣直向正阳门步去。朝臣面面相觑，宫中喊声不断。

此时但看西面一众女子前来，当先一人喊道："皇上，切莫出去，正阳门外已有沐昕埋伏。"

朱棣听此一怔，瞧看那群女子，又听那女子说道："我们是峨眉派的，来此护卫皇上。"

朱棣听了"峨眉"两字，又见是一群女子，便放松了警惕，心想："峨眉乃名门大派，必然不会犯上作乱。"

且看那一众女子近了朱棣，当先之人立马将右手环器掷出，朱棣大惊，忙闪避，身边带刀舍人、羽林卫皆上前拦住，但看那飞环割死一人，被一羽林卫挥刀挡下。

那一众女子，一齐杀上，当先那人，正是峨眉叛下山去的张紫盼，不知这一众女子什么身份，朱棣身边亲卫竟是难以拦住，朱棣急往东躲，群臣不知所措，武将持剑上挡，却无济于事。

危难之际，但见洪武门中冲出一队武僧，持棍飞上，为首一人喊道："皇上，

沐驸马命我等前来护驾！"朱棣听此大惊，不知这一队武僧到底是要护驾还是要弑君。

但见那几个武僧挡住那一众女子，西风烈挥铁棍直取张紫盼，又听西风烈口中喊道："皇上请速出正阳门，之后紧锁城门，待我等剿灭纪纲后，再进宫来。"朱棣听此，一个让他不要出门，一个让他快快出门，竟是令他不知所措，值此危难之际，心中纠结万分，又是一念想到马和，口中自言自语道："若是马和在旁，何至这般处境！"

正此时，洪武门又拥出一拨人众，为首一人持着宽剑，直取朱棣奔来。

西风烈大喊："皇上快快出城！此人是反贼！"

朱棣眼见那持宽剑之人，直奔自己而来，慌忙道："快出城！"说罢，寻正阳门出去，亲卫朝臣跟随。

虽说那张紫盼也有功夫，但怎抵西风烈铁棍威力，却看二人斗时，西风烈朝右虚晃一棍，张紫盼忙持环挡去，却见西风烈迅疾收棍，转臂一旋，铁棍轮击，正中头部，张紫盼立时毙命。西风烈左打右扫，几个假扮的峨眉弟子，尽数死于棍下。西风烈回见穆峰追来，直奔正阳门，又引武僧拦截。

且说那绫剑带人去了元武门，却无论如何言说，那守军竟是无动于衷，都说皇上命他们在此守卫宫门，不得移动。绫剑无奈，又回至西华门，却见神机营已站于门下，不敢妄动，在西华门宫门楼之上伺机。

及至天明，绫剑发现西华门下众人都往南行去，便急忙下了宫门楼，跟着往南行去。

却看皇宫南门洪武门前，神机营与众锦衣卫已然赶到，正见穆峰带人与西风烈缠斗，但听纪纲吼了一声："穆大侠且暂撤，让这秃驴尝尝火铳的滋味。"

西风烈听此一惊，瞄看西北，已然尽是敌人，心中暗想："莫非此时，只剩我们这几个武僧了？"

西风烈心中怒起，猛扫一棍，穆峰忙持剑横挡，只听"铮"声一响，穆峰只觉虎口发麻，引人快步回撤，西风烈惧怕神机营，不敢追赶，回望正阳门，城门未关，想逃出门去，却恐纪纲追出杀了朱棣。但念及此处，西风烈突然心惊道："杀了朱棣？"

西风烈忽想："杀了朱棣，这不是我一直以来想做的么，如今我却死命护他，我是为了什么？"

但听身边武僧说道：

"长老，快撤吧！"

"我们逃出正阳门，再与其相斗！"

"不要迟疑了，眼前敌人众多，我等若不快城门出，定要丧命于此！"

但西风烈却怔在原地，目光呆滞。

"长老，正阳门正缓缓闭合！"

西风烈头部微颤，好似瞬间醒了，眼见周身武僧围着，又见身前神机营官兵步步逼近。

西风烈道："你等速出正阳门护卫皇上，我在此断后。"

众武僧听此，没有人动，西风烈急道："大局为重，速速听我号令！"众武僧无奈，只得快步出了正阳门。

但看西风烈虎棍生风，旋舞一番，横在身前，又是马步侧蹲，棍尖前指，立在原地，威风凛凛，神机营一排官兵持火铳逼近，西风烈却毫无惧色，毫无退意。

纪纲见此，冷笑一声，自言道："他留此处，又有何用？"

纪纲笑间，身后一人说道："岳父，我敬此人是个英雄。"纪纲不解，却见萧寒寰持刀走上前去。纪纲眼见正阳门已关，便挥了挥手，身边一人忙喊道："神机营止步！"

但看萧寒寰出了前排神机营队列，托刀直朝西风烈走去，那刀已然血浴，此刻又擦在地上，只觉一路血线火花，刀锋掠地，异响刺耳。

西风烈站在原地，丝毫不动。

及至萧寒寰离西风烈只有十步之遥，寒寰便抬刀进步，但看西风烈双目已红，说道："为何送命！"

萧寒寰举刀斜劈，却见西风烈右手握住铁棍一侧，直戳面门，寒寰一惊，调转刀势躲过，又见西风烈挥棍朝脚下打去，寒寰刚转身势，哪能再转，只得双腿使力跃起，但见西风烈又是一棍挑来，寒寰忙抬刀挡住，但半空之中，无处借力，西风烈这一挑击，令萧寒寰在空中趺飞出去。

萧寒寰忙定了精神，翻身稳步站住，将长刀横在身前，心中想道："此人不好对付，当小心出招。"

未及萧寒寰出招，却见西风烈又挥棍拦腰横扫而来，萧寒寰不敢怠慢，运起内力，出刀侧挡，这一挡稳稳将来棍挡住，手臂丝毫未动，但西风烈一脚点地，一脚跃起，一个旋身转到萧寒寰身后，又是舞棍朝萧寒寰脖颈砸去，寒寰还未来得及反应，但感脑后棍风呼啸，又觉身侧有气流掠来。

寒寰只听"锵"的一声，待寒寰转过身子，使刀护在身前，已见西风烈退了两步，长棍脱手，左手按着右臂，右臂上中了一剑，地上又有一把宽剑趺擦，一根长棍翻滚。

原来是危机时刻，穆峰旋剑掷出，挡下铁棍，纪纲又引弓疾射，方救下寒寰之命。

寒寰见状，只得往北退去。却说这萧寒寰虽是内功深厚，刀法凌厉，但毕竟年轻，哪里能及西风烈的武技。

但见神机营一排官兵，上前逼近，火铳直对西风烈。

西风烈折下臂上之箭，又看向那一排神机营官兵，只觉片刻之后，便去那

极乐世界了。

西风烈退了几步，绰起地上铁棍，杵在地上。

且说绫剑此时，正在宫城西南角瞧看，眼见西风烈人之将死，但自己只有三人，哪里能救，心中绞痛难当。

正此时，绫剑却见宫墙之上落下一个人影，掠地直冲向西风烈。

那人影从锦衣卫与神机营西侧冲出，又是几个红白影点从那人处飞出，几个神机营官兵立时倒地。

西风烈只觉那人冲他飞奔来，竟是抱起了他，直奔南面城墙，神机营官兵见此，快步追上，火铳炸射。

西风烈只觉脚下空了，好似被仙人带起一般，口中说道："游刃？"只感那人带自己步上城墙，城墙下火铳齐射，行到城墙一半，那人便将自己向上猛得一推，似腾云一般，飞上城墙。西风烈缓过神来，忙趴在城墙边上，向下望去，只见游刃身上已然起火，跌下城墙，城下火药炸射，惨死落地。

西风烈咬牙切齿，面容抽搐，眼中血丝纵横。

绫剑见西风烈上了城墙，忙快步往西南去，寻通济门上南城墙。

绫剑等至通济门，步上城楼，见一将官领着数众官兵道："什么人？"绫剑回道："如今皇城大乱，我说我是护驾之人，你能信么？"那将官道："既然如此，我有圣上军令，严守此门，尔等不得上前。"绫剑回道："恐怕一会儿贼人闯城楼，你们守不住。"那将官道："你意欲何为？"绫剑不语，将弯刀掷在那将官脚下，缓缓进步。

绫剑道："东面正阳门处，来一和尚，乃是忠义护驾之士，我来此接应他。"

那将官听此，朝东边望去，果见一人，袈裟打扮，手无兵刃，跑将过来，又瞧了瞧绫剑三人，说道："你身后二异族是何来头？"

绫剑回道："我们乃是驸马都尉沐昕手下武卫，沐驸马常镇华北，与北方散族有交，有何奇异？"

那将官回道："既如此，你等不得上前，那和尚过来，我让路让他下去便是。"

绫剑默然。

顷刻，西风烈沿城墙跑至通济门城楼东侧，大声喊道："纪纲已反，速速放我出城护卫皇上！"守门将官道："我等有皇命在身，任何情况不得开门。"

西风烈闻言，站在原地，向南看了看城外，见护城河绕城流过，到通济门西侧穿城墙而过，遂心中寻思："我可过此门楼，到西边城墙上去，跳入护城河，再去寻朱棣。"西风烈正欲说话，但听喊声："风烈兄，快下门楼。"又见那将官道："有人寻你下城楼去，你从这下去吧。"

西风烈到门楼处，寻至石阶梯，见绫剑三人，但听那将官说道："速速下去。"西风烈看了那将官一眼，见其手握刀柄，身边军士护卫，又看绫剑手无兵刃，身后立着二人，西风烈便忙快步下阶梯去。

绫剑见状，上前两步，躬身捡起弯刀，转身欲走，忽听得身后刀出鞘声，又见完颜雪、西克腾二人瞪大眼睛，忙横刀转身，又听得西克腾大喊道："小心身后！"绫剑转回身去，但听"铮"的一声，弯刀刀身正挡住那将官刀锋，绫剑转得突然，握刀的力道不正，手腕被微微震麻。那将官周围军士，也都抄出雁翎腰刀，劈开过来。绫剑将弯刀刀身调转，用那内弧侧向右推开那将官腰刀，退身一步，持刀左打，格挡左侧劈来的军士腰刀，那将官刀身被甩到右侧，右侧军士便止住刀风。

但见完颜雪抄出弯刀，箭飞上前，西克腾持刀踏地，猛冲上去，西风烈也转身近前。

完颜雪见绫剑手腕微颤，旋刀掩护，将其挡回身后，西克腾冲到右边，抢起斩马大刀，立时劈死一人，西风烈手无兵刃，只得拳砸掌推。只听绫剑喊道："为何动武？"那将官正与完颜雪缠斗，无暇理会。

门楼之上，至少十数守卫，这时又从阶梯奔上了几个，这些个守卫，都是精兵，戴盔披铠，雁翎腰刀，极难对付。西风烈手中又无趁手兵刃，那将官引着众军士压斗，将西风烈四人围住。

危难之际，西风烈低声说道："你三人且与我分开，我好施展武艺。"绫剑当时会意，照着那将官面庞甩出弯刀，那将官忙躲避，绫剑一个翻滚上前，一军士持刀下劈，绫剑往前一越躲过此刀，又在地上一翻，右手挥刀，斩断那军士双腿，完颜雪与西克腾，一左一右，抢到绫剑身边，使尽全身力气死斗。

那将官也持刀追砍绫剑这边，西风烈仍被七八人围住，但看西风烈双手合十，盘起左腿，原地旋身，霎时间身影模糊，分身化影，千手无量，先朝南打出去，又回身向东南，接着正东一掌，回身又偏向东北，绕了个圈，打过八方，立在原地，喘息之间，周身军士尽被拍出，跌了出去，有的立时口喷鲜血。西风烈不敢迟疑，飞身到绫剑那边支援。

那将官余光瞥见那西风烈以一当十，见其过来，持刀拦截，西风烈侧身一掌，击在那将官刀身之上，只见那刀身颤抖两下，脱手飞出，绫剑于那将官背后一刀，那将官幸有铠衣防御，只是被绫剑弯刀力道震出，跌了出去，有两名军士，忙上前护住那将官。

完颜雪与西克腾在与几个军士纠缠，西风烈抢了上去，掌风到处，劈盔碎甲，了结了这几个军士，回身望去，但见绫剑刀指那将官，那将官半蹲原地，身前两个军士护着，绫剑道："为何偷袭？"那将官道："明知故问！"绫剑正欲追问，却听城楼下脚步声急，又见有人从石阶步上，那将官也忙回头看去，见一人青衣披身，手执长剑，领一众人上来，那将官不知是敌是友，面色紧张。

"呵！"那青衣人冷笑道。

"花一笑？"绫剑道，绫剑远观花一笑眼红面赤，只感他来此处，绝非善事。

　　"杀！"花一笑激喊一声，挺花间剑，直取绫剑，右侧又有一短剑旋出，疾射出去，正是易羽甩出一剑，花一笑身边众人，一起涌上。那将官见此，悄悄起身后撤。

　　绫剑见状大惊，先是躲过那旋剑，不料又有花一笑一剑刺来，危机之时，肩头一人跃出，朝花一笑胸口一掌拍去，花一笑忙调转剑头，一边躲开。西风烈口中呼喝，掌力刚猛，一跃一击，花一笑双手握剑，一躲一劈，二人激战，不分上下。

　　绫剑忙持弯刀挥斗，右侧一女子，使着单剑，力道凌厉，挥削挑击，出手毒辣，左侧两个男子，一人一单剑，拦刀刺剑，绫剑拆招之际，兀自惊慌，感身后寒凉，但又无暇回头，只听身后"铮"的一声，绫剑又见完颜雪、西克腾二人上来相助，原是那易羽飞剑，旋飞回来，直取绫剑后身，若不是完颜雪一刀挡下，恐绫剑后身已中着了。西克腾冲到前面与那身后众人相斗，完颜雪挡开那女子，此时那易羽持一把短剑上来，与绫剑左侧两人合剑。

　　绫剑虽独斗三人，仍余光一掠，见西风烈与花一笑死斗，西克腾虽是勇猛，但斗众人，难免吃力，唯独完颜雪斗那女子，似乎并不吃力，绫剑立时舍命旋身一刀，身前三人见此，忙挡的挡，退的退，绫剑急忙收招，箭步飞身，一弯刀朝那女子划去，完颜雪也见着了绫剑，双手弯刀猛拍那女子剑身，那女子慌乱，剑柄震动，手腕颤抖，眼见绫剑一刀划来，那女子无法挡避。

　　"童话！"花一笑朝西风烈虚晃一剑，抽身去护武童话，匆忙之际，被绫剑一刀划中右肩，花一笑忙左手一掌击出，绫剑左臂护在胸前，但仍被一掌震出，花一笑肩上剧痛，面容一紧，将剑换到左手，又挥一剑，削向完颜雪，完颜雪不敢接招，撤身躲开，花一笑剑未收招，又见西风烈一掌推来，急横过剑身，挡下一击，二人又死斗起来，此时花一笑左手持剑，微落下风。

　　绫剑被一掌拍出，踉跄几下站稳脚步，见西克腾已然受了伤，愈发吃力，花一笑带来的这些个人，各个功夫在身，比那些个皇城军士还厉害，之前与自己交手的三人，更是俱怀武艺，绫剑心中慌急，瞧了一眼西侧，乃是护城河水门，若是疾跑过去，到沿河城墙上，跃将下去，足以跳入河中，不过西风烈死斗吃力，西克腾又陷在人群之中，这二人不脱，绫剑怎忍独自遁去，只得紧握刀柄，挥弯刀死拼。

　　绫剑与完颜雪，共三把弯刀，破空划削，斗着易羽三人。西风烈见那西克腾吃力，飞身过去支援，武童话跟着花一笑，追击西风烈。

　　西风烈援至西克腾身边，见他腿上、背上、肩上，都有剑伤，又扫视众人，尽是持剑的剑客，西风烈大喝一声，分身飞掌，击倒数人，却见花一笑持剑刺来，不敢不理，躲剑劈掌，使尽力气，酣战群剑。

　　花一笑也知西风烈难敌，刻意把他往石阶上压去，把他与绫剑分割开来，西风烈虽也有感花一笑意图，但已然尽力拼斗，也无法子。

通济门这边暂且不说，且说纪纲引锦衣卫与神机营官兵立在正阳门内，纪纲身边钟九首说道："大人，冲出正阳门，杀了朱棣，大业成矣。"纪纲犹豫不语。身边众人见纪纲不语，也不敢言语，一片寂静。

纪纲道："若是此时出去动手，门外朝中文武俱在，弑君之罪，我便背定了，如何服众！莫非要将门外君臣尽数杀死？"

钟九首道："大人！局势瞬息万变，此时正是良机，我们破门杀朱棣，是压山之势，万勿迟疑啊！"

纪纲道："穆峰！"

纪纲身边穆峰应声道："纪统领有何吩咐？"

纪纲道："随我去通济门，你带人扯下衣袖，蒙在脸上，从城墙上跃入护城河中，奔袭到正阳门外，杀了朱棣，事成之后，我即封你做兵部尚书，随你成事之人，也尽皆有赏。"

此时，钟九首一旁低声说道："大人，这些个神机营官兵都已知您意图，现在听您命令，只因您有个调兵虎符，倘若出城见着朱棣，这些个人倒戈的话，如何是好？"

纪纲皱眉寻思，说道："他们若是叛我，早就叛了，何苦随我战到此时？"

纪纲虽口上这么说，心中却暗暗思量道："皇宫之中，守卫大多未动，城中五军营将士更是一夜未动，正阳门外，朱棣顶多有一干亲兵，穆峰带人拿杀朱棣，并不是难事，就算情况有变，锦衣卫个个精英，也能应付，这些个神机营官兵，虽有威力，难保稳定。"

但听纪纲说道："神机营官兵听令，严守正阳门，任何人不得出城。"说罢，提剑向西奔去，萧寒寞、钟九首与锦衣卫精英跟着，穆峰也带人追随。纪纲跑间，见地上西风烈丢下的铁棍，绰起拖着。

纪纲领人近通济门，见门楼与城门边侧石阶上已有人乱斗，疾奔过去，细看得石阶之上，西风烈与花一笑等人缠斗，门楼之上，也有众人拆招不止。

纪纲不知花一笑是敌是友，但西风烈定是敌，大喊道："花帮主，可须我助你一番？"

听得这声音，花一笑倒是没反应，西风烈却是心中一惊，听出了纪纲声音，奋身一把抓住花一笑上臂，大喝一声，二人一齐从石阶中间跌将下去，花一笑于空中推开西风烈，二人均使了轻功，花一笑伸臂屈腿，于将落地之时，又蹬开点地，缓缓站下，西风烈在城墙壁上斜走几步，壁虎游墙，好似走在平地，步到墙下。石阶之上，西克腾舞开大刀，往下撤避，武童话与众剑客，步步紧逼，持剑下压。

西风烈与花一笑二人落地之后，隔有十步之遥，二人都寻声望去，但见纪纲已领锦衣卫众人来了。西风烈大笑道："向来听说花一笑乃是侠义之士，原来不过贼人一个，助纣为虐！"

花一笑转头瞥了一眼纪纲，冷笑道："你是说他么？"西风烈听闻花一笑口气异常，心中诧异。花一笑又道："你与这纪纲，谁想弑君，谁在护驾，与我何干，我只要寻那卢绫剑，报我胞兄花一幕血仇，再与他算算我花家上上下下几十人命！"

西风烈听此，问道："我听说那花一幕在锦衣卫做事，若随纪纲叛乱，死有余辜，招惹了灭门之灾，你要怪谁！"花一笑怒道："找死！"花一笑话音未尽，早已一把长剑刺出，直冲西风烈。

一旁纪纲听得花一笑反应言语，只觉其对自己实在蔑视，颇感脸上无光，一旁钟九首说道："大人，这花一笑狂妄自大，早晚要除！"纪纲瞅了瞅花一笑，见其右肩上有血流，又是左手使剑，西风烈虽然拳脚威猛，但也显露疲状，纪纲便谓左右道："小心围上，诛杀这二人！"又命穆峰带人速上门楼，出城杀朱棣。

再看西风烈与花一笑，城墙下死拼：

一个是花家主事大帮主，一个是少林武僧领头人。

花间剑乃世代传，神功绝招响名号；千叶手是高人教，掌风呼啸类重兵。

二人逢战真匹敌，解数来回无穷尽，这个的寒锋剑，索人魂，刺去削来快如电。

那个的劈空掌，影分身，左推右打如何破？那边上青衣挥舞，这边上佛衣呼喽。

原本敬这西镖头，此刻恼怒无所敛。

素知一笑是英侠，招招夺命可奈何。

火上心头下狠手，逼得狂掌纷纷出。

毕竟赤手无兵刃，一剑霸来只得闪。

原来这花一笑本有敬这西风烈，适才未出什么死手，这会儿已然震怒，哪里管得许多，西风烈也知花一笑侠名，原有留手，但被花一笑招招死逼，不得不奋力拼斗，二人功夫不相上下，须臾便拆了十数招，但这西风烈毕竟空手对兵刃，眼见花一笑纵身一剑横削过来，哪里能挡，只得向后翻身，打了几个跟斗，半蹲在地上，见花一笑一剑不中，又是一招袭来，西风烈正欲侧身躲避，却感脑后风来，"哐"的一声，目眩神离，失了意识。

西风烈神志无感，转瞬间，又觉胸口刺痛剧烈，眼前模模糊糊，似乎见青衣拂过头顶，恍恍惚惚，又觉青衣变蓝衣，迷迷蒙蒙，淡淡蓝光之中，一身影形似女子，西风烈意识中突然想起什么，耳边又响起花一笑声音，"再与他算算我花家上上下下几十人命！"西风烈胸火中烧，念起亲人，念起已逝发妻，念起昔日深仇……

纪纲带人围上，见西风烈翻滚几下半蹲在地，左手便抢起铁棍，正击着头，又是一剑刺上，洞穿其胸，纪纲抬头看时，却见花一笑从西风烈头顶翻来，带剑疾削，纪纲慌急，剑柄脱手，持棍格挡，"锵"的一声，剑棍相击，长棍向上斜飞而出，花一笑收剑侧翻，纪纲直直向后仰去，原来这纪纲不知这两个剑棍材质，不敢硬挡，而是将棍斜向上旋出，擦挡剑身。

纪纲一个旋身站住步伐，花一笑又是一剑削来，不过早有萧寒寞横刀迎击，周边锦衣卫也都一齐拥上。

这时，穆峰带了江湖人士，急寻城门两侧石阶路上城墙，穆峰见石阶上有人相斗，不由分说，双手握宽剑，一概掩杀，西克腾正忙斗之际，无眼可观身后，被穆峰一剑劈中，丢了性命，武童话见此大惊，不自主向后退了两步，穆峰毫不迟疑，带人上冲，花家剑客竭力接战。

花一笑在城墙下斗战，本来一众锦衣卫围上，片刻之后，便成了花一笑和萧寒寞独斗，原来这萧寒寞刀法阔乱，谁近上身去，必遭误伤，花一笑余光见着那穆峰众人上城楼去了，担忧那童话等人，却因这萧寒寞实在难缠，脱不开身。

纪纲见花一笑与萧寒寞独斗起来，便挽弓搭箭，拉满弓弦，却不敢发，原来这二人缠斗来回，纵是神射手，也难保箭准。纪纲高喊："花一笑！我好意欲助你，为何反咬？"

"呸！害死我胞兄，你也有罪，休得在此诳言！"花一笑舞剑之际，应声回道。

纪纲道："我把锦衣骑兵，尽数交了花千户统领，今日举大事，何言害他？"纪纲见花一笑没回，萧寒寞与其厮杀，二虎相争，恐有闪失，纪纲又追喊道："花一幕今日战功，日后定也追谥忠烈，花家光宗耀祖，花帮主今日若让开去路，待我大事成后，定有封赏，何苦在此执拗？"

花一笑斗战之际，眼见石阶上武童话等人被步步压上，又感这萧寒寞实在难缠，纵是能胜，眼前这群锦衣卫精兵，如何应付，心中狠压怒火，说道："且让我上城楼去，那卢绫剑就在上面，我要亲手报掉血仇！至于你们的事，我无心再理会！"纪纲闻言，忙道："贤婿，让一手！"萧寒寞听言，持刀架开一剑，后撤几步，躬身提刀，面红喘息。

花一笑见此，抢上石阶，但听身后纪纲大喊："穆峰，勿伤花家人士！"穆峰听此，让开一路，花一笑疾奔上去，对童话道："上去！"花一笑走上门楼处，朝西看去，城墙沿上，易羽、第五思与百里封尘三人正围斗着绫剑，又有一女子持双刀佐着绫剑，穆峰也带人跟了上来。

绫剑瞥见花一笑众人，心中大惊，默道："莫非西大师与西克腾俱殒了命？"又看了跟着上来了穆峰一群人，懵慌不知所措，惧恐神思不宁，不自主竭力横削一刀，眼前三人尽皆收剑自护，绫剑退后几步，贴到城墙边上，转头望了一眼城下护城河。只听花一笑说道："我来，这账我自己和他算！"易羽三人听此，撤了两步。

花一笑拖长剑径走，鞋履步声可闻，剑尖划地嚓嚓，卢绫剑右手握刀，扶着城墙，双目凝盯，心中暗道："此时就算跃下城去，跳入河中，眼前这众人追下，

我将何处去逃？"不由得心生悲凉，只感今日必丧命于此。

却说城下纪纲谓左右道："这通济门守将，与我有旧交，此时不见身影，恐是已遭不测。"纪纲又瞧了一眼西风烈，只见其剑穿胸膛，跪在地上，纪纲朝萧寒寞道："贤婿，去拿那铁棍，将这通济门大锁砸开！"

萧寒寞听言，右手提刀，步上前去，寒寞料想："破门之后，事便了了。"心中便舒松了许多，又觉这晨凉将近，丝丝暖风吹拂，及至西风烈跟前，见其低头跪地，自是死了，弯腰伸左手去捡那铁棍，突然眉目一紧，只觉这铁棍甚重，提不起来，使了力气，还是提不动，余光边缘，似有一人手，便看棍另一端，大惊直呼，双眼圆瞪，只听一声啸喝，忽见西风烈绰棍跃起，横扫袭来，萧寒寞心惊胆战，遇鬼一般，丢下大刀，旋身上跃，躲过一击，疾步后撤。

纪纲寻声望去，大惊失色，只见西风烈舞棍立起，胸膛之上还插着剑，头部脖颈仍有血流。众锦衣卫见此，莫不骇然。

只见西风烈低头言语："昔日我敬燕王亲卫个个神勇，想不到竟是些毒辣阴险之徒！"只听"啊"一声啸，西风烈出掌猛拍胸前剑尖，剑身立时从背后脱出，右手提棍指地，威风如鬼将一般！却说这西风烈为何濒死而生，原来早先圆克方丈见他身中奇毒，传了禅定清心的神功功力给他，这些年来他也修炼此功，适才一剑穿胸，剑上奇毒漫布周身血液，体内便自发功力清毒，这毒又和原来之毒乃是一种，体内储有抗力，起功迅速，更值此生死之际，内力狂澜激涌。

西风烈立在地上，自己也觉奇异，但感神志清爽，伤处无痛，好似有真佛附体一般，西风烈看了眼纪纲与其后锦衣卫，心想："此时若能一棍毙了纪纲，祸乱将息，一己之力，如何斗得过这群锦衣。"又转头往城墙上瞧了一瞧，寻思："绫剑此时定陷危难！"西风烈便提起长棍，朝南掷出，但看这铁棍呼嗖，插入城墙半高之处，入石三尺。西风烈足下生风，疾奔过去，蹬上城墙。

纪纲见此，引弓疾射一箭，未中，镞没墙中，看西风烈时，见其蹬到一半，几要离墙，却是一把抓住铁棍，猛抽出墙，借这反力，贴近城墙，又是疾蹬，纪纲一箭不中，又射一箭，此箭嗖鸣，正穿西风烈左上臂，"嗖"声未绝，带血没进墙石，箭身抖颤，"嗡"声便起。

西风烈忍着疼痛，翻上城墙，城下锦衣卫众，无不惊叹。真是魔高一尺，道高一丈，若不是那剑身奇毒，激起胸膛内力，这西风烈何有如此功夫。

绫剑这边，花一笑步步逼近，穆峰带人也压了上来，想靠护城河跃将下去。绫剑切齿怒视，握刀手颤，欲拼死此地，却听墙下有声，一人翻将上来，不由分说，疾奔过来，一棍砸向花一笑，一笑也有察觉，转过身去，持剑相接。绫剑认出是西风烈，抓了花一笑转身之际，朝花一笑脖颈削出一刀，花一笑耳听刀锋，蹲身下避，又有西风烈一棍砸来，花一笑持剑斜挡，剑锋一侧被棍砸着，西风烈使力一压，剑锋另一侧割进花一笑胸肩三分，有血溢出。花一笑竭力起推，绫剑又是一刀劈来，却有一短剑飞来，直冲绫剑，绫剑收刀躲避，见是那易羽掷出，顷刻间，花家剑客都持剑压上，西风烈收棍西翻，立在绫剑身旁，横出长棍，口中急道："绫剑兄弟，此刻如何是好？"绫剑也将弯刀挥到身前，回道："命将休矣，何不酣战一番！"西风烈闻言大笑，呼喝一声。

花一笑站起身来，恼怒不已，领人持剑压上，身后穆峰，不敢迟疑，也带人冲上。西风烈乃与绫剑并立，执长棍拦在城墙狭路之上，挡风烈棍者，剑碎人死！杀数人，方觉左臂颤麻无力。花一笑看出破绽，剑剑朝其左挥刺，西风烈渐觉力疲，与绫剑缓缓压退。

穆峰心中略急，挥宽剑贴斗卢绫剑，完颜雪在绫剑后，微打援手。绫剑刀法虽妙，却难敌穆峰，几个回合，便处下风，又有众人边袭，须臾难撑。

纪纲立在城下，谓左右道："我们在此静候，估摸时候，待穆峰杀了朱棣后，我们破门出城，假意护驾来迟，控住群臣，如有不服者，立斩不怠。"纪纲此时，心中忆起多年之前，皇宫一场大火，他也是这般，屠戮旧臣。流年似水，往事苍黄，想不到此时风水转动，皇位将落他身上。

纪纲忆起旧事，正微思间，忽听得身后一卫道："大人，北边有群道士迫近。"纪纲忙转身回看，果见一群几十道士奔来。却说这通济门，正对那皇城与皇宫间隔之道。纪纲一眼望去，可不知这群道士，遥见远处，又有一干人等，各执长枪，向南往此处步来。纪纲忙问："那些个拿长枪的是什么人？"身边钟九首道："大人，看着装，是金陵镖局的。"纪纲道："龙师父？我与他金陵镖局无冤无仇，此番为何前来？"钟九首道："大人，来者不善！"纪纲急道："整队接敌！"

却说纪纲一声领下，锦衣卫齐刷刷转身向北，持刀严立，此时这锦衣卫众，虽已不足百人，但都是纪纲心腹亲卫，旧战精英。那北边奔来之人，前头道士几十，后面镖师几十，也不过百。

纪纲见那边当头一人，黑白道袍，手持长剑，似旧相识。纪纲大喝道："大胆贼人，意欲何为！"那边当头人，正是武当纯阳子白恒，但听其喊道："叛贼纪纲，犯上作乱，此刻竟还贼喊抓贼，岂不怕别人笑话！"纪纲听这口气，认定是冲他来的，便喊道："杀尽这些个贼道！"众锦衣卫听此令时，早有一队带弓的亲卫抢到阵前，因相距已近，只得排箭齐射，武当弟子挥剑挡箭，有几个失手的，箭中身躯，但仍疾冲，无一落下。及至短兵相接，寒刀对长剑，铿锵震响，更有一道士，劈剑如雷，立时将前排锦衣杀开了条缺口，正是正阳子莫知秋。此时萧寒寞在阵中，见莫知秋剑法凌厉，便迎了上去，挥刀相斗。乱战之时，又有一干人等，持长枪围阵，缩半圆圈压击。

纪纲见状，大喊道："尔等走镖之徒，意欲谋反不成？"且说那群镖师带头一人，乃龙师父，其朗声回道："昨夜祸乱，我还不知谁是反贼，今日知定是你，我金陵镖局以侠义闻名，如何能坐视不理。"纪纲急道："朝中之事，与你侠义何干？"龙师父道："自朱棣即位后，国力日昌，天下渐宁，如此平安兆头，岂能容你祸害！"纪纲怒道："既如此，你是自寻死路！"纪纲盛怒，引弓一箭疾射。龙师父惊急，挥枪欲拨，不料只拨中箭羽，箭朝眼前来，龙师父侧头躲避，被一箭划破面颊，毫不迟疑，提枪直奔纪纲，却被几个锦衣卫拦截挡住，龙师父舞枪相斗，以一敌众。

　　且说白恒已见城墙之上绫剑，运声大喊："卢掌门，我等前来助战！"绫剑在城墙上死斗，早已听到城下动静，但无暇观望，此刻听得白恒声音，方知是有人来援，心中一丝暖热，持弯刀越挥越凶。穆峰也不怠慢，持剑猛攻，忽见卢绫剑一弯刀朝自己面门袭来，侧头避开，却见刀势不停，心中大惊，原来绫剑是将这弯刀脱手掷出，穆峰慌忙仰身闪开，险些跌倒，又见绫剑冲到花一笑一侧，手掌劈晕一人，夺了一把长剑，旋即又直刺过来，穆峰忙站稳脚跟，挥剑相击，斗了几个回合，穆峰惊呼："你到底是使剑之人？还是使刀？"原来，这卢绫剑剑法疾如电、巧如针，远胜之前弯刀之技。

　　穆峰与绫剑斗了十来个回合，口中说道："武当剑招？"绫剑回道："不错。"穆峰本心知一会儿出城，还要斗朱棣亲卫，刻意留些体力，此刻见着劲敌，方才欲使出全力，欲尽快了结绫剑。却说卢绫剑为何有剑法不使，原来早先他废功离了武当，内功虽废，剑法难忘，但曾自说废了武当功夫，便就弃了，临死之际，都不愿再使，可方才却听白恒叫了一声"掌门"，心中又觉自己此时仍是武当之人，当下甩出弯刀，夺了一把长剑，架出武当剑势，挥出道门剑招。

　　正此时，花一笑压击西风烈不止，只听花一笑道："我原觉你已死去，谁知你又复生，如此神功，可惜与奸人一伍！"西风烈一边舞棍，一边大笑道："谁是奸人！纪纲剑上有毒，方激我功力！"花一笑听闻一愣，却不知因何，脑袋空白，又闪起苏州花府之中，花一晴死前以血所写"剑"字，又忆起在那锦衣卫所见纪纲之时，纪纲面上惊慌之色。花一笑迷蒙之际，忽听得"一笑"一声，方才清醒，原是西风烈一棍劈来，武童话一剑生挡，虎口震裂，花一笑忙出剑刺去，与西风烈缠斗。花一笑又听人喊声，是绫剑声音，只听得绫剑喊道："靖难四载祸乱，民不聊生，如今江山渐稳，尔等又想作乱，不怕天打雷劈，死入油锅么！"花一笑听此，心中烦乱。又听绫剑喝道："你带人上来，无非想跃入河中，出城弑君，今城下有群道围了纪纲，纪纲大势已去，料其活不长久，尔等在此愚战，乃是徒自送命！"花一笑使剑乱刺，脱开西风烈，身边几个剑客压上，围住西风烈，花一笑转头看向卢绫剑，只见其时而双手持剑，左右劈削，时而单手递剑，步履轻灵，周身已有数人死，又听其大喝道："纵有一丝气力，何人敢过我身！"绫剑舍命死战，大义凛然，城下武当弟子听得卢绫剑言语，个个振奋，激起心火，竭尽力战。花一笑见此，心乱如麻，竟不知自己此时所处何地，所作为何。

　　花一笑愣间，听得一女子声嘶喊道："花一笑，你这奸诈之徒，还敢反骂，枉我知你家人危难，递你信纸。"花一笑寻声望去，见是那绫剑身后异族女子，花一笑神呆，自言道："信纸是你递的？"旋即又心道："不对！她怎知我家有难！"此时，又闻一女声喊叫，花一笑急看去，原是武童话被西风烈一棍击折一腿，侧身斜跌，花一笑疾步上前，怒出一剑，西风烈本欲一棍再击童话，周身又有数人，未觉一笑之剑。

西风烈抡直砸武童话，花一笑递出长剑，正刺着西风烈上腹，西风烈觉痛后撤，棍转方向，抡开身前众人，退几步撑棍站住，手捂腹部，但见鲜血溢出指缝，直流不止。武童话自知腿废，无法站起，便甩出长剑，直取西风烈，谁料西风烈剧痛难忍，竟不觉此剑飞来，插进膝上腿中，西风烈中间屈腿，险些跪倒。

花一笑乘势一剑再刺，近了西风烈，瞪眼大惊，只见西风烈如脱兔一般，刺棍迎来，花一笑不及躲避，被一棍洞胸，西风烈亦被花一笑一剑穿心。武童话后面见此，哭嘶道："花一笑！"

只见二人对战互瞪，尽是口涌鲜血，花一笑面色无神，西风烈却是勉强露笑，二人静在原地，无一动弹。

花家剑客见此，不自觉尽皆跪下，呆愣原地。武童话哑喊哭叫，几欲站起，空跌数次，地上拖血爬动，未及花一笑，便晕厥过去。

却说此时，卢绫剑周身已死数十人，死尸乱堆，穆峰仍不停领人压上，绫剑被逼到沿河墙边，立在墙沿之上，持剑劈砍，手上剑招，早无章法，原来绫剑身无内力，却是精妙剑技，能撑多久，早已气力竭尽，只是死撑。

穆峰见绫剑之状，挥长剑猛刺而来，绫剑无力再避，收剑指地，却难提起。穆峰冲将上来，危机之时，完颜雪挥双刀劈挡，穆峰不以为然，原来身侧早有人上前，持械拦她，谁知完颜雪两刀劈出，就脱了手，蹲身过人，足下使力，冲穆峰猛跃，扑住穆峰。穆峰大惊，未及反应，已被完颜雪扑倒侧跌，落将下墙，待穆峰反应过来，已至半空，穆峰瞥见下面城河，一掌推出完颜雪，借力落入河中，那完颜雪，未落河中，着地身亡。

绫剑站城墙沿上，见着这状，黯然神伤，自言道："你们原在本族生活，因我带出，以致丧命，是我之过，害你如此……"绫剑剑尖指地，血顺剑身流滴，身前众人面面相觑，无人敢进。

绫剑悲伤至极，又已筋疲力尽，目眩神离，恍惚入梦：清浅坐在身后马儿上，道："昔日只能看你，今日还是看你，你还是一样。"卢绫剑道："昔日武功在身，现在身负重伤，怎么能保护你？"清浅笑了，嫣然而言："若你能保护我，你就不是我的。"卢绫剑心想："若是自己武功不减，自是还在江湖争斗，怎会像此时这样牵马闲步行古道。"微风起，夕影落，此时燕南好风景。天涯思君君不见，乡村古道又逢迎。试问此江湖何去，试问此江湖何从，此江湖人情常在，此江湖世故常存。人言剑锋寒，不识三尺情。

却说此时城下，武当众人见了这状，无不眼含转泪，面红目赤，嘶喊拼杀。纪纲一眼望见，拿弓劲射，一箭飞出，直袭绫剑。白恒遥见纪纲拿弓，大惊，

奋力劈死锦衣一个，拽下盔帽，旋出挡箭。但观劲箭将至城墙之上，被一旋盔正套，"铛"的一声，箭势未绝，推着盔帽直击绫剑而去，绫剑无力动弹，被正着此击，落将下城墙，跌入河中。卢绫剑昏晕之际，微闻人声："快！他不仁，我们不能不义。"绫剑自觉弥留之时，天渐变暗，又有一丝清醒，只感被几人拽到水门之中。

城墙内武当弟子，大呼卢绫剑之名，更有仍呼掌门者，如此之后，激愤不已，血战锦衣卫众。锦衣虽勇，却被压至通济门前，势落下风。

穆峰从护城河里游将上岸，朝墙上众人呼喊。墙上江湖众人分批跃入河中，纷纷上岸，穆峰带人，直奔正阳门去。

但说正阳门这边，朱棣与群臣站立，亲卫横在门前。朱棣恐孝陵有贼人设伏，不敢前去，又不敢入城，只得待在此处。

文武群臣慌乱间，只见两骑从西南中和桥上疾奔而来，朱棣认出是沐昕。朱棣身边府军前卫与羽林前卫两指挥使急领人护前，二人及近，下马跪道："纪纲已反，皇上宜速调五军营将士平乱！"朱棣听闻，却不言语，他此时不能知晓，到底沐昕与纪纲，谁忠谁奸。

沐昕见朱棣不言语，又道："皇上，事在危机啊！"

朱棣朗声道："朕早予三千营精兵，为何不用？"

沐昕道："那纪纲领了锦衣卫众，江湖草莽，又有神机枪炮营，微臣无能，三千营已尽数亡了。"

朱棣大惊，正欲讲话，却见西边几十号人奔袭而来，便问道："那是何人？"

沐昕回望，又道："此乃反贼！是纪纲纠结的武林众人。"

朱棣又道："这些人队伍不整，兵器各异，如何敌得过朕亲卫精兵！"

沐昕此时，方才意识到朱棣亲卫拦在其身前，始觉自己并未得信，便翻身上马，道："皇上且待我杀退这些贼人，以示忠心！"沐昕身旁拓跋坡也翻上马匹，随沐昕西奔袭去。

朱棣遥见沐昕与拓跋坡奔马陷阵，没撑多久，便被砍了马腿，俱翻跌下马，却仍力战不休。朱棣心念甫动，原是忆起靖难之事，自己也曾冲阵杀敌，此刻有贼人叛乱，却缩在门前，进不敢进，退不敢退，甚煞威风，当下手握腰鞘，拔出佩刀，喊道："众亲卫，随朕杀贼！"群臣听此，大呼"皇上"，朱棣奋身冲阵，两个卫军指挥使领人护卫。朝中武将，带剑带刀的，都随了上去，未带兵刃的，抢了司仪的礼剑、斧钺、戈戟、金瓜，也追了上去，又有少林一众武僧，执棍入阵。两边相接，血战厮杀，喊声大震。

拼杀后，朱棣胜。帝乃杀性大起，又闻通济门内有喊声，领人直奔过去。

至通济门前，巧见大门缓开，众锦衣卫似涌一般，被压出来，门内有持剑道士，又有持枪镖师。纪纲领在门外，见朱棣领亲卫、众将至，自觉大势已去。纪纲旋即目睛一转，边缓退出门，边厉声喊道："皇上快快退避，待末将灭贼！"

朱棣本已觉纪纲是贼，此刻听了纪纲言语，心又迟疑，尤其那纪纲"末将"一词，令其念起昔日纪纲随其征战天下，忠心耿耿。沐昕在旁，见状说道："皇上，纪纲已反，勿被蒙骗啊！"朱棣听了这话，心中迷乱，眼前这景，难辨忠奸。

朱棣朗声喊道："武当众人，何以聚众来此！"白恒闻言，一边力战，一边吼喝："我祖师三丰真人，算得今日宫城有难，令我等前来护卫。"朱棣听闻，诧异无比。

纪纲听此，举剑朝朱棣喊道："皇上！此剑乃是郑和鱼尾剑，内官监将此剑予我，责我护卫皇上啊！"朱棣遥望，确是郑和之剑。朱棣思量片刻，大喊道："都止戈休斗，此间定有误会，再动武者，便是反贼！"

纪纲听此，命众锦衣卫休战，白恒、龙师父闻言，也都无奈息斗。两边虽俱停，但仍个个喘息不止，怒火中烧，持械警戒。

朱棣大喝道："俱给朕放下兵刃，谁敢拂逆！"

门内门前众人，听了朱棣这话，俱缓缓弯身放下兵刃。纪纲先掷鱼尾，又卸下弓箭。

初秋天高气爽，碧空万里，辰时将尽，却弦月依在，亮星相伴。

《敕建大岳太和山志》中《御制书》有载："皇帝敬奉书，真仙张三丰先生足下：朕久仰真仙，渴思亲承仪范，尝遣使致香奉书，遍诣名山虔请。真仙道德崇高，超乎万有，体合自然，神妙莫测。朕才质疏庸，德行菲薄，而至诚愿见之心，夙夜不忘。敬再遣使，谨致香奉书虔请，拱俟云车凤驾惠然降临，以副朕拳拳仰慕之怀，敬奉书。永乐十年二月初十日。"

《大明太宗孝文皇帝实录》有载，永乐十年七月，敕命隆平侯张信、驸马都尉沐昕营建武当山宫观。

《明史》有载，永乐十四年七月，内侍仇纲者发其罪，命给事、御史廷劾，下都察院按治，具有状。即日碟纲于市，家属无少长皆戍边，列罪状颁示天下。

《明史·刑法志》有载，东厂之设，始于成祖。锦衣卫之狱，太祖尝用之，后已禁止，其复用亦自永乐时。厂与卫相倚，故言者并称厂卫。初，成祖起北平，刺探宫中事，多以建文帝左右为耳目。故即位后专倚宦官，立东厂于东安门北，令嬖昵者提督之，缉访谋逆妖言大奸恶等，与锦衣卫均权势，盖迁都后事也。

《大明仁宗皇帝实录》有载，洪熙元年二月，命太监郑和领下番官军守南京，于内则与内官王景弘、朱卜花、唐观保协同管事；遇外有事，同襄城伯李隆、驸马都尉沐昕商议的当，然后施行。同月，敕守南京襄城伯李隆、驸马都尉沐昕、兵部尚书兼都察院事张本得奏，直隶镇江常州苏州一路强贼出没劫掠，即量官军船只，慎选廉公有智头目率领，前去袭捕，务要尽获，牢固枷钉，差人押送来京，仍严约束所遣官军毋恃此生事，庶寇盗可获，民害可除，若官军不能捕盗，仍为民患，则责在尔，隆尔昕十分用心，不可怠忽，都察院亦慎选耿介，去正御史一员往督视之。

后 记

　　故事还未完结，不过这本书已到最后了，接下来有可能是后传，《金陵变后传》？也有可能是一部全新的作品，但一定和本部书的故事有联系，所以本书未交代清楚的，均有可能是后作的引子。

　　谢谢你的支持，我希望咱俩本部书的畅聊是愉快的，尽管我听不见你的言语，但我可以用心去感受，虽然我也不知道如何去感受……

　　如果我没有记错的话，这本书里好像提到过"人生之不如意十有八九"这句话，我记得好像是三国时期羊祜说的，如果是我记错了也不要笑话我，反正，我希望你，无论顺境逆境，都要快乐幸福，其实本来也无所谓顺境逆境，仔细想想，能有多少事情比天天开心更重要，其实开心很简单，笑一笑，如果心情不好，假装笑，"假作真时真亦假，无为有处还有无"，也许你会发现，如果你不开心，就一直假装很开心，然后你会慢慢发现你真的很开心……你知道我在说什么吗？

　　你也许会说，假装不起来，算了，其实人本就有七情六欲，也不可能只单单快乐，等等，后记跑题了吗？言归正传，这本书的故事，我希望你读完能像亲身经历般，那样会有一种在这故事里活了一世的感觉，如果你觉得我写的太差，那就当作看了一场戏吧。总之，无论如何，我都很希望你能翻回去，再读一遍序言，如果能因我写作的故事有一丝丝感动，那我就特别欣慰了！

图书在版编目（CIP）数据

永乐风云传之金陵变 / 卢冠华著 . —— 北京：中国
致公出版社，2018
ISBN 978-7-5145-1140-6

Ⅰ．①永… Ⅱ．①卢… Ⅲ．①长篇小说 – 中国 – 当代
Ⅳ．① I247.5

中国版本图书馆 CIP 数据核字（2017）第 290702 号

永乐风云传之金陵变

卢冠华　著

责任编辑：尤　敏　梁玉刚
责任印制：岳　珍

出版发行：　中国致公出版社

地　　址：北京市海淀区翠微路 2 号院科贸楼
邮　　编：100036
电　　话：010-85869872（发行部）
经　　销：全国新华书店
印　　刷：北京市金星印务有限公司
开　　本：710mm×1000mm　　　　1/16
印　　张：16
字　　数：330 千字
版　　次：2018 年 2 月第 1 版　　　2018 年 2 月第 1 次印刷
定　　价：45.00 元